AF304544

Verlag:
BoD · Books on Demand GmbH, Überseering 33,
22297 Hamburg, bod@bod.de
Druck:
Libri Plureos GmbH, Friedensallee 273,
22763 Hamburg

ISBN: 978-3-8192-2956-5

Gottes Tochter trägt Prada

Ganz knapp die bisherigen Ereignisse:

Jesus starb nicht am Kreuz, sondern konnte auf einem gestohlenen Esel aus Jerusalem entkommen. Zweitausend Jahre versuchte er, mit mäßigem Erfolg, das Wort Gottes auf der Erde zu verbreiten und kleiner Wunder zu wirken.

Die Kirche hatte ihm vor Jahrhunderten scheinheilig Unterstützung zugesagt, aber zur Bedingung gemacht, dass er nachweise, der Sohn Gottes zu sein. Bei der Anerkennung seiner Wunder zeigte sich die Kirche jedoch betont zurückhaltend. Sie wollte ihren wachsenden Einfluss auf die Bevölkerung nicht mit dem Sohn Gottes teilen.

Ähnlich verhielten sich die Kreuzritter, deren Gründer es sich vor 2000 Jahren zur Aufgabe gemacht hatte, Jesus zu finden und zum König Jerusalems auszurufen. Bis man ihn fand, wollte man so viele Reichtümer wie möglich für ihn anhäufen. Inzwischen tun sich die Kreuzritter schwer damit, ihren Reichtum abzugeben, so dass die Suche nach dem Sohn Gottes mehr ein Vorwand geworden ist.

So trafen wir in Band 1 „Jesus macht sich aus dem Staub" im Jahr 2024 auf einen immer noch lebendigen Jesus, der jedoch müde ist von seinem Jahrtausende langen Wirken.

Und wir trafen auf eine Welt, die sich nicht allzu sehr von der unterscheidet, in der wir heute tatsächlich leben. Aber doch unterschiedlich genug ist, um die Geschichte fortzusetzen.

Die Geschichte endete im letzten Band spektakulär, unter den Augen der Öffentlichkeit kam es zum Showdown zwischen Vater und Sohn, Gott und Jesus. Am 8. Mai 2024 fuhr Jesus in den Himmel auf. Er hinterließ seinen treuen Pfarrer Jakob und seine schwangere Freundin Anna.

Nachdem Gott seinen Sohn in den Himmel zurückbeordert hat, übernimmt in diesem Band seine Tochter die Aufgabe, den Menschen das Wort Gottes zu predigen. Mit göttlichem Nachdruck.

Band 2 der Trilogie **„Himmel auf Erden, muss das sein?"**

Elea tritt auf.

Inhaltsverzeichnis

Gottes Tochter in Paris

Plopp!

Es macht einfach nur „Plopp". Kein Donnern und Blitzen, kein Sturm wie zu einem Weltuntergang, kein strahlend helles Licht, keine Engelschöre, nichts.

Es macht einfach nur „Plopp", ein sanftes Geräusch wie das Entkorken einer guten alten Weinflasche. Elea, die Tochter Gottes, kommt auf die Erde.

Etwas verwirrt schaut sie sich um. Der Mann im blauen Anzug starrt sie unablässig an, aber sagt kein Wort. Es sieht aus wie der französische Präsident. Auch die anderen Menschen scheinen von ihrem Erscheinen wie erstarrt zu sein. Oder verzaubert?! Elea lächelt in sich hinein. So eine Erscheinung hat man ja auch nicht alle Tage. Sie will das Eis brechen und macht einen Schritt auf den Mann zu. Er rührt sich nicht.

Es dauert einen Moment, bis sie begreift, dass Gott sie inmitten eines Wachsfigurenkabinetts „auf die Welt gebracht" hat. Richtig, sie ist in Paris, im bekannten Musée Grévin. Paris, Stadt der Liebe! Wie schön!

Elea schaut in einen der großen Wandspiegel.

,So sehe ich also jetzt aus?! Hübsch, wirklich hübsch. Göttlich eben!' denkt sie selbstzufrieden und nestelt ein wenig an ihrer Kleidung herum. Sie hatte sich für eine enganliegende Jeans, schwarze Stiefel und ein weißes T-Shirt mit dem Aufdruck „Jesus lebt" entschieden. Ein bisschen Provokation zum Anfang kann nicht schaden.

Elea bückt sich und hebt die Jeansjacke auf, die zu Boden gefallen war. Als sie sie über das T-Shirt zieht, dreht sie sich, immer wieder ihr Spiegelbild prüfend, mehrfach um sich.
,Göttlich!', denkt sie noch einmal zufrieden, dann strafft sie ihren Körper.
,Los geht's. Ich will keine Zeit verlieren. Jesus hat viel zu viel Zeit vertrödelt, den Fehler werde ich nicht machen. Ich werde mich gleich an die Richtigen wenden und nicht abspeisen lassen.'

Prüfend schaut sie sich nach einem Weg aus dem Museum um. Die beiden Männer, die dort auf einer Bank sitzen und jeder etwas aus Papier in der

Hand halten, hat sich da nicht doch einer bewegt? Sie schaut noch einmal genauer hin und widersteht der Versuchung, die Spiegel hinter den beiden mit einem lauten Knall zerbersten zu lassen. Nur so zum Spaß. Sie hat sich fest vorgenommen, ihre göttlichen Kräfte nicht so sparsam einzusetzen, wie Jesus es getan hatte. Aber am Anfang will sie zu große Aufmerksamkeit vermeiden.

'Volle Ladung, voller Erfolg!' soll ihre Devise sein. Die Menschen haben zweitausend Jahre Zeit gehabt, sich weiter zu entwickeln. da kann es doch nicht so schwer sein, sie auf den richtigen Weg zu führen.

Lässig schreitet sie durch die Ausstellung Richtung Ausgang und nickt den leblosen Figuren freundlich zu. Mit jedem Schritt ihrer lederbesohlten Stiefel werfen die schwarzen und weißen Bodenfliesen ein lautes „Tack!" an die verspiegelten Wände, die dieses Geräusch tapfer zurückwerfen. Es klingt wie ein kleiner Wettbewerb. Elea schreitet, das raumfüllende Geräusch sichtlich genießend, umher. Neben der Frau im schwarzen Abendkleid steht ein Mann im dunkelblauen Anzug und hält ihr ein Sektglas entgegen. Wirklich täuschend echt.

Die Tochter Gottes nimmt ihm das Glas aus der Hand und nippt an dem Inhalt. Ein Champagner, sehr prickelnd. Sofort steigt ihr der ungewohnte Alkohol zu Kopf, der leicht rot zu leuchten beginnt. Und sofort bereut sie ihr privates kleines Wunder, Wachs in Champagner verwandelt zu haben. Sie braucht einen klaren Kopf für Ihr Vorhaben.

Elea bleibt abrupt stehen, das „Tack, Tack, Tack" verstummt. Die Tochter Gottes dreht sich noch einmal um, winkt in die Stille hinein den stummen Figuren zu.

„Einer fehlt noch!", sagt sie laut und schaut sich prüfend um. „Da!" Sie zeigt mit dem ausgestreckten Finger in die Mitte des Foyers. Langsam quillt, wie aus dem Boden kommend, an vier Stellen eine graue Masse nach oben, wie vier kleine Säulen. Dann verbinden sich die Säulen in etwa 60 cm Höhe. Langsam nimmt die Gestalt Form an. Es ist Nikolas, der Esel, auf dem Jesus aus Jerusalem geflohen ist. Auf ihm sitzt, wie nicht anders zu erwarten, ein freundlich lächelnder Jesus.

„Das sind sie dir schuldig, Brüderchen, mindestens!", spricht Elea mit einem Blick zum Himmel. Betont langsam dreht sie sich wieder um und schreitet durch die braune, schwere Holztür, als wäre sie Nebel.

Auf der anderen Seite umfängt sie die leicht muffige Luft einer Pariser Einkaufspassage. Rechts leuchten aus dem dunklen Braun eines Hotelfoyers zwei Tischlampen, der Empfang ist nicht besetzt. Es ist still. Aus dem linken Gang kommt ein leichter Luftzug, geradeaus geht es eine Treppe hinunter zum Ausgang. Elea setzt sich in Bewegung, „Tack, Tack, Tack". Sie schreitet langsam die Treppe hinab und geht neugierig an den Geschäften vorbei.

Als Gottes Tochter die ersten Schritte aus der Passage nach draußen setzt, umfängt sie der typische Pariser Flair. Die Luft ist kalt, es stinkt, einige Motorräder bahnen sich hupend Ihren Weg durch die Straßen.

Es ist noch früh am Tag, der Himmel ist leicht wolkenverhangen. Auf dem Gehweg sind nur wenige Menschen zu sehen, keiner nimmt Notiz von ihr. Nicht gerade der angemessene Empfang für die Tochter Gottes. Trotzdem, wenn sie an Jesus denkt, im Stall, im feuchten Stroh, zwischen den Tieren...
Igitt! ... Nein, da hat sie es doch wesentlich besser angetroffen.
Sie ist halt 'Papas Tochter'. Da hat der Alte sich diesmal eben etwas mehr ins Zeug gelegt. Und nun ist es an ihr, etwas daraus zu machen.

Wo wurde Jesus zuletzt gesehen? In Münster, bei den Aaseetreppen. Wäre es gut, dort weiterzumachen, wo er aufgehört hat?
Eher nicht!

Elea greift in die rechte Hosentasche, in der das Vat-iPhone steckt. Natürlich die Sonderausgabe in Gold. Und, im Gegensatz zu den Vat-iPhones der Priester, Pastoren und Bischöfe nicht vom Vatikan gehackt. Und es hat Vat-i, die künstliche Intelligenz mit der sonoren Stimme.

Kein Eingreifen, kein Blitz und Donner, keine Naturgewalten oder Schlachtopfer! Das war ihre Bedingung gewesen, als ihr Vater sie auf die Erde geschickt hatte. Sie wollte ihre Freiheit. Er hatte Jesus lange genug herumgeschubst und gegängelt. Allein die Sache mit dem brennenden Dornbusch! Peinlich! Als einzige Verbindung "nach oben" hatte sie sich das goldene Vat-iPhone ausbedungen. Prepaid auf Lebenszeit, selbstverständlich.

Elea tippt: **ICH BIN DA!** Dann schickt sie ihre Message mit einem Lächeln ab und klappt das Handy wieder zu. Gott soll bloß nicht glauben, dass sie ihm ab jetzt für jeden Schritt Rechenschaft abgeben wird. Wohin also? Zuerst einmal braucht sie eine Basis. Sie greift erneut nach dem Handy und lässt es elegant aufklappen.

„Vat-i, wo bin ich genau?"

"Sie befinden sich auf dem Planeten Erde, Erdteil Europa, Land Frankreich, Stadt Paris, 10 Boulevard Montmartre."

Elea schaut sich um. Paris, die Stadt der Liebe, sagt man. Der erste Eindruck überwältigt sie nicht. Müll weht über den Gehsteig vor ihren Füßen. Mit einem leisen „puff" geht die Mischung aus Plastiktüten und leeren Flaschen in Rauch auf. Niemand nimmt Notiz davon. Es weht ein lauer Wind, es riecht nach Staub.
„Okay, Vat-i. Ab jetzt nennst du mich Elea und duzt mich, verstanden?" Die unruhige Stimmung auf der Straße ist schon ein wenig auf Elea abgefärbt.

„Ich habe verstanden." Die Computerstimme antwortet sachlich und emotionslos. „Elea", schiebt sie dann noch schnell nach. Die Tochter Gottes steckt das Vat-iPhone zurück in die Jeans.

Eleas Vier-Jahres-Plan

Ein paar Meter entfernt leuchtet das Logo des Hard Rock Cafés. Das wäre die richtige Zeit und der richtige Ort, um eine Strategie zu entwickeln. Und danach in der Passage Jouffroy ein bisschen shoppen zu gehen. Oh ja, der Tag fängt gut an!

Auf den wenigen Metern, die sie zum Café zu gehen hat, mustert Elea neugierig die wenigen Passanten. Eine bunte Mischung aus Gesichtern und Kleidung, Schlurfen und eiligen Schritten, Straßengeruch und Parfüm. Das ist also das Paris im Jahre 2024. Sie nimmt noch eine Nase voll Großstadtluft, dann taucht sie ein in die gedämpfte Atmosphäre des Cafés.

Es ist noch keiner der Tische besetzt, zwei Kellner stehen hinter der Theke und scherzen mit einer Mitarbeiterin. Der weißen Haube auf ihrem Kopf nach zu schließen, kommt sie wohl aus der Küche. Einer der beiden Männer ruft zu Elea herüber: "Wir haben noch geschlossen!"

„Die Tür war offen!", ist ihre kurze Antwort. Sie setzt sich an einen kleinen Tisch, so, dass sie aus dem Fenster das Treiben draußen beobachten kann. Elea schlägt ihre Beine übereinander und schaut sich um. War doch nicht die beste Idee, hier herein zu gehen. Alles in dunklen Brauntönen gehalten, wenig Licht. Irgendwie fühlt sie sich an die Hölle erinnert. Die Tochter Gottes schmunzelt, greift nach der Karte. Gedankenverloren blättert sie sich durch die verschiedenen Getränke, als sich neben ihr einer der Kellner aufbaut. Er ist groß für einen Franzosen, hat schwarzes, locker nach hinten gekämmtes Haar, ausgeprägte Wangenknochen und trägt, wie auch der andere Kellner, eine schwarze Hose, ein weißes Hemd mit schwarzer Krawatte.

Während Elea zu ihm aufblickt, zückt er seinen Block und sagt: „Bonjour, Madame. Ich bin Yves. Was kann ich für Sie tun?"

Sie blickt ihn gedankenverloren an. Als hätte sie die Frage nicht verstanden zögert sie mit ihrer Antwort so lange, dass es schon unhöflich wird. Yves vermutet in ihr eine Touristin (und was für eine Touristin sie ist!), die der französischen Sprache nicht mächtig ist und setzt langsam und betont nach: „Can - I – help – you? Do - you – want – to – drink - something?"

Elea verzieht die Mundwinkel zu einem sehr charmanten Lächeln und antwortet in fließendem Französisch: „Ja gerne. Ich war gerade in Gedanken. Sind Sie Bretone?"

„Stimmt!", antwortet Yves verwundert. "Ich komme aus Locquirec, das liegt in der Nähe von ..."

„Ich weiß, wo das liegt." Elea unterbricht ihn mit einem Lächeln, so dass er nicht böse sein kann. Sie legt die Getränkekarte wieder auf den Tisch.

„Morlaix", beendet Yves trotzdem seinen Satz. „Warum fragen Sie, Madame?"

„Sie erinnern mich an jemanden. Aber das kann nicht sein, ist schon sehr lange her. Und um ihre ausgesprochene Frage zu beantworten: Zuerst hätte ich gerne einen Kaffee. Über die unausgesprochene Frage reden wir vielleicht später." Elea dreht den Stuhl so, dass sie besser aus dem Fenster sehen kann und fährt mit den Fingern durch ihr Haar. Der Kellner errötet leicht.

Er geht langsam zurück zur Theke und fragt sich, ob die Frau an Tisch sieben Gedanken lesen kann oder ob er sie unbewusst angestarrt hatte. Ja, sie ist eine besondere Frau, das hatte er gleich gemerkt, als sie zur Tür hineinkam.

Während er mit der Maschine einen frischen Kaffee aufbrüht, blickt er immer wieder zu Tisch sieben hinüber. Sie scheint ein paar Jahre älter zu sein als er, Mitte dreißig. Trotzdem hat sie sein Interesse geweckt. Sehr sogar. Da ist mehr an dieser Frau als nur ihr gutes Aussehen, irgendwas, so ein inneres Leuchten.

„Vielleicht ist sie radioaktiv?" Gérard, sein Kollege, stupst in von hinten an, so dass Yves fast die Tasse fallen lässt. „Mein Freund, du redest mit dir selbst! Das ist kein gutes Zeichen."

Yves streicht mit der linken Hand sein dunkles Haar nach hinten, lächelt unverbindlich und greift zur Keksdose. Aus dem Augenwinkel sieht er, wie auf Tisch sieben wie aus dem Nichts mehrere verschiedene Sonnenbrillen auftauchen und wieder verschwinden, bis ein Modell mit roten Bügeln länger an seinem Platz verweilt. Die Frau lächelt und greift danach, dreht und wendet die Brille noch einmal prüfend und setzt sie dann auf die Nase.

Yves schüttelt ungläubig den Kopf und kippt mit der rechten Hand versehentlich die Keksdose um. Der Deckel springt auf, die Dose fällt von der Theke und der ganze Inhalt...

... fällt nicht zu Boden. Die Keksdose schwebt wieder zurück auf die Theke, wie in einem Film, wenn in Zeitlupe rückwärts gespult wird. Kein Keks ist herausgefallen. Yves springt von Schreck einen Schritt zurück und stößt gegen Gérard.

„Ganz ruhig, Alter! Die Frau hat es dir ja wirklich angetan, was?" Er grinst und deutet mit dem Kopf zum Tisch sieben am Fenster.

Yves ist immer noch verwirrt und stammelt: „Ja! Danke! Das mach ich schon. Geht gleich wieder." Dann strafft er seinen Körper, nimmt EINEN Keks aus der Dose, OHNE sie umzukippen, legt ihn auf den Rand der Untertasse und bringt den Kaffee an den Tisch. Als er ihn elegant von links an Elea vorbei auf den Tisch schiebt, fragt er vorsichtig: „Haben Sie das eben gesehen, mit der Keksdose?"

„Gesehen?" Elea schiebt die Sonnenbrille die Nase herunter und schaut ihn mit leuchtend blauen Augen eindringlich an. „Gesehen? Das **war** ich!" Dann schaut sie herunter auf die Kaffeetasse, greift nach dem Keks und sagt: „Wäre doch schade gewesen um die Kekse, oder?!" Mit einem herzhaften „knack" beißt sie den Keks in zwei Teile, kaut die eine Hälfte genussvoll, während sie die andere dem Kellner hin hält mit den Worten: „Willst du auch?"

Yves ist mit der Situation gerade etwas überfordert, antwortet dann aber doch schlagfertig: „Danke nein, ich hatte schon ein halbes Kaugummi." Er geht kopfschüttelnd zurück hinter die Theke, wo Gérard und Céline, die Küchenhilfe, leise tuscheln.

Elea kaut ihren halben Keks langsam und voller Wonne. Essen! Ein wunderbares Vergnügen! Sie greift sich die Tageszeitung vom Nachbartisch. Während sie die Zeitung durchblättert, trinkt sie den Kaffee Schluck für Schluck. Sie genießt es, die heiße Flüssigkeit zu spüren. Herrlich, wie sie ihre Kehle herunter rinnt und sich im Magen breitmacht. Nach ein paar Minuten setzt sie die leere Tasse laut ab und winkt zur

14

Theke. Alle drei blicken auf.

„Und jetzt hätte ich gerne zwei Croissants mit Butter, ein Ei, einen Cappu, etwas Papier zum Schreiben, einen Stift und das Passwort von dem Drucker in dem kleinen Büro hinter der Küche."

Gérard und Céline schauen sich fragend an und gehen kopfschüttelnd in die Küche. Yves nickt lächelnd zu Elea hinüber und macht sich daran, ein Tablett vorzubereiten. Nach ein paar Minuten kehrt er an den Tisch zurück und deckt das gewünschte Frühstück auf. Elea hat in der Zeit alle Zahnstocher aus den Tütchen geholt und eine kleine Pyramide gebaut.

„Hübsch!", sagt der Kellner kurz und blickt auf die Pyramide. „Waren Sie mal da?"

„Oh ja, früher. Vor langer Zeit. Danke! Den O-Saft habe ich vergessen, zu bestellen. Bringst du mir den noch nach, Yves?"

Yves legt Block und Stift neben die Croissants und schiebt den Zettel mit dem Passwort für den Drucker unter die Cappu-Tasse. Dann greift er den halben Keks, der immer noch auf dem Unterteller liegt.

„Mach ich. Kommt sofort. Und der ist für unterwegs." Er schiebt den halben Keks in den Mund, nimmt die leere Kaffeetasse und geht langsam kauend zurück zur Theke. Gérard und Céline drücken sich die Nase am Bullauge der hölzernen Küchentür platt, um alles mitzubekommen.

Die nächsten zwei Stunden ist Elea mit Recherchen im Internet beschäftigt. Unaufgefordert bringt Yves ihr mitunter einige Seiten aus dem Drucker, ohne zu fragen oder einen Blick darauf zu werfen. Die Tochter Gottes sortiert, notiert, kritzelt auf dem Papier herum und tippt auf ihrem Handy.

Gerade als sie „So!" sagt, wendet sich Céline an ihre beiden Kollegen, die an der Theke stehen und Gläser polieren. „Es ist gleich Mittag, und wir haben noch nicht einen einzigen Gast gehabt. Außer ihr da." Sie nickt mit dem Kopf Richtung Tisch sieben. „Wisst ihr, woran das liegt?"

Gérard geht auf die Tür zu. Er stutzt. Ein großer Bauzaun versperrt an der Straße den Zugang zum Café. Der war heute Morgen doch noch nicht da.

„Nein!", antwortet Elea. „Ich war das."

Sie geht langsam zu den Dreien auf die Theke zu. „Ich brauchte etwas Ruhe. Jetzt bin ich fertig."

Schwungvoll knallt sie einen Stapel Papier auf das Holz, die Gläser klirren leicht. Yves kann einen Blick auf das oberste Blatt erhaschen. In präziser Druckschrift hat sie da notiert:

1) Münster : Pfarrer Jakob und Anna

2) London: neue Identität

3) Vatikan: Papstaudienz, Forderung stellen, klare Anweisungen

4) Bern: Zentrale der Kreuzritter, Übergabe des Vermögens

5) Einen Stellvertreter auf Erden ernennen (kein Papst!!!!!)

6) glorreiche Rückkehr

Mit ihrem rot lackierten rechten Zeigefinger deutet Elea auf die Nummer eins auf der Liste. Mit der linken Hand nestelt sie an Yves weißer Krawatte und zieht ihn leicht zu sich, so dass er das Papier besser sehen kann.

„Da, da will ich hin. Kommst du mit?"

Yves greift nach ihrer Hand an seiner Krawatte, widersteht aber plötzlich dem Drang, sie abzustreifen. Er schaut an die Decke des Cafés und überlegt. So ein verrückter Tag, so eine verrückte Frau, so ein verrücktes Angebot, warum nicht?

„Sind zwei Wochen auf den Seychellen auch noch drin?" Er versucht zu pokern. Aber erfolglos.

„Witzbold! Ich hatte ohnehin nur an Münster gedacht. Als Begleiter, um mich ein bisschen hier wieder einzugewöhnen. Den Rest schaffe ich dann schon alleine. Was ist?"

Yves fällt sein Kalenderspruch von heute früh ein: ‚Lebe jetzt!‘

„Sprichst du überhaupt deutsch?", fragt Elea unvermittelt. „Nein!", ist die Antwort, in der schon Angst vor einer Absage mitschwingt. „Jetzt schon!" Die Tochter Gottes hat nicht vor, ihre Fähigkeiten sparsam einzusetzen. Yves wird kurz übel, und schon antwortet er in fließendem Deutsch: „Das kommt alles so wahnsinnig schnell, aber ich habe das Gefühl, wenn ich jetzt auf die Bremse trete, verpasse ich die Chance meines Lebens. Also ja, ich komme mit."

Gérard und Céline haben die Unterhaltung mit großen Augen und offenem Mund verfolgt. Sie blicken abwechselnd zu Elea und Yves. Irgendwie trauen sie sich gar nicht, sich zu bewegen. Die Luft ist voller Spannung. Sie löst sich erst, als Yves gerade zugestimmt hat.

„Wann geht es los?", fragt Yves und hält immer noch Eleas Hand. Sie nimmt seine Hand und legt sie auf den Stapel Papier.

"Ich habe nichts anzuziehen. Pass gut auf das Papier auf und pack deine Sachen. Ich hol dich dann bei dir ab. Und besorge bitte die Fahrkarten!"

Elegant greift sie in ihre linke Gesäßtasche und zieht eine goldene Scheckkarte der Vatikan-Bank heraus, die sie über den Scanner an der Kasse gleiten lässt. „Stimmt so!", sagt sie kurz. „Und tut mir leid wegen der Baustelle. Die ist jetzt wieder weg."

5000 € zeigt das Display auf dem Kartenleser, als auch schon die Tür quietschend aufgeht und die ersten Gäste hereinkommen. Eine kleine Gruppe Japaner, sechs oder sieben, sie schwenken fröhlich kleine französische Fahnen. Die drei hinter der Theke schauen sich verdutzt an, rollen dann die Augen nach oben und setzen geschäftstüchtig ihre „Herzlich-Willkommen-Miene" auf.

Während Elea winkend durch die Tür verschwindet, nimmt Yves seine Krawatte ab und legt sie mit der Kellner-Geldbörse auf das Tablett auf der Theke. Die beiden anderen schauen ihn fragend an.

„Du willst doch nicht wirklich jetzt mit DER losfahren?" Gérard blickt zweifelnd an Yves hoch und hinter Elea her.

„Nein," antwortet Yves und knöpft das schwarze Hemd auf. "Ich hol mir erst meine Sachen, DANN fahr ich mit DER los." Er legt sein Hemd zu den anderen Sachen auf das Tablett und geht nach hinten. „Salut!" Er winkt noch einmal mit der Hand und verschwindet durch die Schwingtür. Die kleine Gruppe Japaner schwenkt wild die Fähnchen und johlt. Ein halbnackter Oberkellner, die Fotoapparate klicken.

Als Yves sich im Büro sein Sweatshirt überzieht und durch den Hinterausgang die wenigen Meter zu seinem Appartement hinüber geht schlendert Elea bereits den Boulevard Montmartre entlang und schaut in die Schaufenster.

Paris am Tag

Der Verkehr auf der Straße ist lauter geworden, aber die Tochter Gottes blendet die Geräusche für sich einfach aus. Sie konzentriert sich auf die Vielfalt der Menschen, die ihr entgegenkommen oder sie gehetzt überholen. Sie nimmt die verschiedenen Nationen, Gerüche, Körperbauten und Verhaltensweisen wie ein Schwamm in sich auf. So eine wunderbare Vielfalt!

An der Straßenecke liegt der Eingang zur Metro. Eine Rolltreppe und eine Steintreppe führen nach unten, in den großen Bauch des Metro-Kraken, der mit seinen Tentakelarmen das Leben der Stadt dirigiert. Ein warmer Lufthauch schlägt Elea entgegen, Metallabrieb, Schweiß, Bierdunst. Sie verspürt keinen Drang, in diese Hölle hinabzusteigen.

Hinter der Treppe, in dem olivgrünen Häuschen aus Glas und Metall, bietet ein älterer Mann Zeitungen und Postkarten an. Sein Haar ist fettig und zerzaust, seine Augen wässrig hinter einer dunklen Hornbrille, die er immer wieder mit schwieligen Händen die Nase hochschiebt. Die dunkelblaue Jogginghose mit drei weißen Streifen hängt über seine braunen Sandalen, als er auf die Straße tritt. Er kratzt sich an seinem Bauch, das T-Shirt rutscht hoch gibt Blicke frei, die man lieber vergessen möchte.

Die bunten Zeitschriften und Magazine flattern leicht im Wind. Sie fordern Elea auf, näher zu kommen. Wie angenehm sich das bunte Papier in der Hand anfühlt. Sie blättert ein paar Magazine durch, ihre Augen weiten sich.

„Hey Puppe, die sind nicht zum Angucken, sondern zum Kaufen!" Der Verkäufer steht plötzlich neben ihr. Er riecht nach Schweiß, kaltem Kaffee und Zigaretten. Unsanft drückt er Elea zur Seite, nimmt ihr die Zeitung aus der Hand und legt sie wieder zurück in die Auslage. „Wenn du was sehen willst, geh in den Zoo!"

Das ist zu viel für die Tochter Gottes. Was bildet der sich ein? Adrenalin schießt durch ihren Körper, es schmeckt bitter auf der Zunge. Einen Sekundenbruchteil. Wie angenehm! Dann hat sie ihre Contenance wiedererlangt.

„Ich habe das Gefühl, ich bin hier im Zoo!", sagt sie leise. Es macht „puff"
und der unhöfliche Verkäufer steht ohne Kleidung vor seinem Kiosk. Ein
wenig grauer Rauch von der verdampften Kleidung umgibt ihn noch, dann
kreischen schon die ersten Menschen auf der Straße auf und zeigen mit
Fingern auf ihn.

Zitternd und nach Fassung ringend stolpert er in den nächsten
Hauseingang und bedeckt sich mit Zeitungsblättern, die der plötzlich
aufgekommene Wind ihm entgegen bläst. Ein richtig kleiner Orkan
kommt auf, der alle Zeitung aus dem Kiosk reißt und auf den nackten
Verkäufer schleudert.

Elea, die Tochter Gottes, steht inmitten des Chaos aus wehendem Papier
wie ein Fels in der Brandung. Mit fester Stimme sagt sie: „Elftes Gebot,
du sollst nicht unfreundlich sein zu deinen Mitmenschen."

Von einem Moment auf den anderen stirbt der Wind ab und das Papier
fällt zu Boden. Es gibt den Blick auf den alten Mann frei, der sich
schluchzend im Hauseingang zusammenkauert. Die Passanten blicken
ungläubig auf die Szene, schütteln den Kopf und gehen wieder ihres
Weges. Nur ein kleiner Junge mit Baskenmütze geht zu dem
Zeitungsverkäufer und hält ihm seine Jacke hin. Der Mann nimmt sie
nickend an.

Der Metro-Krake unter der Straße ächzt und stößt heiße Luft aus den
Lüftungsgittern im Gehweg. Ein paar Zeitungen wehen hoch, schweben
dann leise und elegant wie ein Herbstblatt wieder auf den Asphalt.

Es ist gespenstisch still, als aus der Ferne Donnergrollen zu hören ist und
schnell näherkommt. Der Himmel zieht sich zu. Die Tochter Gottes blickt
zum Himmel hinauf.

„'*Liebe deinen Nächsten wie dich selbst*' passte ja wohl nicht, da er sich
selber nicht liebt! Und außerdem soll ich doch dein Wort verkünden,
oder? Und, halte dich da raus, wir haben eine Vereinbarung!" In Eleas
Gesicht zeichnet sich unverkennbar Wut ab, die Adern an der Schläfe
werden sichtbar, nur mühsam unterdrückt sie den Impuls, die Faust
drohend nach oben zu recken.

Leise und geschwind ziehen sich die dunklen Wolken zurück, Paris ist wieder die geschäftige Stadt, in der jeder seinen Dingen nachgeht und sich nicht um den Anderen kümmert.

,Das wird sich ändern.' Elea kämmt mit den schlanken Fingern durch ihr Haar, schaut ihr Spiegelbild im Schaufenster an und ist zufrieden. Der erste Tag fängt gut an. Sie wechselt auf die andere Straßenseite, ein neues T-Shirt wäre nicht schlecht. Der Spruch darauf war keine gute Wahl, wenn er auch gut gemeint war.

Auf der gegenüberliegenden Straßenseite angekommen wirft sie noch einen Blick zurück zu dem Jungen und dem Zeitungsverkäufer. Der kleine Martin wird für seine freundliche Geste ab jetzt sein Leben lang Glück haben, bei allem, was er sich vornimmt, dafür sorgt sie. Und der alte Zeitungsverkäufer, ja, der wird sich von seinem Schock erholen und hat noch ein paar Jahre Zeit, sich zu überlegen, was für ein Leben er demnächst führen möchte. Vielleicht besucht Elea ihn noch einmal, bevor sie hier fertig ist.

Der Geruch des Pubs auf der Straßenecke schlägt ihr entgegen, sie nimmt eine Nase voll und geht weiter. Café, Apotheke, Pub, Restaurant, Pizzeria, gibt es denn hier gar keine Modegeschäfte? Brasserie, Café Montmartre, Café Oscar, Papadoom, Boulangerie, Patisserie und auf der Ecke schon wieder ein Café/Brasserie. Die Menschen hier scheinen den ganzen Tag nur zu essen. Kopfschüttelnd schaut Elea auf die Tische, die auf dem Gehweg verteilt sind. Gut die Hälfte ist schon besetzt, es ist Mittagszeit. Wenn sie so die Straße weiter hinunterschaut, da gibt es auch keine Boutiquen. Also dreht sie auf dem Absatz um und geht zurück zur Hauptstraße.

Unvermittelt stößt sie mit einem Mann in einem Jogginganzug zusammen, der ihr gerade entgegenkommt. „Entschuldigung, Madame, ich habe nicht aufgepasst!", murmelt er, ohne den Kopf zu heben und geht weiter, biegt rechts in die Rue Saint-Marc ab.

Elea sieht ihm lange hinterher. Das war der Kioskbesitzer von eben. Zumindest scheint er seine guten Manieren wieder gefunden zu haben. Dann war der kleine Zwischenfall ja doch ganz hilfreich für ihn. Sie fährt mit den Fingern durch ihr Haar, dreht sich wieder und marschiert zurück zum Boulevard Montmartre. *,Wie können die Leute hier diesen Lärm nur aushalten?'*, denkt sie, als die Autos an der Ampel gerade grün bekommen. Einige Motorräder bahnen sich hupend ihren Weg, es stinkt nach Abgasen.

Die Fußgängerampel wird grün und Elea geht geradeaus auf das Schuhgeschäft an der Straßenecke zu. Das ist schon einmal ein Anfang: Schuhe kaufen. Sie lächelt. Natürlich könnte sie sich, genau wie im Café schon mit der Sonnenbrille, einfach ein Paar Schuhe kreieren, aber der Spaß liegt für sie im Sehen, Fühlen, Riechen, Anprobieren.

Als die Tochter Gottes den Laden betritt, lächelt die Verkäuferin zu ihr herüber, dann ruft sie eine Kollegin aus dem Raum hinter dem Vorhang und beginnt mit ihr zu tuscheln. Sie erzählt von dem Vorfall am Kiosk, den sie vom Schaufenster aus gesehen hat, und schmückt das Gesehene nun lebhaft aus.

Der Laden selbst ist nicht groß, die beiden Schaufenster sind spärlich, aber nett mit teuren Schuhen und Handtaschen dekoriert. An den beiden Wänden finden sich Regale mit Schuhen und Stiefeln. Qualitätsware, keine Billigimporte aus China. Es riecht nach Leder und verschiedenen Parfümen, wohl von den anwesenden Kundinnen. Als die Tür zugleitet, ist der Lärm der Straße wie abgeschnitten.

Elea genießt die angeregte Unterhaltung der beiden Verkäuferinnen und die fragenden Blicke, die ihr zwischendurch zufliegen, während sie ein Paar Schuhe nach dem anderen probiert. Schließlich entscheidet sie sich für ein paar weiße Segeltuchschuhe. Sie geht in ihnen ein paar Schritte herum, dann zur Verkaufstheke. Die Verkäuferinnen beenden Ihr Gespräch.

„Ich möchte die gleich anbehalten, ist das okay?", fragt Elea.

Die Verkäuferin nickt. „Das haben Sie gut gemacht, da eben. Das war einfach mal nötig, so ein unfreundlicher Mensch. Wie auch immer Sie das nur gemacht haben."

Die Verkäuferin zieht fragend eine Augenbraue hoch, bekommt aber keine Antwort. Elea lächelt nur freundlich und hält ihre Scheckkarte hin. Etwas enttäuscht stakst die Schuhfrau zur Kasse und zieht die Karte durch das Lesegerät. „Soll ich Ihnen Ihre alten Stiefel einpacken? Die sind doch noch so gut!"

„Nein, verschenken Sie sie!" Die Tochter Gottes nimmt die Karte aus der Hand der Verkäuferin und geht zur Ladentür. „Ich brauche sie nicht mehr."

Als die Tür schon aufschwingt, dreht sie sich noch einmal um und fragt: „Ach, wo kann ich hier ein paar neue Sachen bekommen?" Sie deutet auf das T-Shirt und die Jeans.

Die Schuhfrau schaut an Elea auf und ab. „Am besten, Sie gehen hier gleich links raus, und immer den Boulevard hinunter. Wenn Sie auf dieser Seite bleiben, haben Sie ZAZ, Burton und kurz hinter der Post das Camaieu. In einem der Läden werden Sie schon das Passende finden, ich wünsche Ihnen viel Glück!" Dann dreht sie sich wieder zu ihrer Kollegin, deutet auf die Stiefel und beginnt erneut zu tuscheln.

Elea tritt hinaus in die Pariser Großstadtluft. Während die Glastür hinter ihr leise zugleitet umfängt sie der geschäftige Lärm der Straße, der Geruch der Autos, Motorräder und Esslokale.

Ich habe Zeit!' denkt sie und schlendert langsam an den Stühlen des „Le Brebant" vorbei. Die Löffel klingeln in den Tassen, als zwei Gäste den Kaffee umrühren, während rechts auf der Straße hupend Motorräder vorbeirasen.

„Zeit!" Die Tochter Gottes wiederholt das Wort laut, lässt es wie Schokolade auf der Zunge langsam im Kopf zergehen. „DAS habe ich lange nicht mehr gehabt: ZEIT!" Sie genießt es, das „Zeitlose", die Ewigkeit, für eine gewisse Zeit hinter sich zu lassen und in der „Endlichkeit" zu leben.

Sie erlebt ihren Spaziergang, wie wir Menschen es gar nicht mehr können. Sie freut sich an der Wärme der Sonne auf ihrer rechten Wange, dem ständig wechselnden Geruch der Großstadt und dem Gewirr von Stimmen in den verschiedensten Sprachen. Manchmal bleibt sie einfach stehen und schließt ihre Augen, wie, um alle Eindrücke einzusaugen und zu speichern.

Als sie den dritten Laden verlässt ist sie komplett neu eingekleidet, weißer BH, dessen Träger keck aus der roten Bluse hervorschauen, kurzer, jeansblauer Faltenrock. In der Hand die obligatorischen Einkaufstüten, die jeden Touristen von den Einheimischen abheben.

Ein Blick auf die Uhr mit dem zierlichen roten Lederarmband, die jetzt ihr Handgelenk schmückt, damit sie sich immer wieder bewusst wird, wie schön es ist, ZEIT zu haben: Achtzehn Uhr. Das hat lange gedauert und genau so viel Spaß gemacht.

Jetzt wird es Zeit, zu Yves zu gehen. Vat-i zeigt ihr den Weg, weit ist es nicht. Zunächst die paar Meter zurück die Straße hoch, dann rechts in die Rue de Faubourg-Montmartre. Die Verkäuferin aus dem Schuhgeschäft steht mit einer Zigarette in der Hand vor dem Laden und winkt ihr freundlich zu. Sie trägt Eleas alte Stiefel.

Auch in dieser Straße reiht sich ein kleines Geschäft an das nächste, Hotel, Café, Kino, Hotel, Café, Supermarkt, Café. In dem Schaufenster des Kostümverleihs liegen abgehackte, blutverschmierte Hände aus Plastik. ‚*Wie geschmacklos!*‘ denkt Elea. Mit einem leisen „puff“ zerfallen sie zu Staub, ohne dass einer der Vorbeigehenden etwas merkt.

Elea lächelt zufrieden und übersieht fast das vorbeirasende Motorrad, als sie die Straße überquert. Schockiert schaut sie dem Davonrasenden nach. Dann schüttelt sie den Kopf und geht weiter. Kurz nach dem Eingang zur Passage Verdeau liegt auf der Ecke das Schokoladengeschäft, über dem Yves in der zweiten Etage wohnt. Von dem kleinen Balkon winkt ihr Yves bereits zu und bedeutet ihr mit den Händen, dass sie zum Eingang um die Ecke gehen muss.

Es summt leise, als Yves oben den Türdrücker betätigt, die grüne Holztür öffnet sich mit einem Seufzer und schwingt dann erstaunlich leicht auf.

Im Treppenhaus riecht es feucht nach einer Mischung aus Kalk und Zement, aber auch einer Note Süßem vom Geschäft nebenan. Als die Tür wieder hinter ihr zuschlägt steht Elea plötzlich im Dunkeln und sucht nach dem Lichtschalter. Yves ist jedoch schneller und betätigt oben das Treppenhauslicht.

Über die Jahrzehnte lang eingetretenen Steinstufen des engen Treppenhauses gelangt die Tochter Gottes in die zweite Etage, ihre Einkaufstüten scheuern an den Wänden. Yves erwartet sie in der Wohnungstür mit einem Lächeln und einer Tasse Kaffee in der Hand.

„Freut mich, dich zu sehen. Ich habe gerade frischen Kaffee gemacht, komm rein!" Mit einer einladenden Geste öffnet er die Tür weit und Elea drängt mit ihren Einkaufstüten an ihm vorbei.

„Mein Gott, du hast aber ordentlich zugeschlagen. Wie heißt du überhaupt?"

„Elea. Aber ‚mein Gott' geht zur Not auch." Die Tochter Gottes muss über ihren eigenen Scherz lachen, dann geht sie durch den kurzen Flur in das Wohnzimmer. Geräuschvoll lässt sie die Taschen auf den Holzfußboden neben das rote Stoffsofa fallen und sich selbst in das Sofa. „Ja, ein Kaffee während jetzt echt nett!"

Während Yves in der Küche schnell mit einem feuchten Lappen die verkrusteten Reste aus einer gebrauchten Kaffeetasse wischt, schaut Elea sich um. Das Zimmer ist nicht groß, wohl Wohnraum und Schlafzimmer in einem, vielleicht vier mal fünf Meter groß, mit zwei Fenstern, die bis auf den Boden gehen. Die Wände sind überstrichen, aber das ist wohl auch schon einige Jahre her. Durch die vorhanglosen Fenster blickt sie auf die gegenüberliegenden Häuser. Draußen am Geländer hängen tatsächlich Blumenkästen, die Pflanzen darin sind vertrocknet.

Yves kommt mit einer Tasse dampfendem Kaffee herein und folgt Eleas Blick. „Die gehören dem Vormieter. Ich dachte, er kommt noch mal, sie abholen."
„Ach so, wie lange wohnst du denn schon hier?"

„Drei Jahre, schätze ich."

„Und, hast du in der Zeit mal an Gießen gedacht?"

„Ja, ein paar Mal. Aber irgendwie bin ich nicht dazu gekommen."

Elea fragt sich, ob Yves das tatsächlich ernst meint, kann seine Miene aber nicht deuten. Sie nickt dankend, nimmt die Kaffeetasse und probiert einen Schluck.

„Etwas seifig ..." Sie verzieht den Mund und schaut Yves fragend an.

„Nikaragua. Beste Bohne. Die sind so." Yves wirkt überzeugend, obwohl er sich bewusst ist, dass der Wischlappen wohl seine Spuren im Kaffee hinterlassen hat.

Elea stellt die Tasse auf den schmalen Holztisch und blickt sich weiter um. In der Ecke rechts neben der Tür sind einige Kartons gestapelt, ein alter Schreibtisch aus dunklem Holz steht an der Wand daneben. Ein Gartenstuhl davor. Eine Kommode mit aufgesetztem Spiegel und eingelassener Waschschüssel auf der gegenüberliegenden Seite. Nicht gerade zeitgemäß eingerichtet. Aber ein WLAN-Router, der ständig blinkt! Die Wand über dem Schreibtisch ist „tapeziert" mit Fotos in verschiedenen Größen, farbig und schwarz/weiß. Meistens Landschaftsfotos, auch einige Portraits.

„Ich fotografiere." Yves setzt sich dicht neben seine Besucherin auf das Sofa und deutet mit der ausgestreckten Hand auf die gegenüberliegende Wand. „Gefallen sie dir? Elea."

Die Tochter Gottes rückt nach rechts und schafft wieder etwas Abstand. „Ja, ganz ordentlich. Aber ich verstehe nicht viel davon."

„Hmmh! Was machst du denn so, wenn du nicht gerade Kaffee trinkst und einkaufst oder große Pläne schmiedest?" Yves deutet auf den Stapel Papier auf dem Schreibtisch, den er für sie mitgenommen hat.

„Ich mache… Sachen! Ja! Man könnte sagen, ich entwerfe Dinge und stelle sie her. Ja, das trifft es!" Elea widersteht dem Drang, noch einmal nach der Kaffeetasse zu greifen. Stattdessen schlägt sie vor: „Lass uns essen gehen. Ich bin schon den ganzen Tag hier und habe noch nichts von Paris gesehen. Und wenn es dunkel wird, möchte ich auf den Eiffelturm."

„Gute Idee! Ich war noch nie auf einem der Boote, die die Seine entlangfahren und auf denen man essen kann. Hast du Lust? Das mit dem Eiffelturm bei Nacht, das wird allerdings nicht gehen. Der schließt mit Einbruch der Dunkelheit aus Sicherheitsgründen." Yves stellt seine Tasse ab, ganz dicht neben Eleas, so dass beide sich berühren, dabei kommt er ihr wieder ein paar Zentimeter näher.

Elea steht auf und geht zum Fenster. „Ja, gerne. Das ist mal eine andere Perspektive als ständig dieser laute Verkehr. Ich bin dabei. Und das mit dem Eiffelturm, das lass mal meine Sorge sein. Wann geht unser Zug nach Münster?"

„Morgen um 7.49 Uhr ab Gare du Nord. Heute war nichts mehr zu bekommen", lügt Yves und steht ebenfalls auf. „Und ich dachte, du wolltest vielleicht noch eine Nacht ausruhen, bevor du dich auf die Reise begibst." Er tritt neben sie ans Fenster und schaut sie fest an. „Hast du schon ein Zimmer für die Nacht?"

„Ich denke, das ist schon geklärt." Elea drückt ihm unvermittelt einen Kuss auf die Wange und geht zur Tür. Yves schaut ihr nach, als sie die Tür zum WC hinter sich schließt. Das wird ein interessanter Abend werden. Er schaut hinunter auf die Straße und beginnt zu träumen.

Nach ein paar Minuten betritt die Tochter Gottes wieder das Zimmer. Sie trägt ein elegantes schwarzes Abendkleid. Und weiße Segeltuchschuhe. Einfach himmlisch sieht sie aus.

Yves dreht sich um und schaut Elea fasziniert an. „Ich hatte gar nicht gemerkt, dass du dich umgezogen hast! Du siehst wunderschön darin aus. Wie eine Göttin!"

Die Tochter Gottes lächelt, fühlt sich tatsächlich etwas geschmeichelt. Sie wirft ihm einen Kuss zu. „Du darfst mich heute Abend ausführen. Dafür bekommst du dann später auch eine Belohnung."

„Mit Vergnügen, schöne Frau." Yves nimmt die Anzugjacke, die über seinem fertig gepackten Lederkoffer liegt und zieht sie über. „Wollen wir gleich losgehen und vorher noch etwas trinken?"

Elea blickt kurz von ihrem Smartphone auf. „Moment, gleich habe ich es." Sie scheint irgendwelche Anweisungen in die Sprachbox zu flüstern, dann lässt sie das Gerät elegant in die schwarze Handtasche gleitend, die sie aus einer der Einkaufstüten nimmt. „Gebucht. Abfahrt 20.30 Uhr am Fuß des Eiffelturms, wir müssen gegen acht da sein. Also haben wir noch knapp zwei Stunden Zeit." Sie schaut ihm direkt in die Augen. „Zeig mir Paris!"

Paris bei Nacht

Beide verlassen die Wohnung, gehen schweigend nebeneinander das Treppenhaus hinunter bis sie draußen von dem typischen Paket aus Pariser Luft und Straßenlärm empfangen werden. Die Sonne ist noch nicht untergegangen, aber es ist spürbar kühler geworden. Elea zittert leicht. Yves zieht sein Jackett aus und will es ihr über die Schulter legen, aber die Tochter Gottes wehrt ab.

„Danke, ich friere nie!“ Sie folgt seinem Blick und schaut auf ihrem Unterarm. Gänsehaut! Die feinen Härchen stellen sich hoch. *‚Oder doch?!‘*

Yves zuckt mit der Schulter und schlüpft wieder in seine Jacke. „Wir müssen nur die Straße hoch und dann links in die Rue Lafayette. Da ist eine Metro-Station.“

„Nein, danke. In diese Hölle steige ich nicht ohne Not hinab. Lass uns zu Fuß gehen!“

Yves nickt und greift nach Eleas Hand. So führt er sie durch viele kleine bunte Seitenstraßen herunter zur Seine, bis zum Louvre. Die Tochter Gottes wirft einen kurzen, obligatorischen Blick durch die gläserne Pyramide nach unten, während Yves schon ansetzt, von dem mystischen Schatz, der unterhalb der Pyramide liegen soll, zu erzählen. „Jetzt nicht!“, sagt Elea nur knapp und drückt seine Hand, dann zieht sie ihn weiter Richtung Seine. Von allen Seiten dringen Souvenirverkäufer auf das Paar ein, entfernen sich aber eilig, als plötzlich von irgendwo her eine Polizeisirene aufheult, ohne dass ein Auto zu sehen ist. Elea lächelt zufrieden in sich hinein.

An der Pont du Carrousel führt Yves sie die lange Rampe hinter zu dem kleinen Weg, der direkt an der Seine entlangführt. Hier riecht es frischer, fast wie am Meer, und der Lärm der Straße oben scheint wie mit einer Käseglocke gedeckelt zu sein. Jogger hecheln schwitzend an ihnen vorbei, während die beiden gemütlich einen Fuß vor den anderen setzen.

An der Pont de l'Alma überqueren sie die Seine und gehen am anderen Seineufer weiter, den Eifelturm fest im Blick. Hier herrscht wieder ein anderes Klima, es fühlt sich nicht mehr so frisch an, ein Hauch warmer Großstadt weht herüber, mit dem unvermeidlichen Verkehrsgeräusch.

Direkt unterhalb des Eifelturms umfängt die beiden die typische Paris-Atmosphäre, hier lebt das Paris der Touristen, und hier leben die Touristen ihr Paris.

Der Schiffssteward lächelt sie freundlich an, als Elea und Yves den Steg zum Boot der Bateaux Parisiens betreten. Man scheint sie zu erwarten, sie werden direkt zu ihrem Tisch geführt.

Die „gelbe Stunde" ist angebrochen, die Zeit etwa eine Stunde vor Sonnenuntergang. Es ist der Übergang zwischen Tag und Nacht, das Licht hat zu dieser Zeit einen besonderen Zauber. Langsam schiebt sich das große Schiff durch das Wasser der Seine, während die Kellner mit ihren Tabletts leicht wankend geübt jede Bewegung des Schiffes ausgleichen. Eine Chansonsängerin singt am Klavier Lieder von Edith Piaf und träumt dabei von einer großen Karriere auf den Brettern, die die Welt bedeuten. Und nicht schwanken. Ein Abend rundum romantisch.

Nur selten weist Yves auf die vorbeiziehenden Sehenswürdigkeiten hin, er will den Abend nicht als Reiseführer verbringen. Nur beim Vorbeifahren an der Baustelle von Notre Dame macht er eine Ausnahme. Er erzählt von dem Tag, an dem das Dach bei Restaurierungsarbeiten Feuer fing und seinem Freund, der dort Bienen hält. Wie durch ein Wunder war den Bienen damals nichts geschehen, ‚sie müssen wohl einen Schutzengel gehabt haben'. Er lächelt geheimnisvoll in sich hinein.

Ansonsten erzählt er viel von seinem Leben in Paris, seinen wechselnden Jobs, dem vorzeitig abgebrochenen Studium der Philosophie, seiner Sicht der Welt und der Dinge um ihn herum. Während ein Gang nach dem anderen serviert wird, kommentiert Elea jedes Gericht und schwelgt in Begeisterung für den Geschmack und die Farbe des Essens. Man könnte meinen, sie hätte jahrelang nichts gegessen außer weißem Brot.

Die Tochter Gottes scheint irgendwie verändert, sie kichert auffällig viel und laut. Yves hat viel von sich erzählt, aber hat es immer noch nicht geschafft, viel mehr als ihren Namen in Erfahrung zu bringen. Er weiß nur, dass sie heute erst angekommen ist, irgendeinen ominösen Auftrag erfüllen will, der mit ihrem Bruder zu tun hat, und dass sie wohl ohne Gepäck gereist ist. Wo sonst wären ihre Koffer? Und, das wird deutlich, sie verträgt keinen Champagner, obwohl sie die ganze Zeit nur wie ein Spatz daran nippt. Als Yves ihr ein zweites Glas eingießen will hält sie ihre rechte Hand über das Glas, zu plötzlich für Yves, der den Rest aus der Flasche über ihre Finger gießt.

Elea springt auf, mehr aus Schreck als um Yves deswegen einen Vorwurf zu machen. Der herbeigeeilte Kellner gibt ihr sein Tuch und sie trocknet Ihre Hand damit ab. Dann geht sie kurz nach unten, um sich die Hände zu waschen. Als sie wieder hoch kommt trägt sie einen dunkelblauen Hosenanzug, der sie wie eine Geschäftsfrau aussehen lässt.

„Unten ist eine Boutique!", revanchiert sich Elea für die Lüge mit den Kaffeebohnen. „Die haben wirklich alles! Und da ist es wärmer." Als Tochter Gottes muss man ja nicht jedes kleine Wunder erklären. Sie setzt sich wieder an den Tisch, auf der linken Seite kommt wieder der Eiffelturm in Sicht. „Wir sind bald da. Ich glaube, jetzt wäre es Zeit, für die Besichtigung des Eiffelturms und deine Überraschung."

Yves muss sich noch an den veränderten Anblick seines Gegenübers gewöhnen, und fragt voller Vorfreude: „Und wie willst du auf den Turm kommen?"

Die Tochter Gottes beugt sich zu ihm herüber und lächelt geheimnisvoll. „Schließe die Augen!"

Yves schließt erwartungsfroh die Augen und spitzt die Lippen. Ein kalter Wind weht vorbei.

„Jetzt kannst du sie wieder aufmachen!" Yves blickt sich verwundert um. Der erwartete Kuss ist ausgeblieben. Stattdessen befindet er sich…

… oben auf dem Eiffelturm. Er sitzt in der ersten Etage auf der kalten Glasplatte und sieht die Menschen unter sich vorbeiströmen.

Yves steht auf und blickt verwundert immer wieder erst nach unten, dann in die Ferne und wieder in Eleas Gesicht. Plötzlich reißt diese die Augen weit auf. Sie hält die Hände vor den Mund, springt auf, zeigt auf Yves und kreischt:

„Ich kann deine Flügel sehen!"

Für eine Sekunde sieht man hinter Yves Rücken ein paar große, weiße Schwingen sich leicht im Wind bewegen. Dann mach es „Flapp!" und der Spuk ist vorbei.

„Oh! Der Schreck, entschuldige! Da hatte ich mich nicht unter Kontrolle." Und wieder steht da der Yves, der Kellner, der Bretone vor ihr, den Elea heute Morgen erst kennen gelernt hatte und sagt ruhig. „Ich glaube, wir müssen reden!"

„Das glaube ich auch!", antwortet die Tochter Gottes und schüttelt nachdenklich den Kopf. „Du zuerst!"

Yves kämmt mit den Händen sein fülliges, dunkles Haar nach hinten und schaut Elea an. Dann blickt er wieder kopfschüttelnd nach unten auf die Menschen, die klein wie Streichholzköpfchen herumlaufen. Und schaut wieder Elea an. Ihre hellblauen Augen fangen den Glanz der Lichter der Großstadt auf und spiegeln ihn zurück. Sie ist wunderschön und Yves wünschte, es wäre alles etwas anders, als es jetzt gerade ist, es wäre alles „normal".

„Ich, ich, ähm, ich bin nicht wie du!", fängt er an.

„Bestimmt nicht!", sagt Elea bitter. „Weiter!"

„Also, es ist so..." Er bricht wieder ab. „Ich habe das noch niemandem erzählt."
„Dann erzähl es jetzt!"

„Ich bin ein Engel!", bricht es aus ihm hervor und als wäre ein Damm gebrochen erzählt er aufgeregt weiter. „Ich weiß gar nicht einmal genau, wann und wie. Aber irgendwann bin ich zur Erde gekommen. Als Engel. Ich bin nicht geboren worden, wie jeder normale Mensch, ich war einfach da. Ich gehöre zu einer Legion von Engeln, die auf der Erde unterwegs sind, und verschiedene Aufgaben erfüllen. Einige haben konkrete Sachen zu tun, einige, wie ich, sind einfach nur da und warten auf ihren Auftrag. So wie ein „Schläfer".

Irgendwann macht es „plopp" und Gott schickt uns unseren Auftrag. Irgendwie. Keine Ahnung, wie das aussieht, ich habe noch nie einen Auftrag bekommen. Ich warte schon eine halbe Ewigkeit und ich habe keine Lust mehr darauf. Ich möchte ein normales Leben führen, so wie die Menschen um mich herum. Mich verlieben, eine Zukunft haben, ein Ende."

Er schaut Elea fest an. Seine braunen Augen sind leicht feucht. Dann strafft sich sein Gesichtsausdruck, er schaut nach oben, nachdenklich, dann wieder zu ihr und fragt mit ruhiger Stimme: „Dein Bruder. Die Liste. Die Sachen, die er nicht erledigt hat. Weshalb du hier bist. Das ist doch kein Zufall. Dass wir, DU und ich, hier sind. Bist du mein Auftrag? War er ein Engel? Soll ich seinen Auftrag weiterführen? Bist du ein Engel? Ach, das geht ja gar nicht. Du bist ja eine Frau."
Die Tochter Gottes läuft leicht rot an, eine Ader an ihrer Schläfe schwillt an. „In welcher Zeit lebst du eigentlich?" Mit dem Finger stößt sie gegen seine Brust. „Natürlich könnte ich ein Engel sein! Wieso denn nicht?" Sie schaut ihn abschätzig an. „Wer hat euch denn so was beigebracht? Eine Frau kann kein Engel sein? Schwachsinn!"

Yves begibt sich verwundert etwas auf Abstand. Er hatte nach seiner Offenbarung mit Überraschung gerechnet, mit vielen Fragen. Aber nicht mit Vorwürfen. Er schaut Elea an, versucht, sie zu begreifen.

„Wer bist du?"

Elea lacht leise, schüttelt ungläubig den Kopf. „DAS hatte ich mir heute Abend auch nicht so vorgestellt. Du willst wissen, wer ich bin?"

Sie atmet die kühle Luft tief ein und dreht sich mit einer ausladenden, die ganze Umgebung umfassende, Handbewegung einmal um die eigene Achse.

„Was meinst du, wer sich dies alles ausgedacht hat? Wer hat das wohl alles gemacht?" Sie nickt ihm auffordernd zu, wartet auf seine Antwort.

„Was soll das? Gott natürlich! Aber du bist eine Frau! Und du bist nicht Gott!"
Elea sinkt betont verzweifelt in sich zusammen. ‚*Wen haben wir denn da auf die Erde geschickt?*'

Sie strafft sich wieder, zieht Yves zu sich heran und schaut ihm tief in die Augen. „Überraschung! Ich bin die Tochter Gottes! Und dies... alles hier... ist mein Werk!" Mit einer Handbewegung umfasst sie der Turm, die Stadt, die ganze Welt.

Yves Gedanken rotieren. Er versteht die Welt nicht mehr. Er war der Meinung gewesen, ER hätte ein Geständnis zu machen, eine Offenbarung. Aber Elea… Wenn das wahr ist… Er schüttelt mehrfach den Kopf, wie, um die wirren Gedanken herauszuschütteln.

Elea tritt auf ihn zu, zieht ihn noch näher zu sich heran und küsst ihn auf den Mund. Sein anfänglicher Protest erstirbt innerhalb einer Sekunde, dann erwidert er den Kuss leidenschaftlich. Beide umarmen sich voller Verlangen, die Küsse werden fordernder. Die nächtliche Beleuchtung des Eiffelturms flammt auf und zwanzigtausend Glühbirnen erhellen ihn mit kaskadenartigen Lichtfluten.

Nachdenken ist menschlich, Leben ist göttlich.

Yves löst sich von Elea, nimmt sie an die Hand, lässt seine Flügel sichtbar werden und fliegt mit ihr hoch auf die dritte Plattform. Dies ist sein Lieblingsort. Er liebt es, hier, in über 270 Metern Höhe, der Geschäftigkeit der Großstadt zu entkommen und nur für sich zu sein. Nachts, wenn alle Menschen schlafen, ist er oft alleine hier und schlendert gemütlich immer wieder um die Champagner-Bar herum, mit einem Glas Sekt in der Hand. Er fühlt das Knarren des Metallbodens unter seinen Füßen, schaut hinaus in die beleuchtete Nacht, zieht die klare Luft durch die Nase und saugt mit den Ohren die Stille in sich auf.

Elea steht lange still neben ihm, ihre Sinne scheinen mit ihrer Umgebung zu verschmelzen. Als eine Sternschnuppe im Westen ihre Bahn zieht, nimmt sie wieder Yves Hand. „Komm, mein Engel. Ich will zu dir!“

Elea nickt in die Richtung des Aufzugs, dessen Türen sich wie ferngesteuert öffnen. Hand in Hand schreiten beide durch die Tür und der Aufzug gleitet automatisch langsam nach unten, während die schwarzen Eisenstreben, mal dunkel, mal beleuchtet, langsam am Fenster vorbeigleiten. Mit einem sanften Ruck kommen sie am Boden an, die Tür gleitet leise auf und sie steigen aus. Ein paar Leute schauen zu ihnen herüber, verwundert, dass um diese Zeit doch noch ein Aufzug fährt, aber dann ist ihr Interesse schon verebbt und das Paar verschwindet in der Menge der Touristen.

Ein Engel und die Tochter Gottes schlendern, wie ein verliebtes Paar, die Seine entlang, biegen in den Jardin des Tuileries ab, kaufen im

Supermarkt noch ein paar Kleinigkeiten und stehen kurz nach Mitternacht wieder vor Yves Hauseingang. Inzwischen ist es auf den Straßen ruhiger geworden, beide gehen leise und schweigend die Treppe hoch in die zweite Etage.

Als Yves die Tür öffnet, erwartet ihn eine Überraschung. Elea hat spontan sein Zimmer nach ihren Vorstellungen „verändert" und geht an ihm vorbei durch die geöffnete Tür. Beide empfängt eine warme Welt aus Gewürzgerüchen, angenehm gedämpftem Licht und leiser Musik. Der Boden unter Yves Füßen scheint aus Sand zu bestehen, er zieht die Schuhe aus und badet seine Zehen in dem ungewohnten Gefühl. Er bekommt eine Gänsehaut. Eine Weile schaut er seinen Füßen zu, wie sie mit dem Sand spielen, ihn immer wieder durch die Zehen gleiten lassen, dann schaut er auf. Das Wohnzimmer scheint viel größer geworden zu sein. Nein, es scheint nicht nur, es ist so.

Elea sitzt in dem warmen Sand auf einem gelben Strandtuch, die Wellen schwappen leicht und leise in einem Meter Entfernung. Die Sonne scheint.

Verdutzt tritt Yves zurück in den kalten, dunklen Treppenhausflur, die Hand am Türrahmen. Ja, das ist seine Wohnung. Er geht einen Schritt vor. Nein, das ist nicht seine Wohnung. Er geht noch einmal zurück. Ja, das ist seine Wohnung. Zwei Schritte vorwärts, nein, das ist nicht seine Wohnung. Sie ist innen viel größer als außen. Elea kommt über den Sand auf ihn zu und zieht ihn über die Türschwelle. Dann schließt sie leise die Tür und schaut Yves schelmisch in die Augen.

„Ich hatte doch gesagt, ich entwerfe Sachen und stelle sie her. Das kann ich gut." Die Tochter Gottes lächelt und nimmt den Engel fest an der Hand. Langsam bewegen sie sich in den warmen Sand auf das Strandtuch zu.

Elea nestelt an Yves Hemdknöpfen, dann zieht sie ihm das Hemd aus. Ihre schlanken, kalten Finger bewegen sich durch die schwarzen, krausen Haare seiner warmen Brust, hinauf zum Hals, zum Kinn, zu den Lippen, die sie leise öffnen. Ihre Finger umfahren einmal seine Lippen, dann suchen sie wieder ihren Weg nach unten. Die linke Hand umkreist den Bauchnabel, während die rechte sich bereits an der Gürtelschnalle zu schaffen macht. Als Yves ihr mit einer Hand zur Hilfe kommen will, wird diese von ihr weggeklatscht.

Yves lässt Elea die Führung übernehmen und gibt sich ihren Forderungen hin. Es hat sich bereits ein gewaltiger Druck aufgebaut, so dass Elea Probleme hat, Yves Hose nach unten zu ziehen. Als sie sie endlich über die Füße abgestreift hat, küsst sie sich ihren Weg nach oben frei, die Unterschenkel entlang, die Beine, die Lenden, kurzer Abstecher zu den Handinnenflächen, die Brust und dann der Mund. Leicht liegt Yves Kopf zwischen Eleas Händen, während ihre Finger durch sein Haar gleiten und ihr Mund sich auf seinen presst.

Als Elea eine gefühlte Ewigkeit später ihren Kopf in den Nacken legt, beginnt Yves, ihren Hals und ihre Schultern zu küssen. Langsam arbeitet er sich so an ihrem Körper herab, streift ihre Bluse und Hose nach unten, zieht ihren Slip mit seinen Zähnen langsam nach unten.

Elea dreht und bäumt sich auf unter der aufkommenden Lust, in seinen festen, gefühlvollen Händen biegt sie sich wie eine warme Wachsfigur. Irgendwann gleiten beide gleichzeitig auf das Strandtuch, die rot untergehende Sonne taucht sie in ein warmes Licht, die Brandungsgeräusche werden lauter. Während Elea sich auf den Rücken legt und die Beine öffnet, entfaltet Yves leise seine Flügel und gleitet sanft und voller Anmut in sie hinein.

Beider Sinne sind auf das Äußerste gespannt, ihre Augen schauen durch die Augen des anderen in die Tiefe der Seele, ihre Nasen riechen den angenehmen Geruch von Schweiß und Erregung, beide Zungen schmecken das Salzwasser in der Luft. Das Donnern der Brandung mischt sich mit der immer schneller werdenden Atmung, ihre Körper rollen durch den Sand, der sich warm und weich anfühlt. Ein Fest der Sinne, eine Explosion der Gefühle tobt in der kleinen Wohnung in Paris, bis beide erfüllt einschlafen.

Der Morgen danach

Als der Morgen graut liegen beide nebeneinander, Hand in Hand, auf dem roten Klappsofa. Elea starrt an die Decke und beobachtet das einsetzende Spiel der Lichter der Straßenreklame und der Autos, das sich dort flackernd spiegelt. Abrupt steht sie auf und geht ins Bad. Yves dreht sich zur Seite und schaut auf den kleinen batteriebetriebenen Wecker. Es ist sechs Uhr. Eine halbe Stunde mit der Metro bis zum Gare du Nord, also noch Zeit, Kaffee zu machen und ein paar Croissants zu holen. Gerade als er seine Beine über die Bettkante schwingt, um in seine Hose zu schlüpfen, hört Yves aus dem Bad einen lauten Schrei.
„Elea!" Er stürzt los und dann auf den Boden, seine Füße haben sich in der Hose verfangen. Schnell rappelt er sich auf und rennt zum Bad, reißt die Tür auf. Sofort wird sie von innen wieder zugeschlagen, die Schlüssel dreht sich im Schloss. Versperrt! Yves hatte nur einen kurzen Blick hineinwerfen können, auf die Duschkabine, der Boden mit Blut bedeckt. Er legt ein Ohr an die Tür und fragt mit klopfendem Herzen: „Elea, ist alles gut?"

Von innen hört er ein leises: „Scheiße! Scheiße! Scheiße!", und dann, etwas lauter: „Alles gut, Yves. Wie es scheint, habe ich meine Regel bekommen. Ich werde wohl doch ZU menschlich." Während Yves noch an der Tür lehnt, hört er, wie sie im Bad die Duschtür aufschiebt und das Wasser wieder andreht.

„Ich hole Croissants!", ruft Yves durch die Holztür, froh, dass nicht Schlimmeres passiert war. Er geht, ohne eine Antwort abzuwarten, in die Küche. Schnell setzt er einen Kaffee auf, sie hatten gestern extra noch frischen gekauft, dann zieht er sich komplett an und hastet die Treppe hinunter auf die Straße.

Die Luft ist kalt, die großen Wagen der Stadtreinigung bahnen sich langsam ihren Weg durch die noch leeren Straßen, spülen mit viel zu viel Wasser die Reste des Nachtlebens und weggeworfenen Zigarettenkippen den Rinnstein hinunter. Gluckernd versinkt das Gemisch aus Wasser und Abfall in den Gullis, hastet hinunter in die Kanalisation und unterspült die Stadt der Liebe. Es riecht klamm, moderig, der typische Pariser Morgengeruch.

Die Patisserie ist nicht weit, nur ein paar Schritte links die Straße hinunter. Frühaufsteher kommen Yves entgegen, das typische Baguette in der

Hand, die Spitze angeknabbert. Nach zehn Minuten ist Yves wieder in seinem Appartement. Seinem Appartement. Alles ist wieder wie immer.

Kein Sand, kein Meer, kein sonnengelbes Strandtuch.
Nur der Geruch von frischem Kaffee. Und frisch gewaschenem Haar. Und Elea.
Nichts wird mehr sein, wie es war.
Während Yves seine Jacke an den Nagel hängt und die Tür zuschiebt, ruft er vorsichtig: „Da bin ich wieder!", in den kurzen Flur hinein. Elea antwortet aus dem Wohnzimmer: „Ich bin hier!" Vorsichtig schaut Yves um die Ecke ins Wohnzimmer. Der alte Fußboden, die alte Tapete, rotes Sofa, wieder zusammengeklappt, Schreibtisch.

Auf dem Fußboden sitzt Elea im Schneidersitz und hält die Kaffeetasse hoch. „Ich habe mich schon bedient, danke für's Kochen. Schmeckt viel besser als gestern." Sie zwinkert und er weiß genau, dass sie ihm schon gestern seine Ausrede nicht abgenommen hatte. Tochter Gottes oder nicht, er war immer schon ein schlechter Lügner, durchschaubar.

Yves holt sich aus der Küche auch eine Tasse Kaffee und setzt sich zu Elea. Er reißt vorsichtig die Tüte aus der Bäckerei auf und reicht ihr ein Croissant. Sie bricht es auf und isst es Stück für Stück, spült es mit Kaffee herunter. Als sie sich den Mund mit dem Handrücken abwischt, sagt sie: „Wenn ich an gestern Abend denke… Paris, die Stadt der Kontraste."

Yves ist nicht klar, ob sie das Abendessen mit den Croissants vergleicht oder den ausschweifenden Abend mit dem nüchternen Morgen. Aber letztendlich ist ihm das auch egal. Er ist einfach glücklich, gestern, im Café nicht gezögert zu haben und Elea jetzt an seiner Seite zu wissen. Irgendwie kommt ihm das alles immer noch wie ein Traum vor. Genussvoll steckt er sich das letzte Stück Croissant in den Mund.

„Traumhaft, nicht wahr?" Elea zeigt auf die leere Tüte, sie scheint wirklich so einigen Nachholbedarf gehabt zu haben. „Müssen wir nicht langsam los?"

Yves schaut auf seine Armbanduhr. „Es sind etwa zwanzig Minuten zu Fuß. Wir haben noch etwas Zeit. Oder willst du mit der Metro fahren?"

„Ich habe Füße, und die will ich auch benutzen. Nein, bloß nicht." Sie steht langsam auf, nimmt die leere Tüte und die beiden Tassen mit in die

Küche. Dann geht sie wieder ins Wohnzimmer, blickt aus dem Fenster. „Hier bin ich Mensch, hier will ich‘s sein.“ Abrupt dreht sie sich wieder um. „Los geht‘s. Ich habe eine Welt zu retten.“

Yves lächelt ob der gekonnten Verknüpfung von Goethe und Dr. Who, dann greift er nach seinem Lederkoffer, den er gestern schon gepackt hatte. „Nimmst du nichts mit, Elea?“

„Ich nehme mir, was ich brauche, Yves. Dann, wenn ich es brauche. Wozu nimmst du so viele Sachen mit für die Zugfahrt?“

„Das ist nicht viel, nur das Nötigste. Ich weiß ja nicht, wie lange wir dort sind.“

„Wir? Ich wusste gar nicht, dass du auch etwas in Münster zu erledigen hast.“

„Aber… du hast gestern doch gefragt, ob ich dich begleite.“

„Nach Münster, ja.“

„Eben.“

„Aber nicht **in** Münster. Ich weiß noch gar nicht, wie lange ich dortbleiben werde, und dann geht meine Reise erst richtig los. Und, im Ernst, die Tochter Gottes und ein Engel, der seine Flügel nicht unter Kontrolle hat, das kann doch nicht gut gehen.“

Yves lässt den Koffer fallen, genau wie seine Kinnlade. So hat er das noch nicht betrachtet. Und, wenn er darüber nachdenkt, sie hat Recht. Hatte er sich da etwas vorgemacht? War da seine Fantasie mit ihm durchgegangen, sein Wunsch, sein Leben zu ändern? Jetzt sieht er es auch, das kann nicht gut gehen.

Aber so weiter leben wie früher will er auch nicht mehr. Er strafft seinen Körper, greift wieder nach dem Koffer und sagt mit fester Stimme: „Münster, ich komme. Elea, kommst du mit?“

Die Tochter Gottes nickt lächelnd, greift seine Hand. „Münster, ich komme!“

Die Fahrt nach Köln

Bis zum Bahnhof sind es nur ein paar hundert Meter im langsam erwachenden Straßenverkehr von Paris. Die Luft ist kalt und feucht, riecht, wie Großstadt eben riecht: nach Autos, Benzin, Beton, Zeitungen, Menschen in Hektik. Schweigend gehen beide die Straßen entlang, Elea in Gedanken an ihre Vorhaben in Münster, Yves in Gedanken an die Nacht mit Elea.

Beim Betreten des Bahnhofs erklingt die bekannte melodiöse Zugansage, Menschen mit Koffern in der einen und Reiseproviant in der anderen Hand gehen zielstrebig kreuz und quer durcheinander, streben ihrem Gleis oder dem Ausgang entgegen. Täglicher Reisetrott mischt sich mit Reisevorfreude, zerknitterte Gesichter mit weit offenen Kinderaugen.

Elea und Yves gehen, immer noch schweigend, nebeneinander her zum Gleis 9. Vor den Eingangstüren zu den Waggons steht bereits der übliche Menschenstau, weil es immer wieder nicht funktioniert, dass zwei Passagiere gleichzeitig mit dem Koffer in der Hand durch die schmale Tür eintreten können. Hier scheint man um jeden Meter zu kämpfen, nur, um dann im Zug langsam durch den Gang zu schleichen und rechts und links spähend den gebuchten Sitzplatz zu suchen. Die beiden müssen den Zug entlang bis nach vorne gehen, Yves hatte Plätze in den Waggons der ersten Klasse gebucht. Waggon 26, direkt hinter dem Speisewagen.
Die Schaffner kontrollieren die Fahrkarten und winken das Paar freundlich durch. Kurz danach machen sie es sich auf den rot gepolsterten Stoffsesseln gemütlich. Elea nimmt aus dem Stoffbeutel, dem einzigen Gepäckstück, das sie mitgenommen hat, ihre Aufzeichnungen und Ausdrucke vom Vortag und blättert sie langsam durch. Yves lässt seinen Gedanken über seine Zukunft freien Lauf, als sich der Zug mit einem leichten Ruck in Bewegung setzt. Das monotone Rumpeln der Räder auf den Schienen zeigt seine Wirkung auf die Übernächtigten, sie schlafen nach kurzer Zeit ein.

Yves wird als erster wieder wach, schaut auf seine Uhr. Noch eine halbe Stunde bis Köln. Dann haben sie alle Zwischenstopps verschlafen. Nun, auch nicht schlimm. Er schaut nach rechts. Elea schläft, ihr Kopf liegt an der Fensterscheibe, ihre Lippen bewegen sich leise, so, als wenn sie sich mit jemandem unterhält. Auf ihrem Schoß und dem Boden verstreut liegen ihre Papiere.

Yves kann seinen Blick nicht von Elea nehmen, seine Gedanken beginnen wieder um ihr Zusammentreffen und die vergangene Nacht zu kreisen. Und um seine Zukunft. Was will er denn in Münster? In Paris hat er seit Jahren eine Wohnung, einen Freundeskreis, auch wenn keiner von ihnen auch nur ahnt, dass er in Wirklichkeit keiner von ihnen ist.
Aber wer ist er überhaupt? Ein vergessener Engel auf Erden. Die Tochter Gottes ist nicht gekommen, um ihn zu erlösen, sterblich zu machen. Oder ihm eine Aufgabe zu geben. Außer, eine Fahrkarte nach Münster zu kaufen. Er zuckt innerlich die Schulter. Da wird er wohl abwarten müssen, was ihn in Münster erwartet.

Noch fünfzehn Minuten bis Köln Hauptbahnhof, der Zug ist im Fahrplan. Elea regt sich leicht, als ein paar Sonnenstrahlen auf ihre Nase fallen, schafft dann aber doch nicht den Absprung aus dem Land der Träume und schläft weiter. Yves kann seinen Blick nicht von ihr lösen, sie ist einfach schön. Zu schön, um wahr zu sein.

Auch die Durchsage im Zug weckt Elea nicht. Erst als der Waggon kurz vor dem Hauptbahnhof in der Weiche ruckelt schlägt sie die Augen auf. Sie setzt sich aufrecht hin, reibt mit beiden Händen ihren Nacken, streicht mit den Fingern wie ein Kamm durch das lange, braune Haar. Dann sammelt sie ihre Unterlagen auf und verstaut sie wieder in der Stofftasche.

Die Zugpassagiere stehen schon im Gang, Plastiktüten in der Hand, einige auch mit Koffern, schubsen und drängeln zum Ausgang. Die beiden warten, bis der Gang leer ist, dann stehen sie auf. Yves nimmt im Herausgehen seinen Koffer aus der Kofferablage am Eingang und setzt ihn vor dem Zug auf den Boden.

„So, da sind wir. Das ist Köln! Wir müssen auf Gleis 6, da haben wir in ein paar Minuten direkt Anschluss nach Münster. Oder willst du dir erst die Stadt ansehen, Elea?"

„Das wäre interessant, zu sehen, was ihr daraus gemacht habt. Entschuldige, zu sehen, was **sie** daraus gemacht haben. Aber ich bin nicht zum Vergnügen hier. Lass uns lieber gleich weiterfahren." Als sie sich umdreht, um zu gehen, wird sie unsanft zur Seite gestoßen. Ein junger Mann auf einem Roller rast an ihr vorbei, reißt ihr die Tasche aus der Hand und rollert hastig weiter zur Treppe.

Yves schaut Elea an. Sie rappelt sich auf, ist nicht verletzt. Ihr Gesicht wechselt seinen Ausdruck innerhalb einer Sekunde von erschrocken auf böse, fast bösartig, dann auf nachdenklich, dann erleichtert. „Lass uns den Dom anschauen, ich muss eh noch meine Sachen zusammensuchen."

Im gleichen Moment fährt allen Reisenden ein schrilles Geräusch durch die Knochen, wie brechendes Metall. Der Dieb stürzt von seinem blockierenden Tretroller. Der enorme Schwung trägt ihn auch ohne Roller weiter, er poltert kopfüber die Treppe hinunter. Wieder hört man ein krachendes Geräusch, diesmal sind es menschliche Knochen. Einige Menschen rennen zum Treppenausgang, andere drehen sich entsetzt weg.

Elea geht langsam zum Ausgang. „Siebentes Gebot: Du sollst nicht stehlen!" Ohne Hast geht sie die Treppe hinab, an deren Ende sich der Dieb unter Schmerzen windet. Ein zufällig vorbei gekommener Polizist leistet erste Hilfe und ruft den Notarztwagen. Unberührt von der ganzen Aufregung um sie herum sammelt Elea ihre Papiere zusammen, die über den Boden wehen und von einigen Leuten achtlos zur Seite gestupst werden.

Als der Polizist zu ihr aufschaut, schaut Elea ihm in die Augen und sagt: „Das sind meine, er hat sie mir gestohlen." Der Polizist nickt und kümmert sich weiter um den Verletzten.

Yves steht noch auf der Mitte der Treppe und versucht, sich ein Bild von der Frau zu machen, mit der er in der letzten Nacht geschlafen hat. Von der Frau, die jetzt eiskalt ihre Papiere zusammensucht, die diesen Dieb, da ist er sicher, gnadenlos gestoppt hat. Von der Frau, die Gott auf die

Erde geschickt hat, um sein Wort zu verbreiten. Sein Kopf scheint ihm zu klein, um das begreifen zu können.

Von unten winkt Elea, bedeutet ihm, herunter zu kommen. Yves reißt sich aus seinen Gedanken und geht langsam die Treppe hinab. Sanitäter hasten von links mit einer Trage herbei, rechts steht Elea und geht dann ungeduldig Richtung Domplatte. „Das hat er sich selbst zuzuschreiben", sagt sie kurz, als Yves zu ihr aufschließt. „Kaffee? Ich gebe einen aus." Vielleicht darf man als Gott ja gar kein Mitgefühl für den Einzelnen empfinden, bei mehr als sieben Milliarden, um die man sich kümmern muss? Yves ist immer noch irritiert von dieser Frau. Er nickt. „Danke, gerne!"

Bei Starbucks gibt es gleich den nächsten Zwischenfall, an dem Elea offenbar beteiligt ist. Während Yves am Tisch wartet, steht Elea in der Schlange an der Theke. Die dunkelhäutige Bedienung müht sich redlich, mit dem Ansturm an Kunden klar zu kommen. Zapft mit rechts, kassiert mit links. Stück für Stück rückt die Warteschlange auf. Nach einem kurzen, nicht hörbaren Disput mit der Bedienung verlässt die Frau vor Elea die Kasse. Mürrisch setzt sie ihre Tasse auf den Stehtisch auf. Ohne ihr Zutun fällt die Tasse plötzlich um und ein Schwall schwarzer Brühe ergießt sich über den Tisch, ihre Hose und in ihre Tasche. Viel zu viel Kaffee, um in der Tasse vorher Platz gehabt zu haben.

Als sie die beiden Tassen auf den Tisch setzt, blickt Yves Elea fragend an. „Achtes Gebot!", sagt sie kurz und beginnt, an ihrem Kaffee zu nippen.

Vielleicht kümmert sich Gott ja doch um jeden einzelnen der sieben Milliarden Menschen. Seine Tochter zumindest scheint es zu tun. Immer noch schweigsam trinken beide ihren Kaffee, dann steht Elea auf. „Jetzt will ich den Dom sehen, komm!" Sie nimmt Yves, der noch schnell den letzten Schluck aus der Tasse nimmt und nach seinem Koffer greift, an die Hand und zieht ihn vom Tisch weg hinaus auf die Domplatte.

Draußen empfängt beide ein wolkenloser Himmel, die Sanitäter fahren den Rollerfahrer gerade ins Krankenhaus. Menschen gehen langsam umher und genießen die Frühlingssonne auf der Haut. Einige wenige eilen, meist mit Aktentaschen in der Hand, auf den Bahnhofseingang zu. Auf den Treppen, die zum Dom hochführen, sitzen Dutzende von Menschen, einzeln und in Gruppen. Es riecht nach warmem Essen, frisch gebackenem Brot und ein bisschen Frühling. Verkehrslärm ist nur dumpf

42

wahrnehmbar. Die Sonne steht mittig über dem Dom, der, wie seit Jahren schon, in graue Baugerüste gekleidet ist. Ihre Folien flattern leise im Wind wie der üppige Stoff eines Sommerkleides.

„Da ist er!", sagt Yves überflüssigerweise und deutet auf den Dom.

„Stimmt!", antwortet Elea. „Jetzt sehe ich ihn auch. Aber da vorne links, da muss ich erst noch rein." Sie zeigt auf ein Bekleidungsgeschäft im Bahnhof. „Mir ist nach Wechsel." Unwillig lässt Yves sich in den Laden ziehen, der schon beim Öffnen der Tür teuer riecht. Eine Verkäuferin eilt herbei, bietet Yves einen Sitzplatz und einen Kaffee an, während sie sich hingebungsvoll um Elea kümmert. Nur kurze Zeit später ist diese dann neu eingekleidet. Heute ist es hellbraun, eine lange Hose aus Samt mit passendem Blazer und cremefarbener Bluse. „Ich möchte doch passend angezogen sein für den Besuch. Gefällt es dir?" Sie dreht sich vor Yves im Uhrzeigersinn.

„Die Tochter Gottes trägt Prada", murmelt Yves vor sich hin, und dann, etwas lauter: „Ja, sehr schön. Passt irgendwie zu dir."

Elea nickt zufrieden mit ihrer Auswahl, zieht elegant die goldene Scheckkarte aus der Hose und dann durch den Kartenleser. Die Verkäuferin lächelt zufrieden und packt die alten Kleidungsstücke in eine Tüte.

„Ach nein, behalten Sie es!" Elea wehrt die hingehaltene Tüte ab. „Das brauche ich heute nicht mehr." Sie steckt Scheckkarte und Vat-iPhone in ihre neue Handtasche und verlässt mit Yves, der die Verkäuferin anblickt und nur die Schultern zuckt, den Laden. Sein Kaffee, der gerade Trinktemperatur erreicht hatte, bleibt auf dem Tischchen stehen. Yves schaut ihm sehnsüchtig nach.

Leichtfüßig steigen beide die Treppen zum Dom hinauf. Hier ist eine größere Unruhe zu spüren als unten auf dem Platz vor dem Bahnhof. Die Menschen gehen hin und her, verrenken sich bei dem Versuch, ein besonders ausgefallenes Foto vom Dom zu machen oder eine Person besonders vorteilhaft zu fotografieren. Viele Menschen machen merkwürdige Verrenkungen, strecken die Zunge heraus oder ziehen das Gesicht schräg, strecken Zeige- und Mittelfinger ausgestreckt in die Luft. Eine Frau rempelt Yves im Vorbeigehen leicht an. Sie ist nur auf ihr

Handy konzentriert, das sie an einer Stange ausgestreckt vor sich herträgt und mit dem sie sich zu unterhalten scheint.

Elea schaut sich das Treiben fassungslos an, dann wendet sie sich Yves zu. „Warten die hier draußen auf Heilung?"

Da ihm nicht ganz klar ist, ob die Frage wirklich ernst gemeint ist, zuckt er nur die Schultern und lächelt unverbindlich. Er deutet auf den Eingang. „Sollen wir?" Elea nickt. Kopfschüttelnd folgt sie dem Engel in den Dom, immer wieder das merkwürdige Verhalten der Menschen verfolgend.

Im Dom umfängt beide die typische Atmosphäre großer sakraler Bauwerke. Die Luft ist kalt und voller kleiner Echos, es riecht nach Weihrauch und Heiligkeit. Die Tochter Gottes verzieht die Mundwinkel, als sie erkennt, dass sich das Treiben draußen auch hier im Dom fortsetzt.

Blitzlichter leuchten auf, Menschen kichern, posieren vor den Heiligenstatuen, machen Selfies und arrangierte Gruppenbilder. In den Bankreihen sitzen sie, mit leuchtend grünen Gesichtern, checken eben mal kurz ihre Maileingänge auf dem Handy oder schicken ein kurzes Reisevideo zu der lieben Familie nach Japan.

‚Das hat mein Bruder also gemeint!‘ Elea steht kurz vor einem Wutausbruch. Als sie dann noch von einem kleinen Jungen, der seine Schwester durch die Kirchenbänke jagt, angestoßen wird, ist es mit ihrer Beherrschung vorbei.

„Das zweite Gebot! Ihr sollt Gott ehren!", ruft sie laut. Der Kirchendiener am Stand mit den Prospekten schaut sie an und legt den linken Zeigefinger an die Lippen, bedeutet ihr, ruhig zu sein. Das hätte er besser nicht getan. Eine plötzliche Übelkeit überkommt ihn, er muss sich auf der Stelle erbrechen. In das Geräusch der auf die Steinfliesen aufklatschenden Nahrungsreste mischt sich ein Unheil verkündendes Summen, dass schnell so schrill wird, dass sich die Menschen die Ohren zuhalten. Das Geräusch bricht abrupt ab, gefolgt von dem Knistern der zerberstenden Bildschirme der Handys und Tablets. Leichter Rauch steigt aus den Geräten auf, es riecht nach verbrannten Kabeln.

Die Tochter Gottes stampft mit dem Fuß auf, dann weicht die Wut aus ihrem Gesicht und sie fährt sich mit den Fingern durch das Haar. „Komm Yves, hier haben wir nichts mehr zu suchen. Ich will jetzt nach Münster!"

‚Du bist wunderschön in deinem Zorn', denkt Yves, sicherheitshalber ganz leise, und folgt Elea aus der Kirche. Sie ignoriert das Klingeln ihres Handys in der Handtasche. Auf Erklärungen hat sie jetzt gar keine Lust.

Der Himmel bleibt sonnig als sie die Stufen zum Gleis 6 hochstiegen, die Anzeigetafel verspricht, dass der ICE in zehn Minuten ankommen wird. Yves überlegt kurz, ob die Zeit noch reicht, sich einen Kaffee zu holen, entscheidet sich dann aber dagegen.

Der Zug fährt pünktlich ein und nachdem die Traube der Reisenden durch die Tür in den Zug gequollen ist steigen auch Yves und Elea ein. Sie nimmt, wie in Paris, am Fenster Platz und lehnt ihren Kopf an die Scheibe. Elea wirkt auf Yves etwas angeschlagen, also lässt er sie in Ruhe. „Ich hole mir schnell einen Kaffee im Zugrestaurant", sagt er und steht auf.

Zwei Waggons weiter erwartet ihn ein müde und unverbindlich lächelnder Bahnangestellter hinter der Theke, auf der ein weißer Zettel mit fetter schwarzer Schrift liegt: **Kaffeeautomat defekt!**

Während ein Fahrgast eine Diskussion darüber anfängt, ob man ihm nicht vielleicht auf alt hergebrachte Methode mit heißem Wasser und Kaffeefilter eine Tasse kochen könne dreht Yves auf dem Absatz um und geht zurück zu seinem Sitzplatz. Elea blättert in ihren Papieren, die sie aus ihrer Handtasche genommen hat. Ihr Handy liegt mit ein paar Zetteln auf Yves Platz. Er wirft einen Blick auf das Display: **Ein verpasster Anruf: VATER**.

Elea lächelt müde und steckt das Handy und die Papiere wieder zurück in die Tasche, so dass Yves sich setzen kann. „Yves, kannst du mir bitte ein Auto besorgen in Münster? Ich möchte mich noch etwas ausruhen."

„Ja, mache ich. Egal, was für ein Typ?" Elea nickt kurz, lehnt ihren Kopf an die Scheibe, schließt die Augen und ist schon im Land der Träume. Oder wo immer eine Tochter Gottes sein mag, wenn sie mal nicht Handys zerstört oder Menschen durch die Luft wirbelt.

Im Zoo von Münster

Nach knapp zwei Stunden weckt Elea das Ruckeln des Zuges beim Einfahren in den Bahnhof. Sie schaut aus dem Fenster. MÜNSTER Hauptbahnhof, Gleis 4. Noch etwas müde fährt sie mit den Fingern durch das Haar, greift nach ihrer Tasche und steht auf.

„Wir sind da, Yves. Danke! Hier trennen sich unsere Wege. Ich fahre jetzt erst einmal zum Zoo, eine alte Schuld einlösen. Was hast du vor?"

Yves schaut irritiert und traurig in ihre blauen Augen. Irgendwie hatte er immer gehofft, dass das nicht hier und jetzt endet, dass er Elea weiter begleiten würde. „Ich weiß nicht. Vielleicht... Kann ich erst einmal mitkommen? Ich war lange nicht mehr in einem Zoo."

„Warum nicht?" Elea schaut ihn freundlich an. „Dann kannst du auch das Auto fahren. Ich fühle mich da noch etwas unsicher." Freudig überrascht stimmt Yves zu und beide verlassen den Zug, nachdem die Menschentraube an ihnen vorbei gestolpert und herausgequollen ist.

Der Bahnhof ist modern, nicht groß, nur sechs oder sieben Gleise. Am Ausgang steht, wie verabredet, die Frau von der Autovermietung und winkt mit dem Schlüssel. Sie trägt geschäftsmäßig in einen schwarzen Anzug mit weißer Bluse. Eine Kappe mit dem Logo der Autovermietung hält ihr langes, braunes Haar zusammen. Die Formalitäten sind schnell erledigt und schon fünfzehn Minuten später fährt Yves Elea Richtung Allwetter-Zoo Münster. Es ist nur eine Viertelstunde Fahrt, Elea blättert derweil in ihrem Handy. Sie ruft bei Google Fotos auf. Bei dem Bild eines Esels hält sie an.

„Das ist er! Das ist Nikolas! Der Esel, mit dem Jesus aus Jerusalem geflohen ist." Yves schaut kurz hinüber, während er nach rechts abbiegt. „Sieht aus wie ein Esel. Ganz normal."

„Natürlich, das ist er ja auch. Ein Esel. Und normal. Nur eben etwas alt. Etwas sehr alt. Und da muss ich etwas tun."

„Willst du ihn erschießen?"

„Mach dich nicht lächerlich! Das würde ich einem Tier nicht antun, das weißt du genau."

„Was willst du denn dann?“

„Warte es ab. Ich habe ein Geschenk für ihn. Du wirst sehen. Zweitausend Jahre, das ist eine lange Zeit. Eine Bürde.“

„Na ja, auf dreihundert Jahre komme ich auch schon!“

„Ach jeh, bist du jung!“

Yves biegt auf den Parkplatz ein. Er ist jetzt doch neugierig geworden, was Elea da vorhat. Immerhin ist sie extra aus Paris angereist, um einen Esel zu treffen. Nein, nicht aus Paris, aus dem Himmel. Das muss eine wichtige Aufgabe sein!

Sie brauchen nicht weit zu gehen. Kurz hinter dem Eingang des alten Zoos liegt schon der Streichelzoo. Elea tritt wortlos an den Zaun, da löst sich auch schon ein Esel aus der Gruppe und kommt auf sie zu. Sie zieht eine lange Möhre aus der Tasche. „Hallo Nikolas. Ich habe hier etwas für dich. Du weißt Bescheid?“ Der Esel schnaubt und nickt.

Yves tritt zwischen Esel und Elea. „Eine Möhre. Was soll das denn sein? Dafür fahren wir extra hier hin? Dafür habe ich den Job aufgegeben? Dafür habe ich letzte Nacht ...“

„Ja, was? Was hast du letzte Nacht?“

„Mich verliebt.“ Er schlägt die Augen nach unten.

„Du weißt, das kann nicht sein! Davon war nie die Rede! Ich wollte nur, dass du mich hierher begleitest.“

„Und das habe ich getan! Aber warum? Nochmal! Eine Möhre?“
„Mein lieber Yves, das ist eine besondere Möhre. Das ist die Möhre der Sterblichkeit. Ich überbringe sie Nikolas und er kann entscheiden, ob und wann er sie essen möchte. Ab dem Moment, in dem er sie ist, wird er sterblich wie jeder andere Esel auch. Zweitausend Jahre sind für einen Esel wirklich genug.“

„Da hättest du ihn besser erschießen können! Du kannst doch einem Esel nicht zumuten, über Leben und Tod zu entscheiden!“

„Ach nein?! Und was war in Amerika? Da war ein Mann mit der gleichen Gesichtsfarbe wie diese Möhre Präsident und entschied viel gewichtigere Sachen. Wie soll ein Esel nicht über **sein eigenes** Leben entscheiden dürfen?“

„Das tut jetzt doch gar nichts zur Sache!“ Yves braust kurz auf, sagt dann aber resigniert: „Vielleicht hast du Recht. Er ist ja alt genug. Der Esel!“

Während Elea mit dem Esel redet und ihm liebevoll seine Mähne krault, geht Yves aufgewühlt hin und her. Er fällt ihm schwer, sie einfach „aufzugeben“. Aber sie hat Recht. Sie ist die Tochter Gottes und er nur ein Engel. Sie hat hier eine Mission zu erfüllen, sicherlich schwieriger als die von Jesus, und er, er hat nur einen Wunsch: Mensch zu werden. Das kann und darf nicht zusammenpassen.

Kurz überlegt Yves, der Tochter Gottes die Möhre aus der Hand zu reißen und selbst zu essen. Ob sie bei ihm auch wirken würde? Dann wäre es vorbei mit der Unsicherheit, dem Leben in der Schwebe.

Aber zu spät! Nikolas nimmt Elea die Möhre aus der Hand und zerbeißt sie mit einem lauten Krachen. Der Saft spritzt und läuft dem Esel das Maul hinab. Yves hat das Gefühl, ein Lächeln in Nikolas Gesicht zu sehen. Er geht auf Elea zu.

„Wenn du nicht auch so eine Möhre für mich hast, dann ist mein Auftrag hier wohl beendet?!“ Seine Stimme klingt schärfer als er es gewollt hat. Sie schaut ihn kurz an, dann erwidert sie: „Yves, wenn du möchtest, kannst du jetzt gehen. Ich habe hier noch zu tun.“

In seiner Hosentasche gräbt Yves nach dem Autoschlüssel und wirft ihn Elea zu. „Hier, du weißt ja, wo du den Wagen wieder abgeben kannst. Ich nehme jetzt den Bus und schaue mal, was ich aus dem Tag mache.“ ‚Und aus meinem Leben‘, aber diesen Satz denkt er nur. Beide umarmen sich zögerlich, dann geht Yves zum Ausgang. Die Tochter Gottes blickt ihm nach, dann wendet sie sich wieder Nikolas zu. „Wirklich, ein toller Kerl! Ein Engel!“

Elea schlendert noch eine Stunde gemütlich durch den Zoo, während Yves mit dem Bus in die Innenstadt von Münster fährt. Er möchte in Ruhe nachdenken, und wie kann man das besser als bei einer Tasse Kaffee.

Vor der Eisdiele BELLA VENEZIA von Familie Gramm bleibt er stehen und schaut das große Fenster, auf das eine Gondel gemalt ist, lange an. Er fährt die Konturen der Gondel mit dem Finger entlang, hält den schmutzig gewordenen Zeigefinger hoch und lacht. Warum nicht auch ein Eis essen? Er zieht die Glastür zur Eisdiele auf und wird von der typischen, süßkalten Eisdielenluft empfangen. Ein Türglöckchen klingelt leise.

Vater Pélé, der Besitzer, steht hinter der Theke und lächelt ihm freundlich zu. Sein etwas zu dicker Bauch stützt ihn an der Theke ab, mechanisch wischt er seine Hände an seiner grauen Schürze ab.

„Senior! Wollen eintreten! Es ist genug Platz!" Mit einer ausladenden Handbewegung zeigt er einmal in die Runde. Nur einer der braunen Holztische ist besetzt, zwei Männer und eine Frau löffeln dort eifrig aus ihren Eisbechern. Hinter dem Vorhang zur Küche lugt kurz eine junge Frau hervor, zieht den Vorhang dann aber gleich wieder zu.

Pfarrer Jakob

Am späten Nachmittag verlässt Pfarrer Jakob die Marienkirche. Die Sonne steht noch über den Dächern der an den kleinen Park angrenzenden Häuser und wirft ein warmes Licht auf das üppige Grün des Rasens und den bunten Fleckenteppich des Kiesweges, der sich hindurch schlängelt. Rechts am Wegesrand, auf der Bank, auf der er früher oft mit Jesus gesessen hatte, sitzt eine attraktive Frau mit übereinander geschlagenen Beinen und schaut ihn aufmunternd an. Sie schiebt die Sonnenbrille leicht die Nase herunter, so dass er ihre blauen Augen sehen kann und fährt sich mit den Fingern durch das lange, braune Haar. Der Pfarrer tritt auf sie zu.

„Entschuldigen Sie, meine Dame, wenn ich sie so einfach anspreche. Aber für einen kurzen Moment dachte ich, sie wären jemand anderes. Jemand ganz anderes. Verzeihen Sie bitte, aber da ist einfach so eine Ähnlichkeit, ich kann das gar nicht erklären. Er ist, ja, es ist ein Mann, aber trotzdem… diese Ähnlichkeit… er ist erst seit gestern fort."

Er schlägt die Augen nieder und fährt traurig fort: „Wohl für immer."

„Ach der! Ja den kenne ich. Den habe ich getroffen. Ich soll Sie schön grüßen." Elea kann sich ein Lachen nicht verkneifen, während Pastor Jakob sie mit offenen Augen anstarrt. „Wie? Was soll das heißen?"

„Mein Bruder lässt sie grüßen! Kommen Sie mit, Jakob. Nicht hier, hier haben die Bäume Ohren, in die Sakristei, da erkläre ich es Ihnen." Sie nimmt den verdutzten Pastor an die Hand und zieht in zur Kirche zurück. Die schwere Holztür zur Sakristei schwingt selbständig auf, als sie darauf zugehen. Pfarrer Jakob muss an die Jahre mit Jesus zurückdenken. Er hatte immer Probleme, diese alte Tür überhaupt nur zu bewegen, während Jesus sie jedes Mal mit Leichtigkeit öffnen konnte. Ihm wird schlecht, sein Kreislauf versackt.

Als er wieder zu sich kommt, liegt Jakob auf dem Steinboden der Sakristei, ein paar Messgewänder unter sich, die Füße hochgelegt auf eine Holzbank. Elea beugt sich über ihn und sieht ihn besorgt an. „Theatralischer hätte selbst ich den Auftritt nicht hinbekommen. Alle Achtung!"

Der Pfarrer will sich aufrichten, aber die Tochter Gottes drückt ihn wieder zurück. „Bleiben Sie noch etwas liegen, ich gebe ihnen etwas, das Ihnen auf die Beine hilft." Sie legt überlegend einen Finger an die Schläfe und sagt: „Ein Glas Wein vielleicht? Das bringt das Blut wieder zum Zirkulieren."

Langsam steht sie auf, nimmt eins der Gläser von der Anrichte und füllt es am Wasserkran. Als sie es Jakob reicht, ändert es plötzlich seine Farbe. Jakob richtet sich langsam auf und riecht.

„Wein! Das ist Wein!" Er nimmt einen Schluck. „Wirklich, Wein!" Er nimmt noch einen großen Schluck und blickt Elea fragend an.

„Natürlich! Haben Sie gedacht, nur mein Bruder kann so kleine Wunder vollbringen?"

Jakob nimmt noch einen Schluck. Und noch einen. Dann leert er das Glas mit einem letzten großen Schluck. „Ich verstehe das immer noch nicht. Jesus hat eine Schwester? So eine richtige? So wie er? Oder was bedeutet das?"

„Ja, so wie er. Zumindest haben wir den gleichen Vater!" Elea lacht. „Hat er nie von mir erzählt?" Sie reicht dem Pfarrer die Hand, hilft ihm auf und sagt dann bestimmt: „Darf ich mich vorstellen? Ich bin Elea, die Tochter Gottes!"

Sie hält weiter die Hand des Pfarrers fest und ihn durchströmt ein warmer Fluss aus Erkennen und Verstehen. Draußen beginnen die Kirchenglocken ohrenbetäubend zu Läuten und das Licht in der Sakristei wird fast unerträglich weiß.

Als die Tochter Gottes seine Hand wieder loslässt, fühlt der Pfarrer wieder den Steinboden unter seinen Füßen und auch seinen Blutdruck. Er starrt Elea mit offenem Mund an, seine Augen sind feucht.

„Kommen Sie mit zum Papst? Ich habe schon alles vorbereitet, morgen soll meine Abreise sein. Ich will endlich alle Unklarheiten über Jesus beseitigen und Beweise für seine Göttlichkeit vorlegen. Diesmal muss der Papst mir glauben."

„Ich weiß!", sagt Elea. „Aber deswegen bin ich nicht hier. Ich bin nicht gekommen, um ein paar Einzelne auf den Weg zu Gott zu führen, ich will ALLE! Und dafür brauche ich etwas Vorbereitungszeit. Allerdings keine zweitausend Jahre." Sie lacht selbstbewusst, als draußen ein Grummeln am Himmel aufzieht und Wolken die Fenster verdunkeln.

Die Sakristeitür öffnet sich wie von selbst. Elea tritt nach draußen und blickt zum Himmel. „Keine Einmischung hatten wir abgemacht! Ich habe meine Methoden und Jesus hatte seine." Es wird kurz still, dann setzt das Gezwitscher der Vögel wieder ein. Die Wolken verziehen sich geschwind, die Sonne lacht.

Der Pfarrer sitzt auf der Holzbank und schüttelt schmunzelnd den Kopf. „Ich glaube, ich habe so ein ‚déja-vue'. Mit Jesus habe ich Ähnliches erlebt. Nur, dass er etwas weniger … wie soll ich sagen … durchsetzungsfähiger war. Bis zum Schluss." Schlagartig ändert sich seine Stimmung wieder, seine Augen werden feucht. Er wischt sie mit dem Ärmel ab. „Geht es ihm gut?"

„Ja. Er ist jetzt da, wo er sein will. Und ich soll Ihnen seine Grüße überbringen. Aber das hatten wir ja schon. Danach wurden Sie ohnmächtig." Sie lächelt mitfühlend, aber auch ein wenig ungeduldig. „Kann ich auf Ihre Hilfe zählen?"

Der Pfarrer blickt auf. „Meine oder die der Kirche? Das sind im Moment zwei verschiedene Strümpfe. Egal, wie der Papst meine Unterlagen, und besonders die Ereignisse der letzten Tage, aufnimmt, ich werde danach mein Priesteramt quittieren. Ich kann es einfach nicht glauben, dass die Kirche so lange verleugnet hat, den Sohn Gottes immer noch hier auf der Erde zu haben. Sie haben Mythen und Geschichten um ihn gerankt, eine Religion aufgebaut, die von falschen Tatsachen ausging. Und das wussten sie, da bin ich sicher. Viele Päpste, wenn nicht alle. Und nun ist es zu spät, er ist fortgegangen."

Jakob hat sich in Rage geredet. Nun schaut er Elea fragend an. „Für immer?"

„Weiß Gott!" Eine Antwort wie keine Antwort. Elea zieht den Pfarrer vorsichtig an der Hand nach draußen. „Das heißt, auf **Sie** kann ich zählen. Um die **Kirche** kümmere ich mich selbst, wenn es so weit ist. Lassen Sie uns noch ein paar Schritte gehen. Erzählen Sie mir etwas von meinem Bruder, wie war er so, als Mensch?"

„Oh, das ist eine lange Geschichte."

52

„Wunderbar, ich habe Zeit." Elea lächelt in sich hinein.

Die Tochter Gottes und Pfarrer Jakob gehen Hand in Hand durch den Park, aus ihren Fußabdrücken auf dem Kiesweg wachsen kleine Butterblumen. Elea hat einen Sinn für das Besondere.

Bella Venezia

Nur ein paar Kilometer entfernt setzt sich Yves in der Eisdiele BELLA VENEZIA auf einen der wenigen mit blauem Stoff bezogenen Stühle in der hinteren Ecke. Er ist immer noch erfreut darüber, nach seiner ersten Begegnung mit Elea plötzlich die deutsche Sprache sprechen und verstehen zu können. Amüsiert blättert er in der Speisekarte. Als er sie zur Seite legt kommt der Mann hinter der Theke hervor, immer noch seine Hände in der Schürze abtrocknend.

„Prego, Senior, was kann ich für Sie tun?"

„Ich hätte gerne ganz viel Kaffee. Und einen Walnussbecher."

„Gracie, Senior, kommt sofort. Mit Sahne?"

Yves nickt. „Ja, gerne. Und ganz vielen Nüssen."

„Bene!" Papa Gramm geht langsam wieder hinter zur Theke zurück, während eine junge Frau hinter dem Vorhang hervortritt und sich an den Kaffeeautomaten stellt. Sie hantiert professionell mit Kaffeepulver und Filter, während ihr Vater geübt den Eisbecher zusammenstellt. Bald mischt sich der Geruch von frischem Kaffee mit dem süßlich kalten Geruch, der im Raum hängt. Der Alte schiebt den Eisbecher auf die Theke, seine Tochter kommt mit dem Kaffee in der Hand herum und bringt beides an Yves Tisch. Sie lächelt freundlich, aber hinter dem Lächeln glaubt Yves eine tiefe Traurigkeit zu sehen.

Als sie das Getränk und den Walnussbecher abstellt, sagt sie: „Merkwürdig, sonst setzt sich kaum jemand auf diesen Platz. Hier sitzt mein Freund immer, das heißt, hat er immer gesessen. Als Sie eben durch die Tür kamen, dachte ich, er wäre es. Aber das kann ja gar nicht sein."

Yves glaubt, den Grund für ihre Traurigkeit nun zu kennen. Er fragt mitfühlend: „Dann ist er nicht mehr … da? Ist er …?"

„Tot meinen Sie? Nein! Ich glaube nicht. Nein, ich bin sicher, er ist nicht tot. Das würde ich spüren, das würden wir spüren." Sie fährt mit der rechten Hand über ihren Bauch. „Aber, entschuldigen Sie bitte, ich wollte Sie gar nicht damit belästigen. Er kam einfach so raus. Irgendwie haben Sie so etwas Vertrautes." Sie wendet sich zum Gehen.

54

„Nein, bleiben Sie!" Yves steht auf und zeigt auf den Stuhl ihm
gegenüber. „Setzen Sie sich! Bitte! Ich glaube, Sie haben eine Geschichte
zu erzählen. Und ich möchte jetzt eine hören, um nicht an meine
Geschichte denken zu müssen."

Die Kellnerin steht einen Moment zögernd da, dann streckt sie ihre Hand
aus. „Einverstanden. Ich bin Anna. Aber nur, wenn Sie auch Ihre
Geschichte erzählen."
„Freut mich, ich bin Yves. Gestern war ich noch Kellner in Paris, heute
sitze ich hier in Münster, und weiß nicht, wie es in meinem Leben
weitergehen soll."

„Das klingt für den Anfang sehr interessant. Wollen **Sie** anfangen?"

„Nein. Dann wird mein Kaffee kalt und mein Eis warm. Ich höre lieber
zu, Anna. Und sag Yves zu mir. Also du!" Jetzt erst merken beide, dass
sie immer noch die Hand halten und setzen sich, verlegen lächelnd, auf
die blauen Stühle. Annas Vater brüht schon einmal einen weiteren Kaffee
auf, als hätte er geahnt, dass Anna gleich fragend zu ihm herüberblicken
wird. Während sie noch nach Worten für den richtigen Anfang sucht
kommt er auch schon mit dem Kaffee an den Tisch und legt seine Hand
auf Annas Schulter.

„Das ist meine Tochter. Anna. Anna Gramm!" Er zwinkert mit dem Auge.
„Sie verstehen?! Anagramm. Hahaha! Damals, als ich nach Deutschland
gekommen bin, hießen wir noch Kilos. Guter alter italienischer Name aus
Livorno. Aber Name mir hier in Deutschland zu, wie sagt man,
schwergewichtig, daher haben wir Familiennamen geändert. Damals wir
wussten noch gar nicht, dass wir einmal haben eine so schöne Tochter.
Damals, als wir kamen mit nichts als mein kleiner Fiat und ..."

„Papa!" Anna steht auf. „Wir wollen deine Lebensgeschichte nicht hören.
Nicht gerade jetzt. Und über deinen Witz mit meinem Namen kann hier
auch keiner mehr lachen. Bitte Papa, lass uns jetzt ein wenig allein!"

„Oh, tut mir leid, Bambina. Ich wollte nicht so stören. Ist gut, ist alles
gut!" Langsam rückwärtsgehend zieht er sich zur Theke zurück. Anna
seufzt, Yves lächelt verständnisvoll.

„So sind Eltern eben. Glaube ich. Ich hatte ja nie welche." Er schaut verlegen, als hätte er sich verplappert.

„Gar keine kann ja gar nicht sein. Jeder hat Eltern. Jeder." Sie schaut gen Himmel. „Sogar der, von dem ich dir jetzt erzählen möchte. Obwohl genau das die wenigsten glauben werden. Und du wahrscheinlich auch nicht, wenn ich dir die Geschichte erzähle. Aber trotzdem habe ich das Gefühl, sie ist bei dir richtig aufgehoben, Yves. Gerade bei dir." Sie schaut ihn durchdringend, fragend an, als suche sie hinter seinen Augen eine Antwort darauf, warum sie so ein Vertrauen für ihn empfindet. Die Antwort findet nicht ihr Verstand, sondern ihr Herz. Anna beginnt zu erzählen.

„Also, das ist schon lange her. Vier Jahre ziemlich genau. Ich war mit meinem kleinen Neffen im Allwetterzoo. Er war damals fünf oder sechs Jahre alt. Tiere liebt er über alles. Und immer, wenn ich es einrichten kann, gehe ich mit ihm in den Park. Dort wird er nie müde, herumzulaufen und mit den Tieren zu reden. Er erzählt ihnen, was ihm im Kindergarten oder jetzt in der Schule passiert ist, und ehrlich, manchmal habe ich wirklich das Gefühl, sie hören ihm zu.

An so einem Samstag, es war auch im Mai, steuerte Nino vom Eingang aus direkt auf den Streichelzoo mit den Eseln zu. Sonst gehen wir immer erst links herum zu den Flamingos. Aber Nino lief einfach los und blieb bei den Eseln stehen. Lange starrte er einen Mann an, der mit einem der Esel am Zaun stand. Auch der redete mit dem Esel und der Esel hörte zu. Klingt jetzt vielleicht etwas merkwürdig, aber hör bitte weiter zu."

„Bislang ist noch nichts merkwürdig. Im Gegenteil. Aber erzähl weiter."

„Nino blieb in respektvollem Abstand stehen, stand da wie versteinert. Ich beobachtete ihn eine Weile, dann nahm ich ihn am Arm und sagte: ‚Komm, Nino, lass uns weitergehen. Die Enten warten auf ihr Futter.'

Aber Nino schüttelte meine Hand ab und rief: ‚Nein, ich will noch zuhören. Die beiden kennen sich schon lange. Tausend Jahre!' Er machte eine weit ausholende Handbewegung, wie Kinder es tun, um eine hohe Zahl zu unterstreichen. ‚Kindliche Fantasie!', dachte ich, da drehte sich der Mann zu uns um. Er lächelte und antwortete: ‚Nino hat Recht. Wir kennen uns schon sehr lange.' Er kam auf uns zu und fuhr Nino durch das Haar. ‚Du verstehst die Sprache der Tiere?'

‚Ein bisschen', antwortete Nino verlegen, nahm die Hand des Mannes und legte sie mitten auf seinen Kopf. ‚Das ist schön!' murmelte er. Der Mann lächelte, er wirkte völlig gelöst und zufrieden, ein Kontrast zu dem schwarzen Anzug, den er trug und der so gar nicht zu ihm zu passen schien. Eine kurze Zeit standen beide so da, ganz still, dann nahm er Ninos Hand und ging mit ihm zu dem Esel. ‚Das ist Nikolas.' sagte er. Und, zu dem Esel gewandt: ‚Das ist Nino, mein neuer Freund.' In diesem Moment …"

Anna unterbricht, da Yves sich gerade an seinem Kaffee verschluckt hat. Er hustet, holt zwei Mal tief Luft, seine Augen werden leicht rötlich, er hustet noch einmal, dann bekommt er wieder richtig Luft.

„Wie hieß der Esel?"

„Nikolas! Wieso fragst du? Sag nicht, du kennst ihn?" Ein leicht spöttischer Unterton liegt in Annas Stimme.

„Und wie hieß der Mann?" Yves ist aufgestanden.

„Jesus. Aber so weit bin ich noch gar nicht mit meiner Geschichte." Anna ist konsterniert.

„Jesus! Das kann doch nicht wahr sein!" Yves geht auf Anna zu, sie steht jetzt auch auf und schaut ihn entgeistert an. „Was ist los, Yves?"

„Jesus! Nikolas! Ich glaube das nicht. Du. Und Jesus? Wart ihr … zusammen?"

„Ich verstehe dich nicht. Kennst du ihn?"

„Anna, ich glaube, unsere Geschichten verweben sich hier etwas. Ich muss dir etwas sagen. Ich war heute auch im Tierpark. Bei Nikolas. Und ich war mit Elea dort!"

„Wer ist Elea?"

„Die Tochter Gottes!"

Anna greift nach dem Stuhl und setzt sich unsicher hin. Sie stützt die Ellbogen auf der Tischplatte ab und legt den Kopf in die Hände. Sie schaut nach unten. Auch Yves setzt sich wieder, lehnt sich aber weit nach vorne und schaut Anna besorgt an. „Ist alles gut mit dir?"

Anna nickt zaghaft, nimmt den Kopf wieder hoch und schaut Yves an. „Ich glaube das alles nicht! Das ist zu viel für mich. Wie kann ich sicher sein, dass du mir nicht irgendwelchen Unsinn erzählst?"

Bevor Yves antworten kann setzt Anna nach: „Ach, lass. Ich spüre, dass du die Wahrheit sagst. Ich wusste von Anfang an, als du hereinkamst, dass du mir irgendwas zu sagen hast. Dass du jemand Besonderes bist." Sie schaut Yves fragend an und fragt betont langsam: „Wer – bist – du?"

„Ich bin ein Engel Gottes." Er schaut sie prüfend an, ist nicht sicher, ob sie ihm das glauben wird. „Ich habe bis gestern das typische Leben eines Engels geführt, fast dreihundert Jahre bin ich hier, keine Aufgabe, nur abwarten. Und dann kommt gestern diese Frau in mein Lokal, in mein Leben, sagt, sie hat eine Aufgabe für mich, ich verliebe mich in sie, und dann lässt sie mich heute einfach stehen. Bis Münster und nicht weiter!"

„Und das war diese Elea? Ist sie wirklich die Tochter Gottes?" Anna führt leicht zitternd die Kaffeetasse zum Mund und schaut sich in der Eisdiele um. Ihr wird bewusst, dass sie betont leise gesprochen hat, fast schon verschwörerisch. Niemand scheint auf ihre Unterhaltung aufmerksam geworden zu sein, außer ihrem Vater, der die wenigen Gäste versorgt und immer wieder zu Anna und Yves herüberblickt. Er wirkt besorgt.

Yves nickt stumm. Auch er nippt an seinem Kaffee, dann sagt er: „Ja, da bleibt kein Zweifel offen. Das ist die Tochter Gottes. Sie ist hier, um Jesus Aufgabe fortzuführen. Und sie wirkt sehr entschlossen. Ich habe ihren ‚Schlachtplan' gesehen. Alles genau geplant, da ist keine Zeit für einen wie mich, oder Liebe." Seine Gedanken kreisen um die letzte Nacht, den Eiffelturm, die Nacht am Strand in seinem kleinen Wohnzimmer, und Elea. Ihr Lachen. Ihre Augen.

Er sieht sie vor sich, in einem roten Rock mit weißen Tupfen, wie ein Fliegenpilz, weißer Bluse, sie lächelt in an.

Die Wege Gottes ...

Der Engel traut seinen Augen kaum. Da steht sie tatsächlich vor ihm. Anna ist bereits aufgesprungen und unterhält sich mit dem Mann, der neben Elea hereingekommen ist. Offensichtlich ein Pastor, unschwer am Kollar zu erkennen. Anna umarmt ihn mehrfach und redet auf ihn ein, zeigt auf Yves und Elea während Jakob gleichzeitig redet und auf Elea zeigt. Diese geht lächelnd auf Yves zu, der noch am Tisch sitzt und sagt. „Das wir uns so schnell wiedersehen ...“

Yves versucht, betont cool zu entgegnen: „Die Wege Gottes sind unergründlich.“

Elea lacht: „Meine auch.“ Sie setzt sich auf den Stuhl, den Anna eben noch belegt hatte und kämmt mit der Hand ihr Haar nach hinten. „Ein aufregender Tag heute, nicht wahr? Und das ist erst der Anfang!“

Yves bleibt reserviert, obwohl es ihm schwerfällt, nicht auf Elea los zu stürmen und sie in den Arm zu nehmen. Er versucht, den örtlichen Abstand auch in seinem Kopf herzustellen, scheitert aber kläglich, als sie sich neben ihn an den Tisch setzt und ihre Hand auf seinen Arm legt. „Du willst mir doch nicht erzählen, Yves, dass du zufällig hier bist? Münster ist groß, und du steuerst zielsicher in die Eisdiele von Papa Pélé? Woher wusstest du, dass Anna hier arbeitet?“

Yves zieht seinen Arm unter Eleas Hand weg, dreht sich zu ihr und schlägt die Beine übereinander. So kann er eine gewisse Distanz aufbauen. „Na, wenn es kein Zufall ist, dann muss es ja göttlicher Wille sein, oder?! Bestimmt bist du dafür verantwortlich. Oder dein Vater. Oder Jesus.“ Etwas zu entrüstet steht er auf und setzt er nach: „Ich dachte, meine Aufgabe wäre beendet, wenn ich dich nach Münster gebracht habe. Was hast du denn noch mit mir vor, Tochter Gottes?“

Das war wohl doch etwas zu respektlos, Yves merkt, wie ihm der Schweiß ausbricht und sein Herz zu rasen beginnt. Elea sagt ganz leise: „Erstes Gebot, Yves!“ Dann verschwindet der Druck von ihm und Yves setzt sich wieder an den Tisch, nippt stumm an seinem Kaffee, der inzwischen kalt geworden ist.

Elea steht auf und streicht Yves von hinten über das Haar. „Mit mir unterwegs zu sein, ist manchmal ganz schön schwer, Yves. Es ist bestimmt leichter für dich, jetzt deinen eigenen Weg zu gehen. Ich jedenfalls habe ‚nichts mit dir vor'.“

Yves kann nicht deuten, ob Herablassung oder Bedauern in ihrer Stimme schwangen und entgegnet leise: „Dann ist es ja gut.“
Anna und Jakob setzen sich zu den beiden an den Tisch, Papa Pélé baut sich vor dem Tisch auf, um die Bestellung aufzunehmen. Elea schiebt ihm aber einen Stuhl hin mit den Worten: „Setzen Sie sich, bitte. Was wir hier zu besprechen haben, geht auch Sie etwas an.“ Papa Gramm schaut sich unsicher im Lokal um, nur zwei weitere Tische sind belegt. Die Tür schwingt auf, das Glöckchen ertönt, dann schließt sich die Tür wieder, wobei sich das kleine Türschild herumdreht und GESCHLOSSEN nach außen zeigt.

„Zahlen, bitte!“, hört man gleichzeitig von den beiden Tischen und Anna geht zum Kassieren dorthin. Pélé rückt sich auf dem Stuhl zurecht und schaut Elea etwas ungläubig an. „So haben wir mehr Ruhe“, antwortet sie auf seinen fragenden Blick, als Anna auch schon zurück an den Tisch kommt. Das Türglöckchen klingelt, die fünf sind allein im EISCAFÉ VENEZIA.

„Wir müssen reden“, eröffnet Elea das Gespräch. „Das heißt, ich muss euch etwas sagen. Für die, die es noch nicht wissen …“, sie schaut Pélé an, „… ich bin Elea, die Tochter Gottes.

Ich bin hier, um den Auftrag Jesus weiter zu führen, Gottes Wort auf Erden zu verbreiten. Damit meine ich nicht Printmedien oder Internet, sondern die Herzen der Menschen. Ich werde die zehn Gebote in eure Herzen schreiben.

Ich bin zuerst hierher nach Münster gekommen, weil mein Bruder sein Wirken hier unverhofft beendet hat und das eine oder andere noch offengeblieben ist. Darum werde ich mich zuerst kümmern. Dann werde ich mich an den Papst wenden und an die Kreuzritter, da sind auch noch einige Rechnungen offen. Ich denke, dass ich in drei oder vier Jahren fertig sein werde. Das kann ja so schwer nicht sein, schließlich seid ihr Menschen ja alle Geschöpfe Gottes.“

„Und schließlich hat Jesus ja auch eine Menge Vorarbeit geleistet!“ Anna hat Elea unterbrochen.

Elea lächelt milde. „Ja, zweitausend Jahre Vorarbeit. Das muss ihm erst mal einer nachmachen. Oder eine! Wie auch immer …

Jakob! Du willst morgen nach Rom fahren. Berichte dem Papst, dass du mich getroffen hast, auch wenn er dir nicht glauben wird. Erzähle ihm vom Leben Jesus, so wie du es kennengelernt hast. Erzähle ihm von seinen Wundern, auch wenn er dir nicht glauben wird. Sage ihm, dass ich ihn besuchen werde, wenn meine Vorbereitungen abgeschlossen sind. Ich erwarte, dass er bis dahin nach und nach die geheimen Archive des Vatikans den Gläubigen zugänglich gemacht hat und sie über die vielen nachgewiesenen und verschwiegenen Wunder informiert hat. Und ich erwarte, dass er den 9. Mai 2024, den Tag, an dem mein Bruder nach so viel aufopferungsvoller Arbeit für die Menschheit in den Himmel aufgestiegen ist, zum Feiertag erklärt. Er soll ihn ‚Himmelfahrt‘ nennen. Noch ist das Ereignis in den Köpfen der Menschen, die dabei waren oder darüber berichtet haben, präsent und unverfälscht. Sag ihm das!“

Elea schaut Jakob eindringlich an, der erwidert mit einem süffisanten Lächeln: „Auch wenn er mir nicht glauben wird. Ja!“

„Ich habe Durst“, sagt Elea, aber noch bevor Papa Pélé seinen Stuhl zurückschieben und aufstehen kann, hält sie schon eine Tasse Cappuccino in der Hand. „Möchte noch jemand etwas?“
Jakob und Pélé nicken, und vor ihren Augen bauen sich aus dem Nichts zwei Tassen dampfender Kaffee auf, an Annas Platz entsteht ein Milchkaffee. Elea schaut zu Anna. „Dir stehen noch einige Überraschungen bevor in der nächsten Zeit, du solltest nicht zu viel Kaffee trinken, das ist nicht gut für die beiden.“ Sie blickt vielsagend auf Annas Bauch. Anna nickt.

„Es war ganz bestimmt nicht sein menschlicher Wille, Anna, dich hier und jetzt allein zu lassen. Aber du kannst sicher sein, dass für alles gesorgt ist. Für dich und deine Familie steht in der Bretagne ein Haus bereit, von den schwarzen Konten des Vatikans wird monatlich ein großzügiger Betrag an euch überwiesen werden. Das, Jakob, musst du dem Papst nicht sagen, das würde ihn nur beunruhigen.“

„Was für Überraschungen meinst du, Elea?“ Anna schaut die Tochter Gottes durchdringend an. „Kommt er zurück? Irgendwann? Wann?“

„Anna, meine Liebe, das kann und darf ich dir jetzt nicht sagen. Aber du kannst sicher sein, dass es dir an nichts fehlen wird. Nicht nur finanziell." „Das ist aber keine Antwort!"

„Das ist meine Antwort, Anna." Das Thema ist für Elea beendet.

Yves geht zu Anna hinüber und legt seine Hand auf ihre Schulter. Sie reden leise miteinander, während Elea genussvoll ihren Cappuccino trinkt. „Zeit!", sagt sie leise. „Ihr wisst gar nicht, wie das ist, Zeit zu haben."

Während die Tochter Gottes in Gedanken ihre weiteren Pläne durchgeht zieht Yves einen Stuhl zu sich und setzt sich neben Anna, nimmt ihre Hand und zeichnet mit den Fingern irgendetwas auf den Tisch. Papa Gramm rückt näher an Pfarrer Jakob heran und fragt unvermittelt und ungeniert, ob dieser nicht Interesse hätte, seine Eisdiele zu übernehmen, wenn er ja ohnehin seinen Dienst quittieren will. Der Pfarrer zieht das sogar ernsthaft in Erwägung, so dass an diesem Tisch zwei lebhafter werdende Unterhaltungen hin und her schwappen, in deren Mitte Elea wie ein ruhender Fels thront.

Als sie den letzten Schluck genommen hat, zieht Elea noch einmal den Kaffeeduft tief mit der Nase ein, dann fährt sie sich mit der Hand durch ihr Haar und räuspert sich hörbar. Die Unterhaltung am Tisch stoppt sofort, alle schauen Elea an.

„Mir scheint", sagt sie lächelnd, „ich habe die richtigen Menschen zur richtigen Zeit an den richtigen Ort gebracht. Was habt ihr entschieden?"

Papa Gramm steht auf und legt Pfarrer Jakob die Hand auf die Schulter. „Ich habe einen würdigen Nachfolger gefunden. Ich hoffe, Jakob kann so gut Eis machen wie er es gerne isst. Am Anfang werde ich ihm noch ein wenig helfen. Dann ziehe ich zu meiner Tochter in die Bretagne. Da machen wir dann ein neues Eiscafé auf."

„Das ist noch nicht abschließend besprochen!", protestiert Anna und steht auf.

Gleichzeitig erhebt sich auch Jakob: „Wenn ich aus Rom zurückkomme, möchte ich hierbleiben und Marlene heiraten. An diesem Ort hänge ich irgendwie. Und an unserem Platz in der Eisdiele sowieso." Seine Augen werden feucht, als er an die Zeit mit Jesus hinten am Tisch denken muss.

Anna und ihr Vater geraten sofort wieder in Diskussion, während Elea zu Yves herüberschaut. „Und du?" Yves lächelt. „Ich fahre mit. Zurück in die Bretagne. Als wenn du das nicht schon gewusst hättest ..."

Schmunzelnd erwidert Elea: „Gewusst nicht, aber gewollt! Ich kann es nicht anders sagen, mein zweiter Tag auf Erden ist genau so erfolgreich wie der erste." Sie greift ihr Vat-iPhone und tippt: „**ICH BIN STOLZ AUF MICH!**"

Als nach einigen Sekunden keine Antwort erscheint, klappt sie es zu und steckt es wieder in eine Seitentasche des Rocks. Ihr Gesicht zeigt eine Mischung aus Trauer und Wut. „ER hat es nicht so mit Loben", sagt sie langsam, wie zur Entschuldigung.

Die Türglocke klingelt leise, ein blonder Kopf schiebt sich, entschuldigend lächelnd, durch den Türspalt. Es ist einer der beiden Männer, die eben noch an einem der Tische gesessen hatten. „Tut mir leid, aber die Tür war offen." Wie, um es noch einmal zu beweisen, tritt er ein und schließt und öffnet die Tür demonstrativ. Das „GESCHLOSSEN" - Schild weht hin und her.

„Ähm, ich habe mein Handy liegenlassen." Er tritt vorsichtig vor und geht, als kein Widerspruch kommt, weiter zu seinem Tisch. „Ach, da liegt es ja! Schöner Rock, übrigens!" Er lächelt Elea an. Elea fühlt leichte Wärme im Gesicht aufsteigen. Wird sie etwa rot?! Dass kann nicht sein, so menschlich wollte sie nicht werden. Sie greift nach der Kaffeetasse, die spontan wieder gefüllt ist, und hält sie vor das Gesicht. „Danke!", antwortet sie, nicht so kühl, wie sie es wollte.

Der Mann greift sein Handy, seine blauen Augen leuchten, dann lächelt er noch einmal zu Elea und verlässt leise die Eisdiele.

Die Tochter Gottes stellt die Kaffeetasse auf den Tisch und wendet sich wieder an die Tischrunde. „Also, ich denke, dann habe ich hier alles geregelt. Yves fährt mit Anna in die Bretagne. Ich habe euch ein schönes Haus ausgesucht, schaut mal hier!" Sie tippt in ihr Handy und hält dann das Bild in die Runde. Zu sehen ist ein Haus aus hellem Stein, direkt am

Meer gelegen. Ein bisschen erinnert es an eine Kirche, es verfügt an einer Seite über einen runden Turm mit spitzem Dach, der das Haus überragt.

Annas Augen leuchten, während Yves doch etwas skeptisch dreinschaut. Elea nimmt das Vat-iPhone zurück. „Es liegt an der Mündung der Loire, sozusagen gegenüber von Saint Nazair, in Saint-Brevin-les-Pins. Ihr werdet euch dort wohl fühlen. Die Besitzurkunde ist auf Anna ausgestellt. Und, ist das nicht süß, die Straße ist sogar nach dir benannt, Anna. ‚Avenue de la Duchesse Anne‘, ist das nicht toll?“

Anna nickt verlegen, weiß nicht so recht, was sie mit all diesen neuen ‚Gaben‘ anfangen soll.

„Bedankt euch beim ‚heiligen Vater‘!“, nimmt die Tochter Gottes das Gespräch wieder auf. „Oder besser nicht. Er weiß noch gar nichts von seiner großzügigen Spende. Und bei den vielen Konten wird er es auch wohl nie bemerken.“

„Und wenn wir nicht dahin wollen?“ Yves ergreift das Wort.

„Mein lieber Yves. Von ‚wir‘ ist da gar keine Rede. Du darfst gerne ‚mitgehen‘. Und Anna scheint ja nun wirklich nicht abgeneigt zu sein, ihre Kinder nicht gerade in Münster aufwachsen zu lassen, während sie in der Eisdiele arbeitet.“

„Kinder?“ Yves schaut zu Anna, dann wieder zurück zu Elea. „Mehrere? Gleichzeitig? Ich meine, Zwillinge? Oder so?“

Elea übergeht die Frage. „Und schließlich, meine liebe Anna, ist das nicht meine Idee. Jesus hat das für dich ausgesucht, da ihr ja sowieso von hier wegwolltet. Ihr hattet ja schon solche Pläne.“

Anna nickt und wird traurig bei der Ungewissheit, ob sie Jesus jemals wiedersehen wird. Sie versucht, von Elea eine Antwort zu bekommen. „Werde ich ihn je wiedersehen?“

„Weiß Gott, meine Liebe. Mehr werde ich im Moment nicht dazu sagen.“ Elea wendet sich an Papa Gramm. „Und du, Pélé, kümmerst dich hier um die Abwicklung mit der Eisdiele, damit Jakob, wenn er aus Rom zurückkommt, ein anständiges Einkommen hat. Du musst dich nur darum kümmern, dass er als neuer Eigentümer eingetragen wird, für die finanzielle Abwicklung ist bereits gesorgt. Auch in Münster gibt es fleißige Engel." Sie schaut Yves an. „Die nicht unzufrieden sind mit ihrer Aufgabe hier."

Eleas Kaffeebecher füllt sich wieder wie aus dem Nichts. „Noch jemand?" Sie schaut sich um. „Nein?! Na gut. Jakob! Du fährst morgen nach Rom und berichtest dem Papst. Erzähle ihm alles, was du mit meinem Bruder erlebt hast und lege ihm noch einmal alle Unterlagen vor. Ich weiß, dass es sinnlos sein wird, aber du musst es für dich zum Abschluss bringen.

Sage ihm dann nur noch, dass ich ihn bald besuchen werde. Danach bist du frei."

Elea schaut Jakob in die Augen, die ungläubig an ihren Lippen hängen. „Tue es einfach. Dann komme zurück und lebe hier dein Leben, ohne die Zwänge der Priesterschaft. Und lebe es mit Marlene."

Jakob nickt. Seine Gedanken sind bereits beim morgigen Tag und dem Leben, dass nach dem Zölibat auf ihn wartet.

Mit einem Ruck schiebt Elea ihren Stuhl vom Tisch zurück und steht auf. „So, dann habe ich hier wohl alles erledigt. Ich werde morgen nach London fahren und eine alte Schuld einlösen. Schließlich brauche ich einen Namen und eine Vita, wenn ich meine Arbeit hier aufnehmen will. Ich verabschiede mich jetzt von euch. Wenn euch irgendetwas fehlt, lasst es mich wissen."

„Wie denn?" fragen Pélé und Anna gleichzeitig.

„Ihr habt meine Nummer!" Vier Handy summen im gleichen Moment in unterschiedlichen Tönen, die Kontaktliste ist um den Namen ‚ELEA‘ erweitert. Kein Geburtsdatum, keine Adresse, Berufsbezeichnung: Tochter Gottes.

Die vier am Tisch schauen sich verwirrt an, als Elea ohne große Abschiedsszene durch die Tür nach draußen verschwindet. Das Türschild schwingt um. ‚WILLKOMMEN‘ ist jetzt zu lesen. Auf beiden Seiten.

Rendezvous mit dem Kreuzritter

Elea blinzelt in die untergehende Sonne, als Sie von hinten angesprochen wird. „Ich habe auf Sie gewartet."

Sie dreht sich um. Hinter ihr steht der Mann, der eben noch sein Handy aus der Eisdiele geholt hatte. Etwas unvermittelt streckt er ihr seine linke Hand hin, sie hält einen kleinen Strauß mit roten Blumen. „Die passen zu Ihrem Rock!", sagt er. Dann tippt er mit dem Finger an seine Schirmmütze. „Hat mich gefreut, Sie kennen gelernt zu haben." Lächelnd dreht er sich um.

Er geht einfach weg.

Elea schaut ihm fassungslos nach. Sie ist sprachlos und kurz davor, vor diesem Mann eine Mauer entstehen zu lassen, damit er nicht einfach so weggehen kann. Aber, vier, fünf, sechs lange Sekunden schaut sie ihm nur wie gelähmt nach.

„Stopp! Warten Sie!" ruft sie ihm endlich nach und läuft los, dem Mann hinterher. Der geht gemächlichen Schrittes weiter, bis er Eleas Schritte direkt hinter sich vernimmt. Da fasst sie ihn schon bei der Schulter. Er bleibt stehen.

„Was soll das?", fragt sie, leicht außer Atem. Der Mann dreht sich um und schaut ihr sie freundlich an. „Nichts!", antwortet er. „Ich hatte heute einen außergewöhnlich schönen Tag, dann sehe ich Sie in diesem schönen Rock und auf dem Nachhauseweg die schönen Blumen, die genau die Farbe Ihres Rockes haben. Also habe ich sie gekauft und ihnen geschenkt, damit Sie vielleicht auch einen schönen Tag haben. Mehr wollte ich nicht." Er tippt wieder mit dem rechten Zeigefinger an die Schirmmütze. „Ich wünsche Ihnen einen schönen Tag!" Dann geht er weiter.

Wieder lässt er Elea stehen. Diesmal ist sie aber gefasster. „Sie können mir doch nicht einfach Blumen schenken und dann einfach weitergehen!" Der Mann bleibt wieder stehen, schaut auf seinen Arm, den die Tochter Gottes immer noch festhält. „Und wer sagt das?"

„Ich sage das!" Sie hat wieder ihre Sicherheit zurückgefunden. „Ich, die … Ach, ist doch egal. Das tut man einfach nicht."

„Ich tue das schon.“

„Und warum?“

„Weil ich das möchte.“

„Einfach so?“

„Ja.“

„Aber, Sie müssen doch auch etwas wollen. Meine Telefonnummer, meinen Namen, oder sonst etwas? Vielleicht mich zu einer Tasse Kaffee einladen wollen.“

„Wieso sollte ich Sie zu einer Tasse Kaffee einladen? Ich kenne Sie doch gar nicht.“ Elea kann nicht erkennen, ob der Mann nur ‚einfach gestrickt‘ ist oder ob er mit ihr spielt.

„Weil man das eben so macht.“

„Ich mache das nicht.“

„Und warum nicht?“

„Weil ich das nicht … Ach, an dieser Stelle waren wir doch gerade schon mal. Na gut, wenn es Sie glücklich macht ..., darf ich Sie zu einer Tasse Kaffee einladen? Macht es Sie glücklich?“

„Ja. Das heißt nein! Die Blumen haben mich viel mehr gefreut. Danke!“

„Gerne, es hat mir auch Freude gemacht, sie zu verschenken. Und da eine Tasse Kaffee sie nicht glücklich macht, werde ich jetzt dann wohl nach Hause gehen.“

Elea fühlt sich irgendwie ausgetrickst. Das ist gerade
etwas, das ihr aus den Händen gleitet. So etwas hat sie noch nie erlebt. Beide stehen unschlüssig da im Licht der Schaufenster und schauen sich an. Keiner bewegt sich.

„Ich bin neu hier und suche noch eine Bleibe für die Nacht“, entfährt es ihr unvermittelt, als sie das Gefühl hat, der Mann will gerade weitergehen.

„Da weiß ich aber nicht, ob ich Ihnen weiterhelfen kann. Lassen Sie mich mal überlegen, was hier in der Nähe ist!" Seine Stimme klingt ruhig, väterlich, obwohl er erst Mitte Vierzig zu sein scheint. Seine hellblauen Augen spiegeln das Licht der Straßenlaterne wieder, die sich gerade automatisch einschalten. Er schaut hoch. „Oh, schon so spät! Ich muss jetzt aber wirklich los. Wenn Sie wollen, können Sie ein paar Meter mit mir gehen, zwei Straßen weiter ist ein Hotel, das von außen ganz nett aussieht. Vielleicht finden Sie da was."

Er schaut um Elea herum. „Haben Sie kein Gepäck?" Sie reagiert nicht.

„Hallo. Schöne Frau im roten Rock mit den passenden roten Blumen in der Hand! Hallo! Haben Sie kein Gepäck?" Er lächelt, scheint die Frage zu genießen.

Elea erwacht aus ihrer Starre. „Entschuldigung! Ab ‚Hotel' hatte ich nicht mehr zugehört. Aber wieso nicht?! Äh, nein, ich habe kein Gepäck. Ist noch oben. Sie deutet mit dem Finger zum Himmel."

„Ja, das kenne ich. Die Airlines. Das Gepäck reist einem immer nach." Er winkelt den rechten Arm etwas ab. „Kommen, Sie, haken Sie sich ein. Wir gehen die paar Meter zusammen."

Elea schiebt ihren linken Arm an seinem vorbei und beide gehen die Straße hinunter. Ihr wird warm.

„Ich heiße Peter", sagt ihr Begleiter unvermittelt.

„Elea."

„Freut mich, Elea. Kommen Sie von weit her?"

„Kann man sagen, ja. Sehr weit."

„Und dann kommen Sie nach Münster? Bestimmt nicht wegen der Sehenswürdigkeiten. Sind Sie geschäftlich hier?"

„Kann man wohl sagen. Ja."

„Oh, da wo Sie herkommen, verfügt man aber über einen sehr beschränkten Wortschatz, oder?" Er lächelt verschmitzt und Elea muss jetzt lachen.

„Entschuldigen Sie bitte, Peter. Nein, ich bin gar nicht so nicht einsilbig und durchaus in der Lage, eine längere Konversation zu führen. Ich war gerade nur in Gedanken. Und Sie?"

„Ich bin immer in Gedanken."

„Das meinte ich nicht. Sind Sie auch geschäftlich hier? Oder wohnen Sie hier?"

„Ich war geschäftlich hier. Gestern endete mein Auftrag in Münster. Heute habe ich meine Abberufung bekommen, ich fahre morgen nach London. Ich bin Kreuzritter."

Elea bleibt abrupt stehen. Ein Kreuzritter! Das kann doch kein Zufall sein. Ob Gott da seine Hände im Spiel hat? Hat er ihr einen Beobachter geschickt?

Peter schaut Elea überrascht an, dann schaut er an ihr vorbei und winkt. „Da hinten kommt Paul, mein Arbeitskollege. Bis gestern, ha. Wir wollten uns bei mir treffen und noch einen zum Abschied trinken gehen. Seien Sie nicht böse, aber da vorne ist schon das Hotel. Ich lasse sie jetzt allein und wünsche Ihnen viel Glück!"

„Ich ..., ich fahre morgen auch nach London!" Elea ist erleichtert. Wäre er ein Spion aus dem Himmel gewesen würde Peter sie jetzt nicht hier allein lassen. Sie ist beruhigt, Gott hält sich an die Absprache: Keine Einmischungen.

„Wie schön. Ist eine tolle Stadt. Und sollten wir uns da treffen, lade ich sie auf einen Kaffee ein, versprochen!" Peter begrüßt mit einem Handschlag seinen Kollegen Paul. „Das ist Elea, geschäftlich hier. Ich habe sie zu ihrem Hotel gebracht."

Paul zeigt beim Lächeln viele Zähne, die einen besonderen Kontrast zu seinem schwarzen Bart bilden. „Freut mich!" Und dann, zu Peter gewandt: „Komm, wir müssen los!"

Wieder einmal fühlt sich Elea allein gelassen. „Wir sehen uns in London, bestimmt!", sagt sie, schaut zum Hotel, zuckt die Schultern. Ein Hotel, warum auch nicht. Die Männer haben heute Abend offenbar etwas Besseres vor. „Einen schönen Abend wünsche ich Ihnen beiden. Bis bald, Peter."

Peter legt obligatorisch den Finger zum Gruß an den Mützenrand, dann geht er mit Paul die Straße zurück. Zwei Mal dreht er sich noch zu Elea um, die wie festgewurzelt den beiden Männern nachschaut.

Nein, ganz so wie geplant war der Tag nun doch nicht abgelaufen. Als die Männer weiter hinten um die Ecke verschwunden sind geht sie langsam zum Hotel. Auf dem Weg dorthin verändert sie Ihre Kleidung, von einer Sekunde auf die andere trägt sie statt des rot/weißen Rockes eine blaue Jeans und einen kurzärmeligen hellblauen Strickpullover, der ihre Figur betont. Der Geruch von frisch gebrühtem Kaffee weht ihr entgegen, als sie die Tür zum Hotel öffnet. Die Frau am Empfang schaut sofort auf und lächelt ihr freundlich zu. Ja, so hat Elea es gerne. Alle Aufmerksamkeit bei ihr.

„Guten Abend. Ich hätte gerne ein Zimmer für die Nacht. Haben Sie noch etwas frei?"

Ohne den Blick vom Gast zu wenden antwortet die Angestellte sofort: „Ja, es ist noch Platz. In der ersten Etage haben wir ein ruhiges Zimmer mit Blick auf den Garten und einer Badewanne. Wäre das recht?"

„Ja, das klingt gut." Elea beobachtet, wie die Frau zum Schlüsselbrett greift und den Schlüssel mit einer großen 13 auf dem anhängenden Metallknauf herunternimmt. Sie schiebt der Tochter Gottes die Anmeldekarte hin und legt einen Kugelschreiber daneben. Elea kritzelt kurz etwas darauf und dreht dann die Karte wieder zu der Frau an der Rezeption. Sie wirft einen kurzen Blick darauf.

„Willkommen, Frau … Schmidt … Äh, und kein Gepäck?"

„Danke, und nein! Und um die nächste Frage gleich zu beantworten, auch keinen Begleiter." Elea glaubt, hier eine feine Anspielung herausgehört zu haben. „Ab wann kann ich frühstücken?"

„Ab sieben Uhr. Haben Sie sonst noch einen Wunsch?"

Elea denkt kurz nach. „Nein, danke. Was mir fehlt, kann ich mir selber besorgen. Ich wünsche Ihnen einen schönen Abend." Langsam geht sie die Holztreppe hoch in den ersten Stock, ihre Schritte klingen gedämpft auf dem rotbraunen Teppich.

Die Zimmertür öffnet sich altmodisch mit einem richtigen Schlüssel, der etwas unnachgiebig im Schloss krächzt. Das Zimmer ist großzügig, bestimmt dreißig Quadratmeter, Licht fällt durch die beiden Fenster auf die hellen Möbel und den Teppichboden mit Schachbrettmuster.

Die Sonne ist noch nicht einmal untergegangen, aber die Tochter Gottes fühlt Müdigkeit in sich aufsteigen. Das ist der Preis, wenn man ,Zeit hat'. Als Mensch gewordene Gottestochter gelten für sie andere Regeln.

Elea legt sich voll bekleidet auf das Bett und bucht über ihr Handy den Zug und die Fähre für morgen. Dann legt sie das Vat-iPhone auf den Nachttisch, streckt sich lang aus, verschränkt die Arme unter dem Kopf und schaut an die weiße Zimmerdecke. Der Tag war ungewohnt anstrengend. Und es gab Überraschungen. Das ist neu für sie. Und da war da dieser Peter.

Während sie ihn in ihre Gedanken zurückholt und betrachtet schläft Elea ein.

Der Tag der Abreisen

Am frühen Morgen erwacht sie erfrischt und voller göttlichem Tatendrang. Sie geht hinunter zum Frühstück. Eine blonde Kellnerin, höchstens 17 Jahre alt, erwartet sie bereits. „Sie sind heute unser einziger Gast, ich habe da schon mal etwas für sie vorbereitet. Haben Sie gut geschlafen?" Sie scheint wirklich interessiert an der Antwort zu sein, also antwortet Elea nicht mit dem üblichen ‚Ja, danke!‘, sondern erzählt ein wenig ausführlicher von ihrer Nacht und insbesondere von ihrer für heute geplanten Fahrt nach London.

„London, oh wie wunderschön! Da möchte ich auch mal hin. Bald, ganz bald." Sylvia, Auszubildende zur Hotelfachfrau, zeigt eine kindliche, mitreißende Begeisterung für Eleas Fahrziel. Elea beschließt, sie in einer Lotterie eine Reise nach London gewinnen zu lassen. Der Mensch denkt, Gott lenkt.

„Wie kommen Sie dahin? Haben Sie ein Auto? Fahren Sie durch den Tunnel?" Sylvia gießt ihr den Kaffee ein und bringt Croissants und Marmelade.

„Tunnel? Mein liebes Kind, nein! Ich fahre mit der Fähre. In den Tunnel bekommen mich keine zehn Engel." Elea ist etwas lauter geworden als beabsichtigt.

„Ach, so schlimm kann das doch nicht sein. Ist ja nur ein Tunnel, nicht die Hölle." Sylvia schaut etwas verlegen drein. „Oder haben Sie Angst?"

„Angst, ach was, nein! Aber ich liebe das Reisen, Zeit zu haben. Zu sehen, was Gott alles geschaffen hat." Und für sich denkt Elea: ‚Ich habe die Hölle gebaut. Glaub mir, die sieht anders aus.‘ Sie trinkt ihren Kaffee und beißt ein paar Mal von ihrem Croissant ab, dann steht sie auf.

„Vielen Dank für das Frühstück und die nette Unterhaltung. Schauen Sie doch mal in die Tageszeitung, da ist heute ein Preisausschreiben drin. Vielleicht kommen Sie ja schneller nach London als gedacht."

Sylvia nickt freundlich, deutet einen Knicks an und verlässt mit Elea den Frühstücksraum. Von der Rezeption greift sie die vorbereitete Rechnung und die Tageszeitung, die sie sofort durchblättert. Sie schaut kurz auf die Rechnung, 87 €, zieht ihre Scheckkarte durch das Lesegerät und verabschiedet sich. Kurz vor der Tür zur Straße wendet sie sich noch einmal um zu Sylvia, die bereits fleißig das Kreuzworträtsel ausfüllt. „Vierzehn Buchstaben senkrecht, Redewendung nach Kaiser Vespasian: PECUNIA NON OLET. Geld stinkt nicht." Lächelnd hält sie ihre Kreditkarte hoch. „Egal, aus welchem Topf es kommt ..."

Während Elea langsam zum Bahnhof schlendert, packen Pfarrer Jakob und seine Freundin Marlene ihre Koffer. Alle Unterlagen, die er in den letzten vierundzwanzig Jahren über Jesus zusammengetragen hat verstaut er in einem kleinen roten Koffer. Es ist ein sehr alter Koffer mit Wänden aus verstärkter Pappe, an vielen Stellen ist die rote Farbe schon abgeplatzt, aber Jakob hängt an ihm, seit er ihn von seinem Vater für seine erste Fahrt nach Rom geschenkt bekommen hatte.

Der Koffer sah damals schon so aus, als ob er im Laufe seines Lebens durch viele Städte getragen worden war. Jetzt wird er seine letzte Reise antreten, vollgestopft mit Dokumenten und Fotos über die Wunder, die Jesus bewirkt hatte in der Zeit, in der Jakob zu seiner Begleitung abkommandiert worden war.

Es sind sicherlich knapp einhundert, sehr viel für einen Mann, der sich im Licht der Öffentlichkeit in den letzten Jahren nicht mehr wohl gefühlt hatte. Es sind Berichte, die Jakob alle schon einmal nach Rom geschickt oder selbst dort vorgelegt hatte, aber nichts hatte den Papst davon überzeugen können, dass hier der Sohn Gottes am Werk gewesen war. Auch nicht Jakobs bewegte Schilderungen und Beteuerungen über das Leben und Handeln Jesus.

Mit dieser geballten Kraft an Informationen, garniert mit einem Handyvideo der „Himmelfahrt" Jesus vor drei Tagen und vielen beeideten Berichte von Augenzeugen will der Pastor einen letzten Versuch unternehmen, die Anerkennung Jesus als Gottes Sohn auf Erden zu erlangen.

Nein, eigentlich will Jakob das nicht mehr. Er ist inzwischen sicher, dass er keinen Erfolg haben wird. Keinen Erfolg haben kann. Weil die Kirche sich nicht die Blöße geben kann, zuzugeben, dass sie zwei Jahrtausende nicht bemerkt hat, dass Jesus, Sohn Gottes, auf Erden wandelte. Nein, Jakob will mit seiner Reise nur einen Schlussstrich setzen und sich dann aus Amt und Würde zurückziehen.

Und eine Eisdiele eröffnen! Bei diesem Gedanken schaut er zu Marlene herüber und lächelt sie strahlend an. Sie strahlt zurück und faltet die wenigen Sachen zusammen, die sie für die geplanten zwei Tage in ihrem Koffer mitnehmen will. Jakob, noch die Eisdiele im Kopf, greift nach seiner Soutane. Als Zeichen seiner Amtswürde wird er sie in Rom brauchen. Er packt sie widerwillig in den Koffer.

Vielleicht verkauft er später die Soutane bei eBay, oder, oder er behält sie als Dekoration für die neue Eisdiele. Dann braucht die natürlich auch einen neuen Namen. Vielleicht ‚Zum kalten Bruder‘ oder ‚Bella Vaticana‘. Jakob schüttelt den Kopf, wie, um diese Gedanken loszuwerden. „Ich hab‘ alles im Koffer, was ich brauche. Wir können los.“ Marlene drückt gerade die Schließen ihres Koffers zu. „Ich auch. Ich freue mich auf Rom.“

Gemeinsam verlassen sie die Wohnung. Als die Tür hinter beiden ins Schloss fällt rüttelt Jakob noch einmal an der Tür, um sich zu vergewissern, dass sie wirklich verschlossen ist. Dann gehen beide hinunter in den Hof, in dem Marlenes roter Vespa-Roller steht. Kurz darauf knattern sie, die Koffer auf dem Gepäckträger, eine hellgraue Wolke hinter sich herziehend, Richtung Bahnhof. Der Zug nach Rom fährt in zwanzig Minuten.

Während Jakob und Marlene noch durch die Innenstadt Münsters fahren, steht Elea bereits vor dem Bahnhof.

Das in die Jahre gekommene Bahnhofsgebäude ist lichtdurchflutet und luftig, nicht so eine Duftglocke, wie der Sackbahnhof in Paris, den Elea heute noch wiedersehen wird. Sie schaut auf die große Uhr: 10:30 Uhr. Noch eine knappe Viertelstunde bis zur Abfahrt, Langsam geht sie zum Gleis 8. Eine Gruppe von etwa zwanzig Kindern drängt lärmend an ihr vorbei. Offenbar ein Schulausflug. Die Gesichter der beiden Lehrerinnen spiegeln Stress und Überforderung.

Elea setzt sich auf die Bank zu einer älteren Dame, die mit ihrem kleinen Hund spricht. Offenbar hat er etwas von der Mayonnaise geschleckt, die auf dem Boden liegt und nun erklärt seine Besitzerin ihm ausführlich, dass er das nicht darf und dass das nicht gut für ihn ist. Der Chihuahua schaut ihr während des Ernährungsvortrages die ganze Zeit unbeweglich auf den Mund, dann verzieht er kurz das Gesicht und lässt einen Haufen fallen.

74

Seine Besitzerin schaut verstohlen zu allen Seiten, ob irgendjemand etwas gesehen hat, dann steht sie auf und geht davon.

Elea schüttelt den Kopf. Unverschämtheit! Soll sie, die Tochter Gottes, jetzt neben diesem stinkenden Haufen sitzen? Sicher nicht! Und schon ist der Haufen verschwunden. Die alte Dame wird erst, wenn sie im Café in ihrer Handtasche nach ihrer Geldbörse sucht, feststellen, dass sie den Kot ordnungsgemäß entsorgt hat. Mehr oder weniger ...

Elea lächelt in sich hinein. Der Tag fängt gut an. Die Anzeigetafel klackert, ihr Zug wird gleich einfahren. Köln, Brüssel, Lille, gegen 19 Uhr wird sie in Calais ankommen. Sie liebt es, im Zug zu sitzen und die erschaffene Welt an sich vorbeiziehen zu sehen. Es wäre ihr ein Leichtes, im nächsten Moment bereits in London zu sein, aber sie genießt das menschliche Gefühl, Zeit zu haben. Die Leute, die hier hin und her hetzen, wissen gar nicht, wie das ist, ohne Zeit.

Als ihr Zug im Bahnhof einfährt, steht sie auf, materialisiert nebenbei noch eine Tasche mit Reiselektüre, dann schlendert sie außen am Zug entlang zu ihrem Waggon.

Zur gleichen Zeit hebt Marlene draußen vor dem Bahnhof die Vespa auf den Mittelständer und schließt die Helme mit den aufgeklebten weißen Flügeln im Gepäckfach ein. Jakob nimmt die beiden Koffer und beide gehen durch den Bahnhof zu ihrem Gleis. In der Ferne trägt der IC Elea in eine Zukunft, die sich noch etwas ihrer Planung entzieht.

Jakob schaut dem Zug nach. Als dieser in der Ferne mit dem graubraun der Gleise verschwimmt, schaut er gerade auf die Anzeigentafel. Das war knapp! Ihr Zug steht schon auf Gleis 3 zur Abfahrt bereit. Marlene nimmt ihm einen Koffer ab und beide gehen einen Schritt schneller. Fast wäre Jakob mit einer älteren Dame zusammengestoßen, die einen kleinen Hund an der Leine hinter sich herzieht. Vor Schreck greift die Frau ihre Handtasche fester und drückt sie an sich. Jakob zieht Luft durch die Nase hoch, es riecht irgendwie unangenehm.

Marlene steht schon an der Zugtür und verhindert mit einer Hand, dass sie sich schließen kann. „Fahrkarten?“, fragt sie knapp. Jakob nickt. Natürlich. Linke Brusttasche. Er klopft leicht dagegen. Nicht!? Adrenalin schießt in ihm hoch. Er hatte sie heute Morgen ganz sicher eingesteckt. Ach ja, in das Außenfach des gemeinsamen Koffers. Gerettet!

Marlene hat sein Mienenspiel beobachtet und erahnt, welche Gedanken sich bei Jakob gerade gejagt haben. Sie dreht die Augen nach oben. Immer das Gleiche.

Als sich die Türen schließen, gehen beide den Waggon entlang und setzen sich auf die reservierten Plätze. Der Zug ist recht leer, nur wenige der Plätze sind belegt. Die beiden Plätze gegenüber am Vierer sind frei, also legen Sie ihre Jacken und die beiden Koffer auf die Sitze. Nachdem Jakob die Fahrkarten aus dem Fach mit dem Reißverschluss genommen hat. Der Zug ruckelt ein paar Mal unsanft als er den Bahnhof verlässt, aber auf freier Strecke nimmt er schnell eine ruhige Fahrt auf.

In etwas mehr als einer Stunde werden sie in Hannover sein, dann geht es nahtlos in den Flieger nach Rom, mit Zwischenstopp in Paris. Jakob fliegt ungern. Der Gedanke, bereits heute Abend irgendwo in Rom zu sein, ist ihm unangenehm, der Ortswechsel zu plötzlich. Doch das Rattern der Waggons auf den Schienen und die Anwesenheit seiner geliebten Marlene geben ihm ein Gefühl von Sicherheit und nach zehn Minuten ist er eingeschlafen, die Fahrscheine fest in der Hand.

Claudio, der Zugbegleiter

Die Tochter Gottes ist auf einem anderen Schienenstrang unterwegs. Sie liebt es, die Weite der Welt in einem kleinen Ausschnittfenster an sich vorbeiziehen zu sehen, eine so beschränkte Sicht zu haben wie ihre Mitmenschen. Eine Zeit lang aus ihrer Verantwortung entlassen zu sein. Nur Zeit zu haben, sich um eine Aufgabe zu kümmern. Und überhaupt … Zeit zu haben.

Lächelnd reicht sie dem gutaussehenden Kontrolleur ihre Fahrkarte. Der schaut kurz darauf und nickt. „Köln! Das ist mein Zielbahnhof für heute. Danach habe ich frei. Kennen Sie Köln?"

„Oh ja, ich bin am Freitag dort angekommen. Hatte nur kurz etwas in Münster zu erledigen. Aber ich stiege heute dort nur in den nächsten Zug, ich will nach Calais. Und dann morgen früh mit der Fähre nach Großbritannien übersetzen, mein Ziel ist London. Der Buckingham Palast!"

Der Kontrolleur bewegt seinen Hals unruhig hin und her, als wenn ihm der Hemdkragen zu eng ist. Dann steckt er den Finger in den Kragen und löst mit dem Daumen den obersten Hemdknopf. „Das ist einfach zu warm hier drin." Er deutet auf die blaue Uniform. Elea liest sein Namensschild: Claudio Parra, Zugbegleiter.
Er sieht schon irgendwie aus, als hätte man ihn in seine Uniform hineingequetscht. Das lange, schwarze Haar ist hinten zu einem Zopf zusammengebunden, der unruhig hin und her wippt.

„Schade! Wenn Sie in Köln geblieben wären, hätte ich Ihnen gerne die Stadt gezeigt. Oder reicht ihr Aufenthalt für eine kleine Führung?" Jetzt erst bemerken beide, dass sie immer noch, jeder am anderen Ende, den Fahrschein halten und lachen. Claudio lässt ihn los und Elea verstaut ihn wieder in ihrer Büchertasche.

„Leider nein, ich habe nur etwa zwanzig Minuten zum Umsteigen." Sie schlägt ihr Buch wieder auf: ‚Adam und der Wolf'. Als der Kontrolleur sich umdreht um den nächsten Reisenden nach dem Fahrschein zu fragen, klappt sie ihr Buch wieder zu und legt es auf den Schoß. Sie räuspert sich und fragt: „Gab es die denn nicht in Ihrer Größe?" Elea deutet auf die Uniform des Zugbegleiters. Der dreht sich ihr wieder zu.

„Doch! Damals. In den letzten zwei Jahren habe ich etwas zugelegt, seit ich im Fitnessstudio bin.“ Er beugt den Arm und lässt die Muskeln spielen. „Alles reine Muskelmasse!“

Elea deutet auf das Namensschild. „Sie sind aber auch nicht aus Köln, oder? Parra, klingt südländisch.“

„Chile! Südlich, ja, aber auch sehr weit westlich. Oder östlich, je nachdem, wie sie es sehen. Violet Parra! Gracias à la Vida, das Lied. Das war meine Urgroßmutter. Sie kennen das? Lange Geschichte.“ Er strahlt voller Freude, einen Teil seiner Familiengeschichte erwähnen zu können.

„Schade! Wenn Sie in Köln bleiben würden, würde ich die Geschichte gerne hören.“ Elea schaut den Zugbegleiter fragend an, der hebt die rechte Augenbraue. Dann greift er in die Tasche nach seinem Handy. „Ich schau mal, was sich machen lässt. Calais sagten Sie?“

„Ja. Dort über Nacht, und morgen früh nach London. Interessiert? Vielleicht treffen wir den König?“ Ihre blauen Augen bohren sich in seine braunen.

„Ich schaue mal, was sich machen lässt. Laufen Sie nicht weg!“ Der Zugbegleiter geht langsam durch den Gang, seine Finger huschen über das Handydisplay.

„Keine Sorge, Claudio. Ich werde hier sitzen, bis wir in Köln ankommen.“ Elea lacht, schlägt die Beine übereinander und nimmt ihre Lektüre wieder auf.

Ein paar Dutzend Kilometer und genauso viele gelesene Seiten weiter tritt Claudio von hinten an Elea heran. Sie blickt zu ihm auf. Seine weißen Zähne lächeln aus einem braungebrannten Gesicht.
„Ist alles geregelt, meine Dame. Ich komme mit. Aber zuerst müssen Sie mir verraten, wie Sie überhaupt heißen.“ Er blinzelt gegen das Sonnenlicht, das durch das Zugfenster fällt und schaut die Tochter Gottes abwartend an.

„Elea!“

„Elea. Aha. Und wie weiter?“

„Das ist weit genug." Elea klappt ihr Buch zu. Claudio erhascht einen Blick auf den Titel: ‚Adam und der Wolf'. „Ich habe auch eine lange Geschichte zu erzählen, aber bestimmt nicht hier im Zug. Holst du mich hier ab, wenn wir da sind?"

„Ach, dann kann ich gleich hier stehen bleiben. In wenigen Minuten werden wir den Hauptbahnhof in Köln erreichen. Die Anschlusstickets habe ich auf mein Handy geladen. Können wir die vielleicht einmal vergleichen, damit wir wirklich auch den gleichen Zug haben?" Claudio hält Elea sein Handy hin, aber sie kramt nur in ihrer Tasche herum, bis sie ihre Tickets findet. Mit einem aufreizenden Lächeln hält sie sie ihm hin. „Schau selbst. Du bist der Fachmann."

Der Zugbegleiter nickt und überfliegt die verschiedenen Tickets. „Alles Einzelbuchungen. Da hätten Sie aber etwas sparen können. Aber die Strecke ist die, die ich auch gebucht habe."

„Du!"

„Bitte?"

„Wenn ich sage, ich heiße Elea, dann ist das auch eine Aufforderung, mich zu duzen."

„Ach so, ja klar. Entschuldige, Elea. Ich bin Claudio."

Elea lächelt verschmitzt. „Claudio, ach was?! Ein interessanter Name. Kommt der vielleicht aus Südamerika?"

„Nein, der kommt, ach …!" Zu spät merkt Claudio, dass Elea ihn nur gefoppt hat. Er lächelt etwas hilflos.

„Sprichst du Französisch, Claudio? Und englisch?"

„Qui Madame, parfait. Mein Onkel wohnt in Paris, ich war oft als Kind bei ihm. Und englisch, ja, es reicht, alte Schulkenntnisse und hier und da mal im Urlaub aufgefrischt."
Die Bremsen quietschen in unterschiedlichen Abständen, der Zug ruckelt stark, wenn er eine Weiche überfährt, quietscht, scheint sich aufzubäumen und kommt dann im Hauptbahnhof Köln zum Halten. Claudio reicht Elea die Hand und sie steigt elegant aus dem Zugsessel.

„Willst du dein Gepäck nicht mitnehmen?" fragt er erstaunt, als sie sich anschickt, den Zug zu verlassen.

„Das? Ach, das sind nur ein paar Bücher, die ich mir vor der Fahrt ge… gekauft habe. Ja, gekauft. Die kann jemand anders weiterlesen. Wäre zu schade, sie wieder verschwinden zu lassen. Claudios Blick fällt auf eines der Bücher, auf dessen Vorderseite der Kopf eines Wolfes zu sehen ist.

„Interessierst du dich für Tiere?" fragt er, um eine Unterhaltung zu beginnen.

„Ja, sehr. Sie sind sehr dankbare Geschöpfe, haben noch eine lebendige Verbindung zu ihrer Umgebung. Die ist den meisten Menschen leider verloren gegangen."

Claudio nickt. „Das stimmt. Obwohl, so eine schöne leckere Bratwurst, die gehört nicht in den Wald, sondern in den Magen."

Die Tochter Gottes reißt entsetzt die Augen auf. „Du isst Tiere?"
„Ja klar, du nicht?"

„Nein! Wie kannst du nur?" Ein Anflug von Ekel und Abscheu spiegelt sich in Eleas Gesicht.

Der Kontrolleur zieht die Notbremse. „Aber nur hin und wieder. Ganz verzichten kann ich halt nicht darauf, dafür ist es einfach zu lecker." Elea wirkt beschwichtigt, will das aber nicht auf sich beruhen lassen. Das Thema wird sie noch einmal aufgreifen müssen. Und nicht nur bei Claudio.

Gemeinsam verlassen beide den Zug und schauen sich auf dem Bahnsteig um. Hier ist es entschieden voller als in Münster. Die Menschen gehen, rennen, Rollenkoffer machen schnurrende Geräusche, es riecht nach Pommes und, wie zu erwarten, Bratwurst. Claudio lässt sich aber von dem Geruch nicht beirren. Er schaut links und rechts, orientiert sich kurz auf dem Bahngleis.

„Wie müssen zum Gleis 6. Einmal da runter und ein Stück später wieder hoch." Er hat die Sache komplett im Griff. Mit einem routinierten Griff schultert er seinen kleinen Bahnrucksack und geht voran. Elea folgt ihm amüsiert. Sie trägt einen knielangen dunkelblauen Rock, ein safrangelbes

Strickshirt und Slipper. Der Wechsel ihrer Kleidung direkt vor dem Ausstieg ist ihrem „Stadtführer" gar nicht ausgefallen.

Während Elea interessiert den vielen verschiedenen Menschen zusieht, die in allen Richtungen an ihr vorbeitreiben, steht Claudio schon unten an der Treppe und zeigt mit dem Finger auf sein Handgelenk.

„Hast du deine Uhr verloren?", fragt Elea amüsiert.
„Wir haben noch fünf Minuten! Beeile dich!" Unruhig nestelt er an den Schultergurten des Rucksacks.

Elea schlendert betont langsam, einen Fuß vor den anderen setzend, die Treppe hinab. Bleibt kurz stehen, lächelt einem Kind, das im Kinderwagen an ihr vorbei die Treppe hochgetragen wird, zu. Dann erwidert sie: „Keine Eile, der hat Verspätung!"

„Der Thalys? So gut wie nie!" Der Eisenbahner spricht ein Machtwort.

Elea hat die letzte Treppenstufe geschafft und legt Zeige- und Mittelfinger spitz auf Claudios linke Schulter. Sie dreht sich tänzelnd um ihn herum und sagt: „Vertrau mir!"

Claudio lächelt, leicht genervt, greift ihre Hand, oh wie warm sie sich anfühlt, und zieht sie sanft hinter sich her Richtung Gleis 6. Bis zur nächsten Bäckereitheke, wo sich Elea noch mit Kuchen und Getränken für die Fahrt eindeckt. Claudio fragt sich gerade, während beide die Treppe hinaufgehen, warum er sich überhaupt auf diese spontane Reise eingelassen hat.

Ein Blick in ihre tiefblauen Augen, die ihn gerade fragend ansehen, beantwortet jedoch seine innere Frage. Diese Frau versprüht Abenteuerlust, zündet jeden, der ihr zu nahekommt, damit an. Und Claudio steht gerade in Flammen. Er will einfach erleben, was heute Abend in Calais auf ihn wartet, will sich treiben lassen. Und mit dieser schönen Frau an seiner Seite …

„Siehst du?" Elea unterbricht seine Gedanken. „Die Anzeige! Die Abfahrt verzögert sich um wenige Minuten, wir bitten um Ihr Verständnis."

„Ja, danke. Hätte ich auch lesen können. Egal, kann ja auch mal vorkommen. Lass uns einsteigen."

Mit spürbar unterdrückter Eile zieht Claudio Elea über den Bahnsteig an den dunkelroten Waggons vorbei, bis sie an ihrem Waggon angekommen sind. „Wagen 16, wir sind da." Man spürt die Erleichterung in seiner Stimme. Die Zugbegleiterin lächelt mechanisch, als sie vor der Tür die Fahrkarten kontrolliert, dann steigt sie hinter den beiden in den Wagen. Als Elea und Claudio gerade auf ihren Plätzen sitzen geht ein Ruck durch den Zug und er setzt sich in Bewegung.

„Das war knapp!" Alle Anspannung ist von Claudio abgefallen.

„Oh ja, sehr knapp!", erwidert Elea und lächelt still in sich hinein. Ein schönes Gefühl, einfach nur einmal als Mensch wahrgenommen zu werden. Und so ein kleines Geheimnis zu haben macht das Menschsein noch viel interessanter.

Während Claudio im Sitz hin- und her rutscht, um eine
bequeme Position zu finden, schaut Elea ihn durchdringend an. „Wieso isst du Tiere?", platzt es aus ihr heraus.

Claudio sitzt sofort still und schaut Elea fragend an. „Wieso fragst du das? Das ist doch völlig normal. Und schließlich esse ich nicht Tiere, sondern nur ein Stück. Hin und wieder. Aber die sind dann schon lange tot und wären ja umsonst gestorben, wenn man die Reste nicht essen würde. Gehörst du etwa zu den radikalen Vegetariern?"

„Unsinn! Sehe ich aus, als wäre ich irgendwie radikal?", fragt Elea mit hochrotem Kopf und widersteht der Versuchung, Claudio in eine Bratwurst zu verwandeln. „Aber ist es dir denn ganz egal, was du isst. Dass deinetwegen ein Tier getötet wird? Ein Geschöpf Gottes, wie du!"

Claudio fühlt sich in die Enge getrieben, er schaut aus dem Zugfenster, den schnell vorbeiziehenden Wiesen und Feldern hinterher. Er überlegt eine Antwort, um die Situation zu entschärfen.

„Es ist so", er spricht sehr langsam und leise, „dass das Tier ja nicht für mich getötet wird. Nicht für mich allein. Viele hundert oder tausend Menschen profitieren ja von dem Fleisch, z.B. einer Kuh. Es gibt Ochsenschwanzsuppe, Zunge, Schnitzel, Steaks, Eisbein, und eben viele andere Sachen, die alle gegessen werden. Nichts wird verschwendet. Man sollte es aber halt auch nicht täglich essen, das gebe ich zu. Fleisch ist gar nicht so gesund. Aber evolutionsmäßig stehen wir halt über den Tieren.

Das hat Jahrmillionen gedauert, bis alles so ist, wie es jetzt ist. Und wir sind eben an der Spitze."

„Du solltest dich mal reden hören!" Elea schüttelt den Kopf. „Du hältst dich für die Spitze der Evolution? Das Beste, was die Entwicklung hervorgebracht hat?"

Claudio nickt zaghaft und sagt kleinlaut: „Ja, das nennt man Evolution. Vom Einzeller über Würmer, Fische, dann Reptilien und später Säugetiere. Das ist alles ganz langsam herangereift. Und wir Menschen, nicht ich allein, sind die Krone der Schöpfung."

„Wirfst du da nicht etwas durcheinander, Claudio?" Elea lächelt ihn an. „Evolution oder Schöpfung, du musst dich entscheiden. Bist du ein Produkt aus Milliarden von Milliarden von Zufällen oder ein Geschöpf Gottes, des Schöpfers?"

Claudio schluckt. Er fürchtet, dass das Gespräch in eine Richtung geht, die ihm nicht behagen wird. Offensichtlich sitzt ihm eine vegetarische Gottesanbeterin gegenüber. Aber er wird sich auch nicht belehren lassen. Die Evolutionstheorie hatte ihn schon in der Schule begeistert, und die wird er hier auch vertreten.

„Sieh mal, Elea, ich bin nicht sehr Bibel fest, aber die Geschichte mit Adam und Eva im Paradies hat halt ihre Schwächen. Und seit Darwin weiß jeder, wie sich das Leben entwickelt hat. Langsam, mit vielen Rückschlägen, aber immer weiter. Es fing an mit einer Aminosäure, die sich zufällig mit einer anderen Aminosäure verband, ein Molekül wurde, das sich vermehrte und so weiter. Dann gab es die ersten Einzeller, die sich zusammentaten, zu Fadenwürmern wurden, und mehr und mehr, immer weiter, über Jahrmillionen." Er schaut Elea erwartungsvoll an.

„Zufall? Ja? Und das glaubst du? Schau mal hier!" Sie öffnet ihre Hand und in ihr entfaltet sich ein wunderschöner Schmetterling. In die Lebenslinie ihrer Hand legt er ein kleines, graues Ei, dann zerfällt er langsam zu Staub. Der Staub verschwindet langsam, während das Ei zu wachsen beginnt. Bald bricht es auf und eine Larve kriecht heraus. Sie kriecht in Eleas Handinnenfläche zum kleinen Finger, dann wieder zurück an die Lebenslinie. Dort verpuppt sie sich um ein paar Sekunden später den Kokon zu sprengen und als Schmetterling die Flügel zu entfalten. Der Schmetterling balanciert etwas wackelig auf seinen dünnen Füßen an

Eleas Daumen empor, spannt die rotgelben Flügel und fliegt davon in das Abteil.

Claudio sitzt da mit offenem Mund, weit geöffneten Augen. Es dauert lange, bis er in Worte fassen kann, was in seinem Kopf umgeht. „Wie, wie hast du das gemacht?"

„Ich habe das gemacht. Ist es nicht wunderschön? Steckt nicht ganz viel Liebe zum Detail darin? Erzähl mir bitte nie wieder, dass das ein Produkt von Zufällen ist!"

Claudio lehnt sich in seinem Sitz zurück und schließt die Augen. Nachdenklich überprüft es sein bisheriges Weltbild. Allzu bereit hat er bisher alles akzeptiert, was ihm als Wahrheit aufgetischt worden war. Jetzt spürt er, dass es an der Zeit ist, zu hinterfragen. Schweigend sitzt er da, seine gespannte Miene wandelt sich im Lauf der Fahrt mehr und mehr in ein Lächeln. Als er die Augen wieder öffnet kehrt der Schmetterling von seinem Rundflug zurück und setzt sich auf sein rechtes Knie. Er flattert mit den Flügeln wie zur Begrüßung.

Fasziniert betrachtet Claudio den Falter, dann sieht er Elea an. „Wie hast du das gemeint: ‚Ich habe das gemacht!' Natürlich hast du das gemacht, ich habe das ja gesehen. Aber wie?"

„Das, lieber Claudio, erzähle ich dir irgendwann mal. Vielleicht. Aber jetzt müssen wir gleich erst mal aussteigen, wir sind fast da."

Und schon ertönt im Lautsprecher die Durchsage, Ankunft in Bruxelles-Midi in wenigen Minuten. Claudio ist wieder ganz in seinem Element. „Ja, da müssen wir raus. Wir haben etwas Aufenthalt, das reicht, um uns ein paar Pommes zu kaufen. Dann geht es weiter nach Lille, dann nach Calais. Eine wunderschöne Strecke, du wirst begeistert sein." Seine Freude ist ansteckend.

„Das werde ich bestimmt. Das bin ich jetzt schon." Elea schaut ihr Gegenüber durchdringend an, Claudio fröstelt leicht. Wirklich eine besondere Frau, mit der er da unterwegs ist. Vielleicht, ja vielleicht ist das sogar die Frau, die er sich schon so lange wünscht. Der Schmetterling erhebt sich von seinem Knie und flattert davon, als der Zug ruckelnd in den Bahnhof einfährt.

Beim Aussteigen findet das übliche Gedrängel statt. Die Menschen greifen ihre Koffer und zwängen sich durch die schmale Tür, während unten schon eine Traube von Menschen steht, die sich, als alle ausgestiegen sind, in den Zug ergießt. Elea schaut sich mehrfach um, während sie das Gleis hinuntergehen.

„Warum drängeln die denn so, Claudio? Der Zug fährt doch nicht los, bevor alle drin sind?" Elea bleibt stehen und schüttelt den Kopf.

„Die haben keine Zeit! Ständig in Eile. Immer den besten Platz haben wollen. Angst, zu spät zu kommen. So sind sie halt."
„Keine Zeit? Ihr Menschen wisst gar nicht, wie das ist, KEINE Zeit zu haben. Also wirklich keine Zeit. Ihr könnt froh sein, dass ihr diesen Rahmen habt."

„Wie meinst du das, Elea?" Claudio stellt den kleinen Rucksack auf den Boden. Er ist etwas verwirrt.

„Ach nichts, ich erkläre dir das später mal." Elea geht wieder weiter, Claudio nimmt sein Gepäck und geht ihr eilig hinterher. „Später mal? Das ist jetzt schon das zweite ‚später mal'. Ich hoffe, du vergisst es nicht!"

„Nein Claudio, ich vergesse nichts." Elea zeigt beim Lächeln alle Zähne und greift nach Claudios Hand, die er erst erschrocken zurückzieht, ihr dann aber wieder hinhält. Gut gelaunt schlendern sie ein bisschen durch den Bahnhof, versorgen sich mit Reiseproviant und essen zum Mittag ein paar belgische Pommes. Rechtzeitig vor der Abfahrt steigen sie in den TGV nach Lille.

Claudio genießt seine Rolle als selbsternannter Reiseführer. Während der gesamten Fahrt schildert er Elea die Besonderheiten der Orte und Sehenswürdigkeiten, an denen sie vorbeifahren, wobei er fast zu jedem Bahnhof, sei er auch noch so klein, eine Geschichte zu erzählen hat. Elea genießt das Zuhören, es macht ihren Kopf frei von den Planungen für die nächsten Tage. Mensch zu sein ist gar nicht so leicht.

Angekommen in Calais

Am frühen Abend rollt ihr Zug in den ‚Gare de Calais Ville‘ ein. Elea fühlt sich frisch und voller Tatendrang, während Claudio schon einen Teil seiner Energie mit seinen Erzählungen verbraucht hat. Als beide aussteigen, fragt er etwas hilflos: „Äh, und nun? Wie geht es weiter?“

Elea legt ihrem Arm um Claudios Hüfte und schaut zu ihm hoch. „Jetzt, mein Lieber, suchen wir uns ein Hotel. Und morgen früh überqueren wir das Meer und treffen den britischen König. In London. Wenn du willst.“

Claudio weiß nicht so recht, was er davon halten soll, ein Treffen mit König Charles? Ist diese hübsche Vegetarierin vielleicht doch etwas schräg? Er nickt mit einem Lächeln. „Na klar, mal sehen. Wo wollen wir denn übernachten?“

„Mal sehen!“ Elea geht mit Claudio durch die Glastüren des Ausgangs. Draußen empfängt sie ein Gewirr aus Stimmen, sehr wenig Französisch, das von verschieden kleinen Gruppen in bunter Kleidung kommt und mal hier, mal dort, leiser und lauter wird. Er scheint sich hauptsächlich um Afrikaner zu handeln. Elea bleibt abrupt stehen.

„Aber wir sind doch in Calais, oder?“ Sie deutet auf die kleinen Menschengruppen.

Claudio ist sich nicht sicher, ob dies eine Scherzfrage sein soll. Er antwortet freundlich: „Natürlich. Das sind alles Menschen, die aus ihrem Heimatland geflohen sind und hier Unterschlupf suchen. Hier und in Großbritannien. Sie versuchen verzweifelt, dort hin zu kommen, aber sind dort nicht erwünscht. Deswegen sind sie hier gestrandet und versuchen, irgendwie heimlich und unentdeckt auf der Fähre, einem Laster, oder sonst wie hier weg zu kommen.“

Elea blickt ihn weiter fragend an.

„Flüchtlinge halt. Sind unter abenteuerlichen Umständen über das Meer nach Europa gekommen, zu Tausenden, und suchen hier ein sicheres Leben. Sag mal, siehst du denn gar keine Nachrichten?“

Elea schaut betrübt. „Nein, ich war längere Zeit nicht hier. Und ich kann mich ja auch nicht um alles kümmern. Das müssen ändern! Es gibt mehr zu tun, als ich dachte." Sie strafft ihren Körper, schaut Claudio unternehmungslustig an und lächelt wieder. „Wir nehmen das erste Hotel, das wir sehen, und dann will ich ans Meer. Schwimmen. Mit dir!"

„Ich habe keine Badehose dabei", ist das Einzige, dass Claudio dazu einfällt. Kaum. Dass er es gesagt hat, bereut er es schon und legt nach: „Aber schwimmen finde ich toll!"

Die Tochter Gottes zieht ihn an der Hand hinter sich her. Hinter dem Bahnhofsbuffet biegen sie links ab, auf einen großen Wasserspeicher zu. „Wo Wasser ist, sind auch immer Menschen", sagt Elea, mehr scherzhaft. Aber sie müssen tatsächlich nur wenige Meter gehen, da stehen sie am Ende der Häuserzeile schon vor dem Hotel Metropol.

„Das ist es!" Elea wirkt glücklich, so schnell etwas gefunden zu haben. Claudio ist eher skeptisch. „Es ist schon etwas älter, nicht? Und es wirkt etwas, wie soll ich sagen, also, die besten Jahre hat es hinter sich."

„Ach Quatsch!" Komm, wir gehen hinein. Als sie durch die Tür getreten sind, haben sie das Gefühl, eine Zeitreise gemacht zu haben. Der Lärm des Verkehrs draußen stirbt mit dem Schließen der Tür abrupt ab, drinnen ist es dunkel und schwül. Ihr Blick fällt auf eine kleine Bar neben dem Empfang, ‚typisch britisch‘ würde man es nennen. Schwere braune Ledersessel geben dem Raum das Flair eines Raucherzimmers in einem britischen Landhaus.

Der Portier lächelt beiden freundlich entgegen. Während Claudio noch unsicher die Atmosphäre in sich aufnimmt geht Elea auf den Mann zu und reicht ihm die Hand. Er nimmt sie zaghaft, schüttelt sie sanft.
So viel Kontakt zu Gästen ist ihm etwas ungeheuer.

„Guten Tag!" Elea wirkt ungestüm. „Ich bin Elea und ich suche ein Zimmer für die Nacht. Das heißt, wir suchen ein Zimmer. Claudio, kommst du bitte?"

Claudio bewegt sich gemächlich zum Empfang, schaut sich immer noch in dem Raum um.

„Aha!" Der Portier scheint über die britische Redseligkeit zu verfügen. Er schiebt Elea das Anmeldeformular hin. „Füllen Sie das bitte aus, Misses, …?"

„Smith! Miss Smith!“

Der Portier lächelt süffisant. „Mr. und Miss Smith, für eine Nacht, und kein Gepäck …“ Claudio versteht die Anspielung und tritt näher an den Empfang. Er reicht seine Hand über den Tisch.

„Parra! Claudio Parra, nicht Smith!“

Der Portier nimmt seine Hand und schüttelt sie fest. „Sind Sie verwandt mit Violeta Parra?“

„Ja, meine Großmutter!“ Er lacht und dann stimmt er mit dem Portier ‚Gracias à la vida‘ an. Der Portier lässt Claudio Hand wieder los und verbeugt sich leicht.

„Sebastien, Jean Sebastien. Ohne berühmte Vorfahren, aber ich freue mich sehr, Sie beide in unserem Haus begrüßen zu dürfen. Wollen Sie in Zimmer zur Straße oder zum Bahnhof?“

„Bahnhof“ sagt Claudio, während Elea gleichzeitig „Straße“ sagt. Beide schauen sich verdutzt an und kichern. Der Portier greift hinter sich an das Schlüsselbrett und holt einen Schlüssel mit einem schweren, hölzernen Anhänger hervor. „Ich gebe ihnen die Nummer fünf in der ersten Etage. Das ist unser bestes Zimmer. Und ruhig.“

Elea nimmt die Schlüssel entgegen, dann gehen beide hoch. Das Zimmer ist viel nüchterner eingerichtet als die Empfangshalle, aber trotzdem gemütlich. Es ist ein Eckzimmer zur Straße, aber man kann auch auf den Bahnhof sehen. Während Claudio sich ein Bier aus der Minibar nimmt macht Elea sich im Bad frisch. Der Schaum im Glas hat sich noch nicht gesetzt, da steht Elea schon wieder in der Tür des Badezimmers. Sie trägt ein blau weiß gestreiftes Strandkleid und einen Sonnenhut aus Strohgeflecht. In der Hand hält sie eine grüne Badehose. „Die lag auch einfach hier rum. Original verpackt. Damit wäre das Problem auch erledigt.“ Sie lächelt verschmitzt.

Claudio greift nach seinem Bierglas in der sicheren Vorahnung, dass er keine Zeit mehr haben wird, es in Ruhe zu leeren.
„Komm jetzt, ich will baden!“, fordert die Tochter Gottes auch schon. Claudio schluckt hastig das Bier hinunter, steht auf und greift sich die Badehose.

Es ist doch ein längerer Fußweg als Claudio gedacht hatte. Vorbei an den vielen typischen kleinen Geschäften und Imbissläden gehen sie die Straße entlang und haben endlich den Sandstrand vor sich liegen. Ein langer Steg geht ins Meer hinaus, in der Ferne sieht man gerade eine Fähre vorbeifahren. Sie gehen hinab zum Strand. Mit den Fassaden der hässlichen Wohnhausblocks im Rücken marschieren die beiden tapfer über den harten Sand an die Flutlinie. Die Möwen begleiten sie mit lautem Gezeter.

Beide haben schon die Schuhe in den Händen, lassen das kalte Wasser ihre Füße umspülen. Auf den Steinen der Kaimauer legt Elea ihre Schuhe ab und zieht ihr Strandkleid aus. Claudio schlüpft aus der Jeans. Trotz des kalten Windes zieht er auch sein T-Shirt aus, wechselt die Shorts gegen die Badehose und legt alles fein säuberlich gefaltet auf die Schuhe. Er schaut zu Elea. Wie schön sie ist in ihrem leuchtend roten Bikini. Erst jetzt realisiert er, dass dies der Anfang ihrer gemeinsamen Nacht sein wird. Er, Claudio, der Zugbegleiter, und Elea, diese geheimnisvolle Frau, zusammen in einem kleinen Hotel im Norden Frankreichs.

Die Tochter Gottes nimmt ihn bei der Hand und zieht ihn tiefer ins Wasser. Zuerst ist es noch kalt, sehr kalt, aber nach ein paar Schritten ist es erstaunlich warm. Claudio taucht ein, lässt sich vom Wasser umspülen. Elea taucht direkt neben ihm auf, er spürt ihre Hand auf seiner Schulter. Dann gleitet sie langsam herab, streicht über seinen muskulösen Bauch. Sie umarmen sich, Elea küsst ihn fordernd auf den Mund, er erwidert ihre immer wilder werdenden Küsse, lässt seine Hände ihren Körper erkunden. Elea greift in seine Badehose. Claudio schreckt kurz auf, dann lässt er sie gewähren. Er greift nach ihrem festen Po, zieht sie ganz dicht an sich heran.

Im Rausch der Leidenschaft werden sie vom Wasser umflutet, bis sie auf dem warmen Sand zum Liegen kommen. Elea zieht Claudio zu sich, in sich hinein. Claudios Leidenschaft ergießt sich in die Tochter Gottes, die das Wunder des Menschseins in vollen Zügen in sich aufnimmt. Als die Liebesflut langsam abebbt schaut Claudio sich verwundert um. Er hatte das Gefühl gehabt, Elea habe sich ihm in einer lauen Tropennacht an irgendeinem Südseestrand hingegeben, aber nun muss er feststellen, dass er immer noch am Strand von Calais ist. Kaltes Wasser spült von seinen Füßen hoch unter seinen Rücken. Erschrocken richtet er sich auf. Elea sitzt neben ihm.

„Was war das denn?" Er schaut in ihre ruhigen Augen. „Hast du mir irgendetwas in den Tee gegeben, oder so?"

„Was meinst du?", fragt Elea während sie aufsteht und nach ihrem Strandkleid greift. Wieso liegt es jetzt plötzlich hier? Wieso ist sie gar nicht nass?

Claudio zweifelt kurz an seinem Verstand und überlegt ernsthaft, ob Elea ihm eine Droge verabreicht hat. Irgendwie. „Ich meine uns, unser äh, du weißt schon … Wir zwei in den Wellen, wir haben uns geliebt! Das habe ich mir doch nicht alles eingebildet?!"

„Ach das! Nein, das war alles wirklich, so, wie ich vor dir stehe. Wir haben uns geliebt, im Wasser und am Strand." Sie zeigt mit dem Kopf in Richtung eines kleinen Kleiderbündels am Strand. „Und nun solltest du dich besser anziehen, sonst erkältest du dich noch."

Grübelnd steht Claudio auf und geht mit Elea zu seinen Kleidungsstücken. Langsam zieht er die Jeans an. Jetzt erst bemerkt er, dass er gar keine Badehose mehr trägt. Deshalb dieses komische Zugluftgefühl! Elea zeigt mit dem Finger auf das Wasser. „Die hat das Meer mitgenommen! Gut, dass kaum jemand am Strand ist, sonst würdest du wegen Erregung öffentlichen Ärgernisses festgenommen." Sie lächelt verschmitzt.

Langsam zieht Claudio die Shorts und das Shirt über und die Schuhe an, wobei er mehrfach die Füße vom Sand befreien muss, weil er immer wieder mit dem Fuß neben den Schuh tritt. Elea stützt ihn an der Schulter, so dass er besser sein Gleichgewicht halten kann. Endlich hat er beide Schuhe an. Er grübelt immer noch.

„Aber wieso war das Wasser so warm? Irgendetwas stimmt hier doch nicht!"

„Was soll hier nicht in Ordnung sein?" Elea ist leicht genervt. „Wir haben uns geliebt und nicht nur das Wasser aufgewühlt, auch unsere Gefühle und Empfindungen. Dass dir dabei heiß geworden ist, kann ich gut verstehen."

Claudio nickt, nicht überzeugt, aber um das Thema vorerst abzuschließen. Hand in Hand gehen beide am Strand entlang auf den Steg zu. Eleas Hand fühlt sich warm an in seiner, irgendetwas scheint von ihr auf ihn hinüberzuströmen. Ob er verliebt ist?

Unvermittelt bleibt Elea stehen. „Sag mal, ist das alles eigentlich selbstverständlich für dich?"

„Nein, Elea, nein. Es war wundervoll. Ich habe noch nie eine Frau geliebt so wie dich gerade." Er drückt fest Eleas Hand und will sie zu sich ziehen. Elea aber wehrt ab.

„Das meine ich gar nicht. Natürlich war ich wundervoll! Aber das meine ich nicht. Schau dich doch mal um."

Claudio weiß nicht, was Elea von ihm erwartet und schaut sich folgsam um. Mit der rechten Hand schützt er seine Augen vor dem Licht der untergehenden Sonne.

Eine Lektion im Wundern

„Und? Was siehst du?"

„Äh, nichts. Nur Sand und Meer. Und die Sonne. Und ein paar Menschen. Und, ah! Da hinten ein Schiff, meinst du das?"

„Ihr seid unmöglich! Seid ihr alle Menschen so? Wiederhole, was du gerade gesagt hast!"

Irritiert nickt Claudio, dann sagt er brav: „Also, ich sehe den Sand und das Meer …"

„Stopp! Und? Wie ist das für dich? Was fühlst du?"

„Nichts! Das ist eben da. Das war schon immer da. Seit Jahrmillionen. Da ist nichts Besonderes dran."

„Ich glaube das einfach nicht! Komm, setz dich zu mir." Beide nehmen im Sand Platz. Elea steckt Claudios Hand in den Sand. „Fühle!"

Er lässt den feuchten Sand durch die Finger rinnen und kommt sich ziemlich dämlich dabei vor, aber langsam versteht Claudio, was Elea meint. Er sitzt hier mitten auf einer riesigen flüssigen Kugel, die mit unvorstellbarer Geschwindigkeit durch das Weltall rast. Aber diese Kugel seine Heimat. Die Heimat von Milliarden von Menschen, Tieren, Pflanzen. Sie bietet festen Boden, hat ausreichend Wasser, alles umhüllt von atembarer Luft. SO hat er seine Umgebung noch nie wahrgenommen. Bislang hat er alles immer als selbstverständlich genommen. Aber das ist es nicht. Es ist ein Wunder! Alles, wohin er schaut, ist ein kleines Wunder.

„Schöpfung!" Elea küsst ihn aus seinen Gedanken. „Wir nennen es Schöpfung!"

„Ach, du meinst die Geschichte mit Adam und Eva und so? Vertrieben aus dem Paradies wegen einem Apfel? Das glaubst du doch nicht wirklich, oder?"

„Natürlich nicht!" Elea nimmt eine Hand voll Sand und wirft sie spielerisch in Claudios Richtung. „So war es nun wirklich nicht. Und, jetzt sei doch mal ehrlich, glaubst du, das alles …", sie macht mit der rechten

Hand eine alles umfassende Geste, „… dies alles wäre in einer Woche zu schaffen gewesen? Selbst für einen Gott?!“

„Wieso nicht? Ein Gott ist doch allmächtig, oder?“ Er schaut sie fragend an.

„All-mächtig, ja, das trifft es schon. Aber das All ist groß, und alles muss zusammenpassen. Der Sand darf sich nicht im Wasser auflösen, muss mal hart, mal aber auch fließfähig sein. Das Wasser muss regelmäßig an den Strand spülen, damit er nicht austrocknet. Dafür braucht es einen Mond, der muss ausreichend groß sein, damit er Ebbe und Flut bewirken kann, aber nicht zu groß …“

„Moment!“ Claudio fällt Elea ins Wort. „Der Mond, das weiß ich genau, ist aus der Erde selbst entstanden, nach einer unvorstellbaren Kollision mit einem Meteoriten. Das habe ich im Fernsehen gesehen, jawohl!“

„Oh, das ist ja interessant!“ Elea antwortet schnippisch. „War das eine Live-Übertragung und hatten die damals schon Fernsehkameras, die alles gefilmt haben?“

„Du machst dich über mich lustig.“ Claudio ist verstimmt und schubst Elea in den Sand. „Du weißt genau, dass das alles nur Animation ist. Aber die Wissenschaftler haben das herausgefunden, dass das vor vielen Tausenden Jahren so passiert ist. Das ist eben so.“

„Und, mein lieber Claudio“, Elea nimmt seinen Kopf in beide Hände und schaut ihm tief in die Augen, „was meinst du, WER das gemacht hat? Oder glaubst du, das war Zufall?“

Claudio hält ihrem Blick stand. „Also, erst mal ja! Das war Zufall. Und wenn das nicht passiert wäre, dann hätten wir eben keinen Mond. Wäre auch zu verkraften.“

Elea lässt ihre Hände fallen und stupst Claudio sanft zurück. „Wenn das nicht passiert wäre, dann wäre nicht nur der Mond nicht da. Dann wäre vieles Anderes auch nicht da, das Wasser, die Luft, und du!“ Sie bohrt ihm ihren Zeigefinger in seine Brust. Claudio dreht ihre Hand mit Leichtigkeit um, so dass Eleas Zeigefinger jetzt auf sie selbst zeigt. „Und DU auch nicht!“

Die Tochter Gottes lacht laut auf. Dann sagt sie leise: „Oh doch!"

Gegen die untergehende Sonne kneift Claudio ein Auge zu. „Was hast du gesagt?"

„Nichts, mein lieber Claudio." Elea steht auf. „Der Abend im Wasser hat mich hungrig gemacht auf mehr. Mit ‚eh', nicht mit ‚ee'. Aber vorher möchte ich noch etwas essen. Ich möchte alle Sinne erleben heute Nacht. Wo gehen wir hin?" Sie nimmt ihm am Arm, macht sich klein und blickt zu ihm hoch. „Also, wohin?"

„Ich bin doch auch nicht von hier. Ich kenne mich hier auch nicht aus. Vielleicht fragen wir mal im Hotel nach?" Er legt die Hand an die Stirn und sucht den Häuserhorizont ab. Elea zeigt mit dem Finger nach links. Claudio stutzt. „Da vorne scheint ein Restaurant zu sein, das war doch eben noch nicht da!"

Elea lacht scheinheilig. „Ach, das wird doch nicht plötzlich aus dem Nichts auftauchen. Du hast es nur vorher nicht wahrgenommen, weil du mit anderen Gedanken beschäftigt warst."

Immer noch zweifelnd antwortet Claudio leise: „Mag sein."

„Wie heißt es denn? Ich kann das nicht lesen." Elea kneift die Augen zusammen.

„CRIACAO, das ist portugiesisch. Seltsam!"

„Und was heißt das?"

„Schöpfung! Elea, du wirst mir immer unheimlicher!" Er hält sie eine Armlänge von sich und schaut sie mit einem durchdringenden Blick an.

„Ach, stell dich nicht an. Ich bin doch nur eine kleine Frau. Ich kann nicht mal eben so ein Restaurant bauen." Elea schaut ihn treuherzig an.

„Hm! Was sagtest du nochmal, bist du von Beruf?"

„Darüber haben wir noch gar nicht gesprochen, mein lieber Claudio. Das ist mit einem Wort auch nicht zu erklären, nicht so einfach wie bei dir. Wie heißt dein Beruf genau?"

94

„Ich bin Bahnangestellter, zur Zeit Zugbegleiter. Netter Versuch, lenk nicht ab. Was bist du?" Die Frage klingt bohrender als Claudio beabsichtig hatte. Die Tochter Gottes deutet auf die Tür des Restaurants.

„Lass uns erst einmal hineingehen, ich erkläre dir dann alles." Und, als Claudio gerade Luft holt, um zu protestieren, setzt sie nach: „Diesmal wirklich, ich verspreche."

Mit einem eleganten Schwung öffnet Claudio die Tür des CRIACAO und lässt Elea eintreten. Drinnen umfängt sie ein angenehmer, süßlicher Duft, er erinnert an Zimt und Safran. Der Mann hinter der Theke blickt freundlich auf, als beide eintreten und sich innen umschauen. Er sieht tatsächlich genau so aus, wie Elea es gewollt hat. Das war ja auch zu erwarten, Schöpfung ist ihr sozusagen in die Wiege gelegt worden.

Claudio mustert die Einrichtung, die an ein orientalisches Restaurant erinnert. Gelb/orange Vorhänge, eine überschaubare Anzahl von Tischen, keiner ist besetzt. Der Kellner, ein rundlicher Mann mit Halbglatze und schwarzem Schnurrbart, tritt hinter dem Tresen hervor und fragt freundlich: „Ein Tisch für zwei?"

Claudio nickt stumm und schaut sich weiter im Restaurant um, während der Kellner sie zu einem Tisch am Fenster begleitet, mit Blick auf das Meer. Irgendwie sieht das Meer hier viel freundlicher aus als eben noch draußen. Auch scheint der Raum innen viel größer zu sein, als das Restaurant von außen aussah. Aber das muss wohl daran liegen, dass er es ohnehin nicht wahrgenommen hatte, bevor Elea ihn darauf hingewiesen hatte. Er wischt alle Überlegungen beiseite und zieht den Stuhl vor, so dass Elea Platz nehmen kann.

„Sie wünschen einen Aperitiv?" Der Kellner, zückt einen kleinen Notizblock aus seiner Hosentasche. Claudio nickt, Elea schüttelt den Kopf. „Nicht für Madame? Vielleicht ein Glas Martini? Oder einen kleinen Champagner?"

„Nein danke, das vertrage ich nicht." Elea denkt an den Champagner im Wachsfigurenmuseum in Paris. „Ich hätte gerne einen Feigensaft."

„Oui, Madame. Und pour Monsieur?" Der Kellner scheint nur einen Strich auf seinem Block gemacht zu haben.

„Ich, ich nehme gerne einen Martini. Bianco, bitte!“

„Gerne, kommt sofort.“ Der Kellner dreht sich auf der Hacke um und verschwindet durch die Schwingtür zur Küche, um kurz darauf mit einem Tablett und den Getränken zurück zu kommen. Leise stellt er sie auf den Tisch aus dunkelrotem Holz und überreicht seinen Gästen die in Leder gebundene Speisekarte. Die Seiten scheinen aus Papyrus zu bestehen.
„Sehr stilvoll!“ Claudio blättert durch die Speisekarte und blickt sich anerkennend im Restaurant um. „Schade nur, dass wir die einzigen Gäste sind.“

„Vielleicht sind sie neu hier und es muss sich noch erst etwas herumsprechen?“ Elea wechselt schnell das Thema. „Hast du dich schon entschieden, was du essen möchtest?“

Mit einem lauten Lachen antwortet Claudio: „Nein, so schnell bin ich nun wirklich nicht. Weißt du es denn schon?“

„Sicherlich.“ Elea nickt. „Ich überlege einfach, worauf ich jetzt Appetit habe und bestelle es. Das ist viel einfacher.“

„Und wenn das nicht auf der Karte steht?“

„Bisher hat es immer funktioniert. Probiere es doch auch mal aus!“ Elea klappt ihre Karte zu, Claudio tut es ihr gleich. Der Kellner tritt an den Tisch heran. „Sie haben gewählt?“

Claudio und Elea nicken. Claudio bestellt eine Kürbiscremesuppe, extra scharf, mit Vollkornbrot, hefefrei, ein Risotto, ein gegrilltes Stück Thunfisch und ein Tiramisu als Nachspeise. Elea nickt anerkennend. „Fleischfrei, wie aufmerksam.“

„Oh, das war mir gar nicht aufgefallen. Aber stimmt. Es macht doch wohl einen Unterschied, ob man sich etwas ‚vorschreiben‘ lässt oder sich selbst Gedanken macht. Aber ist das denn auch alles möglich?“

„Kein Problem!“ Der Kellner nickt und hört sich in Ruhe Eleas Bestellung an, während Claudio sich Gedanken macht, ob das alles mit rechten Dingen zugeht. Der Kellner nickt, ohne ein Wort notiert zu haben und geht langsam Richtung Küche. Claudio schaut ihm nachdenklich hinterher.

Während des Essens kommt keine richtige Unterhaltung mehr zu Stande. Claudio verfängt sich in einem Gedankenkarussell, angefangen von dem Treffen im Zug, über die spontane Verabredung und den gemeinsamen Sex im Wasser bis zu dem, was ihn mit dieser Frau in der Zukunft noch erwarten wird. Elea lässt ihn in seiner Gedankenwelt und genießt mit allen Sinnen das himmlisch leckere Essen.

Später, abends im Hotel, genießt sie die Liebe in vollen Zügen. Erst gegen Morgen schlafen beide ein.

Überraschung auf der Fähre

Als Elea wach wird, liegt neben ihr auf dem Kopfkissen ein Zettel. „Es tut mir leid, Elea, aber ich kann das nicht. Du bist mir einfach zu … undurchschaubar. Fast unheimlich. Ich fahre wieder zurück nach Köln. Danke für die schöne Zeit mit dir. Claudio.“

Ein Anflug von Wut verzerrt Eleas Gesicht kurz, doch dann hat sie sich wieder im Griff. Wenn er es so will, soll er es so bekommen. Schließlich hat sie wichtigere Aufgaben zu erfüllen, als den Männern hinterher zu laufen.

Mit einer ausgiebigen Dusche und viel Schaum wäscht Elea alle Erinnerungen an Claudio weg, dann zieht sie sich schnell an und geht hinunter zum Frühstück. Ohne ihren geliebten Appetit nimmt sie nur Kaffee zu sich und checkt direkt nach der zweiten Tasse aus. Der Weg zu Fähre ist nicht schwer zu finden, sie folgt einfach einer Gruppe junger Leute mit Rucksäcken, aus denen kleine Fähnchen mit der Aufschrift „GB back in the EU 4ever“ wehen.

Ein Problem taucht erst auf, als Elea sich der Passkontrolle nähert. Daran hat sie nicht gedacht, sie ist ja erst auf dem Weg, sich eine nachprüfbare Identität zu besorgen. Ausweispapiere hat sie noch nicht. Aber sie wäre nicht die Tochter Gottes, wenn so ein kleines Hindernis sie bereits aufhalten würde. Mit dem Satz: „Sie müssen meine Papiere nicht kontrollieren!“, geht sie ungehindert an den Zollbeamten vorbei. Diese nicken verwirrt und lassen sie passieren.

Auf der Fähre begibt sich Elea sofort in das Restaurant, ihr Appetit ist zurückgekehrt. Als sie die Tür öffnet winkt ihr von einem der Tische schon jemand zu. Es ist Peter. Auch damit hatte sie nicht gerechnet. Elea wundert sich. Ein Gefühl, das sie bisher nicht gekannt hat: Überrascht sein. Sie geht auf Peters Tisch zu. Der Kreuzritter steht auf und bietet Elea einen Stuhl an. „Wollen Sie sich nicht zu mir setzen? Es dauert vier Stunden bis Dover, eine Menge Zeit, sich näher kennen zu lernen.“

Erfreut nickt Elea. „Ja gerne, danke!“ Peter wartet, bis sie sich gesetzt hat und schiebt ihren Stuhl näher an den Tisch.

„Oh, ein Kavalier der alten Schule?“ Die Tochter Gottes lächelt.

„Das kann man so sagen. Ein Kavalier. Ein Chevalier, im Französischen. Ein Reiter, ein Ritter. Und so sollten wir sein, wir Kreuzritter, Kavaliere. Männer, die wissen, was sich gehört."

„Nur Männer?" Elea unterbricht ihn. „Gibt es keine weiblichen Kreuzritter?" Nicht, dass sie die Antwort nicht schon wüsste, aber Elea gibt sich jetzt gerne einmal neugierig. Sie möchte mit diesem Mann ins Gespräch gekommen.
„Doch, natürlich gibt es sie. Seit der französischen Revolution sind, erst nur in Frankreich, dann sehr schnell weltweit, auch den Frauen die Türen zu unserem Orden geöffnet worden. Jeanne d'Arc war ja, aber das wissen Sie bestimmt aus Ihrer Schulzeit, die erste „Oberste Kreuzritterin" der Geschichte."

Kopfschüttelnd antwortet Elea: „Nein, ich war nicht in der Schule." Und, als sie das Erstaunen im Gesicht ihres Gegenübers bemerkt, fügt sie schnell hinzu: „Ich hatte Privatunterricht. Und Geschichte war mein Lieblingsfach." Sie lächelt ihr bezauberndes Lächeln und fährt sich mit der Hand durch das Haar. „Was war ihr Lieblingsfach in der Schule?"

„Geschichte! Auf jeden Fall Geschichte! Und später Philosophie. Ich begann schon früh damit, allem auf den Grund zu gehen, alles zu hinterfragen. Deswegen bin ich auch Kreuzritter geworden. Na ja, und Mathematik auch, ich liebe das Spielen mit Zahlen."

„Das Spielen mit Zahlen? Das klingt so gar nicht nach einem eingefleischten Mathematiker. Die habe ich eher für, alt, grau und trocken gehalten. Und schon gar nicht für Menschen, die sich auch noch für Philosophie interessieren. Das ist doch genau das Gegenteil, oder?"

Während er mit einer Handbewegung einen Kellner an den Tisch ruft, antwortet der Kreuzritter: „Das mag schon sein. Bedient bestimmt auch alle Vorurteile. Aber erst mal bin ich kein eingefleischter Mathematiker, da ich Vegetarier bin, zum anderen schließt sich für mich die nüchterne, mathematische Betrachtung der Welt nicht automatisch von einer philosophischen Betrachtungsweise aus. Sehen Sie zum Beispiel die Wellen draußen. Man kann sie vermessen, ihre chemische Dichte bestimmen, ihre Zusammensetzung, und man kann zusätzlich darüber nachdenken, **warum** sie wohl da sind. Und wer sie erschaffen hat. Für mich schließt das eine das andere nicht aus."

Der Kellner tritt an den Tisch, blickt beide abwechselnd stumm fragend an.

„Ich hätte gerne einen Espresso, und für die Dame, ich denke, einen Kaffee, mit Zucker, richtig?" Elea nickt zustimmend, der Kellner geht zum nächsten Tisch.

„Woher wussten Sie das? Oder haben Sie nur geraten? Ich muss sagen, Sie sind ein interessanter Mensch, wirklich!" Die Tochter Gottes schaut dem Kreuzritter tief in die hellblauen Augen. „Sehr interessant, wirklich!" Sie fährt wieder mit der Hand durch das Haar.

„Das war einfach. Auch sie sind eine interessante Frau. Sehr interessant. Ich habe mir einfach sagen lassen, was Sie gestern zum Frühstück hatten. In Münster."

„Spionieren Sie mir nach?" Elea rückt auf dem Stuhl rückwärts. „Wie kommen Sie dazu?" Sie weiß nicht, ob sie wirklich entrüstet sein soll oder lieber neugierig.

„Ach wissen Sie, ich habe von Anfang an mit offenen Karten gespielt, habe sofort gesagt, dass ich Kreuzritter bin. Und es war schon sehr interessant, Sie in der Eisdiele wieder zu sehen, nachdem Sie Nikolas besucht hatten. Und dann war da dieses Treffen in Jesus Lieblingseisdiele, mit Anna und Yves, der, wie Sie, keine richtige Vergangenheit zu haben scheint. Das hat mich doch sehr neugierig gemacht.

Abgesehen davon …", eine kleine Kunstpause, um den nächsten Worten mehr Wirkung zu verleihen „…dass Sie wirklich eine sehr attraktive Frau sind. Und es war ein Leichtes, in ihrem Hotel in Münster, das ich Ihnen ja empfohlen hatte, ein paar Informationen über Sie einzuholen."

Er lächelt freundlich, selbstsicher, ohne ein Zeichen von schlechtem Gewissen. „So sind wir eben, wir Kreuzritter, immer auf der Suche, immer aufmerksam, immer gut informiert. Schließlich hatten wir auch ein Ziel, für das ich gelebt habe. Weswegen ich Kreuzritter geworden bin."
„Hatten?" Die Tochter Gottes ist, trotz aller Entrüstung über den Eingriff in ihr Privatleben, aufmerksam geworden. „Wieso hatten?"

„Ja, Sie sind wirklich besonders. Sie achten auf die Kleinigkeiten. Ja, ‚hatten'. Unsere Aufgabe als Kreuzritter ist es, seit zweitausend Jahren, den untergetauchten Sohn Gottes ausfindig zu machen. Wir sollen ihm unsere, seit zweitausend Jahren angehäuften, weltlichen Güter zu übergeben, damit er seinen Platz als König der Juden einnehmen kann. Aber das wissen Sie ja.

Meine Aufgabe war in den letzten vier Jahren, zusammen mit meinem Kollegen Paul, einen gewissen Jesus zu observieren, der in Münster in einem Altenheim wohnte und häufig mit einem Pfarrer Jakob zusammen war. Er war unsere Zielperson, eine von vielen weltweit, die wir als möglichen Sohn Gottes in Beobachtung haben.

Es brauchte nicht viele Beobachtungen, da war für mich klar, dass ich den wahren Sohn Gottes aufgespürt hatte. Und dieser Pfarrer an seiner Seite, das war der päpstlich bestellte Beobachter, von denen im Laufe der Jahrhunderte schon viele an seiner Seite waren. Im Gegensatz zu uns wusste die Kirche immer genau, wo der Sohn Gottes zu finden war. Sie streute nur gezielt falsche Informationen, um uns Kreuzritter in die Irre zu führen.
Letztendlich, aber das habe ich viel zu spät realisiert, will jedoch keiner von beiden, dass der ‚wahre Sohn Gottes‘ gefunden wird. Die Kirche kann sich, nach zweitausend Jahren, den Imageverlust nicht leisten, und der Oberste Kreuzritter will das Vermögen des Ordens gar nicht mehr abgeben. Die Strukturen unserer beiden Organisationen sind seit zwei Jahrtausenden gefestigt, da ist kein Platz für Neues, nur für den Schein.

Und dann ist da Jesus, lebt sein Leben seit Jahrhunderten. Jetzt hat er sich, wohl das erste Mal seit Maria Magdalena, wieder einer Frau anvertraut. Und diese, Anna, ist von ihm schwanger. Und keiner, ja keiner, will akzeptieren, dass der Sohn Gottes auf der Erde ist. Unter uns. Direkt vor mir stand! Alle wollen nur, dass alles bleibt, wie es ist. Aber sie so tun, als wenn sie wollen, dass es sich ändert. Heuchler! Alle!“

Fasziniert, fast schon verklärt, schaut Elea ihrem Gegenüber tief in die Augen. So etwas hatte sie nicht erwartet. Wieder einmal ist sie heute überrascht worden. Da sitzt wirklich jemand vor ihr, der sich Gedanken macht. Und zwar die richtigen Gedanken. Dieser Mann ist wichtig für sie, und er hat die richtigen Verbindungen.

„Haben Sie schon ein Hotel in London?“, fragt sie mit einer Unschuldsmiene und sieht Peter überrascht zusammenzucken.

„Was meinten Sie eben?", fragt der Kreuzritter, in dem Glauben, sich verhört zu haben.

„Entschuldigen Sie bitte. Es war so faszinierend, Ihnen zuzuhören, dass ich mir überlegt habe, ob wir nicht einen Teil unserer weiteren Reise gemeinsam verbringen können. Ich möchte noch viel mehr von Ihnen und Ihren Ansichten erfahren. Weshalb wollen Sie denn überhaupt nach London?"

„Ach, das ist schwer zu sagen. Vor zwei Tagen, als ich mich zu dieser Reise entschieden habe, wollte ich in Islington beim Obersten Kreuzritter meinen Austritt aus dem Orden erklären. Dann aber ist etwas geschehen, was mich zweifeln lässt, ob das die richtige Entscheidung ist."

Der Kellner stellt den Espresso und den Kaffee auf den Tisch und nimmt, wortlos nickend, den Zehn-Euro-Schein entgegen. Während Elea ihren Kopf aufmerksam in ihre Hände stützt greift Peter nach seiner Tasse. Tief zieht der den Geruch ein, dann nimmt er einen kleinen Schluck.

„Oh, das war bestimmt eine schwere Entscheidung. Aber verständlich nach all dem, was Sie mir eben erzählt haben." Jetzt greift auch Elea nach ihrem Kaffee und nimmt einen Schluck. „Aber was mich noch mehr interessiert, ist, weshalb Sie jetzt doch ins Zweifeln geraten sind. Was ist der Grund dafür?"

„Das, meine liebe Elea, ist schnell erklärt. Ich habe Sie kennen gelernt." Er greift erneut nach der Kaffeetasse und setzt zu einem genussvollen Schluck an.

„Sie Charmeur! Ich glaube kaum, dass eine einfache, wenn auch gutaussehende, Frau, so wichtig sein, die Pläne eines Kreuzritters zu durchkreuzen." Lachend fährt sie mit der Hand durch das Haar und legt den Kopf nach hinten.

„Eine einfache Frau könnte das bestimmt nicht, egal wie gut sie aussieht, aber …" Der Kreuzritter atmet einmal tief ein, dann wieder aus, an dem kleinen Holztisch baut sich Spannung auf „… die Tochter Gottes, das ist schon etwas anderes." Er lehnt sich im Stuhl zurück, verschränkt seine Arme und genießt die Wirkung seiner Worte.

Elea springt auf, stößt dabei den Stuhl nach hinten. Alle Augen in dem Raum richten sich kurz auf sie, erwarten, Zeugen einer großen, lauten Szene zu werden. Sie werden enttäuscht, wenden sich wieder ihrem Getränk oder ihrer Zeitschrift zu, als Elea hörbar „Hoppla" sagt und den Stuhl wieder an seinen Platz stellt. Sie fährt sich mit der Hand durch das Haar, schaut sich um, niemand nimmt mehr Notiz von ihnen. Leise gleitet sie auf ihren Stuhl zurück, rückt ihn ganz nahe an den Tisch.

Peter legt seine Arme auf den Tisch und beugt seinen Oberkörper weit vornüber. Er wartet auf Eleas Antwort. Diese versucht aus seinen Augen zu lesen, was in ihm gerade vorgeht. Sie hat völlig ausgeblendet, dass sie, Tochter Gottes, alle Macht der Welt hat, um diese Situation zu beherrschen.

Noch näher rückt sie heran, beugt sich auch über den Tisch. Nun sitzen sich beide so nahe gegenüber, dass sich ihre Nasen fast berühren.

„Da haben Sie mich aber ganz schön überrascht!", flüstert Elea und rückt wieder etwas zurück in ihren Stuhl. „Wirklich überrascht. Und das nicht zum ersten Mal." Eine Augenbraue hochziehend fragt sie, fast neugierig: „**Wer** sind Sie?"

Ihr Gegenüber lässt sich Zeit mit seiner Antwort, er rückt wieder zurück auf seinen Stuhl und verschränkt die Arme vor der Brust. Seine Augenbrauen bewegen sich leicht, so als würde ein ungeheurer Gedankenprozess in seinem Kopf stattfinden.

„Wieso gibt es etwas, dass Sie nicht wissen?" Peter beugt sich wieder nach vorne.

„Das ist keine Antwort!" Die Tochter Gottes schaut den Kreuzritter vorwurfsvoll an.

„Aber es interessiert mich. Habe ich denn Recht?" Er lässt sich nicht aus dem Konzept bringen.

Elea lacht und löst die Spannung. „Ja, natürlich haben Sie Recht. Es wäre sinnlos, Ihnen etwas vorzumachen, wenn ich vorhabe, es der ganzen Welt zu verkünden. Ja, ich bin Elea, Tochter Gottes. Und Sie?"

„Ich bin Peter. Peter Hausmann, 45 Jahre alt, Sternzeichen Jungfrau. Aber das wissen Sie doch bereits alles." Er legt den Kopf zur Seite und schaut sie fragend an. „Oder?"

„Das hat mich bisher nicht interessiert. Auch die Tochter Gottes kann sich nicht um alles kümmern. Schließlich war unser größtes Geschenk an die Menschen der freie Wille und die Selbstbestimmtheit. Auch, wenn ihr sie nicht so nützt, wie wir es erwartet hatten. Es gibt andere Zeiten und Welten, in denen wir mehr zu tun haben. Aber das ändert sich jetzt hier.

Woher wissen Sie von mir? Wie lange beobachten Sie mich schon? Und warum das alles, was sind Ihre Absichten?"

Als der Kellner vorbeieilt hält Peter ihn sanft am Sakko fest und deutet auf die beiden leeren Tassen. Der Kellner nickt wortlos und eilt weiter. Der Kreuzritter wendet sich wieder Elea zu.

„Ich habe meine Kontakte, und ich bin wirklich gut in meinem Beruf. Und wenn einen Tag, nachdem Jesus in den Himmel aufgefahren ist, eine Frau ohne Papiere mit einem Engel auf dem Eiffelturm den Sonnenuntergang beobachtet, dann erfahre ich das. Und wenn Sie dann auch noch in Jesus Lieblingseisdiele auftaucht, dann ist das von großer Bedeutung. Es war ein Leichtes, weitere Informationen zu besorgen, nachdem Sie in dem Hotel abgestiegen waren, dass ich Ihnen empfohlen hatte."

Die Tochter Gottes schaut gedankenverloren in ihre leere Tasse. Wieder einmal ist sie von dem Kreuzritter überrascht worden. Sie wird eindeutig zu menschlich. So muss es sich also anfühlen, wenn man nicht alles unter Kontrolle hat. Ein wenig fürchtet sie gerade um ihre All-mächtigkeit und nimmt sich vor, dringend mit ihrem Vater zu reden. Und bemerkt so nebenbei, dass Furcht eine interessante Erfahrung ist. Alles in allem sind ihr die Menschen wirklich gut gelungen.

„Das St. James Court!"

Elea schaut fragend auf. „Wie bitte?"

Lachend erwidert Peter: „Sie hatten mich doch eben nach meinem Hotel gefragt."

„Oh ja, stimmt. Ich war in Gedanken." Etwas verloren schaut sie sich im Raum um. „Ich habe noch keine Unterkunft, ich wollte eigentlich direkt zum Palast gehen. Aber vielleicht ist es gut, sich etwas Zeit zu lassen. Und Sie näher kennen zu lernen. Nehmen Sie mich mit?"

„Bis zum Hotel gerne, ich habe einen Wagen gemietet, der an der Fähre wartet. Dann muss ich ein paar Telefonate führen, vielleicht essen wir zusammen zum Abend? Dann haben Sie auch Zeit genug, mir zu erzählen, was sie nach London führt." Peter nickt dem Kellner dankend zu, der zwei Tassen Kaffee auf den Tisch stellt und die alten mitnimmt. „Eigentlich bin ich leidenschaftlicher Teetrinker", sagt er, als er die Tasse zum Mund führt. „Aber der Kaffee auf der Fähre ist weniger ungenießbar als der Tee, den sie hier anbieten. Wenn ich Tee trinke, dann soll er auch schmecken."

„Sie sind also auch ein Genießer. Wirklich, ein interessanter Mann. Dann lade ich sie gerne zu einer ganz besonderen Tasse Tee ein, als Dankeschön dafür, dass sie mich nach London mitnehmen." Ela überlegt kurz. „Tiny Tim!"

„Wie bitte?"

„Wir fahren in das ‚Tiny Tim's of Rochester'. Liegt etwas abseits der schnellen Straße nach London, ist aber den kleinen Umweg wert. Sie werden es sehen."

„Prima, dann ist der Tag ja bereits durchgeplant und ich kann mich etwas zurücklehnen, bis die Fähre ankommt." Peter lehnt sich im Stuhl zurück, verschränkt die Arme vor der Brust und schließt die Augen. Es scheint, dass es sofort eingeschlafen ist.

Etwas irritiert blickt Elea erst ihn an, dann lacht sie innerlich. Eigentlich eine Unverschämtheit, im Angesicht der Tochter Gottes. Aber irgendwie, ja, irgendwie doch sympathisch. Jetzt fällt ihr auch wieder ein, dass sie Hunger hat und sie winkt den Kellner herbei.

Kurze Zeit später stehen Bohnen in Tomatensoße, Rührei und Marmeladentoast vor ihr. Während sie langsam jeden Bissen genießt, schaut sie hin und wieder auf zu Peter, der unbeweglich in seinem Stuhl sitzt und leise lächelt.

Erst kurz vor dem Anlegen des Schiffes öffnet der Kreuzritter wieder die Augen, räkelt sich, schaut sich um und schiebt den kalt gewordenen Kaffee in die Mitte des Tisches. Er zwinkert Elea zu. „Das hat gutgetan. Müssen Sie auch schlafen?"

„Ich bin die Tochter Gottes. Ich muss gar nichts. Aber ich schlafe, ja. Schließlich bin ich jetzt ja auch ein Mensch, wenn auch ein besonderer. Wie ist das so für Sie, mit mir hier zusammen zu sein? Mit der Tochter Gottes?"

Peter schiebt die Ärmel hoch und reckt sich. „Ach, das ist okay. Sie stören nicht weiter. Ich weiß ja, was ich will."

Das war nicht die Antwort, die Elea erwartet hatte, das war wieder einmal ein bisschen respektlos. Trotzdem fühlt sie wieder ein innerliches Lächeln, das sich auch auf ihrem Gesicht widerspiegelt. Ein Rebell, selbstbewusst, aber nicht arrogant. Ein Mann nach ihrem Geschmack. Der Tag kann noch interessant werden. Sie streicht mit der Hand durch ihr Haar und fragt: „Lassen Sie mich fahren? Ich habe seit Ewigkeiten nicht mehr hinter einem Lenkrad gesessen."

Spontan brechen beide in Gelächter aus. Peter fängt sich als Erster. „Das ist nicht gerade die Qualifikation, die es braucht, um einen Spitfire zu steuern. Ich schlage vor, ich fahre erst mal die ersten Kilometer, dann sehen wir weiter. Okay?"

„Okay, Sie sind der Boss." Elea tippt militärisch mit dem Finger an die Stirn und nimmt Peters Rucksack hoch, während er den Koffer greift. Beide machen sich auf den Weg durch die Zollkontrollen.

Ein warmer Mittagswind empfängt beide, als sie wieder festen Boden unter den Füßen haben. Die Sonne scheint durch einen leichten Wolkenschleier, ihre Ohren werden überfüllt vom Lärm des Hafens. Nur wenige Meter entfernt steht eine junge Frau in der blauen Uniform der Mietwagenfirma neben einem roten Sportwagen und winkt. Peter hebt die Hand und winkt zurück, dann nimmt er seinen Koffer und geht auf den Mietwagen zu, Elea folgt ihm.

„Es ist tatsächlich ein Spitfire! Alle Achtung! Wie haben Sie das denn geschafft? Die Autos sind doch gar nicht mehr aktuell. Der ist doch mindestens sechzig Jahre alt." Elea streicht mit der Hand über den Kotflügel. „Und wirklich tadellos erhalten!"

„Für besondere Kunden haben wir auch einen besonderen Service." Die Frau von der Autovermietung gibt Peter den Schlüssel in die Hand und einen Kuss auf die Wange. „Nicht wahr, Peter?" Mit einem Lächeln an Elea geht sie auf den wartenden VW-Bus zu und fährt davon.

„Wirklich ein toller Service! Und ohne Bürokratie. Lassen Sie uns fahren!" Mit einer eleganten Handbewegung öffnet Peter die linke Tür. Elea lächelt freudig, lässt sich auf den Sitz gleiten und will nach dem Lenkrad greifen. Jetzt erst fällt ihr wieder ein, dass hier rechts gelenkt wird, und Peter nimmt auch bereits auf dem Fahrersitz Platz. „Später mal, vielleicht!", sagt er nur und dreht den Zündschlüssel. Der Motor röhrt auf, dann brausen beiden aus dem Hafengelände hinaus die Straße an den Klippen hoch Richtung London.

Anna und der Engel fahren ab

Zur gleichen Zeit, ziemlich genau 500 Kilometer Luftlinie entfernt, wirft Yves gerade die letzte Reisetasche in den alten VW-Bulli, der am Straßenrand vor der Eisdiele wartet. Anna verabschiedet sich drinnen von ihrem Vater, der geschickt eine Träne mit dem Handrücken wegwischt.

„Es ist ja nur für ein paar Tage." Anna nimmt seine Hand und streichelt sie. „Sobald Jakob aus Rom zurück ist, könnt ihr die Verträge unterschreiben und dann kommst du nach. Du wirst sehen, mit dem Zug bist du schnell wie ein Vogel bei uns. Und bis dahin, na ja, was soll schon geschehen, ich habe doch einen Schutzengel bei mir." Sie lächelt und Yves winkt gleichzeitig von draußen.

„Anna, mein Kind, ich weiß, dass du in guten Händen bist. Und ich mache mir auch keine Sorgen um dich oder das kleine Baby. Ich bin stolz darauf, bald Opa zu werden. Mir fällt nur der Abschied etwas schwer. Ich habe dies alles hier mit Mama aufgebaut. In allem steckt ein bisschen von meinem Herzblut." Pélé schaut sich in seiner Eisdiele um, dann nimmt er seine Tochter in den Arm und verabschiedet sie mit den Worten: „Geh jetzt, Anna, einen Engel lässt man nicht warten. Und in ein paar Tagen übernimmt die Kirche meine Eisdiele. Das ist doch auch ein schöner Gedanke. ‚Kathedrala Gramma'. Klingt gut, nicht?"

Er entlässt Anna aus der Umarmung und nimmt sein Putztuch von der Theke. Anna drückt ihrem Vater zum Abschied einen Kuss auf die Wange, dann geht sie hinaus zu dem Auto, in dem Yves bereits auf dem Beifahrersitz wartet. Er tippt gerade auf seinem Handy, dann hält er es hoch und zeigt Anna ein Foto.

„Liebe Grüße von Jakob und Marlene. Sie bummeln gerade ein bisschen durch Rom, bevor Jakob morgen den Papst trifft. Das hier ..." Er blättert im Handy. „Das hier ist das Hotel, und hier sind sie in einer Eisdiele. Jakob holt sich Anregungen für seinen neuen Lebensabschnitt. Muss ein schönes Gefühl sein."

Fragend zieht Anna eine Augenbraue hoch, während sie den Gurt einrasten lässt. „Ein schönes Gefühl, eine Eisdiele zu übernehmen, oder was meinst du?"

Während er das Handy ausschaltet, antwortet der Engel: „Nein, ich meine, Lebensabschnitte zu haben. Eine klare Einteilung, zu wissen, wo man geboren ist und dass man sein Ende absehen kann."

Mitfühlend sagt Anna: „Das habe ich so noch nie gesehen. Ich dachte immer, es wäre toll, ein Engel zu sein. Quasi unsterblich."

„Es ist wunderschön, keine Frage. Aber viel Licht wirft auch viele Schatten. Wir wissen nicht, wie lange wir hier auf Erden sind, ER kann uns jederzeit abberufen. Wir haben keinen Anfang, keine Geburt. Wir sind einfach da. Da fehlt etwas.

Und nun lass uns losfahren, sonst werde ich noch melancholisch. Wir haben eine lange Fahrt vor uns. Ich freue mich, wieder nach Frankreich zu kommen. Die Mentalität dort liegt mir doch eher als die deutsche."

Lachend startet Anna den Motor. „Ich weiß. Schwarzbrot und Bratwurst gegen Baguette und Käse, Pünktlichkeit gegen ‚savoir vivre'. Kann ich verstehen. Festhalten, es geht los! Frankreich, wir kommen!"

Pélé sieht dem davonrollenden Volkswagen aus der geöffneten Tür der Eisdiele nach und winkt mit seinem Putztuch. Dann kümmert er sich wieder um seine Gäste.

Eleas Ankunft in London

Zur gleichen Zeit lassen die Tochter Gottes und der Kreuzritter sich
Scones und Tee in einem kleinen Teehaus vor den Toren Londons
schmecken. Elea genießt jeden Bissen in das warme Gebäck, während
Peter sich im Sessel zurücklehnt und am Tee nippt. Auf dem Weg hierher
hatten beide geschwiegen, hier aber in der gemütlichen Atmosphäre des
‚Tiny Tim‘s‘ erzählt Peter ausführlich von seinen bisherigen Erlebnissen
im Dienste der Kreuzritter.

Insbesondere von den letzten, sehr intensiven Jahren, die er mit der
Observation Jesus verbracht hat. Besonders angetan hatte es ihm eine
Predigt in der kleinen Kirche in Münster, in der Jesus vor den Augen der
Anwesenden eine biblische Geschichte hatte ‚lebendig werden lassen‘.
Die Figuren der Handlung, die Gegend, alles war plastisch geworden, Zeit
und Raum waren aufgehoben, jeder hatte sich in die Handlung versetzt
gefühlt.

Für Peter war dies einmal mehr ein Beweis des göttlichen Wirkens, die
Zweifler aber hatten nur eine ‚tolle Lightshow‘ gesehen, technische Tricks
vermutet. Elea hat Peter die ganze Zeit aufmerksam zugehört, sie ist
fasziniert vom Tun ihres Bruders und fragt sich, was er denn falsch
gemacht hat in all den Jahren.

„Vielleicht war er einfach zu gutmütig?“ Peter schaut ihr in die Augen.
„Oder was glauben Sie, weshalb er gescheitert ist? Oder konnte er gar
nicht anders? Sind die Kinder Gottes immer gutmütig? Sind Sie das auch?
Was haben Sie denn vor, anders zu machen?“

Erschrocken weicht Elea zurück, wieder mit der Gegenwart konfrontiert.
Ist das jetzt anmaßend oder sind die Fragen ein Zeichen von echtem
Interesse? Sie beschließt, Peter die Antworten häppchenweise zu
servieren. Schließlich … Kann ein göttliches Wesen einem Menschen
trauen?

„Das sind viele Fragen auf einmal. Ich hoffe, Sie haben die Zeit, dass ich
sie nach und nach beantworten kann. Vielleicht heute Abend im Hotel?
Überhaupt, weshalb Siezen wir uns eigentlich immer noch? Ich heiße
Elea!“

110

„Weil es für mich ein Zeichen von Respekt ist, Elea. Das werden Sie sicher verstehen. Und ja, ich habe die Zeit. Und nein, ich habe keine Zeit." Er grinst. „Zeit existiert nicht. Wir Menschen können mit unserem kleinen Verstand nur nicht alles auf einmal erfassen, deswegen erleben wir es nacheinander. Aber es ist immer alles da, jetzt."

„Da blickt der Philosoph aber durch, mein lieber Peter. Aber gut! Ich akzeptiere das erst einmal so und werde das auch nicht kommentieren. Lassen Sie uns aufbrechen, ich muss mich noch um einen Termin mit dem König kümmern."

Während er der Kassiererin winkt um die Rechnung zu bekommen, zieht Peter fragend die linke Braue hoch. „Einen Termin bei beim König? Mal eben so? Wie wollen Sie das anstellen, auch wenn Sie ...", er senkt die Stimme, „… die Tochter Gottes sind?"

„Das lassen Sie mal meine Sorge sein. Haben Sie eine Karte des Hotels dabei?"

Peter nickt und holt sie aus seiner Brieftasche, legt eine zwanzig Pfund Note auf das Tablett der Kellnerin.

Mit einem Kugelschreiber schreibt Elea ein paar Worte und die Zahl 10 auf die Rückseite der Karte, dann steckt sie sie in die Hosentasche.

„Wir können los!"

Peter nickt, fragt nicht. Er weiß, er wird es bald erfahren, wie man einen spontanen Termin beim König von Großbritannien bekommt.

Bei strahlendem Sonnenschein röhrt der rote Spitfire über die A 2 Richtung London. Nach etwas mehr als einer Stunde fährt Peter über die Themsebrücke auf den Buckingham Palast zu.

„Wohin nun?", fragt er, während Elea sich immer wieder mit der Hand durch die Haare fährt.

„Da vorne rechts, fahren Sie einfach auf den Haupteingang zu."

Der Motor erstirbt, als Peter kurz hinter der Menschenmenge vor dem Tor anhält und den Zündschlüssel dreht. Elea springt elegant aus dem offenen

Wagen und geht auf die Menschentraube zu. Sie dreht sich noch einmal zu Peter um und zieht lächelnd die Visitenkarte aus der Hosentasche.

Dem Kreuzritter bleibt vor Staunen der Mund offen. Wie ein Tropfen Spülmittel das Fett verdrängt scheint Elea die Menschen zu verdrängen. Sie bilden eine Gasse, ohne bewusst von ihr Notiz zu nehmen. So muss Moses damals das Wasser geteilt haben. Von seinem Wagen aus kann der Kreuzritter jetzt sehen, dass Elea bis an das Tor getreten ist. Ein bewaffneter Polizist kommt auf sie zu, spricht kurz mit ihr und dann in sein Funkgerät am Uniformkragen.

Ein Wachsoldat der königlichen Garde mit der typischen Bärenfellfellmütze kommt vom Palast her und tritt an die Beiden heran. Elea gibt ihm wortlos die Visitenkarte. Er dreht sie mit fragender Miene um, stutzt, schaut Elea prüfend an, salutiert und geht mit der Karte in der Hand zurück zum Palast. Elea dreht sich ebenfalls um und geht zurück zum Wagen.

„Das wäre erledigt!“ Elea lächelt breit. „Und, wollen Sie morgen mitkommen? Ich kann etwas Unterstützung bestimmt gebrauchen.“

„Sie brauchen meine Unterstützung? Das kann ich mir nicht vorstellen. Aber ich komme gerne mit.“ Der Motor röhrt wieder auf und der Spitfire rollt an. „Wäre es sehr vermessen, zu fragen, was auf der Visitenkarte stand?“

„Überhaupt nicht! Fragen Sie morgen einfach den König, er wird es Ihnen sicher sagen.“ Da sich Elea gerade zur Seite dreht, kann Peter nicht erkennen, ob sie ernst gemeint hat oder nicht. Er beschließt, das Thema ruhen zu lassen und konzentriert sich darauf, den roten Wagen sicher durch die überfüllten Straßen Londons zu lenken.

Vor dem Hotel übergibt er die Wagenschlüssel einem Mann in roter Livrée, nachdem ein Page seinen Koffer und einen weiteren Koffer aus dem Auto geladen hat. Etwas überrascht wendet er sich an Elea. „Ist das Ihr Koffer? Ich habe gar nicht gesehen, dass Sie einen hatten. Im Gegenteil, ich bin ziemlich sicher, dass Sie ohne Koffer waren, als wir uns auf der Fähre trafen.“

„Stimmt schon. Gewöhnen Sie sich besser dran, wenn Sie länger mit mir unterwegs sind. Ich bin anders als andere Frauen.“ Elea zeigt ein betörendes Lächeln und streicht mit der Hand durch ihr Haar. „Ich dachte, es wäre unschicklich, in so einem Hotel ohne Koffer aufzutauchen, dazu noch in Begleitung eines Mannes."

Nickend greift Peter seinen Rucksack und geht auf den Eingang zu. Er murmelt leise etwas vor sich hin. An der Portiersloge schaut er wieder zu Elea. „Also dann, um 20 Uhr hier im Restaurant?"

„Abgemacht!" Beide greifen nach dem Schlüssel, den der Portier hinhält, ihr Hände berühren sich für den Bruchteil einer Sekunde, ein Funken springt über.

Irritiert schaut der Portier zwischen beiden hin und her, dann wendet er sich Elea zu. „Pardon Madame! Der Schlüssel ist für Monsieur. Zimmer 206. Haben Sie auch reserviert?"

„Ja. Ich dachte … Ach so! Smith, Elea Smith. Das müsste Zimmer 207 sein." Elea hat Ihre Verwunderung, nicht in Peter Zimmer untergebracht zu sein, schnell verwunden und sich das Nebenzimmer „gebucht". Wozu hat man göttliche Fähigkeiten.

Summend blättert der Portier in seiner Zettelbox, dann zieht er eine Karte heraus. „Ja, Miss Smith, da haben wir es." Er greift nach hinten und übergibt den Schlüssel zu Zimmer 207. „Ich wünsche Ihnen beiden einen angenehmen Aufenthalt. Der Page bringt die Koffer auf ihre Zimmer."

Der Portier verbeugt sich noch einmal förmlich, dann wendet er sich dem nächsten Gast zu.

„Miss Smith! Wie einfallsreich!" Peter kann sich vor Lachen kaum halten. „Miss Smith und kein Gepäck! Jetzt verstehe ich die Zauberei mit dem Koffer."

„Seien Sie nicht albern!", zischt Elea ihn an. „Es gibt hier Wichtigeres zu tun als sich solche Gedanken zu machen. Haben Sie sich entschieden, kommen Sie morgen mit?" Tatsächlich fühlt Elea Wut in sich aufsteigen. Sie hat schon genau durchdacht, wie sie ihre Aufgabe auf der Erde erfüllen will und ist einem Menschen keine Rechenschaft schuldig. Aber genau so schnell wie sie aufkam verpufft die Wut auch wieder. Sie lächelt Peter an. „Also?"

„Selbstverständlich! Welcher Kreuzritter, welcher Mensch überhaupt würde sich die Gelegenheit entgehen lassen, den britischen König persönlich zu treffen. Ich bin dabei!“

„Das hatte ich auch nicht anders erwartet. Wir sehen uns zum Dinner!“ Lächelnd schreitet Elea an Peter vorbei zum Aufzug.

Ein paar Stunden später sitzt sie im Restaurant des Hotels an einem festlich gedeckten Tisch und lauscht fasziniert den Geschichten, die Peter von seiner Aufgabe als Kreuzritter zu erzählen hat. Besonders aber interessieren sie seine Ansichten und Einsichten. Da sie ohnehin plant, demnächst an die Öffentlichkeit zu treten, verrät sie ihm auch bereitwillig ihre Pläne für die nächste Zeit.

Interessiert und beeindruckt hört Peter zu, stellt hin und wieder eine Zwischenfrage. Als Elea ihren „Vier-Jahres-Plan“ erklärt hat, kratzt er sich hinter dem Ohr und fragt: „Und warum das alles?“

„Wie bitte?“

„Warum tun Sie das alles? Wenn Sie die Tochter Gottes sind, und ich zweifle nicht daran, warum zwinkern Sie nicht einfach mit den Augen und alles ist so, wie es sein soll?“

Amüsiert lächelt ihn Elea an und nippt an ihrem Espresso. „Vielleicht ist das eine Sache der Ehre, wer weiß? Oder vielleicht wollte ich auch einmal ausprobieren, was ich da geschaffen habe. Auf jeden Fall sind die Menschen etwas Besonderes. Sie haben einen freien Willen. Das können Sie sich vielleicht nicht vorstellen, aber so etwas gibt es nicht überall im Universum. Und sie haben ein Bewusstsein, wenn auch nur ein kleines. Sie sollen, sie können selbst herausfinden, wie sie zu ihrem Glück finden. Ich werde sie niemals zwingen, nur hin und wieder einmal etwas animieren.

Und Jesus, mein Bruder, der hat einfach den Zahn der Zeit nicht erkannt, der ist zu lange Mensch gewesen. Heutzutage können Sie mit einer Predigt die Menschen nicht mehr erreichen. Es braucht mehr. Und deswegen bin ich hier. Und was ihr dann daraus macht, das liegt bei euch. Ihr sollt hinterher nur nicht sagen, ihr hättet keine Chance gehabt.“

Peter zieht die Augenbrauen hoch und schluckt. „Das klingt ja fast wie eine Drohung. Was passiert denn, wenn Ihr Plan keinen Erfolg hat. Droht uns dann eine Sintflut oder so etwas?"

„Wer weiß! Ihr seid ja schon fleißig dabei, das vorzubereiten. Denkt doch nur einmal an das Corona-Virus, wie knapp ihr aus der Katastrophe herausgeschlittert seid. Das Wasser steht euch doch jetzt schon fast bis zum Hals, die Polkappen schmelzen. Aber ich, ich werde euch nicht fortschwemmen, nein! Wenn, dann macht ihr das selbst. Ich werde euch einfach vergessen!"

Mit einem unguten Gefühl in der Magengegend verfällt Peter in Gedanken. Was hat die Welt von Elea zu erwarten? Was passiert wirklich, wenn sie ihre Pläne nicht mit „menschlichen Mitteln" durchsetzen kann? Kann und wird sie ihren göttlichen Zorn beherrschen?

Nach ein paar Minuten des Schweigens stehen beide gleichzeitig auf, um auf das Zimmer zu gehen. Als die Aufzugtür zugleitet erstirbt das geschäftige Gemurmel aus der Eingangshalle abrupt, leise Aufzugsmusik ertönt. Sekunden später gleitet die Tür auch schon wieder auf, Elea geht vor Peter auf ihre Zimmertür zu, sie spielt mit dem Schlüssel in der Hand.

„So spät ist es noch nicht, wollen Sie noch etwas trinken?" Sie steckt den Schlüssel in die Tür.

„Nein danke! Und wenn, habe ich ja auch eine Minibar." Peter lächelt, er weiß, welches Angebot er da gerade abschlägt. Dann geht er mit einem gehauchten ‚Gute Nacht' die paar Schritte weiter zu seinem Zimmer und schließt auf. Elea schaut ihm sprachlos nach, als er die Tür hinter sich verschließt, dann dreht sie ihren Schlüssel um und geht auf ihr Zimmer. In dieser Nacht räumt sie vom Weltuntergang.

Als Peter am nächsten Morgen zum Frühstücksraum kommt, sitzt Elea bereits an einem reichlich gedeckten Tisch und löffelt eine Grapefruit. Sie blickt nur kurz auf und deutet auf den Stuhl neben ihr. Heute trägt sie Segeltuchschuhe, einen cremefarbenen kurzen Faltenrock und eine helle Bluse.

Peter setzt sich, nicht ohne eine kleine Bemerkung zu den üppigen Speisen fallen zu lassen. „Kommt denn noch jemand oder wollen Sie das alles essen?"

Mit einem lauten Lachen erwidert Elea: „Ich bin erst ein paar Tage auf der Welt, ich liebe es, die verschiedenen Geschmäcker zu testen. Sie haben ja ein Leben lang Zeit dafür gehabt."

„Gehabt ja, aber ich muss zugeben, genossen habe ich es selten. Nahrungsaufnahme war für mich meistens nur ein Tagespunkt, kein Genuss. Was haben Sie denn da alles an leckeren Sachen? Sind zufällig auch frische Feigen dabei?"

Direkt vor Peters Augen entsteht ein Teller mit frischen Feigen, dazu eine Tonschale mit einer würzigen Kräutersoße.

„Calamatafeigen aus Messinia, die mag ich am liebsten. Probieren Sie die Soße dazu!" Elea hält ihm auffordernd die kleine Schale unter die Nase. „Riechen Sie nur!"

Vorsichtig zieht Peter durch die Nase Luft ein, dann nickt er. „Riecht wirklich gut. Werde ich probieren. Mit einem Toastbrot, wie es sich hier gehört!" Er greift nach einer Scheibe aus dem kleinen Stapel auf dem Tisch und streicht die Soße darauf. Dann beißt er abwechselnd von dem Brot und von der frischen Feige. Er lächelt zufrieden.

„Ich wünschte, ich hätte mir im Leben mehr Zeit für das Genießen genommen. Und damit meine ich nicht nur das Essen. Aber da war immer irgendetwas wichtiger, insbesondere die Arbeit."

„Das wird sich ändern, das muss sich ändern. Das ist ja letztendlich Gottes Botschaft an euch. Er will nicht, dass ihr ihn in kalten steinernen Kathedralen anbetet, er will, dass ihr etwas aus eurem Leben macht. Das ihr glücklich seid. Das ist eure gottgewollte Aufgabe. Und das ist euer Glück, nicht, dass ihr hinter Ruhm und Geld herrennt."

„Und das wollen Sie siebeneinhalb Milliarden Menschen innerhalb von vier Jahren klar machen? Menschen, die seit Jahrhunderten genau in die andere Richtung leben? Da haben Sie sich aber viel vorgenommen!"
Mit der Handfläche putzt Elea ihren Mund ab. Dann trinkt sie einen großen Schluck Tee. „Ich bin ja nicht alleine mit dieser Aufgabe. Mir stehen Ressourcen zur Verfügung, mit denen das ein Leichtes sein sollte. Und wenn nicht ..."

Sie schnippt mit dem Finger. Plötzlich sitzt Peter mit ihr am Tisch am Rande eines Vulkans. Heiße rote Lava brodelt unter ihnen, es riecht nach Schwefel. Und schon sitzt er wieder in seinem Hotel in London.

„Und wenn nicht … habe ich ja noch andere Möglichkeiten." Die Tochter Gottes lächelt unschuldig.

Während Peter sich mit einer Hand an der Tischplatte festhält, um seinen kurzen Ausflug an den Rand der Hölle zu verdauen, winkt Elea einem ganz in schwarz gekleideten Mann zu, der soeben in den Frühstücksraum eingetreten ist. Dieser nickt und bleibt in respektvollem Abstand stehen.

Elea tupft den Mund mit der Serviette ab. „Das ist der Chauffeur des Königshauses, wir werden abgeholt. Peter, nehmen Sie sich noch einen Apfel für unterwegs mit und dann kommen Sie!"

Besuch beim englischen König

Folgsam steckt Peter einen Apfel in die Seitentasche seines Sakkos und steht auf. Galant hilft er Elea aus dem Stuhl und beide folgen dem schweigsamen Chauffeur durch die Halle nach draußen zu dem silberfarbenen Rolls-Royce, der direkt vor dem Eingang parkt. Die Angestellten des Hotels stehen Spalier, ein Bediensteter öffnet die Wagentür.

Eine Minute später reiht sich der Wagen nahezu lautlos in den typischen Verkehr eines Londoner Vormittags ein, ein Vormittag, der gutes Wetter und interessante Gespräche verspricht.

Im Buckingham Palast werden Elea und Peter bereits am Auto von Prinz Harry in Empfang genommen und in das Musikzimmer geleitet. An einem kleinem, mit chinesischem Porzellan gedeckten Tisch, führen sie bei einer Tasse Tee eine zwanglose Unterhaltung über Wetter, Wirtschaftsfragen und den wieder im Gespräch stehenden Eintritt des britischen Empires in die EU. Nach etwa fünfzehn Minuten, genau zur auf der Visitenkarte geschriebenen Uhrzeit, öffnen zwei Bedienstete die große Flügeltür und der König tritt ein. Das Gespräch verstummt, die drei stehen auf und verbeugen sich vor ihm.

King Charles verharrt kurz vor Elea, dann beugt auch er sein Haupt. „Göttliche Hoheit, ich freue mich, Sie kennen zu lernen. Es ist mir eine Ehre, und ein Anliegen, Ihnen jede Hilfe zukommen zu lassen. Bitte, nehmen Sie Platz! Mein Herr!"

Ein Bediensteter rückt dem König den Sessel zurecht und gießt den Tee ein. Dann sind die vier allein in dem Zimmer, das zur Zeit nur noch für die Taufen der königlichen Nachkommen genutzt wird. Der König schaut herum. „Ich dachte, das wäre der angemessene Rahmen für unser Gespräch. Ich bin erfreut, dass Sie den Weg zu mir gesucht haben und versichere Ihnen meine Hochachtung."

„Ja, Majestät, wirklich ein schöner Raum. Ich danke Ihnen herzlich für die Einladung, auch wenn ich diese mehr oder weniger forciert habe. Sie wissen, weshalb ich hier bin?"

„Elea, ich darf Sie doch so nennen? Ja?! Nicht nur die Kreuzritter haben ihre Informanten. Mein Netz ist fein gestrickt und deckt nicht nur mein

Empire ab. Ihre Ankunft hat sich herumgesprochen und es ist lange her, dass die britische Krone göttlichen Besuch bekam. Womit, verzeihen Sie bitte, wenn ich so informell bin, kann ich Ihnen genau helfen?"

„Ihre Majestät, als Supreme Governor der Church of England stehen Sie der hiesigen Kirche vor und ich will mich Ihrer Unterstützung vergewissern bei meinen weiteren Vorhaben. Zunächst brauche ich eine Identität. Soweit ich weiß, gibt es da aus der Zeit von Queen Victoria noch eine besondere Absprache. Ich benötige einen Platz, an dem ich unbehelligt arbeiten kann und Zugriff auf die besonderen Archive unter dem Tower, zumindest, soweit sie das Leben und Wirken Jesus betreffen. Ein kleiner Landsitz mit guter Internetanbindung, vielleicht in Schottland? Und, den vollen öffentlichen Rückhalt des Königshauses und der hiesigen Kirche."

Schmunzelnd greift King Charles seine Teetasse. „Es ist schon etwas Besonderes, die Tochter Gottes in meinem Palast begrüßen zu dürfen. Umso faszinierender finde ich es, um welche weltlichen Dinge Sie mich bitten. Wäre es nicht ein Leichtes für Sie, das einfach zu … zu … machen? Ich weiß auch nicht, wie, aber es ist Ihnen doch alles möglich."

Während die Rosenornamente auf der Teekanne plötzlich lebendig werden und beginnen, den Tisch zu umranken, antwortet Elea mit einem Lächeln: „Selbstverständlich. Aber der Reiz im Sein liegt darin, etwas zu verändern, auf Widerstände zu stoßen und die Ethik der ursprünglichen Absicht immer wieder in Frage zu stellen. Sie nennen es Allmacht, ich nenne es Neugierde."

Fasziniert beobachtet Charles die schnell rankenden Rosen, bis sie sich lautlos in Nichts auflösen. Zurück bleibt ein süßlicher Duft, der den ganzen Raum erfüllt. „Mein Lieblingsduft!", flüstert er. Dann wendet er sich Peter zu und mustert ihn eindringlich, aber wortlos. Offensichtlich zufrieden dreht er sich wieder zu Elea.

„Ich habe mir bereits so etwas gedacht und für Sie ein kleines Treffen vorbereitet, im Anschluss an unseren Tee. Die Erzbischöfe von Canterbury und York warten nebenan. Sie werden Ihnen in allem, was die englische Kirche betrifft, zur Seite stehen. Ich habe sie bereits eingewiesen. Und dann ist da noch Sir David Douglas-Holmes. Er wird Ihnen ein Landhaus in North-Berwick zur Verfügung stellen, dort werden Sie als seine Nichte in die Gesellschaft eingeführt. Die Papiere sind bereits seit Jahren vorhanden. Göttliche Hoheit, ich darf Sie also demnächst als ‚Marquesse of Queensbury‘ an meinem Hof willkommen heißen.“

„Majestät, ich bin Ihnen sehr dankbar. Wir wissen, seit der Begegnung mit Queen Victoria 1879, dass wir auf das englische Königshaus, das englische Volk und seine Kirche zählen können. Leider war mein Bruder nicht so weitsichtig, sich Ihrer Hilfe zu versichern. Er war in dem Glauben, es alleine zu schaffen.“ Mit abgespreiztem kleinen Finger führt Elea die Teetasse zum Mund, genießt den Geruch und den Geschmack. „Aber jetzt bin ich hier und werde mich um alles kümmern.“

Dann wendet sie sich dem Prinzen zu. „Da ist eine junge Frau, Greta. Sie hat vor einiger Zeit sehr medienträchtig Aufmerksamkeit gewonnen. Sie kämpft für eine gute Sache, den Umweltschutz, wie Sie. Ihre Mittel sind aber begrenzt. Kümmern Sie sich bitte um sie, geben Sie ihr mehr Möglichkeiten, ihren idealistischen Plänen Nachdruck zu verschaffen, ohne den ganzen Medienrummel.“

Prinz Harry nickt lächelnd. „Ich habe von ihr gehört und hatte ohnehin vor, sie demnächst zu treffen. Wir beide zusammen können eine Menge bewirken. Und haben sicherlich auch Ihre Unterstützung? Sie wollen ja eine heile Welt regieren, oder?“

Elea lacht laut und verschüttet dabei etwas Tee aus Ihrer Tasse. „Sie sind lustig, Harry. Ich will eine heile Welt, ja. Aber ich will sie nicht ‚regieren‘. Deswegen haben die Menschen ja ihren freien Willen. Sie entscheiden selbst, wohin ihre Zukunft geht. Ich bin nur hier, um noch ein paar Weichen zu bauen.“

„Sie meinen, ‚Weichen zu stellen‘?“ Der Prinz schaut die Tochter Gottes fragend an.

„Nein. Ich meine, was ich sage. Ich baue die Weichen, damit Sie eine Alternative sehen. Aber ich würde sie nicht stellen. Damit würde ich Ihnen die Chance nehmen, Ihr Leben selbst zu bestimmen.“

Nachdenklich rührt Harry in seinem Tee, während Peter immer noch brav in seinem Sessel sitzt und alles um ihn herum beobachtet. Man hat das Gefühl, er notiert jedes Wort, jede Bewegung, in ein inneres Notizbuch.

König Charles nimmt noch einen Schluck Tee und erhebt sich dann. Das Treffen ist beendet. Harry geht mit seinem Vater durch die Tür im Ostflügel, die von den Pagen geöffnet wird, während ein weiterer Page Elea und Peter zur Tür am anderen Ende des Raumes geleitet.

Neugierig fragt Peter: „Die Begegnung mit Queen Victoria? War das diese Sache 1879? Was war denn da genau? Gibt es tatsächlich Torchwood-Castle? Ich dachte, das wäre nur eine Erfindung?"

„Ist es auch, Peter. Im März 1879 traf die Königin meinen Bruder, Jesus, und verbrachte einige Zeit mit ihm. Aber das ist eine andere Geschichte." Elea erblickt die drei Herren, die an einem runden Tisch in dem Zimmer sitzen, in das sie gerade der Page geführt hat.

Ein Mann von stattlicher Figur, die an einen Erzengel erinnert, steht auf. Als er vortritt, erheben Sie auch die beiden anderen. Der Mann strafft seinen Körper, beugt sich vor und spricht zu Elea: „Gestatten, mein Name ist Lord David Christopher Douglas-Holmes, wie darf ich Sie ansprechen?"

Elea muss wegen dieser förmlichen Anrede kichern. Da war der König ja lockerer! Sie streckt die rechte Hand angewinkelt aus, tatsächlich ergreift ihr Gegenüber sie und haucht einen Handkuss.

„Marquesse of Queensbury, wie ich eben gehört habe. Aber da wir ja jetzt verwandt sind, sagen Sie einfach Elea zu mir. Ich stehe nicht so auf Förmlichkeiten. Darf ich vorstellen, Peter Hausmann, Kreuzritter und mein engster Berater." Beide Männer tauschen ein Händeschütteln aus. „Und dort haben wir dann wahrscheinlich noch die Erzbischöfe von York und Canterbury?"

Die beiden kirchlichen Würdenträger nicken, bleiben aber in respektvollem Abstand stehen.

„Fein, dann nehmen Sie bitte wieder Platz, meine Herren, wir haben zu reden. Die nächste Teerunde ist eingeläutet." Während die drei an ihren Platz zurückkehren beeilen sich die Bediensteten, zwei neue Stühle an den Tisch zu stellen und weitere Teetassen einzudecken.

„Engster Berater?", flüstert Peter leise. „Da bin ich ja in Windes Eile befördert worden, ohne es zu wissen."

„Nun tun Sie mal nicht so, als wären Sie unschuldig daran. Ich glaube, seit dem Treffen in der Eisdiele verfolgen Sie diesen Plan." Elea flüstert zurück. „Unsere Treffen, immer genau dann, wenn es gepasst hat, das haben Sie doch alles geplant!"
Während sein Stuhl an den Tisch geschoben wird, tuschelt der Kreuzritter noch einmal kurz: „Die Tochter Gottes ‚glaubt'! Das ist ja interessant!"

Und Elea antwortet leise: „Darüber können wir gerne heute Abend diskutieren, im Hotel!"

Peter lächelt unverbindlich und wendet seine Aufmerksamkeit der Tischrunde zu. Während der nächsten zwei Stunden werden sehr viele Pläne ausgearbeitet und genau so viel Dokumente unterzeichnet. Als sich die Tischrunde trennt, ist aus der Tochter Gottes, die vor ein paar Tagen ohne Identität in Paris aufgetaucht ist, eine reiche Adlige geworden, mit Familienstammbaum, Grundbesitz und zahlreichen Vollmachten.

Elea lächelt zufrieden, alles läuft nach Plan.

Jakob und Marlene in Rom

1500 Kilometer südlich, in Rom, läuft für Jakob und Marlene leider nicht alles so, wie geplant. Marlene wird, weil sie eine Frau ist, von der Wache der Zutritt zum päpstlichen Palast verwehrt. Auch eine erst sachliche, dann emotionsgeladene Diskussion mit dem Hauptmann der Wache bringt nichts. Marlene muss draußen warten, während Jakob in die zweite Etage geleitet wird.

Ohnehin in schlechter Laune ist Jakob durch den Vorfall am Eingangstor nun noch aufgebrachter. Laut stampft er die Treppen zur ersten Etage hoch, seine Schritte hallen über den Flur als er sich auf das Empfangszimmer des Papstes zubewegt. Die wenigen Menschen auf dem Flur drehen sich kopfschüttelnd um. So viel Energie in diesen heiligen Hallen sind sie nicht gewohnt.

Als auf sein Klopfen niemand öffnet drückt Jakob die Klinke und öffnet vorsichtig die Tür. Hinter dem ausladenden Schreibtisch aus Mahagoniholz sitzt niemand. Der Schreibtisch ist fast völlig leer, nur ein Kalender, ein Kugelschreiber und ein etwa handgroßer Fisch aus Gold, das Symbol der Kirche, befinden sich darauf. Aus dem Nachbarzimmer, dessen Durchgangstür offensteht, hört der Pfarrer Stimmen. Er geht an dem Schreibtisch vorbei und schaut durch den Türspalt.

An einem hellen Schreibtisch aus Marmor sitzt der Papst, hinter ihm steht eine andere Person, offenbar der Sekretär. Beide schauen wie gebannt auf einen Laptop. Obwohl sie ihm zugewandt sind bemerken sie Jakob nicht, so gebannt sind sie von dem, was sie dort sehen.

Jakob räuspert sich hörbar. Beide Männer blicken gleichzeitig auf, der Papst klappt schnell den Deckel des Laptops zu, der Sekretär tritt hinter dem Schreibtisch hervor und geht auf Jakob zu. Er streckt ihm die Hand entgegen und sagt förmlich: „Sie müssen Pfarrer Jakob sein!"

„Muss ich dann ja wohl!", antwortet Jakob etwas mürrischer als gewollt.

Der Sekretär lächelt unbeholfen und verlässt den Raum mit den Worten: „Seine Exzellenz, Papst Pontifex der dreiundsechzigste, erwartet Sie bereits."

Der Papst nickt kurz und weist dem Pfarrer mit einer Handbewegung den Stuhl vor dem Schreibtisch zu. Jakob nimmt Platz und stellt seine Aktentasche neben sich.

„Sohn Gottes, wo bist du?" brabbelt der Papst tonlos den kirchlichen Gruß vor sich hin und automatisch antwortet Jakob mit dem ritualisierten „Wir warten auf dich." Der Papst steht auf und kommt hinter dem Schreibtisch hervor, er tritt an das Fenster, sieht hinaus.

Jakob betrachtet die kleine Gestalt, hager, das schüttere schwarze Haar liegt nur noch als Kranz um den Kopf, den eine Hakennase krönt. Eher eine Witzfigur aus einem Comic als eine weltbeherrschende Respektsperson. Der Papst streckt die rechte Hand mit dem goldenen Ring nach hinten, die Aufforderung an Jakob, ihm den gebührenden Respekt zu erweisen. Jakob bleibt sitzen.

„Ich denke, die ganzen Förmlichkeiten können wir uns sparen, mein lieber Jakob. Warum sind Sie hier?" Seine Stimme klingt harsch, immer noch schaut er aus dem Fenster.

Jakobs Blutdruck steigt. „Können Sie es sich nicht denken? Der Mann, den ich jahrelang begleitet habe, Jesus, der Sohn Gottes, ist nicht mehr auf dieser Erde. Die Kirche hat die letzte Chance verpasst, ihn anzuerkennen."

Der Pontifex dreht sich langsam um, schaut durch Jakob hindurch. „Ach, Sie meinen diesen Jesus, mit dessen Begleitung ich sie vor sechs Jahren beauftragt habe. Nun, haben Sie Beweise, dass er der wahre Sohn Gottes ist, der Mann, der vor mehr als zweitausend Jahren aus Jerusalem geflohen sein soll?"

Jakob steht entrüstet auf, der Stuhl kippt fast nach hinten. Seine Stimme ist etwas lauter als eben noch. „Ja, genau den meine ich. Und der vor mir noch viele „Begleiter" hatte, über vierzig, an die er sich noch erinnern konnte. Und von dessen Taten ich Ihnen regelmäßig Berichte geschickt habe. Nachweise seiner Heilungen, Arztberichte, Zeugenaussage. Und, falls Sie das alles vergessen haben …" Jakob nimmt die Aktentasche hoch, öffnet sie und schüttet den Inhalt auf den Schreibtisch. Der Laptop gibt ein stöhnendes Geräusch von sich. „… hier sind die Kopien!" vollendet Jakob seinen Satz.

Der Papst bleibt unbeeindruckt am Fenster stehen. „Junger Mann, ich kann ihren Eifer verstehen. Aber, Sie müssen wissen, ich erhalte wöchentlich Berichte von Menschen, die behaupten, den Sohn Gottes gefunden zu haben. Ich habe da schon einige Erfahrung, die Spreu vom Weizen zu trennen. Und ich erwarte, dass Sie mir den nötigen Respekt erweisen."

Jakobs Gesicht wird rot. „Ja, wie so viele Päpste vor Ihnen bereits. Und alle haben nur die Spreu gesehen, den Weizen will ja gar niemand sehen. Jedenfalls kein Papst."

„Junger Mann!" Jetzt erhebt auch der Papst die Stimme. „Der Mann, den Sie beobachtet haben, ist unter mysteriösen Umständen verschwunden. Davon habe ich gehört. Dann war es offensichtlich nicht der Sohn Gottes, oder?! Ich empfinde Ihr Verhalten als respektlos und …"

Jakob fällt ihm ins Wort und braust noch mehr auf. „Respektlos? Sie nennen mich respektlos? Wissen Sie was, das ist respektlos!" Mit diesen Worten reißt er sich die Soutane vom Leib und wirft sie ebenfalls auf den Schreibtisch. Der Laptop fällt scheppernd zu Boden und springt auf. Man sieht zwei Männer in einer ‚verfänglichen Situation' und hört einen Mann lustvoll stöhnen. Jakob bekommt von all dem nichts mehr mit. Als der Papst auf den Schreibtisch zueilt ist Jakob schon in der Tür. „Ich kündige!", ruft er zurück in den Raum und lässt dann die Tür krachend ins Schloss fallen.

Der Sekretär, der an seinem Schreibtisch im Kalender geblättert hat, zuckt zusammen. Jakob ballt seine Hände zu Fäusten zusammen. „Sie, Sie … ach, das ist doch alles jetzt egal!" Seine Schulter sinkt herab, sein ganzer Körper entspannt sich plötzlich. Er lächelt sein Gegenüber an. „Ich wünsche Ihnen ein schönes Leben!" Dann verlässt er den Raum, den Flur, den Palast, seinen Glauben, ohne sich noch einmal umzusehen.

Vor dem Palast sieht Jakob Marlene an einem Tisch eines Cafés sitzen, sie winkt ihm zu. Langsam schlendert der ehemalige Pfarrer auf den Tisch zu. Ein Cappuccino, das wäre jetzt das Richtige.

Der letzte Tag in London

Im gar nicht so weit entfernten London öffnet Peter die Tür seines Spitfire und hilft Elea beim Aussteigen. Sie lächelt, flirtet.

„Ein Gentleman, wie man ihn sich nur wünschen kann.", flüstert sie mit einem Augenaufschlag und lässt beinahe unabsichtlich ihre Hand über Peters Schulter fahren.

„Ich hoffe, Sie sind heute Abend genauso ein Gentleman, wenn Sie mich zum Essen ausführen."

Elea bleibt stehen und bohrt ihre Augen in Peters. Dieser lässt sich nicht beirren, schlägt elegant die Beifahrertüre zu und nickt kurz. Dann entscheidet er sich doch, kurz zu erwidern: „Gewiss!"

Elea ist etwas verwirrt, sie weiß diesen Kreuzritter einfach nicht einzuordnen. Das aber wird sich heute Abend ändern, da ist sie sich sicher. Ihrem Charme und ihrer wahrhaft göttlichen Ausstrahlung wird er sich nicht entziehen können. Sie wartet noch kurz auf Peter, der dem Boy die Fahrzeugschlüssel übergibt, dann gehen beide gemeinsam ins Hotelfoyer.

Der Portier reicht mit einem Lächeln beiden die Zimmerschlüssel über die Theke, dabei hält er einen weißen Umschlag in der Hand.

„Der ist heute Vormittag für Sie abgegeben worden, Herr Hausmann. Ich soll ihn Ihnen sofort überreichen, wenn Sie zurückkehren."

Peter nimmt den Umschlag dankend an und öffnet ihn sofort. Er überfliegt rasch den Inhalt, während Elea versucht, unbeteiligt auszusehen und trotzdem einen Blick auf den Brief zu erhaschen.

„Der ist von unserem Obersten Kreuzritter. Er informiert mich, dass sich die Tochter Gottes, wenn es denn wirklich eine geben sollte, in London aufhält. Ich soll versuchen, sie zu finden und Kontakt mit ihr aufzunehmen. Man fragt sich, was ihre Absichten sein können. Und ob sie vielleicht das Erbe von Jesus antreten will." Kopfschüttelnd faltet er den Brief wieder zusammen und steckt ihn zurück in das Kuvert.

„Da hat aber wohl jemand Angst um sein seit Jahrhunderten angehäuftes Vermögen, sehe ich das richtig?" Elea zieht eine Augenbraue hoch.

126

Peter nickt. Für einen Moment überlegt er, was diese Anweisung für seine Pläne bedeutet. Besser hätte es gar nicht kommen können! Nun ist er offiziell damit beauftragt, sich um die Tochter Gottes zu kümmern. Dass die Interessen des Obersten Kreuzritters nicht mehr seine Interessen sind, das ist im schon lange klar. Aber er ist froh darüber, dass er seine Kündigung noch nicht offiziell ausgesprochen hat.

Nun hat er die Chance, mit Gottes Hilfe, bei diesen Worten muss er lächeln, Einfluss auf den Lauf der Dinge zu nehmen, quasi als Spion in Reihen der Kreuzritter. Auf jeden Fall ist er fest entschlossen, Elea bei ihrem Vorhaben jede mögliche Unterstützung zu gewähren. So etwas wie mit Jesus wird nicht noch einmal geschehen. Er wird alles dafür tun, dass die Menschheit wieder zu Gott, zu sich, findet.

Mit Verzücken betrachtet Elea Peters Mienenspiel. „Da ist aber eine Menge an Gedankengut gewälzt worden, habe ich das richtig gesehen?"

„Oh ja, der Brief eröffnet mir, eröffnet uns, sehr viele Freiheiten. Mehr, als ich zu hoffen gewagt hatte. Jetzt möchte ich mich gerne auf mein Zimmer zurückziehen und meinen Gedanken nachgehen. Ich denke, wir sehen uns, wie gestern, zum Dinner?"

„Keine Frage! Das wird der letzte ruhige Abend in diesem altehrwürdigen Haus in dieser altehrwürdigen Stadt. Den möchte ich genießen. Mit Ihnen. Um acht?"

„Gerne! Und morgen geht es nach Berwick?"

„North Berwick, ja! Ich gehe davon aus, dass Sie mitkommen?" Elea greift in ihr Haar und kämmt es mit den Fingern nach hinten.

„Ja!" Peter macht eine tiefe Verbeugung. „So schnell werden Sie mich nicht mehr los." Und setzt noch einen drauf. „Göttliche Hoheit!"

„Charmeur!" Elea gibt Peter einen liebevollen Klaps und geht auf den Aufzug zu, Peter folgt ihr langsam. Während ‚Puppet on a String' im Aufzug dudelt fahren beide schweigend nach oben und gehen in ihre Zimmer.

Ein paar Stunden später muss Elea feststellen, dass ihre Erwartungen an den Abend leider nicht erfüllt werden. Das Essen ist vorzüglich, Peter ist ein exzellenter Gesprächspartner, aber sie schafft es nicht, den Funken in ihm zu entzünden. Dafür erhält sie wieder einmal seine volle Aufmerksamkeit, als sie ihn in ihre weiteren Pläne einweiht und ihm Ihre Vorstellungen für eine Zusammenarbeit erklärt.

Kurz vor Mitternacht gehen beide zurück auf ihre Zimmer, Peter sichtlich ermüdet, Elea sichtlich enttäuscht. Auch diese Nacht muss sie allein verbringen. Das sind die Momente, in denen Sie bereut, der Menschheit einen freien Willen gegeben zu haben.

Am nächsten Morgen, kurz nach sieben Uhr, klopft es an Eleas Zimmertür. Es ist Peter, der sie zum Aufbruch mahnt. Elea ist noch verschlafen, aber sie genießt dieses Gefühl. Langsam geht sie zur Tür und öffnet. Peter tritt ein und bleibt wie versteinert stehen. Elea ist komplett nackt.

„Gefällt dir, was du siehst?" Aufmunternd streicht Elea mit beiden Händen an ihrem Körper hinunter, dann fährt sie mit der rechten Hand durch ihr Haar und legt den Kopf in den Nacken.

Peter schaut die Tochter Gottes ohne Scheu an, unternimmt aber auch keinen Versuch, sich ihr zu nähern. „Wunderschön! Auf jeden Fall, wunderschön!" Mit der rechten Hand zeigt er auf den Kleiderstapel vor dem Bett. „Aber Sie sollten sich jetzt besser anziehen. Ich möchte gerne noch ausgiebig frühstücken und wir haben knapp vierhundert Meilen vor uns. Das sind, mit Pausen, sicherlich sieben Stunden. Und Sie hatten gestern Abend ja gesagt, dass Sie auf jeden Fall auch noch heute Abend ankommen wollen."

Elea lacht und macht einen Schritt auf Peter zu, dann gibt sie ihm einen Kuss auf die Wange. „Mein wackerer Kreuzritter, was würde ich nur ohne Sie machen? Geben Sie mir zehn Minuten zum Duschen und Anziehen, dann können wir frühstücken. Ich habe einen Mordshunger. Und das Problem mit der langen Fahrt, das können Sie mir überlassen. Ich kenne da eine Abkürzung, eine himmlische Abkürzung."

Mit wiegendem Schritt geht sie Richtung Badezimmer, dreht sich in der Tür noch einmal um und haucht verführerisch: „Letzte Chance, wenn Sie noch mitkommen wollen!"

Peter blickt an ihrem wohlgeformten Körper von oben nach unten und schaut der Tochter Gottes danach tief in die Augen. Kopfschüttelnd antwortet er: „Ach nein, ich habe ja gerade erst geduscht, und das ist bestimmt nicht gut für die Haut."

Nach einem kurzen Aufbrausen von Empörung schüttelt Elea nur den Kopf und geht ins Badezimmer. Mit der rechten Hand winkt sie noch kurz über ihre Schulter, dann fällt die Tür ins Schloss. Leiser Gesang dringt aus dem Bad.

Peter verbringt die Wartezeit damit, noch einmal auf der Straßenkarte den besten Weg auszusuchen und gibt die gefundene Strecke in sein Handy ein. Auf jeden Fall werden sie zum Dinner am Zielort sein. Auch, wenn Elea wieder so ausgiebig lange frühstücken sollte.

Es sind kaum fünf Minuten vergangen, da öffnet sich die Badezimmertür und Elea tritt heraus. Sie trägt ein enganliegendes rotes Kleid, ärmellos, das ihren Po betont sehr viel Bein zeigt. Ein süßlicher Duft weht von ihr herüber.

„Ich bin so weit, wir können gehen!" Elea streckt Peter die Hand entgegen. „Es sei denn, sie haben es sich anders überlegt. Ich bin bereit."

„Das freut mich!" Peter greift ihre Hand und führt sie zur Tür. „Ich habe jetzt auch Appetit bekommen, lassen Sie uns hinuntergehen!" Er blickt in den Raum zurück. „Was ist mit ihrem Gepäck?"

„Das brauche ich nicht mehr. Ich besorge mir in North Berwick etwas Angemesseneres. Ab heute werde ich mehr und mehr im Licht der Öffentlichkeit stehen. Sie verstehen? Hosenanzug und so. Businesskleidung."

Peter nickt stumm und beide fahren mit dem Aufzug zum Frühstücksraum. Ohne dass Peter gemerkt hat, woher, hat Elea einen Notizblock in der Hand in den sie während des Essens fleißig hineinschreibt. Peter schaut sich das geschäftstüchtige Treiben eine Zeit lang an, dann lässt er seiner Neugier doch freien Lauf. Er beugt sich über den Tisch und zieht Elea sanft den Füller aus der Hand. Sie blickt amüsiert und neugierig auf.

„Oh, Entschuldigung. Das war unhöflich. Aber mir gingen so viele Sachen im Kopf herum, ich musste sie ein wenig sortieren. Ich bin aber gleich fertig und dann können wir los."

„Das macht nichts, im Gegenteil. Es war amüsant, Ihnen zuzusehen. Ich frage mich die ganze Zeit, wie haben Sie es denn angestellt, uns Menschen zu entwerfen, wenn Sie für Ihre Kampagne schon so viel Papier verwenden, um nichts zu vergessen?" Peter schaut erwartungsvoll in die Augen der Tochter Gottes.

Die muss laut lachen. Dann beugt sie sich nach vorne und senkt etwas ihre Stimme, so dass Peter näher an sie heranrücken muss. Sie flüstert, fast schon verschwörerisch: „Um ehrlich zu sein, für kompliziertere Sachen haben wir Programme, für Menschen oder so. Tiere schöpfen wir aus dem Bauch heraus. Das klappt nicht immer, aber die leben dann auch nicht lange. Und die Erde, ja, das war ein Projekt, das hat schon ein paar Tage gedauert."

Ruckartig setzt sich Peter wieder gerade auf seinen Stuhl. „Und wie lange? Sieben Tage etwa?" Seine Stirn wirft sich in Falten, er verschränkt seine Arme vor der Brust. „Sie wollen mich verarschen, oder?"

Elea wirft eine Weintraube in seine Richtung, die Peter lässig fängt und zwischen Daumen und Zeigefinger hält. Er wartet auf eine Antwort und dreht die Weintraube spielerisch zwischen den Fingern.

„Natürlich!" Elea schaut den Kreuzritter treuherzig an. „Du hast ja gar keine Vorstellung, nein, kannst du ja auch gar nicht haben, davon, wie es ist, nicht Mensch zu sein. Keine Zeit zu haben. Also, dass Zeit nicht existiert. Du weißt nicht, was immer, ewig und überall ist. Dafür bist du nicht geschaffen."

Die kleine Weintraube zwischen Peters Fingern fängt an, sich zu drehen, nimmt eine glühendrote Färbung an, scheint sich in Dampf zu hüllen, der wieder zurückfällt, dann wird sie schwarz, dann blau, dreht sich langsamer und nimmt schließlich Form und Gestalt unserer Erdkugel an. Peter starrt mit offenem Mund und geweiteten Augen auf das Objekt zwischen seinen Fingern. Nach ein paar Sekunden ist das Schauspiel vorbei, er hält wieder eine Weintraube in seinen Fingern.

130

„Ich weiß, dass ist keine Antwort." Elea blickt ihn verständnisvoll an. „Aber diese Frage kann ich dir nicht beantworten. Nur so viel: Jetzt bin ich gerade Mensch. Ein bisschen. So wie du. Ich bin so, weil ich so sein will. Aber das ist nur ein kleiner Teil von mir. Ich bin viel mehr. Gerade jetzt, in diesem Moment. Hier und überall. Die kleine Einlage mit der Weintraube sollte dich nur wieder hierhin zurückholen. Hier und jetzt ist das, was für dich zählt. Okay?"

Mit sichtbar wenig Begeisterung nickt Peter. „Kann ich die Traube denn noch essen?" fragt er.

„Natürlich. Sie ist und war nie etwas anderes als eine Weintraube." Elea lächelt und fügt, als Peter die Traube gerade in den Mund steckt, hinzu: „Für dich jedenfalls."

„Das heißt, ich bin jetzt mit der Tochter Gottes unterwegs, der Schöpferin sozusagen, helfe ihr in ihren kleinen irdischen Belangen, aber bekomme von ihr keine Antworten auf meine Fragen oder die Fragen der Menschheit?" Peter wirkt leicht aufmüpfig.

„Fragen Sie!" Elea öffnet ihre Arme einladend und schaut Peter erwartungsvoll an. Der sucht gerade etwas überfordert nach Fragen und schaut sich hilflos um. Dann hat er sich gefasst.

„Stimmt es, was in den Schulbüchern steht? Über das Alter der Erde und so?"

„Ja, das stimmt in etwa."

„Gibt es noch andere Planeten? Bewohnte?"

„Natürlich! Ihr seid nicht die Einzigen, das wäre ja langweilig. Aber schon etwas Besonderes."

„Wegen dem freien Willen?"

„Ja!"

„Wessen Idee war das?" Peter nimmt einen Schluck Tee.

„Meine."

„Evolution nach Darwin oder ‚Divine Creation'? Was stimmt?"

„Beides zusammen!"

„Warum gibt es Viren? Die sind doch zu nichts nutze."

„Demut!"

„Wie bitte?"

„Demut! Sie zeigen dem großen Ganzen, wie verletzlich es doch im Kleinen ist. Bringen es auf den Weg zur Demut."

„Quantentheorie! Wie nahe sind wir daran, die Welt zu verstehen?"

„Weit entfernt. Aber das hat Einstein doch auch schon gesagt. Nur, dass ihr das ignoriert."

Peter holt Luft für die nächste Frage, lässt es dann aber bleiben. Er greift noch einmal nach der Teetasse. „Das war jetzt alles doch zu unverhofft. Ich werde bestimmt noch viele Fragen haben, später."

„Ich habe auf jede eine Antwort." Elea lächelt selbstbewusst. „Wollen wir das Frühstück beenden?"

„Ja!" Peter schaut auf sein Handy. „Es ist doch spät geworden. Wir werden uns unterwegs etwas beeilen müssen."

Elea lächelt. „Sie erinnern mich an einen Eisenbahnschaffner, den ich kurz kannte. Immer unter Dampf!"

„Ach ja, ihre Abkürzung. Ich bin gespannt. Wollen Sie noch etwas aus Ihrem Zimmer holen, bevor wir fahren? Mein Koffer steht schon unten an der Rezeption."

„Nein, danke. Ich habe alles, was ich brauche." Elea geht mit Peter zur Rezeption und bezahlt Zimmer und Mahlzeiten. Auf dem Weg zur Tiefgarage kann sie sich ein leichtes Grinsen nicht verkneifen. Peter fragt nicht, was sie so erheitert. Er ist in Gedanken noch bei seiner ‚Fragestunde mit der Göttin'.

132

Kurz darauf dreht der Kreuzritter den Zündschlüssel um und der Spitfire röhrt auf. Die Vibration des Motors breitet sich im Fahrzeug und im ganzen Körper aus. Langsam rollt der Wagen die Ausfahrt hinauf, die Schranke öffnet sich und Peter gibt vorsichtig Gas. Er schaut in den blauen, wolkenlosen Himmel, das wird ein schöner Tag werden.

Nach Schottland in einem Augenblick

„So ein schöner Tag! Wir sollten an den Strand gehen!" Elea schiebt ihre Sonnenbrille von der Nase und schaut Peter direkt in die Augen.

„Sollten wir nicht erst einmal ankommen?" Peter schaut zurück auf die Straße und tritt spontan auf die Bremse. Gerade erst hat er die Tiefgarage verlassen, aber er befindet sich nicht inmitten des Londoner Verkehrsgetümmels. Er steht auf einer kleinen, einspurigen Landstraße. Direkt vor ihm liegt eine beeindruckende Burg aus hellbraunen Steinen an einer atemberaubend schönen Steilküste. Das Meer leckt wild an den Felsen, als versuche es, seit Jahrhunderten die Burg zu erobern.

„Wo sind wir?" fragt Peter verstört. Sein Blick wandert zwischen der Burg, dem Meer und Elea hin und her.

„Darf ich vorstellen? Tantallon Castle! Meine Basis für die nächsten Jahre. Ist es nicht bezaubernd hier?" Mit einer ausladenden Armbewegung umfasst sie die ganze Gegend. „Der König, oder besser gesagt seine Lordschaft David Christopher Douglas-Holmes, haben uns dieses Anwesen zur Verfügung gestellt. Es ist, wie die gesamte Gegend hier, seit Jahrhunderten im Familienbesitz."

„Und wie sind wir hierhergekommen? Wir waren doch vor fünf Sekunden noch in London!"

„Mein lieber Peter, haben Sie vergessen, mit wem Sie hier im Auto unterwegs sind? Das war die Abkürzung, die ich erwähnte."

„Aber, ich verstehe nicht!" Peter schaut sich im Auto, dann wieder draußen um.

„Nein. Das sollen Sie auch gar nicht. Wir haben den Menschen zwar den Verstand gegeben, aber nicht, damit er ihnen ständig im Weg ist. Sie sollen fühlen, nicht verstehen. Nehmen Sie die Dinge, wie sie sind!" Elea deute auf die Einfahrt zur Burg. „Lassen Sie uns kurz ‚Hallo' sagen, die Koffer verstauen und dann möchte ich mit Ihnen einen langen Spaziergang am Strand machen.

Peter nickt, startet den Wagen wieder und fährt langsam die Einfahrt hinauf. Einige der Bediensteten stehen bereits wartend vor dem Eingang,

134

um die Koffer auszuladen und die beiden in die Burg zu geleiten. Peter wundert sich nicht, dass wesentlich mehr Koffer ausgeladen werden, als überhaupt Platz haben in dem roten Spitfire. Heute will er sich über nichts mehr wundern.

Der Lord selbst begrüßt das Paar und geleitet sie durch die Eingangshalle, vorbei an Ritterrüstungen, Kanonen und einer Fülle von großen Gemälden. Fast wäre Peter an einem Gemälde achtlos vorbeigegangen, dann stutzt er und geht ein paar Schritte zurück. Das Bild zeigt, wie viele andere, die Belagerung der Burg. Hier allerdings ohne das sonst übliche chaotische Getümmel aus Menschen und Gewalt, hier liegt die Burg im Licht der untergehenden Sonne, eine geordnete Truppe Soldaten steht vor der Burg und verhandelt offenbar mit einem einzelnen Mann. Der auf einem Esel sitzt.

„Eure Lordschaft, ich habe das Gefühl, mit diesem Bild stimmt irgendetwas nicht." Der Angesprochene war bereits weitergegangen und kommt mit Elea zu Peter zurück. Elea kichert.

„Herr Hausmann, Kreuzritter, ich verstehe Ihre Verwirrung. Sicherlich haben Sie das Gefühl, diesen Mann schon einmal gesehen zu haben. Ich bin mir sicher." Der Lord lächelt höflich.

„Nein. Das kann nicht sein!" Peters Gedanken galoppieren. „Ich habe mir vorgenommen, mich heute nicht mehr zu wundern, aber, nein, das kann doch nicht sein! Ist das Jesus?"

Lord Douglas-Holmes nickt langsam. „Die Szene zeigt die Belagerung der Burg 1650 im englischen Bürgerkrieg. Die Truppen von Oliver Cromwell unter der Führung von Georg Monck hatten meinem Urahnen James Douglas ein Ultimatum gestellt und gedroht, die Burg bis auf die Grundmauer zu zerstören. Kurz vor Ablauf des Ultimatums, das der Lord nicht bereit war, anzunehmen, erschien ein Mann auf einem Esel und ritt mehrmals vor den aufmarschierten Truppen und der Burg hin und her. Dann redete er mit dem Heerführer. Er schien sehr überzeugend zu sein, denn er brachte Cromwell dazu, abzuziehen. Er hatte ihm angeblich erklärt, die Burg würde in der weiteren Geschichte noch eine wichtige Rolle spielen, deshalb wäre es unerlässlich, sie zu verschonen.

Als die Truppen abrückten, ließ Lord James Douglas nach dem Mann auf dem Esel schicken. Aber wie ihm von seiner Dienerschaft berichtet wurde, sah man ihn nur in der Ferne davonreiten, zusammen mit einem weiteren Mann, offenbar ein Mönch oder der Priester, der am Rande des Geschehens auf ihn gewartet hatte.

Leider ist es unserer Familie nie vergönnt gewesen, direkten Kontakt zum Sohn Gottes zu bekommen. Umso mehr sind wir erfreut, Sie heute hier begrüßen zu dürfen und Ihnen alles, was Sie brauchen, zur Verfügung zu stellen." Er verbeugt sich leicht vor Elea.

Peter will noch mehr wissen. „Woher will man denn wissen, dass es Jesus war? Wenn doch niemand von Ihnen mit ihm geredet hat?"

„Es heißt, dieser Mann sei noch einige Jahre mit seinem Begleiter, vermutlich einem Kirchendiener, in dieser Gegend gesehen worden. Viele Geschichten von spontanen Heilungen ranken sich um ihn. Aber immer, wenn meine Familie versucht hat, ihn zu finden, war er schon fort. So sind sie halt, die Geschichten um den Sohn Gottes."

Elea wirkt etwas betrübt, als sie sagt: „Ja, so war er eben. Er war fest davon überzeugt, dass ein kleiner Funke genügt, ein großes Feuer zu entfachen. Aber dafür muss das Holz bereit sein, es muss trocken sein. Leider ist es das nicht. Deswegen werde ich einen anderen Weg gehen."

Der Lord tritt einen Schritt zurück. „Ich hoffe aber, es wird trotzdem friedlich zugehen. Ich möchte nicht, dass der Name meiner Familie …" Als er in die wütenden Augen Eleas blickt, stoppt er abrupt und geht noch einen Schritt zurück. „Verzeihen Sie! Ich muss mich erst noch daran gewöhnen, wen ich hier zu Gast habe. Verfügen Sie über mich und meine Habe."

Elea muss lachen. „Wirke ich so Furcht einflößend auf Sie? Das ist nicht meine Absicht. Ich möchte, dass die Menschen mir aus freien Stücken folgen. Für Furcht sind eure Politiker zuständig. Aber vielleicht haben Sie Recht, vielleicht ist die Grenze zwischen Respekt und Furcht gar nicht so strikt. Vielleicht sollte ich doch ein bisschen mit meiner Macht spielen, oder drohen. Ich werde diesen Gedanken noch in mein Konzept aufnehmen."

Mit einer leichten Drehung wendet sie sich wieder dem Hausherrn zu. „In der schwarzen Tasche in unserem Wagen ist eine Liste mit den Sachen, die ich benötige, sowie eine Liste der Menschen, deren Dienste ich benötige. Kümmern Sie sich bitte darum! Wir werden jetzt kurz auf unser Zimmer gehen und danach einen kleinen Spaziergang machen." Die Tochter Gottes streckt ihre Hand aus, Peter ergreift sie und beide folgen dem Lord über die breite Holztreppe in die erste Etage.

Die Zimmer sind nicht besonders groß, dreißig Quadratmeter vielleicht, aber wahre Schmuckstücke, was die Ausstattung angeht. Eine Sitzecke mit Tisch aus Kirschholz, satt gepolsterte Sessel, ein großes Himmelbett, ein Balkon mit Aussicht auf das Meer. Die Bäder sind erstaunlicherweise fast genau so groß wie die Zimmer selbst, jedes hat außer einer Dusche eine eigene Sauna und einen Whirlpool.

Während Peter auf den Balkon hinaustritt, um sich die Seeluft um die Nase wehen zu lassen, hört er im Nebenzimmer die Dusche laufen. Schon wieder? Elea scheint das Wasser wirklich zu mögen. Peter nimmt sich einen Martini aus der Bar und schaut gedankenverloren vom Balkon in die Ferne. Er blickt über das schäumende Meer und fragt sich, wie die Geschichte, wie seine Geschichte, wohl weitergehen mag.

Ankunft in der Bretagne

An einem anderen Meer, achthundert Kilometer weiter südlich, parken gerade Anna und Yves ihren Bulli vor ihrem Haus an der ‚Avenue de la Duchesse Anne' an der bretonischen Küste. Die fast eintausend Kilometer Fahrt haben sie gut hinter sich gebracht. Die erste Übernachtung hatten sie in einem schönen Hotel in Reims, natürlich nicht, ohne die Kathedrale zu besichtigen. Man sagt, Jesus soll hier einige Jahre als Kirchendiener tätig gewesen sein. Anna hat leider immer wieder vergessen, ihn zu fragen, ob das zutrifft.

Am nächsten Tag waren sie bei strahlendem Sonnenschein und entspannten einhundert Stundenkilometern die Autoroute hochgefahren bis Nantes, Dort, keine fünfzig Kilometer von ihrem Ziel entfernt, hatten sie die letzte Nacht verbracht. Yves wollte unbedingt diese Stadt besuchen. Hier hatte er ‚das Licht der Welt erblickt', wie er häufiger zu sagen pflegt. Leider schweigt er sich darüber aus, wann genau das gewesen ist.

Jetzt steht er hier, an den alten roten Bulli gelehnt, und lässt sich die Meeresbrise um die Nase wehen. Anna steigt etwas steif aus und setzt die Sonnenbrille auf. Sie schaut sich um. Yves hat den Wagen genau vor der hölzernen Schranke mit dem Schild ‚ACCESS INTERDIT' geparkt. ‚ZUFAHRT VERBOTEN'. Geradeaus geht es noch etwa zehn Meter weiter, dann führt eine Rampe, oder eine Treppe, direkt hinunter ans Meer. Rechts, von einer Sandsteinmauer umgeben, liegt so etwas wie eine Kirche oder Kapelle. Links, etwa fünfzig Meter entfernt, in einem offenen Garten, ein weiß gestrichenes Haus mit roten Fensterläden.

„Schön, wirklich schön!" sagt Anna und zeigt auf das Haus. „Aber hätten wir nicht etwas näher parken können? Mit all dem Gepäck wird das ein ganz schönes Geschleppe."

Lachend erwidert Yves: „Ja klar, da ist ein Parkplatz direkt vor dem Haus. Aber die würden ganz schön merkwürdig schauen, wenn wir mit unseren Koffern dort ankämen."

Anna schaut ihn fragend an und Yves muss lachen. „Das ist nicht unser Haus. Das da!" Sein Finger zeigt an Anna vorbei auf das Gebäude hinter ihr. Sie dreht sich abrupt um. Mit offenem Mund schaut sie das Haus an.

„Nein, das kann nicht sein! Das ist doch … eine Kirche, oder so. Oder ein Märchenschloss für Kleine. Wirklich? Ehrlich?!“

„Ja. Aber es ist keine Kirche. Es ist nur ein wunderbar schönes Haus, das ein reicher Kaufmann Anfang des 19. Jahrhunderts hier hat bauen lassen. Damals war alles noch sehr verspielt und alles war möglich, wenn man nur genug Geld hatte. Allerdings sah es früher etwas anders aus. Als ich letztes Mal hier war, standen hier noch ganz viele Bäume. Und die Straße gab es noch gar nicht.“

„Wahrscheinlich gab es auch noch keine Autos. Wann genau war das noch Mal, sagtest du?“ Anna schaut unschuldig zu Yves hinüber.

„Ich sagte nichts. Wieso? Wichtig ist, dass der heutige Besitzer, oder besser gesagt, der von voriger Woche, bereit war, das Haus für einen sehr guten Preis sofort abzugeben. Elea fand das Häuschen ideal und hat sich nicht lumpen lassen. Ich hoffe, es ist bereits bezugsfertig.“

Anna verschränkt die Arme vor der Brust. „Woher kennt Elea das Haus denn? Sie ist doch erst ein paar Tage auf der Erde.“

„Ich habe ihr davon erzählt, als wir uns in Paris getroffen haben.“

„Nur getroffen?“ Anna will es genau wissen.

„Getroffen, gefunden, geliebt, und wieder auseinandergegangen. Ich glaube, sie hatte in mir nur jemanden gesucht, der ihr bei den ersten Schritten zur Seite steht. Und sie war hungrig.“

„Hungrig? Auf was? Croissants?“ Anna zieht die Augenbrauen zweifelnd hoch.

„Nein! Männer. Engel. Was weiß ich. Es waren ein paar aufregende Tage, die ich mit ihr verbracht habe. Mit der Tochter meines Chefs, wenn man so will. Wer kann das schon ohne Reue sagen? Und jetzt stehe ich hier, und das Abenteuer geht weiter! Was will ich mehr?“ Der Engel streckt seine Hand nach Anna aus. „Komm, lass uns hineingehen!“

Als Anna nach seiner Hand greift, springt ein elektrischer Funke über. Anna zuckt zurück. „Nur eine statische Aufladung!“ erklärt Yves. „Kommt wohl von den Sitzen im Bulli.“ Dann gehen beide nebeneinander auf das kleine weiße Tor zu. Es quietscht leicht beim Öffnen. Das mit der Steinmauer umfriedete Grundstück ist nicht sehr groß, etwa 25 x 60 Meter, und sehr nüchtern gehalten. Ein hellbrauner Sandweg führt von der PKW-Einfahrt zum Haus, ansonsten wächst nur Gras, von ein paar vereinzelten Büschen unterbrochen.

Beide gehen um das Haus herum. Es ist wirklich wie ein Märchenschloss gebaut. Zwei Fenster, die stark an Kirchenfenster erinnern, zeigen nach Osten, ein runder Turm an der Südseite mit finster blickenden Wasserspeiern erinnert zugleich an Notre Dame und das Schloss von Rapunzel.

Staunend vor Bewunderung gehen beide die Treppe mit dem weißen Steingeländer hoch zu der Eingangstür in der ersten Etage. Der Schlüssel steckt im Schloss, ein handgeschriebener Zettel mit dem Wort „Willkommen!" klebt an der Tür. Yves fährt mit dem Finger das schöne Rosenmuster in der Tür entlang, dann drückt er die Klinke und öffnet. Es knarrt wie beim Öffnen einer großen Kirchentür.

Trotz der sonnigen Maiwärme draußen empfängt sie eine angenehme Kühle aus dem Inneren des Hauses. Alle Rollläden sind heruntergelassen, aber es wird sofort hell im Eingangsbereich.

„Woher wusstest du, wo der Lichtschalter ist?" fragt Anna.

„Weiß ich nicht, den suche ich ja noch!" entgegnet Yves.

Anna starrt Yves fragend an, dann schaut sie noch einmal in den Raum. Er ist nicht erhellt von den Deckenleuchten, sondern von einer weißen Kugel, die mitten im Raum schwebt und in gleichmäßig ausleuchtet. Yves zuckt entschuldigend die Schultern. „Engel eben. Wir können so was." Dann greift er an die Schalterleiste links an der Wand. „Ah, da ist er ja!"

Lampen flackern auf, die Lichterkugel löst sich geräuschlos auf. Anna und Yves schauen sich im Haus um. In der ersten Etage gibt es ein Esszimmer mit Küchenzeile und Blick auf das Meer sowie dem Ausgang zur Terrasse, das Wohnzimmer ist Licht durchflutet von den schmalen hohen Kirchenfenstern aus bunten Glas. Der runde Turm dient als Treppenhaus und führt sowohl in das Erdgeschoss als auch zu einem Turmzimmer, in das man durch eine Luke hineinsteigen kann. Drei weitere Räume sowie

140

ein Badezimmer sind im Erdgeschoss untergebracht, im Souterrain liegen drei Hauswirtschaftsräume.

„Für den Anfang nicht schlecht, um ein Kind groß zu ziehen, oder?" Yves schaut Anna tief in die Augen.

Die bricht jedoch in Tränen aus. Leise sagt sie: „Wozu das alles, wenn es ohne Vater aufwachsen muss? Ohne diesen einmaligen, besonderen Vater, meine Liebe." Ihre Tränen laufen immer heftiger, als Yves sie in den Arm nehmen will, läuft sie durch Terrassentür nach draußen.

Yves lässt ihr die Zeit, die sie braucht. Er geht zurück zum Auto und fährt es den Weg hinauf bis vor die Tür. Dabei überlegt er, ob es wirklich eine so gute Idee war, mit Anna hierher zu fahren. Sicherlich konnte er sie in ihrer Situation nicht allein lassen, er selbst hätte auch gar nicht gewusst, wohin er gehen sollte. Alles hatte sich so gefügt, wie ‚von Gott gewollt'.

Vielleicht ist es seine Aufgabe als Engel, sich um Anna zu kümmern. Sie ist eine starke und attraktive Frau. Vielleicht werden sie zusammen die Kinder, Elea hatte ja von zwei Kindern gesprochen, großziehen. Vielleicht wird das zweite später sogar von ihm sein?

Von Ferne läutet eine Kirchenglocke, ein starker Wind kommt auf und schlägt Yves die Tür vor der Nase zu. Vielleicht aber kommt Jesus auch zurück. Das gäbe Komplikationen.

North Berwick, der Alltag beginnt

Ohne Komplikationen läuft der folgende Tag in North Berwick ab. Elea und Peter haben sich in ihrem Castle gut eingerichtet und sind vollauf damit beschäftigt, ihre Pläne in die Tat umzusetzen. Peter erweist sich auf Grund seiner guten Kontakte als sehr hilfreich für Elea. Die Distanz zwischen beiden bleibt jedoch bestehen, Elea akzeptiert sie inzwischen.

Nach einem ausgefüllten, erfolgreichen Tag legen sich beide abends in die Liegestühle der Terrasse am Meer und schauen auf den Sonnenuntergang. Peter nippt an seinem Martini, während Elea ein Flasche Champagner neben der Liege stehen hat. Mit jedem Glas wirkt sie etwas aufgedrehter, Peter hat tatsächlich das Gefühl, dass die Tochter Gottes beschwipst ist. Schweigend sitzen beiden dort, gedankenverloren, bis mit der untergehenden Sonne die Kälte vom Meer hochkriecht.

Peter steht auf und reicht Elea die Hand. „Ich werde auf mein Zimmer gehen. Wollen Sie auch hineingehen? Sie haben morgen ja noch eine weite Reise vor sich."

Elea steht auf und knickt leicht ein. Sie hält sich an Peter fest und legt ihre Arme um seine Schulter. Dann richtet sie sich kerzengerade auf und fährt mit der Hand durch ihr Haar. „Ja, der Papst. Das wird ein interessanter Tag werden." Sie schaut Peter tief in die Augen. „Sie wollen wirklich nicht mitkommen?"

Lachend erwidert Peter: „Nein danke! Weder morgen noch jetzt gleich!" Er deutet auf die am Horizont aufziehenden Wolken. „Es könnte Sturm geben heute Nacht. Schlafen Sie gut!"

Etwas unsicher geht Elea mit Peter die große Holztreppe hoch zu ihren Zimmern. Peter kann nicht umhin, einen Blick auf ihre Figur zu werfen. Begehrenswert. Und jetzt dieser leicht schaukelnde Gang. So menschlich! Und doch, sie ist die Tochter Gottes!

Mit einem sanften Geräusch schließt sich die Zimmertür hinter Elea, Peter ist mit seinen Gedanken allein im Flur. Er beschließt, noch auf einen Scotch mit dem Hausherrn nach unten zu gehen.

Am nächsten Morgen sitzt Peter mit einem ziemlich schweren Kopf mit Elea am Frühstückstisch. Während sie sich durch die verschiedenen

Marmeladen kostet und eine Toastscheibe nach der anderen schmiert, nippt Peter freudlos an seinem Kaffee.

„Es scheint Ihnen nicht gut zu gehen. Was ist los?" Elea wischt sich die Quittenmarmelade von der Wange. „Haben Sie schlecht geschlafen? Ich kenne Sie so gar nicht."

Peter schüttelt langsam den Kopf. „Eher wenig geschlafen. Ich traf gestern noch zufällig auf Michel, unseren Gastgeber. Ich darf jetzt Michel zu ihm sagen. Das hat allerdings fast eine ganze Flasche Bunnahabhain gedauert. Fünfundzwanzig Jahre alt! Ein echter Genuss. Der Lord ist ein echter Schotte, der einen guten Scotch zu schätzen weiß. Wir haben lange und viel geredet, ich glaube, die Sonne ging schon auf, als ich ins Bett ging. Wissen Sie, Michel und ich, wir waren beide zur gleichen Zeit in Jerusalem, sogar am gleichen Tag zu einem Empfang in der britischen Botschaft. Leider sind wir uns dort nicht begegnet. Aber man kann schon sagen, wir kennen uns schon über zwanzig Jahre. Nur, dass wir uns vorher noch nie gesehen hatten. Jedenfalls, nicht bewusst, meine ich."

Die Tochter Gottes schaut den Kreuzritter fasziniert an. „So wirkt Alkohol also bei Ihnen. Interessant! Ich glaube, Sie sollten sich wieder hinlegen, bevor sie zu viel Verwirrendes aus alten Zeiten erzählen."

Mit leicht geröteten Augen nickt Peter müde. „Das wird wohl das Beste sein. Wann fliegen Sie?"

„Gleich nach dem Frühstück. Der Wagen wartet schon draußen, um mich nach Edinburgh zu bringen. Noch schnell die Kirschmarmelade aus heimischen Gärten, dann bin ich fertig."

Während Elea das silberne Messer tief in die Marmelade tunkt steht Peter langsam auf. Leise und vorsichtig, um kein zu lautes Geräusch zu machen, schiebt er seinen Stuhl wieder an den Tisch zurück. Er geht zur Tür, bleibt noch einmal kurz stehen. „Ich wünsche einen guten Flug. Ich würde ja sagen ,Grüßen Sie den Papst von mir' aber er wird mich kaum kennen. Und das besteht auf Gegenseitigkeit. Und ist besser so!"

Elea verstreicht die Marmelade auf dem Toast. „Ich denke, er wird Sie noch kennen lernen. Und mich erst! Gute Nacht!"

Eleas Audienz beim Papst

Als Peter sich etwas später müde in seine Kissen fallen lässt, ist Elea bereits auf dem Weg nach Edinburgh. Der Privatflieger der Lordschaft wartet auf sie. Es sind acht Stunden Flug, aber die Tochter Gottes nimmt dieses Mal keine ‚Abkürzung‘. Sie genießt es, wirklich ‚Zeit zu haben‘ und blättert in ihren Notizen und ein paar Modezeitschriften. Nachdem sie mehrere Varianten durchprobiert hat, entscheidet sie sich für die Landung für ein Businessoutfit in schwarz, Jacke und lange Hose.

Am Flughafen wartet bereits der Chauffeur auf sie und bringt sie direkt zum päpstlichen Palast. Kurz vor der Schranke lässt Elea den Fahrer halten und steigt aus. „Ab hier gehe ich allein weiter. Warten Sie bitte auf mich, in bin in einer Stunde zurück. Und buchen Sie mir ein Hotel. Etwas Besonderes. Mit Blick auf den Fluss, oder so.“

Mit wenigen Schritten ist sie vor der Wache. Als der Wachhabende die Augenbrauen hochzieht, antwortet sie kurz: „Ich möchte zum Papst.“

Mit unbewegter Miene antwortet ihr Gegenüber: „Haben Sie einen Termin? Darf ich Ihre Einladung sehen?“

Hierauf ist Elea natürlich vorbereitet. Sie holt ein auf dem Flug von ihr kreiertes Schriftstück aus der kleinen schwarzen Aktentasche. Die Wache mustert es lange, dann lässt sie Elea passieren. Auf der anderen Seite des Schlagbaumes wird sie von einer weiteren Wache über den Vorplatz zum Palast geführt. Dort wird sie einer weiteren Wache anvertraut, die sie in den Palast begleitet.

Mit wehendem Gewand eilt den beiden im Flur ein Geistlicher entgegen. Er bleibt vor Elea und ihrer Begleitung stehen und bedeutet dieser mit einer Kopfbewegung, beide allein zu lassen. Während die innere Palastwache auf ihren Posten zurückkehrt, faltet der Geistliche seine Hände vor der Brust und senkt leicht den Kopf.

„Es tut mir leid, da muss ein Missverständnis vorliegen.“ Er hält die Einladung hoch. „Seine Exzellenz, der Papst, empfängt heute niemanden mehr. Und er kann sich auch gar nicht daran erinnern, eine Verabredung mit Ihnen getroffen zu haben, Frau …“ Er schaut noch mal auf das Schriftstück. „… Frau Filjadei.“

„Sie sprechen das falsch aus. Es heißt Filia Dei. Tochter Gottes. Aber das muss ich Ihnen doch wohl nicht sagen? Drehen Sie bitte auf ihren schönen Krokodillederschuhen um und sagen Sie ihm, dass ich hier bin. Und ich habe wenig Zeit und bin hungrig.“

„Ich verstehe nicht recht, Frau Filiadei. Sie wollen doch nicht sagen, Sie wären die Tochter Gottes? Und eben mal hier vorbeigekommen, um mit dem Papst ein Pläuschchen zu halten? Und wo ist Ihr Bruder, Jesus? Ach ja, der ist ja vor zweitausend Jahren verloren gegangen.“

Wut kocht in Elea hoch. Er macht sich über ihren Bruder lustig! „Bleiben Sie hier, ich gehe selbst!“ sagt sie laut. Der Geistliche bleibt wie versteinert stehen. Ungläubig schaut er Elea an. Er kann sich nicht mehr regen.

„Wo ist er?“ herrscht Elea ihn an. Für einen kurzen Moment verschwindet die Starre in seiner Zunge, er sagt: „Unten, in der Bibliothek.“ Dann legt sich eine bleierne Schwere auf ihn. Der Mann bleibt allein und steif zurück, nur seine Gedanken springen hin und her, während Elea sich auf den Weg in den Keller macht.

Am liebsten würde die Tochter Gottes sich den Papst herbeiholen, einer Gehirnwäsche unterziehen und die Sache hier und jetzt beenden. Aber da ist ja die Sache mit dem freien Willen. Sie wird all ihre Überzeugungskraft daransetzen, ihn zur Vernunft und zurück zum Glauben zu bringen.

Nachdem sie ergebnislos ein paar Türen aufgestoßen hat gelangt sie an eine Doppelflügeltür mit der Aufschrift EINTRITT VERBOTEN. Da muss es sein! Sie klopft freundlich, öffnet dann leise die Tür, als sie keine Antwort erhält.

„Was?!“, tönt es aus dem Raum. „Ich will nicht gestört werden!“

Elea hat den Papst offenbar gefunden. Sie späht in den Raum hinein. Es ist eher ein Saal, gefüllt mit Regalen voller Bücher, ein paar alten Holztischen und einem Geruch nach altem Papier. Am anderen Ende des Raumes befindet sich eine kleine Ledersitzgruppe, die von einer Stehlampe erleuchtet wird.

In einem der beiden braunen Sessel sieht Elea den Rücken einer kleinen, hageren Gestalt. Die Stehlampe leuchtet auf den kreisrunden Haaransatz, es sieht aus wie ein umgekehrter Heiligenschein. Ohne sich umzudrehen hebt die Gestalt eine Hand und ruft nach hinten: „Und wenn es wieder dieser Pfarrer ist, der aus Deutschland, dann schmeißen Sie ihn raus. Er gehört nicht mehr zu uns. Das ist endgültig!"

„Pfarrer Jakob?", fragt Elea überrascht.

„Jaaaa!", kommt die Antwort aus dem Ledersessel, die auch überrascht klingt. Die Gestalt steht auf und dreht sich um. „Wer sind Sie denn?"

Noch bevor Elea antworten kann, schreit der Mann mit der Hakennase: „Raus hier! Sie haben hier nichts zu suchen! Raus hier! Oder ich rufe die Wachen!"

„Wie denn?", fragt Elea ganz ruhig, während der Papst sich entsetzt an die Kehle fasst. Sein Atem stockt, er kann nur noch krächzen. Die Tochter Gottes geht langsam auf ihn zu, schaut sich dabei im Saal um. Eine außergewöhnliche Ansammlung alter Bücher und Schriften. Sicherlich mehr als ein Vermögen wert.

„Ich schlage vor, wir fangen noch einmal von vorne an." Mit diesen Worten stupst Elea den Papst zurück auf seinen Stuhl. „Vielleicht an der Stelle, wo Sie mich fragten, wer ich bin. Einverstanden?" Sie setzt sich auf den Ledersessel gegenüber.

Der Papst nickt heftig, ängstlich, untertänig. Langsam kehrt Gefühl in seine Kehle zurück, er reibt sie mit der linken Hand.

„Sie sind also der Papst? Der oberste Kirchenherr? Interessant. Ich bin Elea, die Tochter Gottes. Ihre Chefin, sozusagen." Elea versucht betont cool zu wirken, kann sich aber ein schelmisches Lächeln nicht verkneifen.

Dem Papst entgleitet das Gesicht. Es wechselt von Überraschung zu Angst und dann zu einem breiten, unverschämten Grinsen. „Das kann ich nicht glauben."

„Genau das ist das Problem!" Elea greift nach der Flasche Portwein auf dem Tisch und schüttet sich etwas in eines der Gläser. „Glauben! Die Menschheit hat das Glauben verlernt, den Glauben verloren. Und Sie, Sie sind der oberste Vertreter dieser Glaubensarmen."

Der Papst steht auf und baut sich vor Eleas Sessel auf. „Was glauben Sie, wer Sie sind? Dass Sie einfach hierherkommen und mir einen Vortrag über den Glauben halten wollen?"

Elea stellt ihr Glas auf den Tisch und steht ebenfalls auf. Sie überragt den Papst um einen Kopf. „Das wiederum ist keine Glaubensfrage. Ich glaube nicht, wer ich bin, ich weiß, wer ich bin. Und ich hoffe, Sie wissen das auch!"

Sein Körper strafft sich, er geht leicht auf die Fußspitzen, um größer zu wirken, als der Papst antwortet: „Selbstverständlich weiß ich, wer ich bin. Ich bin Papst Pontifex der 63., der Vertreter Gottes auf der Erde."

„Das meinte ich nicht. Ich frage Sie, ob Sie wissen, wer ich bin." Elea schaut der hageren Gestalt belustigt und gelassen in die Augen.

Der Papst schüttelt verneinend den Kopf. Sein Blutdruck steigt, sein Kopf läuft rot an.

„Aber ich habe es Ihnen doch eben gesagt!" Elea wird ungeduldig. Der dunkle Tisch mit den Flaschen darauf beginnt zu vibrieren, die Gläser klirren leise. Aus den Regalen weiter hinten fallen Bücher auf den Boden.

„Seniora, Sie werden verstehen, dass ich das nicht glauben kann. Die Tochter Gottes?!" Der Vertreter Gottes auf Erden lacht spöttisch. „Wir haben ja noch nicht einmal einen Beweis, dass der Sohn Gottes noch auf Erden wandelt. Und von einer Tochter, liebe Frau, war nie die Rede. Wenn Sie also sonst nichts mehr zu sagen haben, verlassen Sie bitte diesen Raum." Er deute mit einer Hand zurück zur Tür.

„Senior, Sie werden verstehen, dass Sie noch viel zu lernen haben." Und etwas lauter ruft Elea: „Setzen Sie sich!" Der Papst setzt sich abrupt wieder in seinen Sessel.

„Heute früh war ein Pfarrer bei Ihnen. Ja, Pfarrer Jakob. Er hat Ihnen, zum wiederholten Male, Beweise für die Existenz Jesus vorgelegt. Beweise, die Sie und Ihre Organisation schon seit Jahrhunderten ignorieren. Weil Sie gar nicht wollen, dass Jesus gefunden wird, dass er der Menschheit Ohren und Seele öffnet für das, was wichtig ist. Stattdessen beteiligen Sie die Gläubigen an einer scheinheiligen Schnitzeljagd, auf der Suche nach dem verlorenen Gottessohn. Geben Sie es doch endlich zu, dass Sie ihn seit fast zweitausend Jahren von der Bevölkerung abschirmen! Hier unten in Ihrem Verlies kann sie ja keiner hören."

„Ich weiß nicht, woher Sie Ihre Informationen haben, Signora, aber ja. Sie haben Recht." Der Papst gießt sich einen weiteren Portwein ein. „Das Volk wäre gar nicht in der Lage, mit einem lebenden Messias klar zu kommen. Es braucht das Gefühl, dass ihm etwas fehlt. Dass es sich bemühen muss, um Erlösung zu bekommen. Dass es den Beistand Gottes erbeten und erbitten muss, immer wieder neu.

Und, mal ehrlich, dieser Jesus! Inzwischen war er doch etwas … sagen wir mal tüddelig … geworden. So Jemanden hätten wir doch nicht an der Spitze der Kirche dulden können!"

„Also haben Sie ihn tatsächlich an der langen Leine geführt?" Elea steht erbost auf. „Und das geben Sie hier in aller Ruhe zu?" Ihre Stimme klingt drohend.

„Ja, meine Tochter. Und, wie Sie schon sagen, hier unten hört uns keiner. Und nun fordere ich Sie ein letztes Mal auf, zu gehen." Der Papst will aufstehen und Elea zur Tür weisen, aber seine Muskeln versagen. Er bleibt wie gelähmt auf seinem Sessel sitzen. Seine Gedanken überschlagen sich, genau wie die Bücher in den Regalen vor ihm. Es entsteht ein wirres Durcheinander, ein ohrenbetäubendes Getöse, dann ist es mit einem Schlag still. Pontifex sitzt nicht mehr in seinem Sessel, er sitzt in einer dunklen, muffig feuchten Gefängniszelle. Ihm gegenüber sitzt ein Mann, der an einer Flöte schnitzt. Das ist Jesus, das weiß er sofort. Die Tür geht auf und die Wachen führen Jesus aus dem Kerker. Der Beginn der Odyssee.

Der Szene ändert sich, der Papst sieht als stiller Beobachter, wie Jesus in der Wüste mit einem brennenden Dornbusch redet, während sein Esel auf dem von Eiskristallen überzogenen Wüstensand gefrorene Blätter kaut.

Wieder ändert sich die Kulisse, jetzt erlebt der Papst Jesus im Dorf En Gedi, sieht ihn dort leben und arbeiten.

Wie im Traum folgt eine Sequenz auf die nächste, Pontifex ist nur ein Zuschauer der Ereignisse, hat aber das Gefühl, hautnah dabei zu sein. Er ‚erlebt‘ die wichtigsten Ereignisse des Konzils in Nicäa, sieht Jesus über das Wasser gehen, und ‚begleitet‘ ihn an seinem letzten Tag in Münster.

Der Papst wird ‚Zeuge' von Jesus letzter Messe, seinem Besuch in der Eisdiele, dem Zoo und von seiner Himmelfahrt.

Dem Pontifex wird speiübel. Alles um ihn herum dreht sich, kommt dann langsam zur Ruhe und nach ein paar Minuten fühlt er sich wieder in seinem Ledersessel in seiner Bibliothek. Sie sieht aus wie immer, alle Bücher sind an ihrem Platz. Elea hält ihm ein Glas Portwein hin.
„Ich denke, das können Sie jetzt brauchen!"

Sie schüttet sich auch noch ein Glas ein und lehnt sich bequem in ihrem Sessel zurück.

Der Papst greift stumm nickend nach dem Glas. Seine Hand zittert. Er nippt langsam und versucht, das eben Erlebte zu verarbeiten. So sitzt er einige Minuten zwischen zittern und still, bevor er sich an Elea wendet.

„Was erwarten Sie von mir?" Seine Stimme klingt kalt und tonlos.

Elea greift in ihre Aktentasche. „Hier ist eine Liste der Dinge, die ich von Ihnen innerhalb der nächsten Zeit erwarte. Da ist vordringlich die Öffnung aller Archive für mich und meine Mitarbeiter, damit ich mich mit den von Ihnen über Jahrhunderte gesammelten Informationen und Berichten direkt an die Menschen wenden kann. Weiterhin will ich, dass der Tag, an dem Jesus die Erde verlassen hat, zum kirchlichen Feiertag erklärt wird. Und dass Sie ihn als Sohn Gottes anerkennen. Das soll alles bis zum Ende dieses Jahres geschehen sein.

Ach, und dann ist da noch die Erklärung, dass Sie und Ihre Vorgänger absichtlich versäumt haben, die Menschheit über die Anwesenheit und das Wirken Jesus zu unterrichten. Auch das bis zum Jahresende, Sie dürfen es frei formulieren. Dann muss ich nicht dieses Video veröffentlichen." Elea greift in die Aktentasche und zeigt eine Minikamera, die das ganze Treffen aufgezeichnet hat.

Der Papst schwankt zwischen Reue und Demut und Stolz und Wut. Er ist es nicht gewohnt, Befehle erteilt zu bekommen. Auch nicht von dieser Frau da. Von der er sicher ist, dass sie tatsächlich die Schwester Jesus ist. Beide haben sehr viel gemeinsam. Natürlich hatte er Jesus auch schon einmal getroffen, aber inkognito. ‚Man muss seinen Feind kennen!', sagt er immer.

„Und wenn nicht?!", fragt er provokativ. Seine Augen leuchten angriffslustig auf.

„Ach, darüber sollten wir uns keine Gedanken machen." Elea lächelte betont freundlich. „Das Paradies zu erschaffen, das dauerte eine Woche. Um Ihnen die Hölle auf Erden zu machen, brauche ich, sagen wir mal, eine Sekunde?" Elea ist genervt. Freier Wille hin und her, hier muss sie wohl noch etwas Überzeugungsarbeit leisten.

In der nächsten Sekunde schwebt der Papst unvermittelt an der Decke, vor seinem Auge ziehen alle erdenklichen höllischen Qualen vorbei. Einen Atemzug später schwebt er langsam wieder zurück auf seinen Sessel. Elea lächelt zufrieden.

„Natürlich könnte ich Sie zwingen oder alles selbst erledigen, aber wir haben euch Menschen den freien Willen geschenkt. Also lernt, mit ihm umzugehen. Und mit den Konsequenzen." Elea schnippt mit dem Finger und zeigt an die Decke. „Ich denke, wir haben uns verstanden?!"

Der Papst nickt, leise, seine Wut unterdrückend.

„Ich werde demnächst einen Engel schicken, die Unterlagen von dieser Liste hier abzuholen. Bitte bereiten Sie alles vor!" Elea schiebt die Papiere über den Tisch zum Papst hin.

„Es gibt Engel?", fragt der Papst. Sein Interesse an dem Gespräch lebt plötzlich auf.

Elea blickt verzweifelt an die Decke, nickt nur und sagt unhörbar leise: „Was für ein Papst!", dann, wieder laut: „Und da ist noch etwas: Das erste Gebot! Ihr sollt keine anderen Götter neben mir haben! Stolz und Eitelkeit sind Götzen, von denen Sie sich trennen sollten. Sehr schnell!"

Sie packt die Kamera und einige Zettel zurück in die Tasche. „Genug gepredigt, es folgen Taten!" Die Tochter Gottes steht auf, der Papst erhebt sich mühsam ebenfalls.

„Sie brauchen mich nicht hinaus zu begleiten, ich finde den Weg alleine." Elea dreht sich und verlässt grußlos den Raum, aus dem Augenwinkel sieht sie noch, wie der Papst reflexartig seine Hand zum Handkuss ausstreckt. Der goldene Ring an seinem Finger zerplatzt mit einem leisen Knall.

Während Eleas Schritte laut durch die Palastgänge hallen ruft der Papst nach seinem Nuntius. Jetzt ist es Zeit zu Handeln.

Elea genießt Rom

Draußen wartet bereits der Chauffeur auf Elea. Ein leichter Geruch von Moschus kommt Elea entgegen, als der Fahrer die Tür öffnet. Durch die einsetzende Dunkelheit fährt er Elea zu ihrem Hotel. Rom scheint um diese Uhrzeit langsam aus dem Schlaf zu erwachen, die Straßen, die in der Hitze des Mittags leer waren, füllen sich. Die Restaurants öffnen ihre Türen, legen die Sitzkissen auf die Stühle in der Außengastronomie. Es herrscht eine ruhige Beflissenheit. Eine Beleuchtung nach der anderen geht an, Rom wird farbig.

Das Auto fährt durch die engen Straßen, zielstrebig. Der Fahrer redet, ohne aufdringlich zu sein. Er benennt die Sehenswürdigkeiten, an denen sie vorbeifahren, hat zu der einen oder anderen Örtlichkeit eine kleine Geschichte zu erzählen. Sie umrunden zwei Mal die Piazza Venezia, weil er mit dem Aufzählen der Sehenswürdigkeiten nicht rechtzeitig fertig wurde, dann biegen sie in die Via di Santa Eufemia ein.

Nachdem er vor dem Haupteingang gehalten hat, öffnet der Chauffeur Elea die Tür und erklärt: „Ich habe dieses Hotel ausgesucht, weil es einen unvergleichlichen Blick auf das Forum Romanum hat. Auf der Dachterrasse habe ich Ihnen bereits einen Tisch reserviert, mit einer wunderbaren Aussicht. Brauchen Sie mich heute noch, Signora?“

Elea schüttelt verneinend den Kopf. „Ich danke Ihnen. Sie haben da wirklich etwas Wunderschönes ausgesucht, das spüre ich sofort. Und das Abendessen, ja, das war eine besonders gute Idee. Ich bin hungrig. Sehr hungrig. Ich würde Sie sehr gerne dazu einladen, aber das Gespräch mit dem Papst hat mich doch etwas aufgewühlt. Ich möchte lieber allein speisen.“

Kurz durchsucht sie ihre kleine schwarze Aktentasche, dann zieht Elea eine Kreditkarte heraus. „Hier, dies ist für Sie. Gönnen Sie sich und Ihrer Familie etwas. Und grüßen sie den kleinen Filipe. Es wird ihm wieder gut gehen, wenn Sie nach Hause kommen. Er ist gesund.“

Der Chauffeur starrt Elea mit großen Augen an. „Ich verstehe nicht ganz. Woher wissen Sie das. Mit Filipe? Und wieso kennen Sie meine Familie?“ Der Chauffeur dreht die Kreditkarte der Vatikan-Bank hin und her.

Lachend dreht Elea sich um und geht auf die Eingangstür zu. Sie winkt mit der Hand über die Schulter nach hinten und ruft: „Ich habe eben Kontakte!" Dann dreht sie sich noch einmal kurz um und schaut zum Himmel. Ein Blitz zuckt. Elea betritt das Hotel.

Der Portier hinter der modernen Loge begrüßt sie freundlich. „Willkommen im Roma Fori Imperiali, gnädige Frau. Was kann ich für Sie tun?" Nichts Gekünsteltes, keine Floskeln, der Mann meint es wirklich ernst. Elea ist in ihrem Gefühl bestärkt, das richtige Hotel für diese Nacht gefunden zu haben.

„Elea Marquesse of Queensbury! Sie haben eine Reservierung für mich." Elea legt ihren Ausweis auf die Holzplatte der Rezeption.

„Oh ja! Das freut mich, dass Sie den Weg zu uns gefunden haben, geehrte Marquesse. Wir haben auch den Tisch für Sie bereits eingedeckt. Wann wünschen Sie zu speisen?" Freundlich hält der Portier ihr den Zimmerschlüssel hin.

„Am liebsten sofort! Ich habe einen Bärenhunger!" Und, als sie den Blick des Portiers auf die leere Fläche hinter sich bemerkt, ergänzt sie: „Mein Gepäck kommt später. Beim Flug verloren gegangen. Sie kennen das ja."

Der Portier nickt bestätigend, mitfühlend. „Sie haben die Suite 208 in der zweiten Etage. Aber wenn Sie kein Gepäck haben und so hungrig sind, können Sie auch direkt auf die Dachterrasse gehen. Wenn Sie Ihre Zimmernummer nennen, wird der Kellner Sie an Ihren Platz führen. Ich wünsche Ihnen einen guten Appetit und einen sehr angenehmen Aufenthalt."

Als die Tochter Gottes gerade auf das Treppenhaus zu geht, räuspert sich der Portier. Er greift nach hinten zu dem Schlüsselbrett mit den Brieffächern. „Entschuldigen Sie bitte, das hätte ich fast vergessen. Da ist ein Telegramm für Sie."

Elea geht zurück zur Portiersloge. „Wie altmodisch! Und doch irgendwie eindrucksvoll. Vielen Danke!" Sie nimmt den braunen Briefumschlag, den der Portier ihr reicht, und öffnet ihn sofort.

„ALLES UNTER KONTROLLE HIER STOPP LAEUFT PRIMA STOPP ICH HABE IHNEN EINEN TERMIN BEIM OBERSTEN

KREUZRITTER BESORGT STOPP DER IST BEREITS MORGEN MITTAG UM 13 UHR. STOPP ICH HOFFE, SIE KOENNEN DAS EINRICHTEN STOPP GENIESSEN SIE ROM STOPP PETER"

Elea muss lachen. Wozu gibt es Handys? Peter hat doch ihre Nummer. Aber trotzdem, altmodisch, aber irgendwie süß. Sie wendet sich wieder an den Portier. „Das ändert etwas meine Pläne. Ich muss schon morgen weiter. Können Sie mich um 8 Uhr wecken und dem Fahrer Bescheid sagen, dass er mich um 9 Uhr abholt?"

„Kein Problem Signora, wird erledigt." Der Portier macht einen angedeuteten Diener und notiert etwas in seinem Buch. Elea geht die marmornen Treppen hoch bis auf die Dachterrasse.

Ein Schwall warmer Luft empfängt sie, als sie die gläserne Tür öffnet. Es riecht nach warmen Mauersteinen, abgestandener Stadtluft und nach gebratenen Gewürzen. Eine junge Frau in einem schwarz/weiß gestreiften Hosenanzug kommt auf Elea zu. Ihre dicken schwarzen Haare sind zu einem Knoten zusammengebunden und wippen mit jedem Schritt hin und her.

„Ich freu mich, Sie hier begrüßen zu dürfen, Signora. Darf ich Ihnen den Tisch dort vorne mit Blick auf das Forum Romanum empfehlen?" Die Kellnerin deutet nach rechts zu dem einem Tisch an der steinernen Mauer. Ihre Augen bleiben allerdings auf Elea gerichtet, ein intensiver Blick, so als wolle sie tief in Eleas Augen etwas ergründen. Elea nimmt den Blick auf und öffnet sich für den Bruchteil einer Sekunde. Die junge Frau erschauert kurz, dann lächelt sie.

„Ja, die Augen sind wirklich der Spiegel der Seele", sagt sie leise. „Ich hatte mir gleich gedacht, dass Sie besonders sind." Sie deutet noch einmal in die Runde und dann zu dem Tisch. Vier Tische sind jeweils mit einem Paar besetzt, an einem weiteren Tisch sitzt eine Gruppe von etwa zehn Personen, offenbar eine Familienfeier. „Ich bringe Sie jetzt zu Ihrem Tisch, und werde mich heute Abend um Ihr leibliches Wohl kümmern. Auch gerne auch noch nach dem Essen. Mein Name ist Luzia."

Die Tochter Gottes ist nun doch etwas verblüfft. Das ist ein Zustand, der ihr so gar nicht angenehm ist. Sie ist auf die Erde gekommen, um den Menschen das Wort Gottes begreiflich zu machen, um sie zu ihrem

154

Inneren zu führen. Und da ist, nach Peter, schon wieder jemand, der sie überrascht. Sie wird mit der Zeit einfach doch zu menschlich.

Während sie sich auf ihren Platz setzt, überlegt Elea, ob gerade das der Grund ist, aus dem ihr Bruder gescheitert ist. Vielleicht sollte sich doch nicht zu sehr mit den Menschen einlassen? Vielleicht wäre es besser, mehr Distanz zu wahren? Aber andererseits sind da diese vielfältigen Sinne und Genüsse, die sie in einem menschlichen Körper nach langer Zeit wieder erleben kann. Riechen, Schmecken, Fühlen, so ganz anders als das ewige Sein. Und da ist gerade noch etwas ... Die warme Hand, die auf ihrer Schulter liegt. Luzias Hand. Warm und weich. Elea spürt die Lust auf Nähe in sich aufkommen, so wie es am ersten Abend auf der Erde mit Yves gewesen war. Was hatte die Kellnerin nur gemeint mit 'auch nach dem Essen'?

Ela schaut zu Luzia herauf, schaut in ihre tiefen braunen Augen und verfängt sich in diesem Blick. Sie hat das Gefühl, ins Bodenlose zu fallen, aber es ist ein angenehmes Fallen, getragen, warm, sie verspürt den Geruch von Zimt und Honig. Abrupt reißt sie sich wieder los und kehrt in die Gegenwart zurück.

„Bist du ein Engel, Luzia?", fragt Ela spontan.

Die Kellnerin lacht und schüttelt den Kopf, so dass die schwarzen Haare hin und her fliegen. „Oh nein! Das kann man nun wirklich nicht sagen. Im Gegenteil, die, die mich kennen, würden eher sagen, ich habe etwas Teuflisches an mir." Sie bekreuzigt sich rasch und flüchtig, eingeübt. „Aber keine Sorge, das stimmt nicht. Ich lebe nur mein Leben, wie ich es für richtig halte, und nicht so, wie die Anderen es von mir erwarten. Wie heißt du?"

„Elea!", antwortet die Tochter Gottes überrascht von dieser plumpen Frage.

Luzia nimmt ihre Hand von Eleas Schulter und holt Bestellzettel und Stift aus ihrer Gürteltasche. „Meine schöne Elea, was möchtest du essen? Ich glaube nicht, dass ich dir die Speisekarte bringen muss, oder?"

Elea schüttelt den Kopf. „Nein, ich weiß, was ich will. Weißt du es auch?" Sie schaut erwartungsvoll und amüsiert zu Luzia hoch.

„Lass dich überraschen!" Geheimnisvoll lächelnd steckt die Kellnerin
Block und Stift wieder zurück und streicht Elea über die Schulter. „Ich
bringe dir gleich einen Martini Rosso. Der regt die Geschmacksnerven
an. Vincenzo wird dir in der Küche als Vorspeise einen wunderbaren Salat
zaubern, dazu etwas Schafskäse und ein Balsamico-Dressing, von dem du
heute Nacht noch träumen wirst. Wenn du zum Schlafen kommst!" Mit
einem Augenzwinkern verschwindet Luzia in der Küche.

Elea lehnt sich zurück und schaut über die Brüstung. Von hier hat sie einen
wunderbaren Blick über Rom, das alte Rom und das neue Rom. Die
Ruinen des Forum Romanum fangen die Strahlen der untergehenden
Sonne auf, die Steine nehmen einen leichten Rotton an. Unten auf der
Straße fließt gedämpft der Verkehr des 21. Jahrhunderts. Vereinzelt hört
man Rufe oder Hupen. Vor etwas mehr als zweitausend Jahren hat hier
der damalige römische Kaiser Pontius Pilatus als Statthalter nach
Jerusalem entsandt, den Mann, der der größte Prüfstein für ihren Bruder
werden sollte.

Vor Beginn der heutigen Zeitrechnung war diese Stadt erfüllt mit
Menschen, die nicht einen Hauch einer Ahnung davon hatten, wie es heute
hier aussehen würde. Wie auch? Wer kann schon seine Zukunft
vorhersehen. Außer, man macht sie selbst ...

Elea zuckt aus ihren Gedanken, als Luzia ihr ein Glas Martini auf den
Tisch stellt, nicht, ohne sie dabei auffällig lange mit ihrer Hand zu
berühren.

„Genieße ihn, Elea. Das ist der Anfang eines kulinarischen Abends, den
du so schnell nicht vergessen wirst." Langsam zieht sie ihre Hand zurück,
die Haare auf Eleas Arm stellen sich vor Erregung auf, sie fröstelt leicht.
Luzia flüstert leise: „Das ist der Anfang. Du darfst dich auf den Rest
freuen." Ein Augenzwinkern später schwingt die Tür zur Küche auf und
der Koch bringt einen Teller mit einer Caprese. Während er ihn stilvoll
vor Elea platziert verschwindet Luzia kurz aus Eleas Blickfeld und kommt
kurz darauf mit einer Flasche Wein zurück. „Ein leichter Weißwein aus
meiner Heimat, Spanien. Er passt hervorragend zur Caprese."

„Ich dachte, du bist Italienerin?!" Genussvoll nippt Elea an ihrem Martini
und schaut Luzia fragend an.

„Dachtest du. Es ist nicht immer so, wie es scheint! Mein Vater ist aus Jerusalem, meine Mutter aus Palermo. Irgendwie sind sie in Madrid sesshaft geworden. Dort bin ich geboren und habe Informatik studiert. Auf einer Urlausreise bin ich vor vier Jahren hier gewesen und dann hier gestrandet, der Liebe wegen. Lange Geschichte. Lass dir den Salat schmecken!" Mit einem leisen ‚Plopp' entkorkt Luzia den Wein und gießt Elea ein, dann faltet sie ihre Hände auf dem Rücken und tritt zwei Schritte vom Tisch zurück. „Ich hoffe, es ist zu deiner Zufriedenheit. Ich werde jetzt Vincenzo in der Küche zur Hand gehen. Wir sehen uns später."

Die Kellnerin geht langsam rückwärts, bis sie sich umdreht und mit dem Koch zurück in die Küche geht. Elea nimmt das Besteck auf und genießt den Geschmack von reifen Tomaten mit Mozzarella, Basilikum und Balsamico.

Luzia und der Koch geben sich wirklich sehr viel Mühe, Elea einen kulinarisch genussvollen Abend zu bereiten. Der Caprese folgen Tramezzini, kleine belegte Weißbrotscheiben, gefüllte Oliven, Spagetti Pommodore. Jede Speise wird von einem anderen Wein begleitet. Nach dem sehr schmackhaften Fischgericht ´Filetti di Baccala´ bildet ein Teller feinster italienischer Käsespezialitäten den krönenden Abschluss.

Gerade als Elea das letzte Stück Bel Paese in ihren Mund schieben will, greift jemand nach ihrer Hand. Es ist Luzia, die unerwartet neben Elea steht. Sie hält Eleas Hans freundlich, aber bestimmt fest. "Bei uns ist es üblich, den letzten Bissen mit Jemandem, der einem sehr wichtig ist, zu teilen. Das bringt Glück und macht die Götter wohlgesonnen. Teilst du mit mir, Elea?"

Ein verführerisches Lächeln umspielt das Gesicht der Kellnerin, die Tochter Gottes ist … überrascht. Wieder einmal heute. Sie schaut fragend zu Luzia hoch, lässt aber ihre Hand widerstandslos von Luzia zu deren Mund führen. Mit der Zunge zieht Luzia das Stück Käse von der Gabel, lässt es genussvoll im halb geöffneten Mund liegen, bevor sie es langsam kauend verzehrt. Mit dem Handrücken wischt Luzia langsam und genussvoll ihren Mund ab und schaut Elea auffordernd an.

"Möchtest du noch einen Nachtisch? Ein Gelati vielleicht? Oder gehen wir gleich auf dein Zimmer?"

Elea Augen weiten sich vor Schreck, Röte schießt ihr ins Gesicht. Was soll denn diese unverschämte Frage? Und nebenbei, was sind das denn für körperliche Reaktionen? Wie kommen die Menschen nur mit so einem unerwarteten Überschwung an Gefühlen klar?

Zwei, drei Sekunden sitzt Elea wie versteinert da. Ihre Gedanken rasen. Mensch zu sein ist doch ganz anders, als sie geplant hatte. Sie muss Acht geben, dass sie nicht zu menschlich wird.

Luzia steht immer noch neben ihr, ihr reizvolles sonnengebräuntes Gesicht scheint langsam an Farbe zu verlieren. Verstört tritt sie einen Schritt zurück und sagt leise: "Verzeihe! Ich dachte, das zwischen dir und mir, das wäre klar. Ich hatte sofort als du durch die Tür kamst, das Gefühl, dass du anders bist als die üblichen Gäste hier. Ich wollte dir nicht zu nahetreten. Entschuldige!"

Eleas Starre hat sich gelöst, sie muss laut lachen. Die wenigen Gäste oben auf der Terrasse über den Dächern Roms drehen sich kurz zu ihr hin, ein tadelnder Blick, dann kümmern sie sich wieder um ihr Essen und ihre Unterhaltungen.

Die Tochter Gottes steht auf, greift nach Luzias Hand und zieht sie sanft zu sich hin. Sie flüstert ihr ins Ohr: "Du hast Recht, ich bin anders als die Anderen. Wir sehen uns in einer halben Stunde in meinem Zimmer. Ich bin gespannt, welche Köstlichkeiten du noch zu bieten hast."

Sie drückt Luzia den Zimmerschlüssel in die Hand mit den Worten: "Den brauche ich nicht, ich komme auch so hinein. Bis gleich!"

Jetzt ist es Luzia, die etwas verwirrt wirkt. Aber sie fasst sich schnell, nimmt den Schlüssel und lässt ihn unauffällig in ihrer Schürze verschwinden. Sie begleitet Elea zur Tür und öffnet sie. Elea bleibt noch einmal stehen, schaut zurück zu ihrem Tisch und auf das wundervolle Panorama, das die Terrasse zu bieten hat. Dann fährt sie sich mit der Hand durch ihr Haar und sagt laut in Richtung des Koches, der gerade aus der Küche tritt: "Es war ein wundervolles Essen. Vielen Dank dafür. Ich habe selten so gut gespeist." Und etwas leiser zu Luzia: "Und selten eine so angenehme Bedienung dabeigehabt. Ich glaube, der Abend wird noch einige Überraschungen für uns bereithalten."

158

“Abend?” Luzia lacht amüsiert und deutet mit der Hand auf den schwarzen Nachthimmel. “Es ist kurz vor Mitternacht!”

“Oh! Wie die Zeit vergeht! Daran muss ich mich noch gewöhnen. Es ist so schön, einmal wieder Zeit zu haben.” Elea lächelt glücklich.

“Ja, das kann ich verstehen”, antwortet Luzia, während Elea langsam durch die Tür geht.

‚Das kannst du nicht! Du weißt nicht, was eine Ewigkeit ist‘, denkt Elea, während sie die Stufen zur Eingangshalle hinuntergeht. Kurz entschlossen geht sie nicht sofort auf ihr Zimmer, sondern geht an dem müde nickenden Portier vorbei hinaus auf die Straße. Etwas Wind ist aufgekommen und hat die laue Stadtluft etwas aufgefrischt.

Elea nimmt ein paar tiefe Atemzüge, dann dreht sie sich um und schlendert langsam zurück in das Hotel. Das wäre der Moment gewesen, eine Zigarette zu rauchen, aber an dieses menschliche Laster hat sie sich nicht gewöhnen können. Das sieht anders aus beim Alkohol. Der macht es erträglicher, mit dem so unbekannten, eingesperrten menschlichen Verstand klar zu kommen. Allerdings vernebelt er auch die ihr gewohnte klare Sicht auf die Fakten. Die Tochter Gottes nimmt sich vor, hier eine Balance zu finden. Vier Jahre Zeit hat sie sich für ihre Aufgabe als Mensch auf Erden gegeben, die will sie nicht im glücklichen Nebel eines Rausches verbringen.

Vier Jahre. Ihr Bruder ist zweitausend Jahre hier gewesen. Vier Jahre dagegen, das sind … 0,002 Prozent. Elea schüttelt verwirrt den Kopf, wie, um ihn frei zu machen. Der Wein hat doch mehr Wirkung hinterlassen, als ihr lieb ist. Morgen, ja morgen wird sie ihr Konzept noch einmal prüfen. Sie hat sich doch zu viel Menschlichkeit zugestanden.

Aber heute Abend, ja, heute Abend, will sie noch einmal ganz Mensch sein. Mit allen Sinnen. Der Gedanke an Luzia treibt ihr ein breites Grinsen auf das Gesicht. Erwartungsvoll geht sie den Flur entlang und die Stufen nach oben zu ihrem Zimmer. Der Portier ist vollends eingenickt und gibt leise brummende Geräusche von sich. Elea geht langsam die Treppen hinauf.

Eine göttliche Liebesnacht

Als Elea vor ihrer Zimmertür ankommt, ist diese leicht geöffnet. Offenbar hat Luzia sofort Feierabend gemacht und ihr Zimmer aufgesucht. Schade, Elea hätte als Überraschung den Raum gerne noch etwas vorbereitet, so wie vor ein paar Tagen für Yves. Sie hatte heute an eine Wüstenlandschaft gedacht, darin eine Oase mit Palmen, Kamelen, frischen Datteln und anderen orientalischen Köstlichkeiten. Nun, ein normales Hotelzimmer wird sicherlich auch ausreichen, um den Abend angenehm ausklingen zu lassen.

Luzia, eine Frau! Bei dem Gedanken daran bekommt Elea vor Aufregung eine Gänsehaut. Diese Erfahrung hat sie noch nie gemacht. Dann lächelt sie zufrieden in sich hinein. Die Menschen sind ihr wirklich gut gelungen. Diese Flut an Gefühlen, die sie entwickelt haben, sie haben ihre Ressourcen genutzt und wirklich viel daraus gemacht im Laufe der Jahrhunderte.

Nur, leider, haben sie dabei den Glauben verloren. Deswegen ist Elea hier, das darf sie nicht vergessen. Aber ein wenig Zerstreuung muss zwischendurch auch sein! Langsam öffnet Elea die Tür und schaut in das Zimmer.

Das Licht ist gedämpft, es liegt ein Geruch von Moschus und Weihrauch in der Luft. Auf einem kleinen Tisch neben dem Bett stehen mehrere kleine Karaffen und eine Schale mit Datteln und Weintrauben, auf dem Bett liegen mehrere sandfarbene Wolldecken, und mitten auf diesen Wolldecken liegt Luzia. Sie hat sich in ein seidenes Tuch gehüllt, das fast ganz schwarz ist, nur ein paar helle Punkte sind zu sehen, offenbar symbolisieren sie den Sternenhimmel.

Luzia hebt den Kopf, als sie Elea eintreten hört, ihr langes schwarzes Haar verhüllt den Mond auf der Decke. Langsam kriecht ihr sonnengebräunter rechter Arm unter der Decke hervor, zeigte auf Elea und krümmt dann den Zeigefinger. „Komm zu mir!“, flüstert sie. „Die Nacht fängt gerade erst an. Mond und Sterne warten auf dich, und dann ist da noch ein besonderes Geschenk, ganz in Seide verpackt.“

Elea ist begeistert von dem Bild vor ihren Augen. Es ist nicht die Wüstenlandschaft, die sie kreieren wollte, aber gerade das Improvisierte, Unvollkommene hat einen besonderen Reiz. Und diese junge Frau mit ihren schönen Gesichtszügen und dem langen, schwarzen Haar, erst recht. Langsam geht sie auf das Bett zu und setzt sich auf die Kante.

Luzia greift Eleas rechte Hand und zieht sie langsam unter die Seidendecke. Sie führt Elea Hand an ihrem Körper entlang, lässt sie langsam ihre warmen Brüste umkosen, fährt über ihre Lippen und dann hinunter zwischen ihre Beine.

Elea zieht ihre Hand vorsichtig zurück, Luzia lässt dies mit einer fragend hochgezogenen Augenbraue geschehen. Neugierig beobachtet sie Elea, die sich nach und nach auszieht, wobei sie jedes Kleidungsstück langsam zusammenfaltet und alles gestapelt auf den Stuhl legt.

Luzia mustert aus der kurzen Entfernung Eleas wohlgeformten Körper im schummerigen Licht des Zimmers. Dann haucht sie leise: „So, wie Gott dich erschaffen hat. Nackt und wunderschön." Sie streckt der Tochter Gottes beide Arme entgegen. Elea verkneift sich eine Entgegnung und legt sich ins Bett, kriecht langsam in Luzias Arme und lässt sich von ihnen umschlingen.

Sanft streicheln sich beide Frauen und atmen die Nähe der Anderen. Elea gibt sich ganz und gar Luzias Begehren hin, genießt die ungeahnten Freuden einer Liebesnacht, in der sie nicht den Ton angibt sondern einfach nur genießt. Sogar, als Luzia ihr die Hände an das Bettgestell fesselt, lässt sie dies willenlos geschehen. Sie gibt sich voll und ganz der Sinnlichkeit, der Erotik dieser Nacht hin. Als der Morgen schon graut, schlafen beide ein, berauscht von der Sinnlichkeit, die sie sich gegenseitig geschenkt haben.

Der Morgen danach

Als am nächsten Morgen um 8 Uhr der Wecker klingelt, greift Elea nach dem Hörer. Der Portier wünscht ihr freundlich einen guten Morgen und fragt, ob er ihr das Frühstück auf das Zimmer bringen lassen soll. Die Tochter Gottes lehnt dankend ab. Heute Morgen ist ihr irgendwie nicht nach Essen. Sie greift mit der linken Hand auf die andere Bettseite. Leer! Natürlich! Irgendwie hatte sie das kommen sehen. Eher befürchtet. Sie reibt mit der Hand ihre Augen, schiebt mit den Fingern die Haare nach hinten und schaut sich im Zimmer um. Irgendwo wird sicherlich wieder ein Zettel liegen, genau wie bei Claudio. Sie schaut sich um.

Da ist er, auf dem Stapel mit ihrer Kleidung. Langsam steigt Elea aus dem Bett und wankt unsicher zu dem weißen Stück Papier. Sie nimmt es hoch und hält es ins Licht. Da stehen nur zwei Worte: „Schlafmütze! Balkon!" und ein Smiley.

Elea schaut nach links. Tatsächlich, das Zimmer hat einen Balkon. Der war ihr gestern gar nicht aufgefallen, als sie das Zimmer betreten hatte. Es war ja auch schon dunkel gewesen, nur von ein paar Kerzen beleuchtet. Und sie hatte Wichtigeres zu tun gehabt, als auf die Einrichtung zu achten. Elea zieht sich schnell an und geht langsam, vorsichtig zur Balkontür. Sie beginnt, Überraschungen zu lieben.

Mit einem leichten Knack öffnet sich die Tür auf Eleas Druck hin. Draußen sitzt, an einem perfekt gedeckten Frühstückstisch, Luzia und nippt an einer Tasse Kaffee. Als sie Elea bemerkt, schaut sie ihr tief in die Augen und lächelt glücklich. „Ich hoffe, ich habe dich nicht geweckt, als ich den Tisch gedeckt habe, meine Liebe." Sie steht elegant auf, geht auf Elea zu und umarmt sie herzlich. Elea wird erst steif, dann löst sie sich und streichelt ihr Gegenüber.

„Ich bin glücklich, dich zu sehen." Sie nimmt Luzias Kopf zwischen ihre Hände und küsst sie sanft.

„Was hast du erwartet? Dass ich mich heimlich aus dem Staub mache und nur einen Zettel liegen lasse mit dem Satz: ‚Ich melde mich bei dir'?"

Luzia schaut tief in Eleas Augen, dann zuckt sie zusammen. „Oh entschuldige, ich glaube, dass ist dir wirklich schon geschehen. Das sollte ein Scherz sein!"

Elea nimmt noch einmal Luzias Kopf in ihre Hände, streicht ihr langsam durch das schwarze Haar. Dann antwortet sie: „Ja. Ist noch nicht lange

162

her. Aber das war anders. Und ich war anders. Ich glaube, ich habe ihm Angst gemacht." Nachdenklich lässt sie Luzias Haar los und greift nach einem roten Apfel, in den sie hineinbeißt.

Luzia ist etwas überrascht. Mit fragend hochgezogenen Augenbrauen fragt sie. „Ihm? Einem Mann? Angst? Wie denn?" Als Elea gerade zu einer Antwort ansetzen will, klingelt ein Piepser in Luzias Jackett. Elea merkt erst jetzt, dass die Kellnerin schon wieder ihre Arbeitskleidung trägt. Diese schaut traurig zu Elea, nimmt noch einen Schluck Kaffee und einen Bissen vom Brot, dann sagt sie, noch kauend: „Es tut mir leid, ich habe Dienst. Muss ab acht Uhr oben sein. Die suchen mich bestimmt schon. Und wenn sie erfahren, dass ich die Nacht mit einem Gast verbracht habe, dann kann ich gleich meine Papiere holen."

Schnell stopft sie noch ein Stück Käse in den Mund, dann nimmt sie Eleas Hände in Ihre. „Nicht böse sein! Ich melde mich, sobald meine Schicht vorbei ist. Ich habe deine Nummer aus deinem Handy abgelesen. Versprochen!" Sie küsst die Tochter Gottes innig, dann reißt sie sich los und eilt zur Tür. Sie späht durch den Spalt, der Flur scheint leer zu sein. Sie wirft Elea eine Kusshand zu, haucht leise etwas, das wie ‚ti amor‘ klingt und verschwindet in der nächsten Sekunde im Flur. Zurück bleibt eine etwas verwirrte Gottestochter.

Elea nimmt sich nun doch die Zeit, zu frühstücken und ihren Gedanken nachzugehen. Das Leben als Mensch ist doch komplizierter als sie gedacht hatte.

Pünktlich um neun Uhr klingelt erneut das Telefon, der Portier informiert Elea, dass der Wagen da ist, der sie zum Flughafen bringen wird. Elea bedankt sich und geht langsam hinunter zum Portier.

Als sie nach der Rechnung fragt, erwidert der Portier freundlich, diese sei bereits bezahlt worden. Er überprüft es noch einmal in den Computer, als Elea ihn zweifelnd anschaut. „Ja, doch, da ist es. Zimmer 208, Marquesse, das ist doch richtig, oder?"

Elea nickt. Der Portier scrollt weiter. „Hier! Hat wohl ihr Arbeitgeber bereits bezahlt. Die Zahlung ist online erfolgt von ‚Antenna Dei‘. Dann bleibt mit nur, Ihnen einen schönen Tag zu wünschen, Marquesse. Und beehren Sie uns gerne bald einmal wieder." Der Portier wendet sich vom Computer ab und lächelt dem Chauffeur zu, der auf die beiden zukommt.

Elea lacht kurz auf. Ihr Arbeitgeber! Wirklich eine interessante Interpretation. Antenna Dei! Antenne Gottes. Das ist der Name der Internetplattform und des Fernsehsenders, den Elea für Ihre Mission ausgesucht hatte. Peter hat offenbar ganze Arbeit geleistet und unter diesem Namen schon eine Firma gegründet.

Peter. Der große, starke Kreuzritter. Was wäre geschehen, wenn er mit nach Rom gefahren wäre. Hätte sie die letzte Nacht mit ihm verbracht? Elea schüttelt den Kopf. Sie viele menschliche Ungewissheiten, wie halten diese Wesen das nur aus?

Der Chauffeur räuspert sich. Elea blickt ihn freundlich an. „Samuel, nicht wahr?! Freut mich, Sie wiederzusehen. Das Hotel war wirklich eine ganz besonders gute Wahl. Ich bin Ihnen sehr dankbar."

„Signora!" Der Chauffeur versucht, vor Elea auf die Knie zu gehen, aber sie stoppt ihn. „Signora!" setzt er erneut an, diesmal auf Augenhöhe. „**Ich** habe Ihnen zu danken. **Wir** haben Ihnen zu danken. Als ich nach Hause kam, war mein kleiner Junge wieder gesund, wie Sie es gesagt hatten. Keine Spur mehr von dem Fieber. Der Arzt sagte heute Morgen sogar, die Viren wären nicht mehr aufzufinden, er hat es geschafft. Ein Wunder!"

Elea geht mit dem Fahrer langsam nach draußen. „Ein Wunder, sagen Sie? Glauben Sie an Wunder?"

„Signora, aber sicher! Ich glaube an Wunder! Was wäre das Leben ohne Wunder? Das Leben selbst ist ein Wunder!" Seine Augen leuchten voller Glück. Dann bleibt er kurz stehen und tritt etwas näher an seinen Fahrgast heran. Er flüstert. „Und, Signora! Die Scheckkarte, die Sie mir gegeben haben, ich habe damit heute die Arztrechnungen bezahlt. Sie hat gar kein Limit. Ist das richtig so?" Er kramt die Karte aus seiner Brieftasche und hält sie Elea hin. „Das können wir nicht annehmen. Das muss ein Fehler sein."

Elea drückt die Hand mit der Karte von sich. „Behalten Sie sie. Ich weiß schon, was ich tue. Sie ist bei Ihnen in guten Händen. Einem Mann, der an Wunder glaubt!" Sie lächelt kopfschüttelnd. „Es gibt sie also doch noch. Samuel, Sie haben doch bestimmt eine Visitenkarte, oder?"

Er nickt, greift erneut in die Brieftasche und händigt der Tochter Gottes seine Karte aus. Elea wirft einen kurzen Blick darauf, dann steckt sie sie in ihre Aktentasche. „Vielleicht werde ich Sie einmal brauchen. Dann werde ich mich bei Ihnen melden!"

„Sie können sich auf mich verlassen!" Mit einem Schwung öffnet Samuel die Tür und lässt Elea einsteigen. „Zum Flughafen also?" Elea nickt,

164

langsam setzt sich die Limousine in Bewegung. Elea dreht sich um und blickt zurück auf das Hotel. Dort oben irgendwo läuft jetzt Luzia zwischen den Tischen auf und ab und serviert das Frühstück. Ob sie sie wiedersehen wird? Ob sie sie wiedersehen will?

Auf dem Weg zum Flughafen singt der Chauffeur eine Mischung aus Arien und Volksliedern, Elea ermuntert ihn, weiter zu machen. So hat sie Zeit, die Papiere in Ihrer Aktentasche noch einmal durchzusehen und ihren Gedanken nachzuhängen.

Auf dem Flughafen angekommen steuert der Wagen direkt auf das Rollfeld. In etwa zweihundert Metern Entfernung sieht Elea den Privatjet der Kreuzritter stehen. Man wartet bereits auf sie. Aber sie sieht noch mehr.

„Richtung Norden!" ruft sie dem Fahrer zu. „Auf fünf Uhr! Die Maschine der Air-Italia!"

Der Fahrer wendet sofort und fährt in die angegebene Richtung. Auf der Gangway, kurz vor dem Einstieg in die Maschine, werden Magdalena und Jakob auf die schwarze Limousine aufmerksam, die mit hoher Geschwindigkeit auf das Flugzeug zusteuert.

„Terroristen?", fragt Magdalena ängstlich. Jakob zuckt erst nichtwissend die Schultern, dann beginnt er zu lächeln.

„Nein, im Gegenteil!", antwortet er. „Es ist Elea. Sie hat uns wohl erkannt. Lass uns zu ihr heruntergehen." Magdalene stimmt nickend zu und geht gegen den Strom der Menge wieder die Gangway herunter. Trotz aller Proteste der Stewardessen. Als sie unten ankommen sind hält auch schon die Limousine mit quietschenden Reifen. Elea steigt aus. Jakob geht langsam auf sie zu.

„Na, das ist vielleicht eine Überraschung! Wir wollten gerade zurückfliegen, Elea. Wo willst du denn hin?" Jakob schaut auf die Limousine und den Fahrer, der geduldig im Fahrzeug wartet.

„Ach, das ist schön, euch hier zu treffen!" Elea scheint wirklich überwältigt von der Gelegenheit, die beiden noch einmal zu sehen. „Ich hatte gestern ein sehr unerfreuliches Treffen mit dem Papst und bin jetzt auf dem Weg nach Bern, zu den Kreuzrittern. Das ist der letzte Punkt meiner Vorbereitungen, dann lege ich los. Menschheit, ich komme. Holt eure Rosenkränze heraus und beginnt wieder, zu glauben!"

Jakob zieht fragend eine Augenbraue hoch. Magdalene zerrt an seinen Arm. „Sie fliegen gleich los. Wir müssen da hoch." Die deutet auf die

Einstiegsluke und die Gangway, auf der zwei Stewardessen eindringlich winken.

Elea greift in ihre Aktentaschen, hält die Visitenkarte des Chauffeurs hoch und ruft: „Alles in Ordnung. Flughafenpolizei. Zwei Minuten. Wir müssen nur kurz ein paar Fragen klären." Die Stewardessen nicken beruhigt und gehen langsam hinein ins Flugzeug.

„Gut geblufft!" Jakob nickt anerkennend. „Hätte ich der Tochter Gottes gar nicht zugetraut. Elea, was bringt dich hier zu uns?"

„Ich habe euch im Vorbeifahren erkannt und wollte mir die Chance nicht entgehen lassen, euch wenigstens noch einmal zu sehen. Ach, ich hätte so viel zu erzählen. Aber, das ist wirklich komisch, wenn mal Zeit hat, dann scheint es gar nicht genug davon zu geben. Wie kommt ihr nur damit klar? Egal! Ich war beim Papst, habe ihm meine Forderungen dagelassen, und ich glaube, er nimmt die Sache nicht ernst. Passt gut auf euch auf, ihr Beiden!"

Jakob lacht erleichtert. „Das machen wir. Mit der Hakennase bin ich sowieso fertig. Habe ihm meine Priestersachen vor die Füße geworfen. Ich werde jetzt einen ehrenwerten Beruf ausüben. Zusammen mit Anna. Eis verkaufen macht glücklich, weil die Menschen, die Eis kaufen, dann auch glücklich sind."

„Und predigen?" Elea hakt nach. „Hat dich das nicht glücklich gemacht?"

„Natürlich! Aber eben nur der Kontakt mit den Menschen, die das Wort Gottes suchten. Das ganze Drumherum, diese Scheinheiligkeit, das hat mich zu viel Kraft gekostet. Alle wussten, dass dein Bruder Gottes Sohn ist, aber alle hatten nur ihre eigenen Interessen im Auge. Damit ist jetzt Schluss! Jetzt gibt es Vanilleeis! Hausgemacht. Mit Liebe! Das hat mit gefehlt. Liebe!"

Elea nickt. „Ja, das kann ich gut verstehen. Jakob! Vielleicht, eines Tages, werde ich mal einen Priester brauchen. Bist du dann für mich da?"

„Elea, du scherzt?" Jakob schaut sie fragend an, dann lächelt er entspannt. „Ich bin immer für dich da. Wie du für mich. So sollte es sein. So ist es und so bleibt es für immer!"

„Wir müssen jetzt hoch!" Magdalena zieht Jakob erneut am Ärmel.

„Geht nur! Für den Moment ist alles gesagt." Elea deutet die Gangway hinauf. „Ich wünsche euch einen guten Flug. Grüßt mir Münster! Und Pélé!"

Der ehemalige Pfarrer und Magdalena gehen langsam die Gangway hinauf, während Elea wieder in das Auto steigt. Der Fahrer bringt sie langsam zu der wartenden Privatmaschine. Er verabschiedet sich mit einer ehrfürchtigen Verbeugung, während Elea langsam in den kleinen Jet steigt.

Bern, die Kreuzritter

Der Flug verläuft ohne besondere Zwischenfälle, das ständige Brummen der Motoren lässt Elea schläfrig werden. Sie kämpft mit der Müdigkeit und den Erinnerungen an die letzte Nacht mit Luzia. Es war ein Abschied für immer, das ist ihr jetzt klar. Sie muss sich jetzt auf ihre Ziele konzentrieren. Aber ein bisschen Wehmut ist doch vorhanden, ja, sogar so etwas wie Sehnsucht. Im Wechselbad dieser vielen, menschlichen Gefühle verliert die Tochter Gottes den Kampf gegen die Müdigkeit und schläft ein.

Mit einem leichten Hüpfer setzen die Räder der kleinen Privatmaschine auf dem Rollfeld auf, Elea wird wach. Für einen Moment schaut sie sich benommen um, dann erwacht die Göttin in ihr und sie strafft ihren Körper. Der Co-Pilot öffnet die Cockpit-Tür und schaut Elea lächelnd an. Er schiebt die Mütze leicht in den Nacken, so dass ein paar blonde Haarsträhnen nach vorne auf seine Stirn fallen. Mit Zeige- und Mittelfinger der rechten Hand schiebt er sie wieder zurück unter die Mütze.

„Ich hoffe, Sie hatten einen angenehmen Flug?", fragt er, ohne allerdings auf eine Antwort zu warten. Er geht weiter zur Kabinentür und wartet, bis die Maschine ausgerollt ist und in ihrer Parkposition steht. Dann öffnet er mit einem Ruck den Riegel und strahlendes Sonnenlicht ergießt sich in die kleine Kabine. „Draußen wartet ein Wagen auf sie, er bringt sie direkt zum Schloss Thorberg."

Elea nickt dankend und geht die Gangway hinunter. Unten steht bereits eine schwarze Limousine, der Motor läuft, der Chauffeur steht neben dem Wagen und raucht. Als er Elea bemerkt, schnippt er die Zigarette schnell auf das Rollfeld und beeilt sich, um den Wagen herum zu gehen, um Elea die Tür zu öffnen. Sie steigt wortlos ein.

Der Fahrer wirkt freundlich, aber sehr zurückhaltend. Während der Fahrt verliert er kein Wort. Er steuert das Auto mit mäßiger Geschwindigkeit über die Autobahn Richtung Norden, verlässt diese aber bald darauf. Auf kleinen Nebenstraßen geht die Fahrt weiter, vorbei an sanften Hügeln, Wäldern und Weinbergen. Nach etwas mehr als einer halben Stunde schweigsamer Fahrt, als er auf eine Kreuzung zu fährt, schaut der Fahrer in den Rückspiegel. „Wir sind gleich da, gnädige Frau. Vor uns, hinter

den Bäumen versteckt, liegt Schloss Thorberg. Man erwartet sie dort
bereits."

„Gewiss!" Elea lächelt schelmisch. „Sonst wäre ich nicht in ihr Auto
gestiegen."

Nun sieht sie auch den Fahrer lächeln, das erste Mal, während dieser
kurzen Fahrt.

„Entschuldigen Sie bitte", sagt er, „aber ich hatte Anweisung, mich
während der Fahrt nicht mit ihnen zu unterhalten. Manchmal sind die
Herren etwas merkwürdig."

Elea nickt verständnisvoll. „Das habe ich auch gehört. Ich werde mir
gleich einen Eindruck verschaffen."

Als der am Wagen langsam den Hügel hinauffährt, öffnet sich der Blick
auf eine Burg, deren Ursprünge in das späte Mittelalter zurückreichen.
Man sieht ihr an, dass sie im Laufe der Jahrhunderte in verschiedenen
Händen gewesen ist und ständig umgebaut wurde. Viele Epochen haben
ihr ihren Stempel aufgedrückt.

„Auf jeden Fall ein imposanter Anblick", murmelt Elea vor sich hin. „Die
Herren Kreuzritter scheinen über einen gesegneten Finanzhaushalt zu
verfügen."

Der Fahrer schaut zu Elea in den Rückspiegel und zuckte nur die
Schultern. Dann hält er den Wagen direkt vor dem großen Portal. Elea
steigt aus und schaut sich um. Die gesamte Vorfläche des Schlosses ist
mit weißem Kies belegt, unterbrochen von ein paar sehr gepflegten
Blumeninseln. Einige Meter entfernt steht der Oberste Kreuzritter, Jakob
Gerstmann. Kurzes schwarzes Haar, stattliche Figur, teurer Anzug,
Krawattennadel. Ein Mann mit Ausdruck. Er lehnt lässig an einem gelben
Ferrari, eine goldene Breitling glitzert in der Sonne an seinem
Handgelenk, als er mit einem weißen Tuch offenbar einen Flecken auf der
Motorhaube wegpoliert. Er winkt Elea zu, faltet das Poliertuch akkurat
zusammen und legt es in den Wagen. Dann geht er auf Elea zu.

„Ich freue mich, dass Sie den Weg zu uns gefunden haben. Äh,
Marquesse, oder wie soll ich Sie anreden?" In höflichem Abstand bleibt
er vor Elea stehen.

„Sagen Sie Elea, das genügt. Wir wollen heute nicht zu förmlich sein. Wir haben viel zu bereden. Wo können wir uns unterhalten?"

Lachend antwortet der Oberste Kreuzritter: „Oha, das gefällt mir. Sie kommen sofort zur Sache. Keine langen Umwege." Er streckt den Arm aus und deutet auf die Eingangstür eines Nebengebäudes. „Wir erwarten Sie bereits." Elea geht vor ihm den Weg auf das Gebäude zu. Sie hat sich heute für ein ‚Business-Outfit' entschieden, elegante schwarze Hose, weiße Bluse, Jackett, und ist froh, glatte Lederschuhe zu tragen. Der Kiesboden knirscht unter ihren Sohlen, mit Stöckelschuhen hätte sie hier sicher ein unvorteilhaftes Bild abgegeben.

Als sie an der Tür angekommen ist, bleibt sie stehen. Gerstmann öffnet ihr die Tür und lädt sie mit einer Handbewegung ein, einzutreten. Ein breiter Flur, gesäumt mit Ritterrüstungen und an den Wänden hängenden Ölgemälden öffnet sich vor Elea. Es riecht nach Bohnerwachs, sicherlich von dem Fußboden aus tropischem Holz. Elea schaut sich interessiert um, während der Oberste Kreuzritter an ihr vorbei in den Flur tritt.

„Sie gestatten, dass ich vorgehe?" Höflich, wie es sich gehört. Elea nickt.

„Wenn es Sie interessiert, ich gebe Ihnen gerne eine kurze Abhandlung zur Geschichte dieses einmaligen Schlosses. Ulrich von Thorberg erhielt im 14. Jahrhundert vom Kloster Selz die Vogtei Kirchberg übertragen und damit die Verpflichtung, Kirchberg zu befestigen. Er war ein weiser Mann. Im jahrelangen Streit zwischen Freiburg und Bern wurde er von den beiden Städten als Obmann des Schiedsgerichts erkoren.

Durch seine Klugheit und Weitsichtigkeit tat Ulrich dem Lande viel Gutes. Sein Sohn Berchtold allerdings hatte nicht die Weisheit und Kraft seines Vaters und so war er bald in dumme Geschäfte und Schulden verstrickt und musste ein Stück Besitztum ums andere verkaufen. Er folgte eine unruhige Zeit der Kriege und Waffenstillstände. 1397 kam es dann hier zur Gründung eines Klosters.

Die Sage erzählt, dass ein Mann, auf einem sprechenden Esel reitend, hier ein ganzes Jahrhundert lang, Abt gewesen sein und wundersame Dinge vollbracht haben soll. Das Kloster bestand dann bis 1528. Dann wurde es Sitz des bernischen Landvogtes, eines der früheren Obersten Kreuzritter. Er begann mit dem Ausbau zu einer Schlossanlage als repräsentativem

Wohn- und Verwaltungssitz der Schweizer Kreuzritter, und übereignete es unserem Orden für den symbolischen Preis von einer Goldmünze."

„Das war ja wirklich ein Schnäppchen für Sie." Elea wirkt nicht gerade amüsiert.

Unbeirrt fährt Gerstmann fort: „Wir standen hier in der Schweiz damals gerade am Anfang unseres Ordens. Jede Spende war uns recht. Und letztendlich war es ja für einen guten Zweck. Unsere Aufgabe ist es … Ach, ich glaube, dass muss ich Ihnen nicht erzählen."

„Doch, doch! Ich möchte unbedingt Ihre Version hören." Elea schaut ihn herausfordernd an.

Der Oberste Kreuzritter holt tief Luft. „Unsere Aufgabe ist es, zum einen den wirklichen Jesus aus Nazareth zu finden und auf seinen rechtmäßigen Thron zu setzen. Und zum anderen, bis es so weit ist, so viele materielle Güter wie möglich in unserem Orden zu sammeln, um sie ihm bei seiner Krönung zu übergeben."

„Aha!", sagt Elea nur. Sie blickt ihr Gegenüber zweifelnd an. Als er ihrem Blick nicht mehr Stand hält, zeigt er auf eine Tür am Ende des Flures. „Dort entlang bitte. Die Anderen sind bereits da. Wir können gleich anfangen."

Elea folgt dem Schlossherrn in einen großen Saal, darin ein großer, runder Eichentisch, an dem etwa ein Dutzend Leute sitzt. Zwei Frauen davon sind, die anderen Männer. Alle erheben sich, als die beiden eintreten.

Gerstmann ergreift das Wort. „Ordensleute! Darf ich vorstellen, Elea, Marquesse of Queensbury, Tochter Gottes." Die Anwesenden klopfen mit dem Knauf des Dolches, der an jedem Platz liegt, auf den Tisch, der offizielle Willkommensgruß. Auf ein Zeichen ihres Obersten setzen sie sich wieder. Elea nimmt an Gerstmanns Seite Platz. Der wendet sich an sie.

„Wir haben von Ihrem eindrucksvollen Auftritt beim Papst gehört. Wirklich interessant. Und auch ein wenig amüsant, wenn ich das sagen darf. Sie können versichert sein, Elea, dass bei uns solche Überzeugungskünste nicht nötig sind. Wir sind bestens vernetzt und informiert, nicht zuletzt durch Peter, mit dem ich kurz vor Ihrer Ankunft noch telefoniert habe. Ich darf sie ganz herzlich von ihm grüßen. Nun, wir stellen Ihre göttliche Abkunft nicht in Frage. Womit können wir Ihnen behilflich sein?“

Elea ist ein beeindruckt, wie leicht es ihr hier gemacht wird. Sie hatte mit ähnlichen Problemen wie beim Papst gerechnet. Sie greift in ihre Aktentasche.

„Nun, da wir uns hier und heute also nicht mit Überzeugungsarbeit aufhalten müssen, komme ich gleich zur Sache. Ich habe hier eine Liste meiner Forderungen. Einblick in Ihre Buchhaltung, Personalangelegenheiten, und so weiter. Und, das Wichtigste, ich erwarte von Ihnen eine Aufstellung aller Vermögenswerte Ihres Ordens, der beweglichen und der unbeweglichen, sowie der Konten, auf denen Sie ihr Schwarzgeld in Sicherheit vor den Finanzbehörden gebracht haben. Das sollten Sie in ein oder zwei Monaten erledigt haben, zum Jahreswechsel erwarte ich dann die Überschreibung aller Vermögenswerte auf mich.“

Ein Raunen geht durch den Saal. Elea steht auf. „Gibt es da irgendwo Probleme?“

„Ja.“ Zwei Plätze neben ihr hebt ein älterer Mann mit grauem Haar seinen Zeremoniendolch in die Luft. „Ja, da gibt es leider ein Problem. Ich will nicht respektlos sein, aber das können wir nicht.“ Er zuckt hilflos mit der Schulter.

„Und warum nicht?“, fragt die Tochter Gottes gereizt.

Der Mann erhebt wieder Dolch und Stimme. „Unsere Ordensregel besagt eindeutig, dass wir unser Vermögen Jesus, dem Sohn Gottes, übergeben sollen. Aber Jesus ist nicht mehr hier. Das steht jetzt ohne Zweifel fest. Und das stellt uns vor Probleme, die in unserer Ordensregel nicht vorgesehen sind. Wir werden darüber beraten müssen.“

Ein zustimmendes Raunen und setzt ein. Die Dolchknäufe werden zur Bestätigung auf den Tisch geklopft. Der Oberste Kreuzritter übernimmt das Wort. „Das ist wahr. Wir haben das Thema bereits vor Ihrer Ankunft angesprochen, Elea. Es ist nicht so einfach, wie es scheinen mag.“

Eleas Handy vibriert. Ein unpassender Moment. Sie schaut auf das Display.

„Miss U" Luzia …

Elea zieht eine Augenbraue hoch. Darauf hat sie jetzt so gar keine Lust. Sie will sich später Gedanken machen, ob sie antworten will. Gerade als Elea das Handy wieder zurück in die Aktentasche stecken will, brummt es erneut.

„Wo bist du?"

Elea tippt, die Anwesenden unterbrechen kurz ihre Gespräche.

„Bern"

„Und dann?"

„Schottland"

„Schade"

Elea überlegt kurz, ist sich bewusst, dass in diesem Moment alle Augen der Kreuzritter auf sie gerichtet sind. Sie schreibt trotzdem unbeirrt ihre Textmitteilung:

„Muss dir was sagen. Kommst du?"

„Wohin?"

„Schottland"

Eine kurze Pause entsteht, unendliche vier Sekunden lang.

„Ja"

„Ich schicke dir die Adresse, warte." Elea tippt ruhig die Adresse des Schlosses in das Display, dann wendet sie sich wieder an die wartende Tischrunde.

„Meine Damen und Herren! Ich denke, dann war das alles für heute. Selbstverständlich habe ich hier und jetzt von Ihnen keine Wunder erwartet. In diesen Papieren habe ich notiert, was ich von Ihnen erwarte.

Der Zeitrahmen ist besprochen. Bitte nehmen Sie Kontakt mit mir auf, wenn Sie sich beraten haben. Aber warten Sie nicht zu lange."

Elea steht auf und verlässt den Raum. Als sie die große, schwere Tür hinter sich geschlossen hat, bleibt sie mit dem Rücken an der Tür stehen. So hatte sie sich das nicht gedacht. Und dann diese SMS von Luzia. Ihre Gefühle wechseln zwischen Wut und Sehnsucht.

Auf der anderen Seite der Tür setzt eine lebhafte Diskussion ein.

„Ihr Auftritt beim Papst wird Folgen haben. Ich habe gehört, er will sie töten lassen."

„Das können wir nicht zulassen."

„Aber sollen wir unser Vermögen abgeben?"

„Wir können ja einen Teil abzweigen."

„Das wird auffallen."

Der Oberste Kreuzritter ergreift das Wort, als Elea schon wieder auf dem Weg zum Flugplatz ist. „Wir haben ja nun etwas Zeit gewonnen. Wir werden unsere Buchhaltung überarbeiten und am Jahresende das dann noch vorhandene Vermögen übergeben. Und wir werden die Tochter Gottes beschützen. So erfüllen wir weiter unsere Aufgabe. Und wer weiß, wozu das am Ende noch gut ist. Ich werde Peter sagen, er soll auf sie Acht geben."

Zustimmendes Gemurmel ertönt, dann ein einstimmiges Klopfen mit den Dolchen.

Rückflug nach Schottland

Auf dem Flug zurück nach Schottland telefoniert Elea mit Peter. Sie berichtet von ihren Erlebnissen in den letzten beiden Tagen. Als sie von dem an der Decke schwebenden Papst berichtet, bricht Peter in lautes Gelächter aus. Er erzählt, dass der Earl sein Castle inzwischen komplett geräumt hat und für die nächsten vier Jahre nach Edinburgh gezogen ist. Viele neue Möbel sind bestellt und werden in den nächsten Tagen eintreffen. Momentan befindet er sich gerade in Bewerbungsgesprächen mit IT-Fachleuten, hat bereits einige Fahrzeuge gekauft, etliche Webadressen und einen Fernsehsender.

Elea ist freudig überrascht, wie viel Peter in den letzten beiden Tagen in Eigenregie schon erledigt hat. Bevor sie die Verbindung beendet, fällt ihr noch etwas ein: „Ach ja, das hätte ich fast vergessen, Peter. Eine Webdesignerin kommt noch dazu. Ich habe sie heute eingestellt. Sie ist auf dem Weg zu Ihnen. Luzia heißt sie. Den Nachnamen kenne ich gar nicht. Alles Weitere besprechen wir, wenn ich angekommen bin."

„Ist in Ordnung. Ich kann mir vorstellen, dass es zwei anstrengende Tage waren. Elea, seien Sie vorsichtig!"

„Vorsichtig? Habe ich einmal probiert. Ist langweilig." Elea lächelt zufrieden und legt auf, dann macht sie es sich in ihrem Sitz bequem. Zwei Minuten später ist sie eingeschlafen. Die Tochter Gottes träumt, von Luzia.

Wäre sie nicht im Land der Träume gewesen, vielleicht hätte Elea wahrgenommen, dass ihr Privatjet über der Nordsee von einer Maschine der British Airways überflogen wurde, in der Luiza saß. Sie hatte direkt nach Eleas SMS ihre Schürze ausgezogen, sich mit einem Kuss von Vincenzo verabschiedet und war ohne weitere Worte aus dem Hotel gegangen.

Ein Taxi hatte sie direkt zum Flughafen gebracht, wo sie glücklicherweise noch einen Direktflug nach Edinburgh bekommen hatte. Während der etwas mehr als drei Stunden Flugzeit fiel auch sie in einen tiefen Schlaf, ihre Träume führten sie jedoch nicht zu Elea, sondern zurück in ihre Kindheit, als sie davon geträumt hatte, einmal Kreuzritterin zu werden.

Fünfhundert Kilometer südwestlich dieser unbemerkten Begegnung genießen Yves und Anna die bretonische Küste rund um ihr neues Haus. Nachdem sie ganz auf altertümliche Weise ihre Inneneinrichtung in Möbelhäusern der Umgebung gekauft haben sitzen sie auf der Terrasse bei einem Kaffee und blicken auf das Meer. Es ist Flut. In zwei Stunden werden die Wellen ihren höchsten Punkt erreicht haben und nur wenige Meter vom Haus entfernt ihren Jahrhunderte alten Kampf gegen die Strandbefestigung aus aufgeschütteten Steinen führen.

Anna blickt in die Ferne, weiter als der Horizont, ist in ihren Gedanken über die Zukunft unterwegs. Yves Augen und Gedanken kreisen um Anna. Eine bewundernswerte Frau, schön obendrein. Aber irgendwie schon vergeben, oder?!

Bei einer guten Tasse Kaffee sitzen in Münster auch Magdalena, Jakob und Pélé in der Eisdiele `Bella Venezia` zusammen und planen die Umgestaltung und Übergabe des Geschäfts. Magdalena träumt von einer kompletten Neudekoration während Jakob gerne alles beim Alten lassen möchte. Annas Vater wiederum ist es egal, wie es mit der Eisdiele weitergehen wird, er träumt davon, seine Tochter wieder zu sehen und seinen Lebensabend am Meer zu verbringen, auch wenn es nicht das italienische Meer ist.

Luzias Ankunft in North Berwick

Während Eleas Flugzeug sanft auf der Landebahn in Edinburgh aufsetzt, ist Luzia bereits an der angegebenen Adresse angekommen. Mit so einem pompösen Anwesen hat sie gar nicht gerechnet, als Elea ihr ihre Adresse gesandt hatte. Hier also wohnt die Frau, mit der sie die letzte Nacht verbracht hat? Bestimmt ist sie eine Baronin oder ähnliches. Nachfahrin eines bekannten Adelsgeschlechtes vielleicht. Aber so hatte sie gar nicht gewirkt. Nicht, wie jemand, der außergewöhnlich oder besonders ist. Nur wahnsinnig attraktiv eben.

Als das Taxi über den knirschenden Kiesweg davonfährt schaut sich Luzia um. Hinter dem Haus herrscht emsiges Treiben, da werden zwei Möbelwagen ausgeladen. Auf dem Parkplatz rechts vom Haus stehen sechs oder sieben Autos, nichts Besonderes. Keine Rolls-Royce oder Jaguar. Bis auf dieses erschlagend protzige Anwesen sieht alles ganz normal aus.

Luzia geht über den Kies auf die doppelseitige Eingangstreppe zu. Die Türen oben stehen offen. Einige Menschen laufen herein und heraus, tragen Koffer oder Pakete. Als sie ihren Fuß auf die erste Stufe setzt, bleibt Luzia vor Schreck stehen. Ihr fällt ein, dass sie gar nicht weiß, wie Elea überhaupt heißt. Nach wem soll sie fragen? Vielleicht arbeitet sie ja auch nur hier? Wer sagt denn, dass ihr das Schloss gehört? Oder ist sie die Frau des Lords? Verheiratet? Ihr Mund wird trocken, ihr Puls schlägt schneller.

Von oben hört sie eine Stimme rufen. „Kann ich Ihnen helfen, Miss? Keine Sorge, die Treppe beißt nicht, sie können ruhig heraufkommen!"

Röte schießt in Luzias Wangen. Jetzt erst bemerkt sie, dass sie wohl schon länger krampfhaft das Treppengeländer festhält und ihr Fuß wie angeklebt auf der ersten Stufe ruht. Dann lächelt sie entspannt und antwortet schlagfertig: „Ja gerne, mein Absatz ist abgebrochen und ich habe Angst, umzufallen, wenn ich weitergehe."

Peter setzt sich, hilfsbereit wie immer, spontan in Bewegung, bleibt dann aber abrupt stehen. „Miss, Sie tragen Turnschuhe!"

„Ich weiß!" Luzia lächelt unschuldig. „Sie haben aber eine tolle Beobachtungsgabe!"

Peter weiß nicht, ob er das als Kompliment nehmen soll oder gerade auf den Arm genommen wird, also antwortet er knapp. „Kreuzritter eben!"

Da läuft es Luzia eiskalt den Rücken herunter. Ein Kreuzritter! Vielleicht, ja vielleicht ist diese Burg ja eine Ordensburg der Kreuzritter? Und Elea? Vielleicht auch eine Kreuzritterin? Dann hat sie mit einer Kreuzritterin geschlafen? Ein weiterer wohliger Schauer rieselt ihr den Rücken hinab.

Von oben fragt Peter erneut: „Kann ich Ihnen helfen, Miss?"

„Ja!", ertönt es jetzt selbstbewusst vom unteren Teil der Treppe. „Ich komme hoch. Ich bin Luzia. Ich glaube, ich werde bereits erwartet."

Peter kontert noch einmal freundlich: „Ach, das ist hier keine Sache des Glaubens. Sie werden bereits erwartet." Er streckt ihr seine Hand entgegen. „Ich heiße Peter."

„Ich bin Luzia!" Sie schüttelt Peters Hand. Obwohl Peter eine stattliche, athletische Figur hat fühlt sich seine Hand doch weich und gepflegt an. Luzia lächelt ihn an. „Tatsächlich, jetzt schüttele ich wirklich und wahrhaftig die Hand eines Kreuzritters. Ich wollte als Kind immer zu den Kreuzrittern, so wie die meisten anderen zur Feuerwehr." Sie schaut sich, immer noch Peters Hand haltend, um, macht mit dem Kopf eine Bewegung, die das ganze Gelände umfassen soll. „Gehört das alles ihnen? Also den Kreuzrittern?"

Peter schüttelt den Kopf und zieht seine Hand aus Luzias Griff. „Nein, wir haben das nur gemietet. Es gehört Lord Douglas. Er war so nett, uns das alles für einige Zeit zur Verfügung zu stellen."
Luzia wirkt ein wenig enttäuscht. Doch keine geheime Feste der Kreuzritter, vor deren Tür sie jetzt steht. „Aber Elea? Elea, ist sie eine von euch?", fragt sie zaghaft.

Peter bricht in ein kurzes Gelächter aus. Dann reißt er sich zusammen und antwortet mit ernster Miene: „Wenn Sie meinen, Elea wäre eine Kreuzritterin, dann ist die Antwort nein. Sie ist eher so etwas wie unsere Chefin. Aber das soll sie Ihnen besser selbst erklären, wenn sie zurück ist." Peter zieht skeptisch eine Augenbraue hoch. „Mich wundert, dass sie Ihnen so wenig erzählt hat und sie trotzdem für unser Projekt eingestellt hat."

„Ach, wissen Sie Peter, ich habe auch noch andere Fähigkeiten. Und ich bin sicher, ich weiß da Sachen von Elea, von denen Sie nur träumen." Sie wirft mit der rechten Hand den langen schwarzen Zopf nach hinten und schaut ihn auffordernd an. „Und nun würde ich gerne eintreten. Vielleicht erzählen Sie mir doch ein bisschen von dem, was Sie so machen, bevor Ihre Chefin kommt. Dann bin ich besser vorbereitet."

Langsam geht Luzia durch die doppelflügelige hölzerne Eingangstür. Peter folgt ihr grinsend. Er murmelt ‚Ihre Chefin‘ leise vor sich hin und erheitert sich mit jeder Wiederholung mehr an diesem Ausdruck. Wen hat die Tochter Gottes da nur eingestellt?

Peter führt Luzia vorbei an der Gemäldegalerie durch den Flur mit Ritterrüstungen aus der Zeit der Belagerung in den Salon.

„Von hier aus haben wir einen wunderbaren Blick auf das Meer, es ist gerade Flut, die Wellen brechen sich an den großen Felsen. Ich liebe das Geräusch."

Peter wartet höflich, bis Luzia Platz genommen hat, dann geht er an die kleine Bar und fragt: „Sicherlich möchten Sie etwas trinken? Der Hausherr hat uns einen wunderbaren Sherry hiergelassen, aber ich empfehle zu dieser Uhrzeit und bei dieser atemberaubenden Aussicht ein Glas Whisky. Der Lord hat auch hier einen ausgezeichneten Geschmack und die Hausbar hat so einigen zu bieten. Darf ich Ihnen ein Glas reinen Malt-Whisky vom Ben Nevis einschütten?"

Als Luzia unschlüssig auf die Bar blickt, fragt Peter eilig: „Oder doch lieber einen Sherry? Oder einen Port? Das ist vielleicht mehr etwas für eine Dame."

Luzia rutscht im Sessel zurück und schlägt bequem die Beine übereinander. Dann schaut sie Peter herausfordernd an. „Sie wissen ja gar nicht, was mir alles gefällt. Ich nehme den Whisky!"

„Gerne." Peter holt zwei bauchige Gläser aus dem Schrank und füllt sie zwei Finger breit mit Whisky. Während er mit den Getränken auf den Tisch zugeht, fragt er: „Und was genau gefällt Ihnen denn? Außer Whisky?"

„Mir gefällt es, genau das zu machen, was ich will. Ich liebe es unkompliziert. Danke!" Luzia nimmt das Glas, schwenkt es vorsichtig in der Hand, zieht das entstehende Bouquet vorsichtig durch die Nase ein, dann hält sie das Glas gegen das Licht der langsam untergehenden Sonne. „Mir gefallen Männer wie Sie, Peter, und ich werde ab jetzt einfach ‚du' sagen. Männer, die mit beiden Beinen fest im Leben stehen und so eine innere Ruhe ausstrahlen. Und mir gefallen Frauen, die genauso sind. Die sind eher selten. Und mir gefällt es, hier bei einem Glas Scotch zu sitzen und über das Meer auf den Sonnenuntergang zu schauen und nicht zu wissen, weshalb ich überhaupt hier bin und was morgen sein wird. Mir gefällt es, ‚jetzt' zu leben, nicht in Erinnerungen oder Gedanken."

Luzia gerät in Erzähllaune, Peter ist ein geduldiger Zuhörer. Schließlich ist er einer der besten Kundschafter der Kreuzritter. Und es ist immer gut, sein Gegenüber richtig einzuschätzen. Während Luzia Peter zum dritten Mal auffordernd das leere Glas hinhält, sinkt draußen die Sonne mehr und mehr auf den Horizont zu. Die orangefarbenen Strahlen treffen auf die Glastüren des Schrankes und tauchen den Salon somit von zwei Seiten in ein unwirkliches, aber angenehmes warmes Licht.

„Ich liebe diesen Moment." Peter deutet mit seinem Glas durch das Panoramafenster auf das Meer. „Die Sonne geht unter!"

„Ich würde eher sagen, die Sonne geht auf!" Luzia lacht und springt aus ihrem Sessel auf. Sie deutet zur Tür. Dort steht Elea in einem weißen Kleid und es scheint, als bade sie im Licht des Sonnenuntergangs. Mit den Fingern der rechten Hand streicht sie ihr Haar nach hinten, es schillert golden. Luzia eilt auf sie zu, umarmt sie und küsst sie hingebungsvoll auf den Mund. Elea erwidert die spontane Begrüßung erst zögerlich, dann aber innig.

Langsam setzt Peter sein Glas auf dem Tisch ab. Er ist mit dem Bild, das sich da vor ihm zeigt, momentan überfordert. Beide scheinen im dunkelorangen Licht der untergehenden Sonne zu verschmelzen. Sind die beiden ein Paar? Die Tochter Gottes und eine … eine Webdesignerin? Eine, die angeblich gar nicht weiß, wer Elea ist.

Langsam erhebt sich der Kreuzritter und geht auf die beiden Frauen zu. „Elea, ich freue mich, dass Sie wieder hier sind. Wie ich gehört habe, haben Sie ja einigen Sand aufgewirbelt. Ich bin gespannt, welche Folgen das haben wird. Nun, unseren Gast brauche ich Ihnen ja nicht vorzustellen, Sie scheinen sich ja sehr gut zu kennen."

„Das kann man sagen! Eine Nacht zählt mehr als tausend Tage. Das sagte meine Großmutter immer." Luzias Wangen glühen. Unklar, ob von der Wirkung des Whiskys oder noch vom Sonnenlicht, das durch das Fenster fällt.

Peter schaut Elea an. Die Tochter Gottes wirkt tatsächlich … etwas verlegen? Das kann Peter sich nun wirklich nicht vorstellen. Elea löst sich langsam aus Luzias Umarmung und streckt Peter die Hand entgegen. „Ich freue mich wirklich, Sie wiederzusehen. Sie haben in den paar Tagen Erstaunliches geschafft."

„Danke, das kann wohl sein. Aber kein Vergleich mit dem, was Sie geschaffen haben. Abgesehen von der Erde, meine ich, und all dem drum herum. Sie haben an einem Tag die Kirche gegen sich aufgebracht und den Orden der Kreuzritter in eine tiefe Glaubens- und Finanzkrise gestürzt. So etwas kann eben nur die Tochter Gottes." Peter lächelt selbstzufrieden. Angel ausgeworfen, ganz unauffällig.

Luzia lässt ihr Glas fallen und starrt Elea und Peter abwechselnd mit großen, ungläubigen Augen an. Fisch am Haken.

„Wollt ihr mich jetzt verarschen? Was soll das Gerede mit ‚Tochter Gottes' und ‚erschaffen'. Wollt ihr mir jetzt einreden, die Kreuzritter hätten die Erde erschaffen, oder was? Ich brauch noch einen!" Energisch deutet sie auf das zerbrochene Glas und dann auf die Hausbar. Peter lächelt selbstzufrieden und schlendert hinüber.

„Was nun?" Luzia blickt Elea mit einem auffordernden Blick in die Augen. Sie bewegt sich keinen Millimeter.

Während Elea noch zwischen Zorn und Mitgefühl schwankt kommt Peter mit einem neuen Glas Scotch und reicht es Luzia. Sie nimmt es, ohne den strengen Blick von Elea zu wenden. Die Spannung zwischen den beiden löst sich erst, als die Tochter Gottes endlich antwortet.

„Ich hatte dir geschrieben, dass ich dir was zu erzählen habe. Komm mit!" Sie hält Luzia ihre Hand hin, die diese nach kurzem Zögern ergreift. Im Bruchteil einer Sekunde sind beide aus dem Salon verschwunden und stehen unten am Strand, die untergehende Sonne leuchtet rot in ihren Augen.

Etwas wackelig steht Luzia da, der plötzliche Ortswechsel war doch etwas zu viel für sie. Trotzdem lässt sie sich nicht aus der Fassung bringen, sie schaut Elea fragend an: „Und?"

Elea stellt sich dicht hinter Luzia, dreht sie sanft in Richtung Sonnenuntergang, deutet auf den roten Feuerball über dem graublauen Meer und sagt leise: „Schau dorthin!" Luzias Blick folgt dem ausgestreckten Arm während Elea sie langsam von hinten umarmt. Ihr Haar riecht wunderbar. Ein Hauch von Vanille.

„Nun?", fragt Luzia noch einmal, aber schon weniger streng, und genießt die warme Umarmung. Sie spürt, wie die Strahlen der Sonne sie angenehm umschließen, aufwärmen, harmonisieren. Sie hat das Gefühl, in die Sonne hineingesogen zu werden und lässt es geschehen. Wie in dem Moment vor dem Einschlafen, wo die Gedanken zu kreisen und zu purzeln beginnen, läuft ein Feuerwerk von Eindrücken in ihrem Kopf ab. Sie sieht, nein, erlebt die Geschichte der Menschheit, das Leben Jesus und seine Himmelfahrt und die Ankunft Eleas auf der Erde, als sei sie selbst dabei gewesen. Als sei sie Teil dieser Geschichte.

„Das bist du." Eleas Stimme flüstert sanft an Luzias linkem Ohr. „Teil dieser Geschichte. Und was mich angeht, ein ganz besonderer Teil."

Das Rauschen der Brandung wird stärker, die mit dem Untergang der Sonne einsetzende Kälte wird spürbar. Der Zauber ist vorbei.

Luzia löst sich aus der Umarmung und dreht sich zu Elea. „Das glaub ich nicht! Das kann ich nicht glauben! Und wenn, dann jetzt nicht. Und wenn, wieso hast du es nicht sofort gesagt? Ich brauche jetzt erst einmal Zeit, das alles zu verarbeiten. Wir sehen uns!" Sie trinkt das Glas, das sie immer noch in ihrer rechten Hand hält, in einem Zug aus, dreht sich auf der Hacke um und geht Richtung Westen davon, den Strand entlang.

Elea schaut ihr nach. Oben vom Panoramafenster des Schlosses blickt Peter auf die Beiden und nippt an seinem Whisky. Elea, diese Frau ist immer für eine Überraschung gut. Und Luzia nicht minder. Die wird er im Auge behalten.

182

Luzia geht auf Distanz

Der Weg ist mühsam, Luzia muss ständig über irgendwelche Felsen klettern und dem Wasser ausweichen, das immer noch am Strand leckt. In ein paar Stunden wird Ebbe sein, und Nacht. Wohin soll sie gehen? Soll sie in das Schloss zurückkehren? Wenn das alles wirklich stimmt? Wenn! Ihr Verstand weigert sich, das anzuerkennen, er ist überfordert mit der Flut an Informationen, die so sehr von dem bisher für wahr Gehaltenen abweichen. Sie braucht einen klaren Kopf! In der Canty Bay zieht sie, einem spontanen Entschluss folgend, Ihre Kleidung aus und lässt sie auf den Sand gleiten. Nicht weit entfern kann sie eine kleine Insel ausmachen, dort will sie jetzt hinschwimmen. Als geübte ‚Wasserratte‘ muss sie das Wasser und die Wellen nicht fürchten.

Nach einer guten halben Stunde erreicht sie abgekämpft die etwa zwei Meilen entfernte kleine Felsinsel Bass Rock. Ein alter Anlegesteg für Boote erleichtert es ihr, aus dem Wasser zu steigen. Sie friert, die Sonne geht unter. Zitternd geht sie die in die Felsen geschlagenen Stufen zum Leuchtturm hinauf. Als auf ihr Klopfen niemand antwortet, öffnet Luzia vorsichtig die Tür. Der Raum ist herrlich warm, das Feuer im Kamin brennt hell und wirft huschende Schatten an die Wand. Auf einem Holzstuhl liegt ein kleines Päckchen, sie geht näher. Es sind Handtücher und ein paar Kleidungsstücke. Darauf liegt ein Zettel: ‚DER LEUCHTTURM IST UNBEWOHNT. MELDE DICH, WENN DU NACHGEDACHT HAST, ELEA‘

Vor Schreck lässt Luzia den Zettel fallen, dann hebt sie ihn schnell wieder auf und liest ihn noch einmal. Wie kann das denn sein? Woher kann Elea gewusst haben, dass sie hierhin schwimmen wird?

‚ICH WUSSTE ES NICHT, BIS JETZT‘ Die Schrift erscheint plötzlich auf dem Zettel. Und dann: ‚MEINE GABE AN EUCH IST DER FREIE WILLE‘

Ungläubig schüttelt Luzia den Kopf. Das ist ja schon fast so, wie in ‚Harry Potter‘, nur, dass das hier echt ist. „Es wird Zeit, sich mit der Wahrheit anzufreunden, altes Haus!", redet Luzia sich selbst Mut zu und greift nach dem Handtuch. Vor dem prasselnden Kamin frottiert sie sich ab, dann geht sie in die kleine Küche, um sich einen Kaffee zu kochen. DER ist leider noch nicht fertig.

Nach einer ausgiebigen Dusche schlüpft Luzia wenig später in den warmen Schlafanzug und setzt sich mit dem Kaffee in ihrer Hand vor den Kamin. Ein paar Scheiben Toast und etwas Käse lagen ebenso wie etwas Obst in der Küche bereit. Luzia genießt das einfache Essen und lässt ihre Gedanken mit den Flammen tanzen. Viele Stunden sitzt sie so da in dem dicken Polstersessel, steckt hin und wieder eine Weintraube in den Mund und legt etwas Feuerholz nach. Ihr ist klar, dass sich ihr Leben, ihre Weltanschauung, ändert wird nach dieser Nacht. Oder ist es nicht schon längst geschehen?

Gegen Mitternacht überfällt Luzia die Müdigkeit, sie räumt ihr Geschirr in die Küche und geht die schmalen gewundenen Stufen hinauf in die erste Etage. Gleich hinter der ersten Holztür, die knarrend den Blick in das Zimmer freigibt, steht ein blau lackiertes Holzbett. Es ist bereits gemacht, ein dickes Daunenkopfkissen lächelt ihr auffordernd entgegen. Elea gleitet unter die Bettdecke und legt sich auf den Rücken. Der Schein des Mondes spiegelt sich in den Wellen und wirft ein tanzendes Muster an die Zimmerdecke. Die Vorhänge wehen leicht im Wind, durch das offene Fenster schleicht das Rauschen der Wellen erst in ihr Zimmer, dann in ihre Träume.

Nur wenige Kilometer entfernt steht die Tochter Gottes am Fenster ihres Schlafzimmers und atmet tief die frische, leicht salzige Seeluft ein. Ihre Gedanken wiegen sich mit den Wellen, ihr Blick schweift zu der Insel in den Wellen, der Wind trägt einen Hauch des Kaminfeuers herüber. Die Menschen verfügen über so viele Sinne, es ist einfach herrlich. Schade nur, dass sie noch gar nicht alle entdeckt haben. Die Unterhaltung mit Peter war sehr hilfreich, sie hat in ihm wirklich einen guten Stellvertreter gefunden. Nur scheint er heute Abend noch etwas reservierter als sonst gewesen zu sein. Sollte das an Luzias Ankunft gelegen haben? Luzia! Morgen werden beide miteinander reden.

Elea gähnt. Dann lächelt sie. Ein wunderbarer Mechanismus. Wenn der Körper zu viel getan hat, wird er müde. Aber er fällt nicht einfach um, sondern hat noch ausreichend Zeit, sich einen Schlafplatz zu suchen. Wirklich gut durchdacht! Die Tochter Gottes genießt die Müdigkeit in ihrem menschlichen Körper und legt sich ins Bett. Sie liebt den Moment zwischen Einschlafen und Wachsein, der ist einfach himmlisch.

Annäherung

Peter blättert bereits im ‚Scotsman‘ als Elea am nächsten Morgen in das Frühstückszimmer kommt. Es riecht lecker nach gebratenem Toast und in der Pfanne gedünsteten Pilzen. Peter scheint guter Laune zu sein, er steht auf und rückt Elea den Stuhl zurück, so dass sie Platz nehmen kann. Während er auf seinen Platz zurückgeht, beginnt er die Unterhaltung.

„Ich hoffe, Sie hatten eine angenehme Nacht. Die Wellen waren etwas unruhig. Man muss das Geräusch schon lieben, um dabei schlafen zu können. Sie schlafen doch, Elea, oder?!“

Die Tochter Gottes lacht. „Ja natürlich! Das sagte ich doch schon. Solange ich diesen menschlichen Körper für meinen Aufenthalt hier nutze, schlafe ich auch. Das heißt, der Körper. Ich bin ja gar nicht wirklich hier, sondern nur ein Teil von mir. Der, der nötig ist, um meine Aufgabe hier zu erfüllen. In diesem Körper, oder besser gesagt, mit diesem Körper. Und ich genieße ihn. Mit allen menschlichen Sinnen.“ Sie zieht leicht die Luft durch die Nase, als eine Angestellte ihr eine Tasse Kaffee an den Tisch bringt.

Der Kreuzritter legt die Zeitung raschelnd zur Seite und greift nach seinem Kaffee. „Sie werden wahrscheinlich ein Boot brauchen, wenn Sie zur Insel hinüberwollen. Ich habe Ihnen die ‚Lucy 2‘ unten am Steg anlegen lassen. Sie können jederzeit ablegen. Ach ja, und Luzias Kleider und Handy wurden am Strand gefunden, ich habe sie an Bord bringen lassen.“

„Wirklich, ‚Lucy 2‘? Ist das kein Witz?“ Elea schaut Peter tief in die Augen. Der weicht aus.

„Nun ja. Eigentlich heißt sie ‚Lucky 2‘. Benannt nach dem Comic-Helden Lucky Luke. Der Skipper erzählte heute Morgen, dass letztes Jahr der Außenbordmotor gebrannt hat, seitdem ist der Buchstabe ‚k‘ verschmort und nicht mehr zu sehen. Von hinten liest man also ‚Lucy‘, am Bug steht aber immer noch ‚Lucky‘.“

„Nette Anekdote! Ja, ich fahre nach dem Frühstück hinüber. Mit der Lucky Lucy zu Luzia.“ Elea feixt. „Für den Rest des Tages habe ich noch Einiges vor. Bitte bleiben Sie in der Nähe!“

Peter nickt stumm und greift wieder nach der Zeitung. Elea schaut auf ihren Teller. Die Köchin hat sich wieder ein paar außergewöhnliche Genüsse einfallen lassen. Eine Freude für die Sinne.

Eine Stunde später fährt Elea mit dem kleinen Fischerboot hinüber zu der Felseninsel. Am Anleger macht sie das Boot fest und geht mit dem Kleiderbündel unter ihrem Arm hoch zum Leuchtturm. Vor der Tür sieht sie Luzia mit einem Kaffee in der Hand sitzen. Als die Elea entdeckt, winkt sie ihr zu. Sie trägt noch ihren Schlafanzug.

Elea setzt sich neben sie und legt das Bündel auf die Bank. „Hier sind deine Sachen." Dann deutet sie auf den Kaffee. „Bekomme ich auch einen?"

„Klar!" Luzia steht auf und geht zwei Schritte Richtung Tür, dann dreht sie um und küsst Elea auf den Mund. „Guten Morgen!" Elea erwidert den Kuss, er fühlt sich warm und wohlig an. Luzia streicht ihr durch das Haar, dann geht sie in die Küche. Kurz darauf kommt sie mit einer Tasse Kaffee zurück und setzt sich dicht neben Elea auf die Bank.

Beide schweigen eine Weile, nippen am Kaffee und genießen den Blick auf die Wellen.

„Ich habe tausend Fragen." Luzia beendet das einträchtige Schweigen.

„Nur zu." Elea fährt mit den Fingern ihrer Hand durch ihr Haar. „Fang an!"

„Du bist wirklich die Tochter Gottes?"

„Ja."

„Und warum bist du hier?"

„Ich möchte, dass die Menschen wieder ihren Glauben finden. Ihr seid auf dem Weg, alles kaputt zu machen, was ihr aufgebaut habt, was ich euch geschenkt habe."

„Den Glauben an Gott? Da oben im Himmel?"

186

„Nein, mein Schatz. Das Bild ist etwas veraltet und kitschig. Den Glauben an die Schöpfung.“

„Aber du hast doch gesagt, du bist seine Tochter. Gibt es ihn nun, oder nicht?“

„Natürlich gibt es ihn. Uns. Die Schöpfung. Aber nicht so, wie du dir das vorstellt. Es ist für dich einfach … unvorstellbar. Nicht erfahrbar. Dafür bist du ein Mensch.“

Luzia schaut ungläubig, nicht zufrieden mit der Antwort.

„Schau mal, Luzia. Etwas, womit du dich auskennst. Technik. Computer. Als Beispiel. Das, was dein Körper mit seinen Sinnen, jedenfalls denen, die ihr kennt, in jeder Sekunde an Informationen aufnimmt, sind umgerechnet etwa elf Milliarden Bit. Sehen, riechen, Temperatur fühlen, Gleichgewicht, Zuhören, etc. Das geschieht alles unbewusst. Das Bewusstsein, das ihr Menschen zum aktiven Denken nutzt, kann pro Sekunde etwa zwanzig Bit erfassen. Zwanzig! Bewusst könnt ihr also nicht einmal euer Dasein komplett erfassen, nur den gerade notwendigen Auszug. Die Schöpfung ist dann noch einmal etwas sehr viel Größeres.“

Elea schaut Luzia tief in die Augen. „Ihr müsst das auch nicht begreifen, das ist gar nicht vorgesehen. Aber ihr könnt es fühlen.“

Luzia nippt an dem Kaffee. Langsam wird ihr klar, was Elea sagen will. Sie schmeckt den Zucker, die Milch, die gebrannten schwarzen Bohnen, die langsam ihre Kehle hinunterfließen. Sie sieht die Wellen, dunkles Wasser, weiße Gischt. Darüber der blaue Himmel. Darin weiße Wolken. Der Wind wird kurzzeitig frisch, die feinen Härchen an ihrem Unterarm stellen sich auf. Sie fröstelt. Riecht das Shampoo aus Elea Haar, dessen Geruch der Wind mitgebracht hat. All das nehmen wir als viel zu selbstverständlich hin. Und quälen uns mit Gedanken an morgen und ‚was wäre wenn‘?

„Gut!“ sagt sie. „Soweit gut.“ Sie stellt den Kaffee weg.

„Warum gibt es Gut und Böse?“

„Dies ist eine bipolare Welt. Hier ist das so. Schwarz und weiß. Heiß und kalt. Oben und unten. Und so weiter. Das haben wir so gewollt.“

„Es gibt Welten, wo das anders ist?“

„Sicherlich.“

„Wie das?“

„Das kannst du nicht verstehen.“

„Tolle Antwort.“

„Das waren deine tausend Fragen?“

„Nein, aber mit den anderen lasse ich mir Zeit. Ich ziehe mich jetzt an. Gibst du mir bitte meine Sachen?“

Elea reicht ihr das Bündel herüber. „Und dann lass uns zum Schloss fahren. Du wirst frühstücken wollen. Mittags weise ich dich in deine Aufgaben ein.“

„Jawohl Chef!“ Luzia salutiert militärisch, grinst freundlich, dann geht sie langsam in den Leuchtturm. Während Elea an die Klippen herantritt um das Tosen des Meeres in sich aufzusaugen duscht Luzia rasch und zieht sich an. Als sie vor die Tür tritt trägt sie ein hellblaues, knielanges Baumwollkleid. Elea nickt ihr anerkennend zu.

„Das war aber nicht bei meinen Sachen.“ Luzia spielt die leicht Entrüstete. „Wo kommt denn das nur her?“ Und bevor Elea antworten kann, setzt sie nach: „Ach lass nur. Mir gefällt es sehr gut.“

„Mir auch. Du siehst wundervoll darin aus.“ Sie greift Luzias Hand und beide gehen den Weg hinunter zum Bootsanleger.

Am Steg angekommen winkt Elea hinüber zum Festland. „Peter steht dort mit dem Fernglas.“

Luzia deutet mit einem Blick auf ihre und Eleas Hand. „Dann wird ihm das aber nicht gefallen.“

Elea zieht fragend eine Augenbraue hoch. „Was meinst du?“

„Wir, allein auf einer Insel, Hand in Hand." Als der Groschen bei der Tochter Gottes immer noch nicht zu fallen scheint, erklärt sie: „Peter ist eifersüchtig."

Elea lässt spontan Luzias Hand los und tritt überrascht einen Schritt zurück. „Das kann doch nicht sein! Er hat doch gar keinen Grund. Peter und ich, wir haben noch nie etwas miteinander gehabt."

„Eben!" Luzia lächelt wissend. „Mit der Gefühlswelt der Menschen kennst du dich wohl noch nicht so gut aus. Na ja, nach erst einer Woche auf der Erde, verständlich."

Kopfschüttelnd steigt Elea auf das kleine blaue Fischerboot, Luzia folgt ihr. Als wäre sie Jahre lang zur See gefahren startet die Tochter Gottes den Dieselmotor und fährt das Boot gekonnt durch die Wellen zum Anleger des Schlosses. Peter wartet bereits auf die beiden. Er fängt das Seil und vertäut das Boot.

„Sie kommen genau zur richtigen Zeit, der Bus mit den Stellenbewerbern ist soeben angekommen." Elegant hilft er Elea auf den Steg und dreht sich abrupt Richtung Schloss, gerade als Luzia ihm ihre Hand entgegenstreckt. „Wir sollten uns vorher besprechen, was genau Ihre Vorstellungen sind, Elea."

„Sie haben einen Bus voller Bewerber hergebracht?" Elea schaut ihn ungläubig an, dann reicht sie Luzia die Hand und hilft ihr hoch auf den Steg.

Stolz antwortet Peter: „Ja, ich habe ein bisschen die Werbetrommel geschlagen. Dies sind die Interessenten aus Edinburgh. Montag kommen noch ein Bus aus Glasgow. Ich wollte die Besten, die wir bekommen können."

„Und womit haben Sie diese Leute angelockt? Mit der schönen Umgebung hier bei der Arbeit?" Die Tochter Gottes deutet auf das Schloss und das Meer.

„Nein, viel besser!" Peter lacht. „Mit Geld. Sie haben ja gesagt, daran soll es nicht scheitern."

„Na ja, mir wäre lieber, sie würden mich wegen ihres Glaubens unterstützen, aber für den Anfang soll Geld erst einmal der Motivator sein. Vielleicht ist das auch ein guter Test, wie weit ich es schaffe, die Menschen zu überzeugen. Und zuerst die in meiner Nähe." Elea nickt zufrieden und geht mit Luzia hinter Peter her die Stahltreppe hinauf zum Schloss. Luzia tuschelt: „Hast du das gesehen? Mit der Hand? Das hat der extra gemacht. Ich sagte doch, der ist eifersüchtig!"

„Und wenn!" Die Tochter Gottes lächelt beschwichtigend. „Wenn er eifersüchtig sein will, ist das sein freier Wille. Er hat immer die Wahl."

Als sie die Tür zum Salon öffnen, schwingt den Dreien ein angenehm würziger Duft entgegen. Ein üppiges Buffet mit kalten und warmen Speisen ist aufgebaut, sanfte Musik swingt aus der Stereoanlage.

„Ach, das wäre doch nicht nötig gewesen. So viel Aufwand für meinen leeren Magen!" Ein ironischer Unterton schwingt in Luzias Stimme mit. Trotzdem nimmt sie Peter herzlich in den Arm. „Darf ich gleich anfangen?"

Etwas überrumpelt antwortet Peter mit einem entschuldigenden Blick auf Elea: „Das war in erster Linie für die Gäste gedacht. Aber ja, natürlich. Sie haben ja noch gar nichts gefrühstückt. Bedienen Sie sich! Sie natürlich auch, Elea. Dass ich da gar nicht dran gedacht habe …"

Die Tochter Gottes streicht Peter langsam über die Schulter, dann lässt sie ihre Hand über seinen Anzugsärmel gleiten. „Ist schon okay. Sie haben das alles sehr gut vorbereitet. Ich bin angenehm überrascht. Wir werden jetzt einen kleinen Happen essen, dann müssen wir über die Rollenverteilung reden. Ich brauche zwei besondere Menschen an meiner Seite. Zwei, die miteinander für mich arbeiten. Ich hoffe, ich habe mich da klar ausgedrückt." Sie schaut beide kurz an. „Und wo bekomme ich jetzt einen Kaffee?"

Etwas verblüfft deutet Peter Richtung Fenster auf den Tisch mit dem Kaffeeautomaten. Hat er jetzt ein Kompliment bekommen oder einen gut verpackten Rüffel? Oder beides? Irritiert schaut er zu, wie die beiden Frauen sich am Buffet bedienen, dann holt auch er sich einen Kaffee. Er stellt sich an das große Fenster und schaut nachdenklich auf das Meer hinaus.

Nachdem sie fast von jeder der kulinarischen Köstlichkeiten etwas probiert hat, stellt sich Elea zu Peter ans Fenster. „Einen wunderbaren Ausblick hat man hier. Ich liebe es, die Kraft der Gezeiten zu sehen, zu hören und zu spüren. Es gibt nur wenige Planeten, wo dessen Kraft und Anmut so ausgewogen sind. Ihr solltet wirklich glücklich sein, hier zu leben. Und dankbar."

„Das sind wir doch!" Luzia tritt zu den beiden. „Aber deswegen müssen wir doch nicht jeden Sonntag in die Kirche gehen und einem verlorenen Jesus nachtrauern. Wir sollten jeden Tag feiern, nicht trauern."

„Und warum tut ihr das dann nicht, ihr Menschen? Ihr lebt jeden Tag mit solcher Vorsicht, als würdet ihr ihn zerstören, wenn ihr zu feste auftretet. Ihr habt so viele Möglichkeiten bekommen, von einigen wisst ihr noch nicht einmal. Nutzt sie, lebt jetzt frei heraus und nicht geduckt vor der möglicherweise nicht so rosigen Zukunft!"

„Tolle Ansprache. Die sollten Sie halten, wenn unser Fernsehsender und unsere Internetseite etabliert sind. Auch wenn ich bezweifle, dass sie allen Menschen bis ins Herz dringen wird." Peter deutet mit der flachen rechten Hand auf sein Herz.

„Wir werden sehen! Ich fange ja gerade erst an." Die Tochter Gottes deutet auf die Sitzgruppe. „Setzt euch bitte, wir müssen reden."

Während Peter und Luzia in den roten Ledersesseln Platz nehmen, bleibt Elea stehen. Als Peter eine Pfeife und Streichhölzer aus seinem Jackett zieht, schüttelt sie missbilligend den Kopf, Peter steckt alles wieder zurück.

„Also", beginnt Elea „die Anfangsarbeit ist gemacht, ich habe die Kirche und die Kreuzritter über ihre Aufgaben informiert. Das britische Königshaus und die Church of England sind auf meiner Seite. Jetzt geht es darum, welche Rolle ihr spielt, wenn ich das Werk meines Bruders auf Erden fortsetze."

Luzia hebt die Hand. „Entschuldige, wenn ich da gleich unterbreche. Aber wieso musst du das Werk deines Bruders fortsetzen. Kannst du nicht einfach was Eigenes machen? Emanzipation und so?"

„Bipolare Welt. Ist das schon so ein Unterschied, ob die Menschen einem Mann oder einer Frau folgen? Oder irgendeinem anderen Wesen? Es ist nicht wichtig, woran ihr glaubt, sondern dass ihr glaubt, dass ihr fühlt. Einen Schritt zurück vom Wissen und wissen Müssen und dann einen zur Seite zum Spüren, Fühlen, Vertrauen, Annehmen."

Die Tochter Gottes geht langsam zum Buffettisch und nimmt einen roten Apfel, in den sie krachend hineinbeißt.

„Aber genau wegen eures Verhaltens führe ich das Werk meines Bruders fort. Er hat in eurer Geschichte so viele Spuren hinterlassen, wenn ihr Augen und Ohren öffnet, werdet ihr erleuchtet werden. Zumindest die, die wirklich wollen."

„Und wenn nicht? Und die Anderen, die nicht wollen? Gibt es eine neue Sintflut oder so?" Luzia drängt auf Antworten.

„Genau!" Elea lächelt und dreht den Apfel in ihrer Hand.

„Wirklich? Eine Sintflut?" Luzia steht entsetzt aus dem Sessel auf.

„Nein!" Die Tochter Gottes beschwichtigt mit einer Handbewegung. „Genau das ist es, was ich meine. Ich erzähle von Vertrauen, du stehst hier mit deiner Schöpferin und willst Gewissheit über die Zukunft haben. Bist du sicher, dass du deiner Aufgabe gewachsen bist?"

Langsam setzt sich Luzia wieder in ihren Sessel, ihr Kopf ist gesenkt, ihre Gedanken überschlagen sich, sie schließt die Augen. Nach ein paar Sekunden öffnet sie sie wieder und hebt abrupt den Kopf. „Ich habe verstanden. Nein, das ist ja auch falsch, ich habe es gefühlt. Ich bin hier, weil ich hier hingehöre und ich werde dir helfen. Von ganzem Herzen gerne."

„Gut, dann ist das geklärt. Peter?"

„Keine Frage, ich habe Sie nicht in Münster getroffen, um Sie in Schottland im Stich zu lassen. Ich glaube, hier warten einige sehr interessante Aufgaben auf mich. Auf uns. Ich bin dabei!"

„Fein! Dann reden wir jetzt über eure Aufgabenverteilung, der Bus wird noch etwas brauchen. Es gibt da eine kleine Verzögerung wegen einer Schafherde. So haben wir genug Zeit, zu reden."

Peter und Luzia schauen sich fragend an, dann nickt Peter verstehend. Eine kleine göttliche Einmischung.

„Nun, ich habe hier etwas vorbereitet." Elea greift unter den Tisch und holt eine Ledermappe hervor. „Es sind eure Verträge und die Beschreibung dessen, was in den nächsten vier Jahren eure Aufgaben sind. Ihr müsst es nicht durchlesen, ich habe es bereits geprüft." Sie feixt. „Peter, Sie sind, grob gesagt, für den Rahmen zuständig. Sie kümmern sich um Material und Menschen. Anschaffung und Einstellung. Und Luzia, dein Job ist es, den Rahmen zu füllen. Verschaffe uns eine noch nie dagewesene Medienpräsenz, flute alle Kanäle und Foren mit unserem Anliegen. Ich möchte, dass die ganze Welt hört, was ich zu sagen habe."

‚Wäre sie nicht die Tochter Gottes', denkt Peter ‚ich würde sie für größenwahnsinnig halten. Etwa so, wie diesen Präsidenten mit dem orangefarbenen Gesicht.'

„Aber bleibt bei den Fakten!" Elea stellt noch einmal klar, dass der freie Wille der Menschen unantastbar ist. Darauf folgt eine halbstündige Besprechung der Details und des weiteren Vorgehens. Als dann der Bus hupend auf den Schlossparkplatz fährt, ist die erste Teamsitzung beendet.

„Als Letztes … Ihr seht, dass das monatliche Gehalt noch nicht eingetragen wurde. Setzt den Betrag ein, den euch eure Arbeit wert ist. Die Kirche und die Kreuzritter verfügen über ausreichende Mittel euch reichlich zu bezahlen."

Sie zieht zwei schwarze Kreditkarten der Vatikan-Bank aus der Mappe und überreicht jedem eine. „Ohne Limit, vier Jahre gültig! Ich freue mich auf vier erfolgreiche Jahre mit euch, mein Geschäftsführer und meine liebe PR-Beraterin."
Luzia und Peter stehen auf und nehmen die Karten dankend entgegen. Während Peter nach draußen geht, um die Gäste zu begrüßen, küsst Luzia Elea sanft auf den Mund. „Sehen wir uns heute Abend?", fragt sie und schaut ihrer Chefin tief in die Augen.

„Mal sehen!" Elea schaut durch das Fenster hinunter auf den Hof. „Es wäre mir lieb, wenn ihr jetzt erst einmal mit eurer Arbeit anfangt."

„Kein Problem, Chef!“ Luzia tippt salutierend an die Stirn. „Dann werde ich mich mal auf mein Zimmer zurückziehen und einen Plan ausarbeiten. Ich habe doch ein Zimmer, oder?“

„Selbstverständlich! Du bist im Nordflügel untergebracht, Schlafzimmer, Bad und ein paar Räume, die du noch gestalten musst. Und du hast einen hervorragenden Blick auf Bass Rock. Kate wird dir den Weg zeigen.“ Sie winkt einer Angestellten, die sofort auf die beiden zugeht. „Kate, zeigen Sie Frau Martinez bitte ihre Zimmer!“

Kate nickt und geht mit Luzia, die sich in der Tür noch einmal kurz zu Elea umblickt, hinaus. Elea steht am Fenster und schaut Peter zu, wie er mit jedem, der aus dem Bus steigt, ein kurzes, persönliches Gespräch führt, bevor er ihn nach oben in den großen Salon schickt.

Alles läuft nach Plan

Die nächsten Tage vergehen wie im Fluge. Das Team wächst innerhalb einer Woche auf 42 Personen an, Informatiker, Historiker, Juristen, Kirchenrechtler, aber auch einen arbeitslosen Taucher, einen TV-Moderator und einen Pfarrer.

Dank der Vermittlung der königlichen Familie fällt es nicht schwer, sich beim Fernsehsender ‚Channel 4' einzukaufen. Der finanziell schwächelnde Sender unterzeichnet gerne einen ausführlichen Sendevertrag gegen Übernahme der bisherigen Verbindlichkeiten und der Gehälter aller Angestellten für vier Jahre.

So strahlt er zunächst als Teil des normalen Programmes bereits Anfang Juni täglich eine erste zweistündige Sendung mit dem Namen ‚Antenna Dei' aus, im Juli ändert ‚Channel 4' seinen Namen in ‚Antenna Dei'.

Für die Gestaltung des Programmes ist Luzia zuständig. Der Sender bringt einen Mix aus Nachrichten, aktueller Musik und Sendungen mit geschichtlichen Inhalten. Hier legt Luzia Wert auf eine Balance zwischen allgemein historischen Inhalten und dem Leben und Schaffen Jesus. Ein weiterer, sehr beliebter Programmpunkt ist ein Ratgeber, der sowohl online als auch über den Sender geschaltet ist. Hier beantwortet Elea Fragen von Zuschauern und kümmert sich um deren Sorgen und Nöte. Es ist ihr wichtig, in Erfahrung zu bringen, was die Menschen gerade bewegt. Nur so kann sie mit ihrer Informationspolitik die richtigen Zielgruppen ansprechen und nachdenklich machen. Nur jemand, der in Frage stellt, sucht neue Antworten.

Peter ist sehr viel auf Reisen. Der Aufbau von ‚Antenna Dei' in Europa ist mit Leichtigkeit zu erledigen, Geld und die Beziehungen der Kreuzritter öffnen hier alle Türen. Er kauft Sendeanstalten, Versammlungsräume und stellt Personal ein. Schwieriger ist es im osteuropäischen Ausland, gerade in den Ländern des muslimischen Glaubens. Hier begnügt er sich damit, Senderechte und Internetportale zu kaufen, auf denen Antenna Dei senden kann. Elea hat eine Einmischung in andere Religionen ausdrücklich untersagt. Sie setzt auf den eigenen Willen eines Jeden, sich die richtigen Informationen zu besorgen und danach zu handeln.

„Das heißt, du hoffst, dass irgendwann ein Muezzin von seinem Gebetsturm aus die Lehren Jesus verkündet?“, hatte der Kreuzritter Elea einmal provokant gefragt.

„Nein, natürlich nicht!“ war ihre Antwort gewesen. „Erstens hoffe ich nie, sondern lasse den Dingen ihren Lauf. Oder ich verändere sie. Und zweitens geht es nicht um die Lehren meines Bruders, sondern um das Wort Gottes. Und das ist in allen Religionen gleich. Zumindest, wenn ihr richtig zuhört.“

Winter in Schottland

Inzwischen ist der Winter in Schottland eingezogen, zwei Wochen vor dem Jahresende. Seit zwei Tagen fällt unermüdlich ein leichter Schnee, ein eisiger Wind weht ihn von der großen Terrasse als feinen Staub über die Klippen ins mehr.

Peter ist vor zwei Wochen von seinen Reisen zurückgekehrt, Luzia arbeitet unermüdlich für Antenna Dei und zeigt sich sehr kreativ bei der Programmgestaltung. Elea genießt ihr Auftritte als Beraterin und Seelentrösterin, verliert sich aber nie in Unwichtigkeiten. Stets bringt sie den Menschen Trost, und natürlich hilfst sie dort auch ein bisschen nach, wo Worte allein nicht ausreichen. Ein bisschen Reichtum hier, etwas Gesundheit dort. Wohldosiert, da ihre Aufgabe ja die Verkündung des Wortes Gottes ist, nicht die Heilung aller Menschen. „Letztendlich würdet ihr gar nicht krank werden, wenn ihr vernünftig mit euch, den Anderen und der Welt umgehen würdet", sagt sie immer.

Antenna Dei hat sich mächtig ins Zeug gelegt und aus vielen bisher nicht zugänglichen Quellen Informationen über das zweitausendjährige Leben Jesus gesammelt. Sogar die Kreuzritter haben ohne weitere Aufforderung ihre Archive für die Recherchen des Senders zur Verfügung gestellt. Nur der Vatikan hüllt sich bislang in Schweigen.

Bisherige Sendepolitik ist, das Maß an Informationen über Jesus Leben portionsweise den Zuschauern zur Verfügung zu stellen. Es gibt zwei Stränge, die sich durch die Sendungen ziehen, einen chronologischen und einen, der die neuesten Entdeckungen vorstellt. Viele Menschen beteiligen sich aktiv an der Suche, durchforsten alte Archive und übersetzen alte Schriften. Für das Jahresende hat Elea die Veröffentlichung der Videos von Jesus „Himmelfahrt" im Mai 2024 in Münster geplant. Ein gewagtes Unterfangen, da die wenigen bisher veröffentlichten Aufzeichnungen bislang immer nur als Fälschungen tituliert wurden. Elea hofft hier auf die Unterstützung der Kirche.

Am Frühstückstisch werden, wie jeden Tag, die weiteren Pläne besprochen.

„Wir könnten einen Schneemann bauen!" Luzia schaut Elea und Peter über den Frühstückstisch hinüber auffordernd an. „So viel Schnee! Das habe ich seit meiner Kindheit nicht mehr gesehen. Habt ihr Lust? Bitte!"

Die beiden schauen sich fragend an, dann springen beide fast gleichzeitig auf und rennen zur Terrassentür. Peter erreicht sie als Erster, hält sie aber für Elea offen, die an ihm vorbeistürmt und sich in den Schnee fallen lässt. Sie genießt das Kribbeln der kleinen Schneekristalle in der Nase und in der Lunge, ein Schauer durchfährt sie, als sich ihre Haare in der Kälte aufstellen und sich eine Gänsehaut bildet.

„Was für ein herrliches Gefühl. Der menschliche Körper ist wirklich ein Kunstwerk. Da haben wir wirklich etwas ganz Besonderes geschaffen." Sie schüttelt sich, die Kälte breitet sich in ihr aus.

Luzia, deren Idee es war, nach draußen zu gehen, steht in der geöffneten Tür und schaut Elea an. „Für mich ist das immer noch irrational. Ich stehe hier am Ende der Welt mit der Tochter Gottes, die sich im Schnee wälzt. Manchmal glaube ich immer noch, ich träume. Und, im Ernst, Elea, dass du das alles hier geschaffen hast, entzieht sich immer noch meiner Vorstellungskraft. Das dauert doch Jahrtausende, Jahrmillionen. Wenn das alles stimmt, was ich gelernt habe. Oder haben die Kreationisten doch Recht, und die Welt ist nur viertausend Jahre alt?"

Die Tochter Gottes setzt sich auf, Luzia geht langsam auf sie zu.

„Das stimmt, meine Liebe. Das entzieht sich deiner Vorstellungskraft. Für dich sind das rückblickend Jahrmillionen, für mich ist das jetzt. Immer. Ich existiere zeitlos. Und die Kreationisten haben nur insoweit Recht, dass es da eine Kraft gibt, die alles lenkt. Zumindest damals geplant hat und hin und wieder einmal eingreift. Das war schon, wie soll ich sagen, komplex, ja!"

Sie nickt selbstzufrieden und greift langsam mit der Hand in den Schnee. „Und weißt du, was mir besonders an dieser Welt gefällt?"

Luzia schüttelt verneinend den Kopf, so dass sie nicht sieht, was da auf sie zugerast kommt.

„Schneebälle!", ruft Elea der weißen Kugel hinterher, die an Luzia Kopf zerplatzt. Und bevor diese ihrer Entrüstung Worte verleihen kann, fliegt sie schon ein nächster Schneeball an, und noch einer und noch einer. Peter hat nur auf diese Gelegenheit gewartet und deckt Luzia mit einem Dutzend Schneebällen ein. Elea findet das nach kurzer Zeit unfair und beginnt, Peter zu bewerfen, dann mischt sich auch Luzia ein. Ein wildes Schneeballwerfen entwickelt sich, bis es Luzia doch zu kalt wird. Sie hebt die Arme und lässt den fertigen Schneeball fallen.

„Stop!", ruft sie. „Ich wollte eigentlich, dass wir uns etwas Warmes anziehen und dann erst hinausgehen. Ich habe noch nicht einmal meinen Kaffee ausgetrunken. Mir ist kalt, ich will rein!"

Die Anderen lassen auch ihre vorbereiteten Schneebälle fallen und gehen auf die Terrassentür zu. Peter klopft den Schnee aus seinem Wollpullover und schüttelt ihn aus den Haaren.

Gerade als Elea hineingehen will kracht neben ihr ein großer Eiszapfen in den Boden, er verfehlt sie nur wenige Zentimeter. Peter schaut reflexartig nach oben, ihm ist, als hätte er dort eine Bewegung wahrgenommen.

„Halb so wild!", sagt Elea. „Hat ja nicht getroffen. Es gibt Universen, da hätte zwischen ihm und mir noch eine Sonne Platz gehabt, so klein sind sie."

Peter schaut noch einmal hoch und dann wieder zu Elea. „Und wenn? Ich meine, könntest du den sterben? Du hast ja einen menschlichen Körper. Könnte man dich töten?"

„Du machst Witze, Peter. Wer sollte das denn wollen?" Die Tochter Gottes geht lachend an Peter vorbei in den Salon. „Und was würde das ändern?"

Peter bleibt noch lange nachdenklich in der Tür stehen. Das waren keine Antworten. Warum weicht sie aus? Als er die Tür hinter sich schließt, laufen plötzlich etwa zwanzig Kinder auf die Terrasse. Sie toben herum und beginnen dann, Schneemänner zu bauen. Eine Frau, offenbar ihre Lehrerin, gibt hin und wieder lautstark Anweisungen.

„Ein paar Kinder aus der St. Andrews Schule in North-Berwick. Sie dürfen heute hier Schneemänner bauen und danach die Zeit in unserem Spielzimmer verbringen, mit Kakao und Kuchen. Ich dachte, so können wir dabei von hier aus zusehen, wie die Schneemänner wachsen."

„Wir haben ein Spielzimmer?" fragt Luzia. „Sei wann denn? Und wo?"

„Seit gerade, ich dachte gerade, das wäre doch eine nette Idee für alle Beteiligten." Die Tochter Gottes schaut die beiden nassen Gestalten an.

„Und seit wann dachtest du das?"

„Ist mir spontan eingefallen."

„Und wieso sind die jetzt schon da? Und … ach, das ist mir jetzt zu kompliziert. Mir ist kalt." Luzia schüttelt sich.

„Mir auch." Die Unterhaltung ist für Elea beendet. Sie geht zur Treppe. „Ich gehe hinauf und ziehe mich um. Und dann essen wir weiter, okay?"

Die beiden anderen nicken und gehen ebenfalls hoch, um sich etwas Trockenes anzuziehen. Während die Angestellten den Tisch neu eindecken fragt Peter Luzia noch auf der Treppe: „Das mit dem Eiszapfen war schon merkwürdig, findest du nicht?"

„Nein, gar nicht!" Sie bleibt abrupt auf der Treppe stehen. „Das war Zufall, oder?"

„Albert Schweitzer hat einmal gesagt: ‚Zufall ist das Pseudonym, das der liebe Gott wählt, wenn er inkognito bleiben will.' Ich bin mir nicht so sicher, ob das wirklich Zufall war."

Luzia hält erschrocken die Hand vor den Mund. „Meinst du, er da oben …" sie deutet zum Himmel „… will Elea töten?"

„Nein, auf gar keinen Fall. Ich habe da jemand Anderen in Verdacht. Aber ich will hier auch keine Pferde scheu machen. Mir war nur so, als hätte ich da oben auf dem Dach Jemanden gesehen."

Luzia macht noch keine Anstalten, weiter zu gehen. Sie überlegt, dann legt sie ihre Hand auf den Arm des Kreuzritters. „Da war noch etwas. Als du unterwegs warst. Sogar zwei Sachen. Einmal dieser Beinahe-Tauchunfall, als Elea mit Jean-Jacques vor der Küste Edinburghs tauchen war. Sie wollten die Gegend um die Insel Inchkeith erkunden. J.J. hat geschworen, dass er alle Tauchflaschen vorher aufgefüllt und noch einmal geprüft hatte, aber als Elea tauchte, war ihre Flasche innerhalb von drei Minuten leer. Keiner konnte sich das erklären. Aber das war für Elea kein

Problem. Sie hat dann, wie sie sagte, ‚die Flasche eben selbst nachgefüllt‘.“

Peter schaut nachdenklich. „Davon höre ich jetzt zum ersten Mal. Und was war noch?“

„Ach, das war auch nur so ein dummer Zufall. Sie hat mit hinterher davon erzählt. Elea war auf einem Markt in Culloden, in der Nähe von Inverness, zu einer Wohltätigkeitsveranstaltung. Dort wurden auch die besten Highland-Cattle ausgestellt und prämiiert. Du weißt, die zotteligen Kuhtiere. Während sie auf der Bühne stand, ist wohl die ganze Herde durchgedreht, aus dem Gehege ausgebrochen und auf die Bühne zu gerannt. Wie durch ein Wunder ist niemand verletzt worden.“

„Wie durch ein Wunder …“ murmelt Peter vor sich hin. „Ich werde nachher noch ein paar Telefonate führen müssen. Ich halte dich auf dem Laufenden. Aber kein Wort zu Elea, verstanden?“

Luzia nickt stumm als Elea von oben herunterruft: „Seid ihr an der Treppe festgewachsen? Ich habe Hunger!“ Sie geht langsam an den Beiden vorbei, die sich still anschauen. „Beeilt euch, ich warte unten.“ Auf dem Treppenabsatz unten bleibt sie noch einmal stehen. „Sorgt euch nicht um mich. Ich passe auf mich auf.“ Sie lächelt selbstsicher.
Zwanzig Minuten später sitzen alle drei wieder am Tisch und nehmen das unterbrochene Frühstück wieder auf. Elea hat frische Feigen „besorgt“ und genießt Bresaola mit Wintersalat, frischen Feigen und warmem Ziegenkäse. Während des Essens wirft jeder mal einen Blick auf die Kinder, die dort kleine Schneebälle durch die Gegend werfen und große Schneebälle zu Schneemännern auftürmen.

„Es hat auch etwas, wenn man im Warmen sitzt und zusehen kann.“ Luzia gießt sich langsam einen Kaffee ein und hält die Kanne fragend hoch. Die beiden anderen verneinen kopfschüttelnd. „Aber gebt zu, es hat doch Spaß gemacht, einfach mal was Verrücktes zu tun, oder?“

Als Elea und Peter nicken setzt Luzia noch einmal nach. „Aber ich verstehe das immer noch nicht. Wie konntest du die Schulkinder hierher einladen, nachdem wir hineingegangen waren, und die waren sofort da. Das passt doch nicht zusammen.“

Lächelnd erwidert Elea. „In deiner Welt vielleicht nicht. Denn ihr Menschen lebt nur in Gedanken an die Vergangenheit und in Hoffnung auf die Zukunft. Für mich immer JETZT. In ein bisschen göttliche Magie ist auch im Spiel gewesen.“

„Da sind wir wieder beim Thema!“ Luzia steht auf. „Wieso diese viele Arbeit? Nicht, dass ich sie nicht mag oder gar dich loswerden möchte, aber könntest du nicht einfach hex-hex machen und die ganze Welt würde glauben? Das machte es doch viel einfacher.“

Elea lässt auf ihrem Teller eine weitere Feige entstehen, dann antwortet sie: „Ja, sicherlich könnte ich das. Aber du würdest das nicht wollen. Keiner würde das wollen. Und darum geht es hier, den freien Willen, euren freien Willen. Ihr sollt ein Gefühl dafür bekommen, was richtig und falsch ist, und euch dann entscheiden. Ich will keine Herde willenloser Schafe, die die Erde bevölkern.“

„Aber wieso fütterst du, füttern wir die Menschen die ganze Zeit mit Fakten, besonders über das Leben deines Bruders. Weshalb gehst du nicht einfach an die Öffentlichkeit, sagst, du seist die Tochter Gottes und vollbringst ein paar Wunder oder so?“ Luzias Stirn legt sich in Falten.

„So wie damals Jesus? Ja, er hatte gedacht, dass es leicht wäre, euch wieder auf den richtigen Weg zu bringen. Er hat sehr viel Überzeugungsarbeit geleistet, und natürlich auch ‚Wunder‘ vollbracht. Aber was hat es genützt. Die Menschen, die dabei waren, erlebten Ehrfurcht, Demut, Staunen. Aber wenn sie es weitererzählten, stießen sie auf eine Mauer aus Unglauben. Der Mensch glaubt nur, was er sieht, und davon nur das, was er glauben will.“

Peter nickt bestätigend mit dem Kopf. Da öffnet sich leise die Tür zum Salon und der Butler steckt seinen Kopf hindurch. „Verzeihen Sie, da ist soeben ein Paket für Sie abgegeben worden, Marquesse. Der Bote sagte, er sei wichtig.“

„Danke, James. Bringen Sie es bitte herein.“

Der Butler nickt stumm und förmlich und verlässt den Salon. Kurz darauf öffnet sich die Tür erneut und er schiebt eine Sackkarre mit einer großen Holzkiste herein.

„Eine Überraschung?" Peter bemerkt Eleas erstaunten Blick.

„Nein, nicht direkt. Ich denke, eher der Tropfen, der das Fass zum Überlaufen bringt." Sie erwidert Peters fragenden Blick.

„Soll ich es öffnen?", fragt James mit ungerührter Miene. Draußen haben gerade die Kinder ihr Spiel beendet und rennen laut lachend am Fenster vorbei zum Seiteneingang, um sich im Spielzimmer weiter auszutoben. „Danach muss ich dann wohl unten etwas für Ordnung sorgen." Er blickt betrübt.

„Nein, nein! Darum müssen Sie sich nicht kümmern, das erledigt die Lehrerin. Besorgen Sie bitte ein Stemmeisen und öffnen Sie die Kiste." „Kein Problem!" Der Butler greift in seine Jacke und zieht ein Stemmeisen hervor. Als er die überraschten Blicke sieht, enthuscht ihm sogar ein Lächeln. „Immer vorbereitet!", sagt er dann tonlos und bricht den Deckel der großen Kiste auf.

Das Knirschen der Nägel, die aus dem Holz gezogen werden und das Bersten der Bretter erfüllt für kurze Zeit den Raum. Dann ist es wieder ruhig. Nur ein einzelner Schneeball kracht gegen die Fensterscheibe. Ein Nachzügler auf dem Weg ins Spielzimmer drückt sich die Nase an der Scheibe platt, dann läuft er auch zum Nebeneingang.

„Den Rest überlasse ich Ihnen." Der Butler verbeugt sich förmlich und verlässt den Raum.

Luzia steht schon neben der Kiste und rupft Unmengen von Holzwolle heraus. Dann entdeckt sie eine kleinere Kiste. Sie holt sie heraus und hebt sie hoch. „Ich habe etwas gefunden!", triumphiert sie. „Sieht nach einer Kiste mit einer besonderen Flasche Wein oder so aus. Darf ich es aufmachen?"

Elea nickt.

„Da steckt auch noch eine Karte. Moment, ich lese sie dir vor. Sie ist vom Papst. Mit den besten Wünschen für ein Neues Jahr." Sie dreht die Karte hin und her. „Etwas zu früh, aber eine nette Geste. Glaubst du, er wird deinen Anweisungen von damals folgen?"

Elea schüttelt den Kopf. „Lausch doch mal an dem Karton!"

„Da kratzt etwas. Soll ich es aufmachen?“

„Hast du Angst vor Skorpionen?“

Luiza wirft die kleine Kiste erschreckt zurück in die Holzwolle. „Du, du meinst doch nicht, da ist ein Skorpion drin?“

Elea lacht und kommt langsam auf Luzia zu. „Da bin ich mir sicher. Gib mir bitte die Kiste.“

Luzia holt die Kiste zurück aus der Holzwolle und reicht sie Elea, nicht, ohne vorher etwas daran zu schütteln. „Willst du sie aufmachen?“

„Nein, das muss ich nicht. Ich weiß was darin ist, ein giftiger Skorpion und dazu noch eine Flasche erlesener Rotwein, leider auch mit Gift versehen.“

Jetzt sieht sich auch Peter die kleine Geschenkkiste an und hält sie ans Ohr. „Wirklich, ein gutes Gehör. Alle Achtung! Und der Wein?“

„Ich rieche eine Spur von Schierling. Ein bisschen wie tote Maus. Es muss beim Einspritzen wohl etwas danebengegangen sein.“

„Aber, das bedeutet, der Papst …?“ Peter schaut entsetzt von Elea zu Luzia.

„Schauen wir mal!“ Elea zwinkert mit dem rechten Auge. „Ich bin gleich zurück.“

Es macht „plopp“ und sie ist mitsamt der Geschenkkiste verschwunden.

Einmal zum Papst und zurück

Nur einen Sekundenbruchteil später macht es erneut „plopp". Dieses Mal in einem Keller, fast zweitausend Kilometer entfernt. Es war ein sehr leises „plopp", so dass sich der Papst nur langsam in Richtung auf das Geräusch umdreht. Was er dort sieht, oder besser, wen er dort sieht, lässt ihm vor Schreck den Blutdruck herabfallen. Genauso wie das Glas Rotwein, das er gerade noch in seiner Hand hielt.

„Elea!", schreit er in Panik auf. ,Wachen!' ,will er noch rufen, aber da versagt schon seine Stimme. Er greift an den Hals, die Atmung funktioniert, aber kein Wort dringt aus seiner Kehle.

„Habe ich Sie erschreckt? Ich müsste ja sagen: ,tut mir leid', aber das wäre gelogen. Und wir beiden sind ja der Wahrheit verpflichtet, nicht wahr?" Ihr Zeigefinger bohrt sich in den Bauch ihres Gegenübers, der eilfertig nickt. „Schön, dass wir hier wirklich einer Meinung sind, auch wenn das im Allgemeinen nicht immer der Fall zu sein scheint." Sie stupst den Papst mit einem Finger in den Sessel hinter ihm.

„Ach du jeh, jetzt ist auch noch Ihr Glas entzwei. Warten Sie, ich hole schnell ein neues." Langsam schweben zwei dickbauchige Weingläser aus dem Regal auf den kleinen Coachtisch. Elea setzt sich auf den anderen Sessel und legt ihr kleines Paket auf den Tisch.

„Das trifft sich ja wunderbar, da können wir gleich zusammen ein Gläschen von dem hier trinken." Mit einem Ruck öffnet sie den Deckel, der Skorpion klettert heraus und verbirgt sich schnell in dem Stapel der herumliegenden Bücher. Der Papst will aufspringen, aber seine Muskeln verweigern ihren Dienst. Elea holt unbeirrt die Flasche Wein aus dem Holzkästchen.

„Oh, ein Nero d' Avola 1956. Wirklich ein besonderer Tropfen. Ich darf Sie doch einladen, oder?! Schließlich ist das Ihr Geschenk." Ohne einen Korkenzieher öffnet sich die Weinflasche von selbst, es macht nur ein leises „plopp", so als wenn die Tochter Gottes unangemeldet erscheint. Der Papst sitzt immer noch starr auf dem Sofa und beobachtet Elea, wie sie nun den Wein eingießt. Schweiß tritt ihm auf die Stirn.

„Sie können übrigens ruhig etwas sagen, oder aufstehen und wegrennen, wenn Sie wollen!" Elea schaut kurz ihr Gegenüber an. Der probiert ein leichtes Räuspern und Ausstrecken, alles wieder unter Kontrolle. Na ja, nicht ganz, seine eigene Angst lähmt ihn.

„Ach, wissen Sie", sagt Elea ungerührt „die ganze Sache mit dem freien Willen, das haben wir ja schon besprochen. Jeder darf tun und lassen, was er will. So ist unsere Devise für diese Erde. Aber er muss sich eben auch an Regeln und Gesetze halten. Und für sein Tun einstehen. Das sind eure Regeln, die habt ihr selbst gemacht. Und die sind wichtig." Sie nimmt ihr Weinglas und steht auf. „Zum Wohle!"

Mit zitternden Händen greift der Papst zu seinem Glas, einen Teil kleckert er über den Tisch, bevor er mit wackeligen Beinen aufsteht. „Ich, ich kann das nicht!", krächzt er.

„Trink!", sagt Elea etwas lauter, es klingt wie ein Befehl. Sie setzt ihr Glas an ihren Mund.

Das Zittern des Papstes nimmt zu, lässt ihn auf seinen Sessel zurücksacken. Er wimmert leise: „Ich kann das nicht."

„Ach, schade. Das ist wirklich ein ausgezeichneter Wein." Elea schwenkt das Glas, inhaliert die Aromen und nimmt einen Schluck.

Der Papst vergräbt sein Gesicht in einem Sesselkissen. Als Elea sich wieder setzt und einen weiteren Schluck nimmt, richtet er sich vorsichtig wieder auf.

„Wirklich sehr angenehm. Über sechzig Jahre alt und noch so fruchtig. Schade, dass Sie ihn nicht probieren wollen." Sie schaut den Papst direkt an. „Oder dachten Sie, ich wollte Sie vergiften?" Sie schüttelt den Kopf. „Also wirklich, Päpstchen, das können Sie doch nicht ernsthaft von mir denken? Wir, Sie und ich, wir sind doch beide nur Diener desselben Gottes. Warum sollten wir so etwas tun?"

Mit dem leisen „plopp" verlässt Elea den vatikanischen Keller. Zurück bleibt ein verwirrter, verängstigter Gottesdiener. Nach ein paar Minuten der Reglosigkeit greift er zu der Weinflasche. Ja, das ist sie. Was ist nur schiefgegangen?

Im Salon des Schlosses in North Berwick „ploppt" es erneut, als Elea zurückkommt. Peter schaut sie fragend an.

„Nun? Lebt er noch?"

Lachend geht Elea zum Tisch und greift nach einer Orange. „Natürlich! Er ist nur etwas irritiert aber erfreut sich bester Gesundheit. Er wird tagelang durch den Palast kriechen und alle, die er sieht, in Angst und Schrecken versetzen."

„Ist das nicht ein bisschen hart. Schließlich ist er der sogenannte Vertreter Gottes auf der Erde und du wirst ihn sicherlich noch brauchen."

Jetzt lacht Elea laut auf. „Ach, ich meinte den Skorpion! Dem Papst fehlt nichts. Außer Respekt vor seinem Amt und etwas mehr Würde. Nach wie vor hat er die Wahl, welchen Weg er einschlagen will."
Peter nickt stumm, Luzia lacht wegen der Verwechslung.

„Am 1. Januar ist der Geburtstag meines Bruders. Ich denke, Anna wird vorher schon Mutter werden. Habt ihr etwas von ihr gehört?" Die Tochter Gottes schaut beide fragend an.

„Nein, das hätten wir dir schon gesagt. Und überhaupt, weißt du das nicht sowieso schon alles im Voraus?" Luzia hat wieder ihren herausfordernden Tonfall.

„Nein. Ich lass mich gerne überraschen. Das solltet ihr auch! Das tut gut!" Mit diesen Worten drückt sie den Saft aus der Orange in ein Glas und trinkt er genussvoll aus. „Und nun an die Arbeit. Ich habe so das Gefühl, als wenn der Jahreswechsel etwas turbulent werden wird."

Überraschender Besuch

Elea behält Recht. Während sich an der schottischen Küste eine kleine Crew darauf vorbereitet, am Jahreswechsel der Welt mitzuteilen, dass Gottes Tochter nun auf Erden wandelt, bereitet sich viel weiter südlich Anna darauf vor, bald Mutter zu werden. Es sind noch acht Tage bis zum Geburtstag des Vaters, der sich im Mai auf wunderbare Weise auf und davon gemacht hatte.

Annas Schwangerschaft verlief erfreulich angenehm, keine Morgenübelkeit, keine besonderen Beschwerden. Heute ist der errechnete Geburtstag, heute sollen nach dem Schwangerschaftskalender ihre Zwillinge geboren werden. Anna schwankt zwischen freudiger Erwartung und einer Depression. Die Zeit hier mit Yves hat ihr gutgetan, er hat sie abgelenkt von den Gedanken, ob sie Jesus jemals wiedersehen wird und wie sie all das ihren Kindern erklären soll.

Yves ist wirklich besonders, einzigartig. Sicherlich, er ist ein Engel, das ist sowieso schon etwas Besonderes, aber seine Art, sie zum Lachen zu bringen, vermeintliche Probleme mit einem Augenzwinkern beiseite zu schaffen, das hat sie in den letzten Monaten schon sehr beeindruckt. Ohne Frage, sie hat Jesus geliebt, nein, sie liebt ihn nach wie vor, aber er ist nicht da. Einfach in den Himmel entschwunden. Und wie wird es sein, Gottes Sohn als Vater ihrer Kinder zu haben? Im Himmel. Wäre da nicht ein Engel auf Erden besser als Gottes Sohn im Himmel? Mit den jetzt immer häufiger einsetzenden kurzen Wehen werden auch ihre Gedanken über die Zukunft ihrer Kinder mehr.

Viele Fragen plagen Anna, während Yves draußen auf der Veranda auf das Meer hinausschaut. Trotz des kalten Windes schaukelt er leicht in der Hängematte hin und her und hängt seinen Gedanken nach.

Wie viele Jahrhunderte hat er jetzt hier verbracht? Bisher ist ihm nichts Vergleichbares passiert wie das Treffen mit Elea und danach mit Anna. Er kann es immer noch nicht fassen. Erst eine unvergessliche Nacht mit der Tochter Gottes und dann mehrere Monate an der Seite der Frau Jesus. Das ist mal eine Aufgabe für einen Engel. Er kann stolz auf sich sein.

Aber auch ihn plagen Zweifel. Wie wird es weitergehen? Wird Jesus jemals wieder auf die Erde zurückkommen? Wird er dann erst wieder neu geboren werden? Wieder am 1. Januar? Oder wird er fern bleiben von

Frau und Kindern, die ja alle menschlich sind? Wird Anna Jesus jemals vergessen können? Darf Yves, als Engel, jemals darauf hoffen, Jesus Stelle bei Anna übernehmen zu können? Wird sie ihn lieben können wie den Vater ihrer Kinder? Wird er sie überhaupt lieben können, dürfen? Liebe in der Partnerschaft ist etwas anderes als die Nächstenliebe, die in den Engeln tief verwurzelt ist.

Hinten im Garten rupfen die Schafe das Heu aus der Raufe, sie kauen leise. Yves lässt seine rechte Hand aus der Hängematte fallen und greift nach der Flasche Merlot, die auf dem Boden steht. Er nimmt einen tiefen Schluck und schaut auf das Meer hinaus. So viele Fragen, aber keine Antwort in Sicht. Nur Nebel und eisige Kälte.

Nur ein winziger hellgelber Punkt ist in weiter Entfernung zu erkennen. Yves fixiert ihn mit zusammengekniffenen Augen. Wird der Punkt wirklich größer? Vielleicht ein Schiff? Der Engel setzt sich in der Hängematte auf. Tatsächlich wird das Licht in der Entfernung größer und heller. Es nimmt Konturen an, wirkt wie der Schein einer gigantischen Taschenlampe, der sich hin und her bewegt. Das Licht erinnert an ein Leuchtfeuer, nur ist es nicht so stetig. Langsam pendelt sich das Licht ein, es zeigt genau auf das Haus.

Yves bedeckt seine Augen mit der Hand, um nicht geblendet zu werden. Jetzt kann er besser sehen. Er greift nach der Weinflasche und nimmt noch einmal einen kräftigen Schluck. Er glaubt nicht, was er dort sieht. Das kann nicht sein! Da kommt auf diesem Lichtstrahl eine Gestalt auf ihn zu. Der Lichtstrahl liegt jetzt flach wie ein Teppich auf dem Wasser und über ihn schreitet, nein, reitet ein Mensch. Auf einem Esel.

Yves reibt sich die Augen. Auch die Menschen auf der Strandpromenade bleiben jetzt stehen und schauen auf das Meer. Die Wellen teilen sich, und trockenen Fußes reitet ein Mann auf einem Esel auf einer Art hellem Teppich aus Lichtstrahlen an das Ufer. Ganz gemächlich und unbeeindruckt von dem Schreien und Rufen der Leute am Strand.

Als der Esel festen Sand unter den Füßen hat löst sich der helle Teppich auf und das dunkle Wasser bricht in den freien Raum. Es schäumt auf als würde es kochen, dann nimmt die Flut wieder ihre ewige Tätigkeit auf und wirft das kalte Nass wellenweise gegen das Ufer.

Der Mann am Ufer steigt von seinem Esel und schaut in Richtung des Hauses. Er lächelt und winkt. Yves hebt zaghaft die Hand und winkt unsicher zurück. Kennt ihn dieser Mann? Da läuft es ihm kalt den Rücken herunter. Das ist Jesus.

Jesus nimmt seinen Grauen an der Leine und zieht ihn langsam hinter sich her, als er auf das Haus zugeht. „Schau nur, Nikola, die vielen Menschen mit ihren Handys und Kameras. Wie sie aufgeregt hin und her laufen und alles, was hier gerade geschieht, sofort in die Welt hinaus senden. Wieso bleiben sie nicht einmal stehen und spüren, was gerade geschieht? Ich verstehe das nicht.“

Er hebt kurz die Hand und hinter ihm türmt sich eine gigantische Welle auf, die laut grollend auf das Ufer zurollt. Die Menschen rennen schreiend in Panik auf die Uferpromenade zu, erreichen sie gerade noch, bevor die Welle sich krachend an den Steinen austobt. Jesus geht unbeschadet langsam weiter, das Wasser bildet für ihn einen Korridor. So kommt er bis an das Haus, auf dessen Veranda Yves immer noch mit zum Gruß erhobener Hand dasteht, wie versteinert.

Während der Esel langsam nach hinten in den Garten trottet spricht der Sohn Gottes den Engel freundlich an. „Yves, ich danke dir, dass du dich um meine Frau gekümmert hast. Aber jetzt bin ich ja wieder hier. Du musst dir keine weiteren Gedanken machen. Gar keine.“

Während Yves noch überlegt, wie er angemessen antworten kann, wird hinter ihm die Terrassentür aufgerissen und Anna stürzt heraus. „Es geht los!“ ruft sie ihm zu, dann schaut sie fassungslos Jesus an. „Du? Wieso hast du nichts gesagt? Warum … Ach, egal!“ Mit einer Hand den Bauch haltend läuft sie auf Jesus zu und umarmt ihn innig. Yves dreht sich weg und geht hinein.

Drinnen wartet Pélé. Er schaut mit Freudentränen in den Augen nach draußen. „Happy End. Wie ich immer gesagt haben.“ Dann wendet er sich Yves zu. „Ist besser so. Und jetzt du rufst die Hebamme an und sagst Bescheid, Kind kommt bald. Und Vater ist auch dabei.“

Yves nickt und geht langsam und nachdenklich ins Wohnzimmer. Von der Terrassentür ruft Pélé noch hinterher: „Und sag Elea Bescheid!“, dann geht er hinaus zu seiner Tochter und Jesus.

Wenige Minuten später poppt im entfernten Schottland eine Mitteilung auf Eleas Handy auf: „**ES IST SOWEIT, DIE WEHEN WERDEN STÄRKER. DIE HEBAMME KOMMT. YVES**"

„Welch eine wunderschöne Nachricht!", ruft Elea, als sie das Zimmer betritt. Peter und Luzia blicken von ihren Schreibtischen auf. „Anna wird bald Mutter. Macht euch auf eine plötzliche Abreise gefasst."

„Wie plötzlich?", fragt Peter.

„Sehr plötzlich!", antwortet Elea und zwinkert mit dem Auge. „Oder willst du in aller Ruhe mit Zug und Schiff reisen, während Anna auf unseren Besuch wartet?"

Peter schüttelt verneinend den Kopf, Luzia lacht leise. Sie erinnert sich an Peters Erzählung von der sekundenschnellen Autofahrt von London nach Schottland. Sie ist gespannt, wie Elea es dieses Mal anstellen wird. Und sie ist gespannt darauf, diese Anna endlich kennen zu lernen. Die Frau des Sohnes Gottes, das muss wirklich eine besondere Frau sein.
Als sich die drei zum Mittagessen im großen Salon treffen, ist eine leichte Anspannung zu spüren. Elea scheint unkonzentriert, leicht genervt zu sein.

„Ist alles in Ordnung mit dir?", fragt Luzia.

„Ja. Nein. Irgendetwas ist heute anders als es sein sollte. Ach, ich glaube, ich werde einfach zu menschlich. Diese Gefühle, diese Unklarheit, wie kommt ihr nur damit klar?"

Peter mischt sich ein. „Das ist ganz einfach, wir wachsen damit auf und wir wachsen daran. Dafür könnten wir kein Universum erschaffen."

Die Tochter Gottes lächelt müde. „Das ist auch besser so. Wir sollten uns mit dem Essen beeilen. Ich erwarte jeden Moment die frohe Botschaft."

„Weißt du das denn nicht? Du, die du alles hier geplant hast?"

„Hier bin ich Mensch, hier hab' ich Zeit. Ich genieße es, mit dem Strom zu schwimmen und mich überraschen zu lassen. Zumindest in einem gewissen Rahmen."

Jesus wird Vater

„Ach, wir kommen ganz gut damit klar. Mit dem Schwimmen, meine ich."
Luzia bedient sich am Buffet, Peter schließt auf. Kurz danach sitzen die
drei am Tisch und genießen ihre Mittagspause.

Es dauert nicht lange, da vibrieren die Handys der drei in kurzem Abstand.
Es ist eine Mitteilung von Pélé, sie enthält nur vier Worte: **„DIE BABYS
SIND DA"**

Elea springt vor Freude auf und umarmt Peter und Luzia. Dann nestelt sie
an ihrer Kleidung herum, kämmt das lange, braune Haar mit den Fingern
nach hinten und fragt leise, mehr für sich: „Was zieht man denn an zu
einer Geburt?" Dann schaut sie die beiden an und stellt noch einmal fest:
„Ich bin wirklich aufgeregt."

Peter lächelt mitfühlend, Luzia nimmt Elea noch einmal in den Arm.
Beide genießen die gegenseitige Wärme. Dann schiebt Elea ihre Freundin
sanft zurück. „Packt eure Sachen, in fünf Minuten geht es los!"

Luzia trinkt noch schnell einen Schluck Kaffee, dann geht sie mit Peter
hoch. Beide haben ihre Koffer schon vor ein paar Tagen gepackt. Man
weiß ja nie …

#

Fünf Minuten später schreit die Hebamme in der Küche des Hauses in der
Bretagne laut auf und läuft in das Wohnzimmer zu Pélé, der seine
Großvaterfreuden gerade mit einem Glas Rotwein feiert.
„Da sind plötzlich drei Gespenster auf der Veranda aufgetaucht, wie aus
dem Nichts!" Der Schreck steckt ihr noch in den Gliedern, sie greift
zitternd nach der Flasche und trinkt direkt einen Schluck. „Bitte, schauen
Sie nach, was da los ist!"

Der frisch gebackene Großvater steht etwas widerwillig auf, er wollte jetzt
eigentlich die Ruhe genießen. Anna schläft, Yves ist bei ihr, Jesus ist
draußen bei den Schafen. Obwohl die Geburt sehr gut verlief, war es doch
eine ungewohnte Aufregung für jeden von ihnen. Und erst Recht für
Anna.

Er geht zur Tür und schaut auf die kleine Veranda an der Ostseite. Tatsächlich stehen dort drei Gestalten in ein helles Licht gehüllt, das langsam verblasst. Pélé erkennt Elea und Peter, die andere Frau ist ihm unbekannt. Während die Tochter Gottes ihm schon zulächelt müssen sich die beiden anderen offenbar erst noch orientieren.

„Wir waren doch gerade noch auf dem Weg in den Salon …“ Peter schaut etwas unsicher auf die neue Umgebung und hält den Koffer hoch. „Wir wollten uns dort treffen und dann ‚abreisen‘.“

Elea lacht verschmitzt. „Ich musste improvisieren. Keine Zeit für langes hin und her. Ich war einfach zu neugierig. Pélé, wo sind die Kinder? Wir haben Geschenke mitgebracht.“

Wie auf Kommando reckt jeder der Drei Pélé ein kleines Päckchen entgegen. Der schüttelt nur den Kopf und hält einen Zeigefinger an den Mund. „Seid bitte leise, die schlafen gerade alle drei. Aber kommt doch rein.“

Mit einer einladenden Bewegung öffnet er die Tür. „Nicht du, Elea. Da hinten im Stall wartet noch eine Überraschung auf dich.“ Er lächelt wissend.

„Überraschung? Na gut, dann schaue ich dort kurz einmal vorbei.“ Elea geht durch den Garten auf den kleinen Stall zu, währen die anderen ins Haus gehen. Es riecht nach frischem Holz, die Stalltür ist leicht angelehnt. Elea öffnet sie leise. Drinnen riecht es nach Schaf, aber auch frisch geschnittenem Holz. Mitten in einem großen Berg von Sägespänen steht eine hölzerne Krippe. Ein Rosenornament ziert das Kopfteil. Die Schafe springen zur Seite, als Elea näherkommt. Sie geben den Blick frei auf einen Esel, der im Stroh liegt.

„Nikolas?“, fragt Elea leise. Da kommt eine Gestalt, die sie vorher nicht bemerkt hatte, aus der Hocke hoch, richtet sich auf und lacht sie mit weißen Zähnen an.

„Jesus! Hast du mich erschreckt!“ Die Tochter Gottes ist kurz aus der Fassung geraten. „Was willst du denn hier?“, fragt sie barsch.

Der Sohn Gottes lächelt ein unschuldiges Lächeln und antwortet ohne Ironie in der Stimme: „Ich freue mich auch, dich wieder zu sehen.“ Er

geht auf sie zu und nimmt sie in den Arm. „Wie herrlich, dass wir zusammen die Geburt meiner Kinder feiern können. Schau, was ich eben noch gemacht habe!"
Elea löst sich aus der Umarmung und schaut die Kinderkrippe genauer an. Wirklich ein Meisterwerk. Handarbeit, keine göttliche Kreation. Nun, ein wenig wackelig. Aber, in der kurzen Zeit … Sie wendet sich ihrem Bruder zu. „Verzeih mir! Ich dachte, du hättest alles aufgegeben und ihr würdet mir in Ruhe von oben zuschauen. Ich freue mich, dass du da bist."

„Zweitausend Jahre unter den Menschen, da nimmt man schon so manche Eigenheiten an. Du wirst es selber noch merken. Und eigene Kinder … das ist das erste Mal für mich." Er lächelt glücklich.

„Das stimmt. Hier ist alles etwas anders, intensiver, als es auf die Ferne aussieht. Das habe ich auch schon bemerkt. Dieser Überschwung an Gefühlen, die sich körperlich auswirken, und … Zeit! So etwas kenne ich sonst gar nicht. Es ist sonst immer Jetzt." Elea lächelt zufrieden in sich hinein. Nach ein paar Sekunden blickt sie auf.

„Lass uns jetzt ins Haus gehen. Ich möchte dir meine Freunde vorstellen und deine Frau und deine Kinder sehen. Weiß Pfarrer Jakob schon Bescheid? Und Magdalena?"

„Ja, Pélé hat ihnen auch eine Nachricht geschickt. Sie kommen mit dem nächsten Flug."

„Flug? Das muss doch nicht sein. Ich kann sie doch einfach ‚schwupp‘ herholen."

„Sie wollten lieber fliegen."

„Aber das dauert doch zu lange, ich könnte …"

„Sie wollten lieber fliegen."

„Du hast Recht. Es ist ihre Entscheidung." Sie fasst Jesus am Arm und zieht ihn sanft aus dem Stall. „Sag mal, wie heißen die beiden denn?"

„Tom und Annika! Anna wollte es so."

„Hübsche Namen, kommen mir irgendwie bekannt vor."

Beide müssen lachen.

Im Haus haben sich alle schon bekannt gemacht. Jesus erinnert sich an einige Begegnungen mit Peter, aber Luzia ist ihm unbekannt. Elea stellt sie ihrem Bruder als ‚die beste aller meiner Freundinnen' vor.

„Und die einzige!", fügt Luzia mit einem Lächeln hinzu.

Der stolze Großvater geht mit einer Flasche Champagner umher und die kleine Feierrunde ist schon eine halbe Stunde in allerlei Gespräche vertieft, als leise die Tür zum Wohnzimmer geöffnet wird. Die untergehende Sonne im Rücken steht Anna dort und strahlt wie ein Engel im Himmelslicht, in ihren Armen hält sie ihre Babys.

Ihr Vater sinkt überwältigt auf die Knie, alle Anwesenden sind berührt. Jesus nimmt Anna eines der Babys ab und streichelt Annas Gesicht. „Anna, meine Anna", sagt er leise.

Yves drückt sich an den Paar vorbei in das Wohnzimmer, ein Spucktuch über der Schulter. Er schaut in die Runde.

„Elea!", ruft er leicht verwirrt, dann huscht ein Lächeln über sein Gesicht. Eine Sekunde später blickt er überrascht zur Seite, als er das Zerbrechen von Glas hört. Luzia hat das Champagnerglas in ihren Händen zerdrückt, ihre rechte Hand blutet. Sofort ist Yves bei ihr.

„Gib mir deine Hand, ich helfe dir!", sagt er leise und kniet sich vor sie hin. Luzia gehorcht. Der Engel nimmt ihre kleine warme Hand in seine, öffnet sie vorsichtig und entfernt drei Glasscherben. Mit einer sanften Bewegung streicht er über die Hand und die Blutung stoppt. Langsam, von einem leichten Leuchten begleitet, schließen sich die Wunden.

Luzia ist fassungslos. Lange schaut sie in ihre Hand, dann zu Yves und in die Runde. Niemand sagt etwas, ein leichtes Kribbeln erfüllt den Raum.

Yves lässt die Hand sanft aus seiner gleiten und steht wieder auf. Er durchbricht die Stille.

„Engel eben. Hat so seine Vorteile, aber auch Nachteile. Das sollte man nicht unterschätzen." Er schaut in die Runde, dann wieder zurück zu Luzia. „Ich bin Yves."

Luzia schaut tief in Yves Augen. Sie fröstelt. Dann ignoriert sie seine ausgestreckte Hand und gibt ihm direkt einen Kuss auf den Mund.

„Luzia eben. Ich lebe meine Freiheiten. Hat Vorteile, aber auch Nachteile."

Die kurzzeitige Spannung löst sich in einem allgemeinen Lachen auf und alle Augen richten sich wieder auf Anna und die Zwillinge. Eine ungezwungene Unterhaltung kommt auf, man tauscht sich über die Erlebnisse und Ergebnisse des letzten halben Jahres aus.

Nur Luzia bemerkt, dass Jesus wie beiläufig Yves zur Seite nimmt und das Baby-Spucktuch, das immer noch über seiner Schulter hängt, an sich nimmt.

„Du brauchst das jetzt nicht mehr. Jetzt bin ich da und du bist aus all deinen Aufgaben entlassen." Dann mischt er sich wieder in den kleinen Kreis und redet mit Pélé.

Luzia stellt sich neben Yves und reicht ihm ein Glas Champagner. „Wie hat er das gemeint, eben?"

„Das weiß ich auch nicht so genau."

„Ist er böse auf dich? Hat er einen Grund dazu? Ich meine, du siehst gut aus, Anna war allein und verlassen, du hast dich die ganze Zeit um sie gekümmert. War da mehr? Und was heißt das, entlassen? Bist du jetzt kein Engel mehr?"

„Nein, Unsinn!" Yves wirkt gereizt.

Da steht plötzlich wieder Jesus neben Yves. „Ich bin dir dankbar, für das, was du getan hast, als ich nicht da war. Dafür seid ihr Engel ja da. Aber nun übernehme ich mit Freude meine Aufgabe als Vater und Ehemann und wünsche dir viel Freude mit der neuen Aufgabe, die bald auf dich zukommen wird." Er lächelt und schlendert wieder zurück an den Tisch.

216

„Dann wäre das ja geklärt." Luzia lacht unsicher. „Ein Engel also, ein richtiger Engel? Und auf der Suche nach einer neuen Aufgabe. Das klingt spannend."

Yves kehrt aus seinen Gedanken zurück und wendet sich seinem Gegenüber zu. „Ja, mal sehen. Irgendwie wird mir die Luft hier zu warm. Hast du Lust auf einen kleinen Spaziergang?"

„Ja gerne. Ich hole mir nur schnell meine Jacke." Sie geht zur Tür und wendet sich noch einmal an die anderen. „Leute, wir machen mal eben einen Spaziergang."

Zum Abendessen hat Pélé Pizza vorbereitet, so sitzen alle gemeinsam um den runden Tisch wie eine große Familie. Gegen 22 Uhr klingelt es an der Tür. Yves geht zum Eingang und öffnet. Es sind Magdalena und Jakob. Sie hatten sich bereits bei der ersten Mitteilung am Vormittag auf den Weg gemacht, um rechtzeitig da zu sein. Sie werden von allen freundlich empfangen.

Als Jesus und Jakob sich in den Arm nehmen, rollen bei beiden die Freudentränen. So kommt die Unterhaltung noch einmal wieder voll in Gang, bis gegen Mitternacht Elea aufsteht und sich reckt. Sie schwankt ein wenig.

„Faszinierend, was der Champagner mit meinem Körper so macht. Der kribbelt auch in meinem Kopf." Sie lächelt entschuldigend. „Aber nun müssen wir los, wir haben noch viel zu tun. Das Jahr endet in ein paar Tagen. Aber wir kommen zu deinem Geburtstag wieder, Brüderchen. Du bist dann doch da, oder?"

Jesus nickt.

„Gut, Und bis dahin versuche ich zu vollenden, was du mir hinterlassen hast. Ich bin gespannt auf den Papst und die Kreuzritter." Sie schaut Luzia und Peter an. „Kommt ihr mit?"

„Na klar!", sagen beide unisono.

Jahresabschluss in North Berwick

„Ich komme auch mit." Yves ist ebenfalls aufgestanden. „Ich werde hier nicht mehr gebraucht." Er vermeidet es, in Annas trauriges Gesicht zu schauen. „Aber zu deinem Geburtstag bin ich wieder hier." Freudig lächelnd streckt er Jesus die Hand entgegen. „Bis bald!"

Einige Sekunden später stehen die vier im Salon des Schlosses in North Berwick. Luzia fällt Yves um den Hals und haucht leise: „Eine wunderbare Idee. Wir werden hier viel Spaß haben."

„Und genug Arbeit." Peter fühlt das Knistern zwischen den beiden. Er schaut zu Elea. Sie mustert das Paar mit skeptischem Blick. Ob die Tochter Gottes eifersüchtig sein kann?

Nach einer etwas zu kurzen Nacht treffen sich Elea und Peter wie immer um 9 Uhr zum Frühstück im Salon. Luzia und Yves kommen eine halbe Stunde später Händchen haltend hereingeschlendert, sie wirken sehr müde, aber glücklich.

Nach ein paar Minuten bedrückenden Schweigens wendet sich Yves an Elea. „Ich möchte euch gerne helfen. Luzi hat mir schon erzählt, was in den nächsten Tagen noch geplant ist. Ich will gerne dabei sein, wenn du dich der Welt als die Tochter Gottes vorstellst."

„So, hat Luzi das?" Elea wirkt etwas gereizt, dann aber kehrt Sanftmut in ihre Stimme ein. „Ja, gerne Yves. Die nächsten Tage sind wirklich etwas Besonderes, für mich, für die Menschen, für den verlorenen Glauben. Da können wir jede Hilfe brauchen. Vielleicht ist die Welt ja sogar bereit, einen echten Engel zu sehen."
Das weitere Frühstück verläuft in harmonischer Atmosphäre, man tauscht Ideen aus und plant das weitere Vorgehen für die nächste Woche. Schließlich stehen Luzia und Yves auf. Luzia geht an das große Fenster und zeigt hinüber auf die kleine Insel im Meer.

„Da heute ja Sonntag ist und wir da ohnehin frei haben möchte ich Yves einmal Bass Rock zeigen. Den alten Leuchtturm und die vielen Vögel. Kann ich uns das Boot nehmen?"

Peter antwortet: „Ist in Ordnung. In dieser Jahreszeit ist der alte Kahn bestimmt froh, überhaupt einmal bewegt zu werden. Wir brauchen ihn nicht, oder?!" Er schaut Elea an. Die verneint.

„Dann wünsche ich euch einen schönen Tag dort. Es wird ganz schon kalt dort sein." Er feixt. „Und seid bis zum Dunkelwerden zurück!"

Elea lacht. Luzia schaut leicht verstimmt. „Das kann ich nicht versprechen. Aber ich habe ja einen Schutzengel dabei, mir passiert schon nichts. Zum Frühstück bin ich zurück. Sind wir zurück." Sie greift Yves und den Arm und beide verlassen den Salon.

Peter schaut den beiden nach, dann geht er zu Elea, die aus dem Fenster auf das Meer hinausschaut. „Sollten wir den freien Tag nicht auch einmal nutzen, und etwas zusammen unternehmen? Irgendetwas Verrücktes?"
„Oh ja." Die Tochter Gottes lächelt zufrieden und hakt sich bei dem Kreuzritter ein. „Etwas ganz Verrücktes."

Im nächsten Moment schon befinden sich beide in der Mammut-Höhle in Kentucky.

„Lust auf eine kleine Entdeckungsreise? Über eintausend Kilometer sind noch unerforscht."

Während Peter noch überlegt, wechselt der Schauplatz. Der Boden unter seinen Füßen scheint sich zu bewegen. Er befindet sich auf einem Boot.

„Oder eine Bootsfahrt mit anschließendem Tauchgang? Hier auf dem Lake Itasy in Neuseeland?"

Peter ahnt schon, was ihm blüht und versucht gar nicht erst, zu antworten. Im nächsten Augenblick stecken seine Füße tief im Schnee.

„Himalaya? Ich bereite ein Picknick vor mit Blick auf den Sonnenuntergang. Natürlich bei angenehmen Temperaturen."

Ein Augenzwinkern später glüht der Boden um die beiden.

„Eine Gleitpartie auf einem Felsen durch die flüssige Lava?"

Peter holt Luft für eine Antwort und findet sich wieder im Salon des Schlosses.

„Oh! War das jetzt alles Einbildung oder waren wir wirklich da?"

„Was für eine Frage! Natürlich waren wir da! Und?! Wohin?"

„Wenn ich die Wahl habe ..."

„Ja, hast du."

„Dann möchte ich, Moment, wir duzen uns?"

„Ja, seit gerade. Wird sonst langweilig."

„Gut. Dann möchte ich Folgendes: Wir machen einen Spaziergang am Strand, vorbei an den tosenden Wellen bis nach North Berwick. Dort trinken wir im Pub gemütlich ein Glas Lager und essen ein Fischbrötchen, dann gehen wir zurück hierher."

„Langweilig!" Elea scheint den Glauben an Peters Ideenreichtum verloren zu haben, sie rollt die Augen nach oben.

„Ich bin noch nicht fertig. Dann entzünden wir ein großes Feuer am Strand, gehen nackt im Meer baden und singen am Feuer, bis wir müde werden."
„Pfadfinderromantik. Wie öde. Was ist daran besser als ein Tauchgang oder mein vorgeschlagenes Picknick?"

„Das Wort ‚wir' in jedem Satz."

„Ach so, ich verstehe. Alles ohne göttliche Einmischung, ein spätes Kennenlernen wie unter Freunden. Gut, du durftest wählen, du hast gewählt. Ich gehe schnell hoch und ziehe mich um, dann können wir gehen."

Der Kreuzritter lächelt. „In zehn Minuten unten am Strand!"

Elea nickt und gemeinsam gehen beide die Treppe hoch in ihre Zimmer. Sie summt leise ‚Amazing Grace' vor sich hin.

In warme Bademäntel gehüllt sitzen Elea und Peter Stunden später an dem hoch lodernden Feuer am Strand. Das Rauschen der Wellen wird manchmal vom Knistern und Krachen des brennenden Holzes übertönt, Peter spielt leise ein paar Akkorde auf einer Gitarre. In seinem Schoß liegt Elea, sie schaut zum Meer und knabbert an einem frisch gebratenen Maiskolben.

„Das war wunderschön, Peter! Ich hätte nie gedacht, dass es zwischen uns doch noch zu so einer Nähe kommen wird. Nicht, dass ich es mir nicht manchmal gewünscht hätte, aber du schienst nicht interessiert zu sein."

Er legt die Gitarre zur Seite, beugt sich zu ihr herunter und streichelt ihr Gesicht. „Ich war, und bin immer noch, etwas verunsichert. Den Sohn Gottes beschatten, okay, dafür bin ich ausgebildet. Die Tochter Gottes aufspüren und beschützen, das auch noch, aber mit ihr schlafen … Das ist wie das Durchbrechen einer Schallmauer aus Prinzipien, Moralvorstellungen und kirchlichen Geboten."

„Dann war der Knall aber nicht besonders laut. Ich habe nichts gehört. Und schere dich nicht um kirchliche Gebote. Das, was zählt, ist, was Du willst und empfindest." Sie streift ihren Bademantel ab. „Und ich weiß genau, was ich jetzt noch einmal will. Und ich weiß, du willst es auch."

Peter lässt langsam seinen Bademantel an seinem muskulösen Körper heruntergleiten, dann läuft er davon Richtung Meer. „Dann musst du mich erst kriegen!" Der Sand spritzt unter seinen Füßen nach hinten.

Elea setzt ihm nach, erreicht ihn erst, als er schon knietief im Wasser steht. Beide umarmen sich innig, ihre Hände gleiten überall hin, dann stößt Elea Peter unerwartet in das eiskalte Wasser. Als er wieder auftaucht, taucht auch sie einmal neben ihm ein, dann greift sie seine Hand.

„Komm zurück, so viel Abkühlung ist gar nicht gut." Sie lächelt verschmitzt. Beide gehen langsam zurück an den Strand und setzten sich an das Feuer. Peter ist sich sicher, dass er nur deswegen nicht friert, weil Elea ihre göttlichen Fähigkeiten im Spiel hat, aber er ist nicht böse darum.

#

Ein paar Kilometer nördlich, mitten im eisigen Meer, steht ein anderes Paar vor dem Leuchtturm und schaut hinüber auf das Festland. Luzia deutet mit der Hand auf das Feuer.

„Da drüben, das Feuer, das müsste doch direkt unterhalb des Schlosses sein. Verrückt, wer macht denn um die Zeit ein Feuer. Es sind bestimmt 10 Grad minus.“ Sie schaut Yves fragend an.

„Also, wenn du ‚verrückt‘ als Schlagwort nimmst, da fällt mir nur eine ein.“

„Du meinst Elea? Aber wozu?“

„Weiß Gott!“ Er lacht. „Luzi, ich muss dir noch was erzählen.“

„Okay. Lass uns reingehen, mir wird kalt.“

Während Yves sich um das Feuer kümmert brüht Luzia in der Küche einen Kaffee auf. Dann setzen sich beide auf das Fell vor den Kamin.

„Es ist so …“ fängt der Engel an. „Ähm, also, du musst wissen, da war jemand vor dir, eine Frau …“

„Das willst du mir jetzt beichten? Ich habe mir schon gedacht, dass du in den Jahrhunderten, die du hier bist, mit der einen oder anderen Frau, oder auch einem Mann, etwas angefangen hast. Das ist doch Vergangenheit.“

„… eine besondere Frau …“ Yves blickt zum Boden.

„Das bin ich doch auch, oder?“ Luzia wirft selbstbewusst mit einer Hand ihr Haar nach hinten.

„… Elea!“

Luzia stockt kurz der Atem. „Du hast mit Elea geschlafen?“

Dann platzt ein Lachen aus ihr heraus. „Ich auch! Dann haben wir wohl noch mehr gemeinsam, als wir bisher schon entdeckt haben. Lass uns nach oben gehen. Diese Nacht gehört allein uns.“

Eine Sendung mit Folgen

Am nächsten Morgen sitzen die vier wieder am Frühstückstisch, es herrscht eine sehr gelöste Atmosphäre. Peter wirkt sehr entspannt, er scherzt mit Luzia und Yves, zeigt aber auch offen seine Beziehung zu Elea. Als diese mit der Besprechung der Sendeinhalte für die letzte Woche des Jahres fertig ist, kommt ein Angestellter mein einem Brief herein.

„Es ist eine Depesche des Papstes." Elea dreht den Brief in den Händen und beäugt in kritisch.

„Kannst du durch das Papier lesen?" fragt Luzia neckend.

„Ich kann alles. Aber ich will nicht." Sie gibt den Brief Peter. „Öffne du ihn!"

Peter schlitzt das Couvert vorsichtig auf und zieht ein Pergament mit einem roten Siegel heraus. Er überfliegt den Inhalt.

„Nun?", fragen Elea und Yves gleichzeitig.

„Ja, man kann sagen, er steht zu seinem freien Willen. Er will nicht, kurz gesagt, dir, bzw. uns, den Zugang zu den historischen Archiven gewähren. Er will auch nicht anerkennen, dass du die Tochter Gottes bist. Und er will auch nicht …, wie sage ich es höflich …, vor einer Frau knien müssen." Peter blick von dem Brief hoch und sieht Elea an.

„Ach, na immerhin beweist er nach der ganzen Überzeugungsarbeit doch Stärke. Obwohl das eigentlich ja nur die Angst vor dem Machtverlust ist. Das war alles?"

Peter nickt. „Grob gesagt ja. Ich fürchte aber, er hat noch ein Ass im Ärmel. Ich werde bei meinen Kollegen einmal nachfragen, was die so wissen."

„Dann erinnere sie bitte auch daran, dass das Jahr bald endet. Heute ist Donnerstag und am nächsten Dienstag ist das Jahr vorbei. Sie sind mir bis dahin noch etwas schuldig."

„Wird gemacht. Und was wird mit dem Papst?"

„Darum kümmere ich mich heute noch. Ich habe noch zwei Stunden Zeit bis ‚Antenna Dei‘ live auf Sendung geht. Luzia, hilfst du mir, ein paar Dateien zusammen zu suchen?“

Luzia nickt und beide gehen ins Studio, Peter geht in sein Büro und Yves macht sich auf in den Konferenzraum. Er bespricht mit zwei Kollegen aus der Recherche seine Erinnerungen an das Wirken Jesus in den letzten knapp fünfhundert Jahren.

#

Pünktlich zum Mittag geht Elea auf Sendung. Die Anmoderation erfolgt wie immer durch Jean-Jacques, der sich als hervorragender Moderator erwiesen und sogar einen eigenen Sendeplatz für seine Tauchtipps erhalten hat. Jeden Freitagabend um acht heißt es eine Stunde lang ‚Abtauchen mit J.J.‘, eine humorvolle und lehrreiche Sendereihe.

Die Kamera schwenkt auf den leeren Tisch mit dem Mikrofon, im Hintergrund ein Panoramafoto des Schlosses. Drei Sekunden lang sieht man nur den leeren Tisch, dann kommt Elea ins Bild und setzt sich. Sie trägt eine weiße Bluse und ein schwarzes Jackett, das typisch nüchterne Büro-Outfit. Sie nestelt an ihrem Haar, bevor sie ruhig in die Kamera blickt und sich räuspert.

„Meine lieben Zuschauerinnen und Zuschauer, zuhause am Bildschirm oder auch online unterwegs. Ich heiße Sie, wie jeden Mittag, willkommen zu meiner Sendung: „Mein Wort in Gottes Ohr“, der Sendung von ‚Antenna Dei', die eine Brücke schlägt zwischen Wissen und Glauben.

Im Anschluss an unseren heutigen Beitrag haben Sie wieder Gelegenheit, Fragen zu stellen und Ihre Probleme zu schildern. Und wie immer kümmere ich mich persönlich um Ihre Belange.
Meine Lieben, ich habe ein wirklich aufregendes Wochenende hinter mir und ich kann Ihnen versichern, die nächsten Tage werden noch einiges mehr an Aufregung bereithalten, für mich und auch für Sie.

Machen Sie sich auf ein paar Überraschungen gefasst.

Wie Sie wissen, arbeiten mein Team und ich unermüdlich daran, das Leben Jesus aufzuarbeiten und die Wahrheit über sein ganzes Wirken publik zu machen. Vor einiger Zeit hatte ich ein sehr aufschlussreiches

224

Gespräch, von dem ich Ihnen bisher noch nichts erzählt hatte. Aber seit heute Morgen weiß ich, dass es die richtige Zeit ist, Ihnen dies hier zu zeigen."

Von der Regie wird ein Film eingespielt, man sieht den Papst an der Zimmerdecke seiner Kellerbibliothek hängen und wild mit Armen und Beinen rudern. Schnell geht das Bild wieder auf Elea.

„Das tut mir leid, da hat die Regie wohl den falschen Schnipsel eingespielt. Ich wollte Ihnen diese Unterhaltung zeigen."

Erneut wechselt die Einstellung und die Zuschauer verfolgen Eleas Unterhaltung mit dem Papst sowie dessen Eingeständnis, dass die Kirche seit Jahrhunderten von der Anwesenheit Jesus gewusst, diese aber verschwiegen hatte. Der Filmbeitrag endet ohne die unrühmliche Szene an der Zimmerdecke.

„Sie sehen, Sie sind ihr Leben lang von der Kirche belogen worden. Jesus war immer unter ihnen, er hat seit zwei Jahrtausenden die Geschicke und Geschichte der Menschheit begleitet. Es ist an der Zeit, sich dem wahren Glauben zuzuwenden, den Glauben an Gott und die Schöpfung, und nicht seine selbsternannten Diener."

Es folgt ein Standbild eines Sonnenaufgangs über dem Meer, untermalt von ein paar Takten von ‚Amazing Grace‘. Dann erscheint wieder Eleas Gesicht.

„Und das ist noch nicht alles. Nicht nur Sie, auch die Kreuzritter wurden von der Kirche hinters Licht geführt. Jahrhunderte haben sie mit der Suche nach Jesus verbracht, obwohl die Päpste jederzeit über seinen Aufenthaltsort informiert waren. Jahrhunderte haben sie Reichtümer angehäuft, um sie Jesus als dem rechtmäßigen König zu übergeben.

Und diese Reichtümer, die werden zum Jahresende eine besondere Verwendung erfahren. Davon werde ich Ihnen am Samstag mehr erzählen.

Mein Thema morgen dreht sich ausschließlich noch einmal um Jesus. Und um diesen Tag. Erinnern Sie sich?"
Es werden ein paar Handyfotos der ‚Himmelfahrt Jesus‘ in Münster eingeblendet.

„Morgen werden Sie hier und von mir die ganze Wahrheit erfahren. Es ist Zeit."

Der Abspann beginnt und Elea steht selbstzufrieden auf. „War ich gut?" fragt sie mit Blick auf das Fenster der Regie.

„Spitze!" Luzia kommt mit erhobenem Zeigefinger aus der Tür. „Ich bin auf die Reaktionen gespannt."

#

Die Reaktionen lassen nicht lange auf sich warten.

Die Kreuzritter berufen auf Schloss Thorberg eine Dringlichkeitssitzung ein, um über das weitere Vorgehen gegenüber der Kirche zu beraten. So eine Schmach wollen sie nicht auf sich sitzen lassen. Der Flughafen Bern platzt fast aus den Nähten unter dem Ansturm der Privatmaschinen der Kreuzritter.

Das Schloss selbst ist von einer malerischen Schneedecke umhüllt, die örtlichen Räumdienste arbeiten mit ihren Fahrzeugen fieberhaft daran, die Zuwege frei zu bekommen.

Im Vatikan herrscht Ausnahmezustand. Der Papst hat sich in seinen Gemächern eingeschlossen und überlegt verzweifelt, ob und wie er Elea doch noch aus dem Weg räumen lassen kann. Etwas weniger verzweifelt, aber hoch erhitzt, tobt im großen Konferenzraum eine Debatte der Kardinäle über das weitere Vorgehen.

Die Vorschläge sind so verscheiden wie die Angst der Anwesenden um den Machterhalt:

- Das Eingeständnis der begangenen Fehler und die Anerkennung Eleas als Nachfolgerin Jesus

- Die Enthebung des Papstes von all seinen Ämtern inclusive Schuldzuweisung allein an ihn

- Ein Treffen mit den Kreuzrittern um ggf. weitere Schritte gemeinsam zu tun

226

- Eine Verleumdungskampagne starten und abwarten, eventuell den Kreuzrittern alle Schuld zuschieben

Die hitzigen Diskussionen enden abrupt am späten Abend, als der gerade erst eingetroffene Kölner Kardinal mit einer außergewöhnlichen Idee alle Aufmerksamkeit auf sich zieht.

Der kurze Videoausschnitt mit dem an der Decke schwebenden Papst geht viral, er hat abends bereits mehr als 360 Millionen Klicks erhalten und sich in allen Netzwerken verbreitet. Mit nur 18,5 Millionen Klicks war den Menschen wohl das ausführliche Geständnis des Papstes weniger bemerkenswert, aber das Video holt auf. Am nächsten Morgen liegen beide etwa gleichauf mit 1.110 Millionen Aufrufen, und das ist erst der Anfang.

#

Während des Frühstücks schaut Luzia immer wieder auf ihr Handy mit der Anzeige, wie oft das Video abgerufen und geteilt wurde. Jedes Mal lächelt sie zufrieden.

„Es ist endlich Schwung in das ganze Thema gekommen. Das wurde auch Zeit." Sie greift nach einem letzten Schluck Kaffee.

Peter nickt, schaut aber nicht so zufrieden aus. „Da ist sehr viel Bewegung, im Moment. Die Frage ist nur: Wer bewegt sich? Und wie lange hält das an?"

Elea legt die frische Feige, die sie gerade essen wollte, zurück auf den Teller. „Wie meinst du das?"

„Nun, da ist in den Führungsetagen der Mächtigen eine Menge im Gange. Aber ist das das, was wir erreichen wollen? Wir wollen doch die Masse aufrütteln, sie aus ihrer Lethargie und Gleichgültigkeit herausholen, ihnen den Weg zum Glauben und zu sich zeigen.
Was da gerade passiert, ist auf der einen Seite reine Sensationslust, auf der anderen Schadenfreude. Denkt doch an den Filmschnipsel mit dem Papst an der Zimmerdecke. Die breite Masse ist noch nicht in Bewegung.

Und dort, wo jetzt Aufruhr herrscht, geht es um Vertuschung und Machterhalt. Keiner hat wirklich Interesse daran, etwas zu ändern. Zumindest nicht freiwillig. Und wenn, dann nur das, was unbedingt nötig ist."

Elea schaut Peter zweifelnd an. Dann sagt sie: „Peter, du hast Recht. Ich habe mich ein wenig in meinem Erfolg gesonnt, ein wenig vom Besuch meines Bruders ablenken lassen und ein wenig zu sehr von den vielen Genüssen des menschlichen Daseins. Was wäre ich ohne dich?"

„Die Tochter Gottes!", antwortet Peter kurz. Es bleibt unklar, wie er das gemeint hat. Er fährt fort: „Vielleicht reichen Informationen über das Vergangene einfach nicht mehr aus. Vielleicht braucht die Welt ein neues Wunder."

„Peter, ich liebe dich!" Elea legt die Feige erneut auf den Teller zurück. Dann hält sie die Hand vor den Mund. „Upps! Ich meine, deine Ideen."

„Schon gut!" Peter lächelt unsicher.

Nun meldet sich Yves zu Wort. „Kannst du nicht einfach den Papst gläubig machen? Oder die Kreuzritter freigiebig. Das wäre ein wahres Wunder."

„Sarkasmus steht einem Engel aber gar nicht." Elea bewegt tadelnd den Zeigefinger. „Aber ich werde über die Idee nachdenken. Es sind noch fast zwei Stunden bis zur Sendung. Ich möchte Spazieren gehen. Peter, kommst du mit?"

Peter nickt, tupft sich mit der Serviette den Mund ab. „Gerne, ich ziehe mir nur schnell was Warmes an."

Elea schüttelt den Kopf. „Nein, nicht nötig. Nicht hier."

Und schon stehen beide an einem wunderschönen langen Sandstrand, das blaue Meer leuchtet. Elea greift Peters Hand. „Die Nacht mit dir am Strand war besonders für mich. Ich möchte, dass du das weißt. Es ist nur so, ich fürchte manchmal, meine Aufgabe zu vernachlässigen, wenn ich zu menschlich werde.

Denk nur an Jesus! Zweitausend Jahre! Er ist vergesslich geworden. Wenn das nicht menschlich ist! Zu menschlich!

Und jetzt ist er wieder hier. Hat Frau und Kinder. Sooooo eine kleine Verantwortung, und doch so wichtig für ihn."

Elea zieht sanft an Peters Hand, sie gehen am Meer entlang, das warme Wasser umspielt ihre Füße. Peter schaut nach unten. Natürlich, er ist plötzlich barfuß. Elea hat an alles gedacht. Für ihn ist sie die perfekte Frau. Und doch zweifelt sie an sich. Oder besser gesagt, an ihrer menschlichen Seite. An ihren Fähigkeiten als Schöpferin hat sie nie einen Zweifel aufkommen lassen.

Eine Zeit lang gehen sie schweigend Hand in Hand. Dann bleibt Peter stehen und schaut auf das Meer hinaus. „Wunderschön!" sagt er. „Darauf kannst du stolz sein." Dann legt er einen Arm um die Tochter Gottes und küsst sie zärtlich.

Im ersten Moment wehrt Elea ihn noch ab, dann erwidert sie den Kuss. Zuerst vorsichtig, fast fragend, dann aber intensiv. Die beiden verhalten sich, als wäre dies ihr erster Kuss. Langsam lassen sie ihre Hände am Körper des anderen entlanggleiten, behutsam, langsam erforschend. Sie halten inne, schauen sich in die Augen und fahren dort fort, wo sie aufgehört hatten.

Das Wasser unter ihren Füßen weicht langsam zurück, der Sand wird warm und weich, Elea übernimmt kurz die Regie. Sie zieht ihn sanft auf den Boden, abwartend. Peter legt sich neben sie, seine Hände wandern an ihrem Körper entlang, finden ihre Brüste, streicheln sie sanft. Elea löst langsam die Schnalle seines Gürtels und gibt sich ganz seiner Leidenschaft hin.
Die Nacht gehört den beiden Liebenden. In der Ferne ist leichtes Donnergrollen zu hören.

Antenna Dei / volles Programm

Pünktlich zur Sendung steht Elea wieder vor der Studiotür, Luzia tippt ungeduldig mit dem Zeigefinger auf ihre Armbanduhr. Das war ein Fehler. Sie hätte zuerst in Eleas Gesicht sehen sollen, dann hätte sie die Grübelfalten auf ihrer Stirn gesehen. Wie von selbst öffnet sich der Verschluss des Armbands und die Uhr scheppert auf den Boden.

„Probleme?", fragt Elea mit einem leicht drohenden Unterton.

„Nein, nein!" Luzia ist irritiert. So kennt sie Elea nicht. „Du bist ja so was von pünktlich! Genau rechtzeitig! Es geht sofort los."

Elea lächelt unverbindlich und setzt sich auf ihren Platz. Der Anfangssequenz läuft ab, dann erscheint ihr Bild.

„Meine lieben Zuschauerinnen und Zuschauer, zuhause am Bildschirm oder auch online unterwegs. Ich heiße Sie, wie jeden Mittag, willkommen zu meiner Sendung: „Mein Wort in Gottes Ohr", der Sendung von ‚Antenna Dei', die eine Brücke schlägt zwischen Wissen und Glauben.

Ich muss sagen, mit so einer Reaktion auf meine gestrige Sendung habe ich nicht gerechnet. Nein, das stimmt nicht! Achtes Gebot: Du sollst nicht lügen.
Ich habe damit gerechnet, ich habe gehofft, dass sich etwas bewegt da draußen vor den Bildschirmen. Und das ist erst der Anfang. Die nächsten Tage bis zum Jahreswechsel werde ich sie hoffentlich genauso wie gestern überraschen.

Heute geht es um eine weitere vor Ihnen zurückgehaltene Information. Es nenne es die ‚Himmelfahrt Jesus'. Gestern habe ich Ihnen zur Einstimmung ein paar Fotos gezeigt, die an diesem Tag, dem 9. Mai, in Münster aufgenommen worden sind. Bis heute hat uns eine wahre Flut von Fotos und Filmen erreicht, die Sie uns freundlicherweise zur Verfügung gestellt haben. So viele Menschen waren an diesem Tag Zeugen der letzten Minuten Jesus auf der Erde und seiner Rückkehr in den Himmel. So viele Zeugen! Und was ist daraus geworden?

Sehen Sie hier, auf diesem Foto! Der Mann ist Pfarrer. Er hat Jesus im Auftrag des Papstes jahrelang begleitet, angeblich, um herauszufinden, ob

Jesus wirklich Gottes Sohn ist. Dabei wusste die Kirche dies schon seit Jahrhunderten."

Es wird noch einmal eine Sequenz aus Eleas Gespräch mit dem Papst eingeblendet, wo dieser zugibt, diese Informationen unter Verschluss gehalten zu haben.

„Aber vielleicht lassen wir diesen Mann doch einmal selbst zu Wort kommen!"
Es folgt ein Interview mit Pfarrer Jakob. Er erzählt freundlich und flüssig von seinem Leben an der Seite Jesus, auch von seinen vielen vergeblichen Versuchen, die Kirche von der Authentizität Jesus zu überzeugen. Der Beitrag endet mit einem ruckelnden Film, der wohl von einer Knopfkamera aufgezeichnet wurde. Er zeigt die letzten Minuten des Gesprächs zwischen dem Papst und Pfarrer Jakob und endet mit der vom Pfarrer wütend auf den Schreibtisch geworfenen Soutane. Dieses Bild von der Soutane bleibt noch sechs Sekunden stehen, dann erscheint Elea wieder auf dem Bildschirm.

„Meine Lieben, Sie sehen selbst, Sie sind lange genug belogen worden. Hören Sie auf, immer alles verstehen zu wollen, Sie werden ja doch nur belogen. Fangen Sie wieder an, zu glauben. Sehen Sie das Wunder der Schöpfung in ihrem täglichen Leben. Jesus hat Jahrtausende lang versucht, Ihnen das Wirken Gottes näher zu bringen. Entscheiden Sie selbst, wem sie glauben wollen!"

Elea wird langsam ausgeblendet, auf der linken Bildschirmhälfte erscheint ein Foto Jesus, wie er in einem Lichterglanz seine irdische Hülle verlässt. Auf der rechten Bildschirmhälfte erscheint ein Foto des Papstes, ein Glas Rotwein in seiner goldberingten Hand haltend.

Es macht leise „plopp", da erscheint noch einmal Eleas Gesicht.

„Sie haben die Wahl!"

Dann folgt der übliche Abspann. Elea steht auf. „Wo ist Peter?"

Yves schaut durch die Tür in den Senderaum. „Er ist draußen, Holz hacken. Er sagte, er brauche etwas Ablenkung."

„Na gut, dann später. In fünf Minuten bin ich bereit für die Fragestunde."
Elea geht hinab in den Salon und holt sich einen Kaffee. Sie genießt es,
das starke Aroma durch die Nase zu ziehen, die gerade noch zu ertragende
Hitze in ihrem Mund zu spüren und dann die Kehle hinter gleiten zu
lassen.

Draußen im Schnee sieht sie Peter Holz spalten. Sie schaut kurz zu, dann
macht sie sich wieder auf den Weg ins Studio.

Reaktionen in Rom und Bern

In Rom spaziert der Papst aufgeregt vor seinem Fernseher hin und her. „Das war jetzt aber genug. Ausschalten!" Ein Kirchendiener schlängelt sich vorsichtig an seinem aufgebrachten Herrn vorbei und schaltet den Fernseher ab.
„Holt mir jenen Kardinal, von dem ihr erzählt habt. Den Computerfreak."

Der Diener nickt, verbeugt sich und eilt rückwärts zur Tür. Zehn Minuten später bringt er den Kardinal von Köln in das Fernsehzimmer des Papstes.

„Eure Heiligkeit haben mich rufen lassen?"

„Ja, das weiß ich selber. Er ist es doch, der meinen Kardinälen gestern Abend einen Vorschlag gemacht hat, wie wir aus dieser Krise kommen können, ohne unser Gesicht zu verlieren? Was ist seine Idee?"

Der Kardinal lächelt. Er spürt die Verzweiflung des Papstes, dessen Aufmerksamkeit ist ihm also gewiss. Und später sicherlich auch eine angemessene Belohnung. Vielleicht, aber das traut er sich gar nicht zu denken, kann er bald die kirchlichen Geschicke steuern und sich selbst zum Papst wählen lassen. Er schüttelt diesen Gedanken ab und stellt seinen Laptop auf den Schreibtisch. Langsam streicht er mit den Fingern durch seinen spitzen Schnurrbart, dann öffnet er den Laptop.

„Ich habe da mal etwas vorbereitet."

Der Papst rückt näher.

#

Währenddessen sind in der Schweiz die Kreuzritter immer noch zu keinem Ergebnis gekommen. Es besteht noch keine Einigkeit darüber, ob man die nächsten Ereignisse noch abwarten will oder selbst die Initiative ergreifen. Und wenn, dann sind die Meinungen wieder gespalten. Ein Teil will den endgültigen Bruch mit der Kirche, ein etwa genauso großer Teil will den Schulterschluss mit der Kirche.

Nur gemeinsam ist man stark.

Da erscheint während des Abendmahls plötzlich die Tochter Gottes im großen Saal. Man hört einige Schreckrufe, das eine oder andere Besteck fällt klirrend auf den Boden. Dann steht der Oberste Kreuzritter langsam auf, der schwere Holzstuhl kratzt über die Bodenfliesen.

„Elea! Womit haben wir diese unverhoffte Überraschung verdient? Darf ich Sie bitten, bei uns Platz zu nehmen? Wir werden sicherlich noch ein weiteres Gedeck auflegen können." Er klatscht in die Hände und ein Diener entfernt sich eilfertig.

„Danke nein, Herr Gerstmann!"

Der Diener bremst abrupt vor der Tür ab und reiht sich wieder in die kleine Gruppe der Bediensteten ein, die für das Nachlegen der Speisen zuständig sind.

„Ich will nur eine Antwort. Wann werden Sie mir Ihre Vermögensnachweise übergeben, damit ich mit dem Geld etwas Gutes bewirken kann? Das Jahr endet am Dienstag, Ihre Frist ist bald abgelaufen."

Der Oberste Kreuzritter räuspert sich kurz. „Die Sache steht kurz vor dem Abschluss. Ich bitte Sie noch um ein oder zwei Tage Geduld."

Die Tochter Gottes zieht skeptisch eine Augenbraue hoch.

„Sie können mir vertrauen. Wir haben gerade noch ein anders Problem, das geklärt werden muss. Aber wir werden die Frist einhalten. Ich würde doch die Tochter Gottes nicht belügen!"

„Doch! Sie würden es zumindest versuchen." Elea schaut weiter skeptisch.

Ihr Gegenüber spürt, wie sich ein Kloß in seiner Kehle bildet, schnell nimmt er einen Schluck Wein.

„Ich komme wieder!", sagt Elea und schon ist sie mit einem leisen „plopp" wieder verschwunden. In der Tafelrunde setzt ein aufgeregtes Gerede ein, der Oberste Kreuzritter setzt sich zitternd auf seinen Stuhl. Er ist blass geworden.

Die Ruhe vor dem Sturm

„Hast du nicht das Gefühl, dass die dich nur hinhalten wollen?", fragt Yves, nachdem Elea am Frühstückstisch von ihrem kurzen Gespräch bei den Kreuzrittern erzählt hat.

„Zwei Tage mehr oder weniger, was macht das schon? Dann kann ich heute Mittag eben noch nicht davon erzählen, wie großherzig die Kreuzritter ihr Vermögen für wohltätige Zwecke zur Verfügung stellen wollen."

„Vielleicht besuchst du gleich schnell noch den Papst, dann hast du wieder ein Thema für die Sendung heute Mittag." Luzia feixt.

„Nein, lass es mal gut sein. Er hat seine Entscheidung getroffen, er kennt die Konsequenzen. Ich habe schon eine Idee, was ich nachher machen werde." Elea schaut gedankenverloren aus dem Fenster. „Wie es den Zwillingen wohl geht? Man hört ja gar nichts mehr."

Luzia zieht ihr Handy hervor. „Hier, schau mal, das hat Anna mir gestern geschickt. Sehen Sie nicht süß aus?"

Elea schaut abwesend auf das Bild, nickt. „Ich habe es nicht bekommen."

„Du hast bestimmt auch nicht gefragt." Luzia lächelt. „Und vielen Dank für die neue Uhr. Sie lag heute Morgen in meinem Hausschuh."

„Gerne." Elea lächelt wieder. „Ich freue mich schon auf Jesus Geburtstag am Mittwoch. Das wird ein Fest!"

Alle am Tisch nicken. Zweitausendvierundzwanzig Jahre. Und gerade erst Vater geworden. Das wird ein besonderer Geburtstag werden.

Am nächsten Mittag, kurz vor zwölf, beginnen plötzlich die Lichter zu flackern. Gerade, als Elea sich auf den Weg in den Senderaum macht. Als sie die Tür öffnet, erlischt das Licht im Raum. Auch hinter der Scheibe der Regie wird es dunkel. Yves, Luzia und ein Tontechniker verlassen den Raum.

„Was ist los?", fragen Luzia und der Techniker gleichzeitig.

„Stromausfall!" Elea wippt mehrfach den Lichtschalter hin und her. „Das ist unpassend. Genau zur falschen Zeit."

„Was machen wir?", fragt der Techniker und zieht die Achseln hoch.

„Wir schauen mal im Keller nach. Kommt mit!" Elea übernimmt die Führung. Auf der Kellertreppe kommt ihnen schon Peter entgegen.

„Jean-Jacques und ich waren schon unten. Die Sicherungen sind okay, aber es kommt gar kein Strom an."

„Haben wir keinen Notstrom oder so, wie im Krankenhaus?" Luzia wirkt etwas nervös.

„Selbstverständlich! Der hätte auch schon längst angesprungen sein müssen. J.J. und ich schauen mal nach, was der Generator macht." Peter und Jean-Jacques verlassen den Flur, gehen zu dem Nebengebäude, in dem der Generator untergebracht ist.

„Stell dir mal vor …" Luzia hebt die Stimme an „… das wäre passiert, als wir das Geständnis des Papstes senden wollten. Was sich dann alles verändert hätte!"

„Oder auch nicht. Wir hätten ja schlichtweg etwas später auf Sendung gehen können. Machen wir gleich einfach auch." Yves versucht, zu beruhigen.

Mechanisch greift Elea nach der Kaffeemaschine und drückt auf ESPRESSO. Nichts geschieht. Sie schüttelt den Kopf. „Jetzt wird es schlimm", sagt sie und lacht.

„Kannst du denn nichts tun?" Luzia ist immer noch unruhig. „Schließlich hast die die Erde erschaffen, da wird Strom doch wohl kein Problem sein!"

„Sicher könnte ich das machen. Aber lass uns erst mal abwarten, wie es weitergeht. Nichts geschieht in den letzten Tagen ohne Grund."

„Meinst du … Sabotage?"

„Gut möglich. Kann sein, dass der Papst uns mundtot machen will. Oder auch die Kreuzritter."

236

„Und was willst du tun?“

„Abwarten und Espresso trinken.“ Unvermittelt hält sie eine Tasse dampfenden Espresso in der Hand. Sie zwinkert. „Ihr auch?“

„Nein, jetzt nicht, danke!“

Da öffnet sich auch schon die Tür und Peter erscheint im Türrahmen. „Schöne Schweinerei! Da hat uns einer alle Kabel zertrennt. Wird eine Weile dauern, bis der Generator wieder Strom liefert. Ich habe den Hausmeister und einen Techniker drangesetzt.“

Elea greift nach einer Tasse und hält sie Peter hin. „Kaffee?“

„Ja, gerne. Es ist kalt da draußen.“ Seine Tasse füllt sich wie von alleine mit Kaffee, Elea zwinkert.

„Dann lasst uns mal den Kamin etwas einheizen. Die Heizungspumpe braucht ja auch Strom, dann wird es hier bald kalt werden. Und so hat Peter die vielen Scheite nicht umsonst gehackt.“ Yves schiebt die Ärmel hoch und schichtet Papier und Holz im Kamin. Bald füllt ein angenehmer Duft den Salon, es knistert und knackt gemütlich.

Nach etwas mehr als einer Stunde und einer fröhlichen Runde Monopoly schaltet sich der Fernseher plötzlich ein. Alle blicken Elea an.

„Das war ich nicht!“, sagt sie irritiert.

„Ich denke mal, der Hauptstrom funktioniert wieder.“ Peter schaut nach draußen. Die beiden im Generatorraum arbeiten jedenfalls immer noch.“

Da klingelt auch schon das Telefon. Es ist die kommunale Energiebehörde. Sie informiert Elea, dass ein gestohlener Lastwagen nahe dem Schloss gegen einen Strommast gefahren war, der Fahrer war unerkannt weggelaufen. Da ein Zeuge sofort Bescheid gesagt hatte, konnte der Schaden schnell behoben werden.

„Glaubst du an Zufall?“ Luzia kneift die Augen zusammen und stemmt die Arme in die Hüften. „Kirche oder Kreuzritter?“

„Das werden wir sicher noch erfahren. Sollen wir jetzt noch auf Sendung gehen?“

„Ich glaube, wir sollten noch sitzen bleiben.“ Yves deutet auf den Fernseher und stellt den Ton lauter. „Der Papst hat eine Ansprache gehalten. Sie wiederholen sie gerade.“

Alle setzen sich auf das braune Ledersofa und schauen gespannt auf den Fernseher. Der Sprecher erklärt, dass es sich um eine Aufzeichnung handelt, die Vatikan.TV um Mittag ausgestrahlt hat.

„Genau, als bei uns der Strom ausfiel. Merkwürdig.“ Der verschwörerische Unterton ist in Luzias Stimme kaum zu überhören.

Fakten gegen ‚Alternative Wahrheiten‘

Dann erscheint die Videobotschaft des Papstes.

„Mir ist zugetragen worden, dass einige Menschen zweifeln, ob sie dem rechten Glauben folgen. Das kann ich so nicht hinnehmen.

Es wird behauptet, Jesus, der Sohn Gottes, der so viele Wunder vollbracht hat und den wir seit Jahrhunderten anbeten, sei am 9. Mai dieses Jahres in einer kleinen unbedeutenden Stadt in Deutschland ‚zum Himmel aufgefahren‘.

Das ist blanker Unsinn!

Wenn das so gewesen wäre, wüsste die Kirche davon! Wenn das so gewesen wäre, wüsste ich als Stellvertreter Gottes auf dieser Erde davon.

Es wird behauptet, die Kirche würde seit Jahrhunderten den Sohn Gottes von der Menschheit abschotten.

Das ist gelogen. Wie sollte das möglich sein? Das ist blanker Unsinn!

Damit kommen wir zu der Frage, wer solche Behauptungen aufstellt. Und wenn Sie die Wahrheit, meine wirkliche Wahrheit, über diese Person erfahren, dann werden Sie sich schämen, auch nur einen Gedanken daran verschwendet zu haben, dieser Person ihren Glauben zu schenken.“

Eleas Bild wird eingeblendet.

„Die Person, sie nennt sich Elea Marquesse of Queensbury, verbreitet seit einiger Zeit über ihren eigenen Fernsehsender und über das Internet diese Lügenkampagne.

Woher kommt diese Person überhaupt? Wie ist sie zu dem großen Reichtum gekommen, mal eben ein hochherrschaftliches Schloss in Schottland zu kaufen, mitsamt aller Ländereien und Zugang zum Meer? Woher kommt dieser immense Reichtum?

Woher kommt diese Person?

Viel ist nicht bekannt über ihr Leben vor ihrem plötzlichen Erscheinen in der High Society Mitte des Jahres.

Nein, viel ist nicht bekannt. Aber … die Wächter des kirchlichen Glaubens haben nicht geruht, Informationen über sie zu beschaffen. Hier ist unsere kirchliche Wahrheit, hier sehen sie das wirkliche Gesicht der Frau, die sich erdreistet, jeden Mittag ihre falschen Nachrichten in der Welt zu verbreiten."

„Da bin ich gespannt." Elea rückt näher an den Fernseher.

Es wird ein Handyvideo eingeblendet, dass die Szene zeigt, als Elea an ihrem ersten Tag auf der Erde mit dem Kioskbesitzer aneinandergerät. Die Szene endet mit einem unscharf zu erkennenden Fußtritt in den Magen des armen Mannes. Dann wechselt die Szene, man sieht Elea im Schuhgeschäft shoppen.

Es erscheint wieder das Gesicht des Papstes auf dem Bildschirm, er schüttelt den Kopf und spricht leise, wie zu sich selbst:

„Und danach geht sie einfach shoppen."

Er schaut direkt in die Kamera.

„Meine lieben Zuschauer, liebe Gläubige, Sie sehen selbst, Sie sind belogen worden. Hören Sie auf, ihren Glauben zu hinterfragen. Nur die Kirche als Stellvertretung Gottes hat die Wahrheit auf ihrer Seite. Die Bilder eben sprechen doch eine ganz klare Sprache.

Entscheiden Sie selbst, wem sie glauben wollen!"
Der Papst setzt eine ernste Miene auf, verneigt sich nach Osten, die Hymne ‚Jesus wir suchen dich‘ wird eingespielt.

Elea kommt aus dem Staunen nicht heraus. Den anderen geht es genauso. Peter fasst sich als erster.

„Das war unglaublich. Und den Schluss hat er auch noch bei dir abgekupfert. Was wirst du tun, Elea?"

„Nichts. Vorerst. Ich werde jetzt einen langen Spaziergang am Meer machen, Peter. Kommst du mit?"

Peter nickt. „So richtig? Hier? Und in der Kälte? Ich frage nur, sicherheitshalber.“

„Ja, so richtig normal. In fünf Minuten am Kai?“

Peter nickt.

Während die beiden Hand in Hand die eisige schottische Küste entlangwandern reibt sich der Papst in Italien freudig die Hände.

In der Schweiz bei den Kreuzrittern herrscht immer noch Uneinigkeit über das weitere Vorgehen.

#

Beim Frühstück am nächsten Morgen ist die Anspannung deutlich zu spüren. Luzia schaut immer wieder auf die Beleuchtung, als erwarte sie einen weiteren Stromausfall. Peter beruhigt sie.

„Das wird nicht noch mal passieren, so dreist wird keiner sein. Und unser Generatorhäuschen ist bewacht, wir werden also auf jeden Fall Strom haben.“

„Ja, Peter, du hast wohl Recht. Aber ich frage mich, wie das weitergehen soll. Elea, willst du wirklich nichts unternehmen?“

Die Tochter Gottes pustet in ihrer Tasse und schaut über den Rand Luzia an.

„Nein, solange niemand von uns zu Schaden kommt, sollen sie nur machen. Hier geht es um mehr, als nur dem Anderen eins auszuwischen. Hier geht es darum, ob die Menschheit noch fähig ist, zu glauben. Gut und Böse zu unterscheiden. Deswegen sind wir hier, deswegen arbeiten wir die Geschichte auf und deswegen senden wir.
Was sie glauben und wohin sie dann gehen, ist ihre eigene, freie Entscheidung.

Mein Bruder möchte nicht, dass bekannt wird, dass er wieder auf Erden ist. Es wäre natürlich ideal, wenn ich ihn in meiner Sendung hätte. Aber ich kann verstehen, dass er sich und seiner Familie den ganzen Rummel nicht antun möchte. Und nun ist es ja auch meine Aufgabe, euch das Glauben zu lehren."

Peter blickt Elea ins Gesicht. „Das klang irgendwie wie eine Drohung. So etwa, wie ‚das Fürchten lehren'."

„Nein, die Zeiten wo ich überlegt habe, euch alle mit einer neuen Sintflut reinzuwaschen, sind vorbei. Es wird auch keine Plagen geben. Ich habe mich an das erinnert, was Peter vor kurzem gesagt hat. Was fehlt, damit die Menschheit wieder glauben kann, sind Wunder.

Und so ein Wunder habe ich heute geplant."

Luzia fällt die Gabel aus Hand. „Ein Wunder? Mal eben so? Hättest du uns da nicht auch einmal Bescheid geben können? Schließlich sind wir doch Freunde, oder?"

Sie schaut die Tochter Gottes unsicher an. „Oder?"

„Ja!", sagt Elea. „Ihr seid mir in der letzten Zeit wirklich ans Herz gewachsen." Sie steht auf. „Und nun möchte ich noch ein bisschen hinaus ans Meer, einfach nur auf die Wellen schauen. So schön ist das alles hier. Peter, kommst du mit?"

Peter nickt und Hand in Hand verlassen beide den Salon.

Luzia fragt leise: „Kann du Tochter Gottes überhaupt Menschen als Freunde haben?"

Yves zuckt die Achseln. „Wir Engel können es jedenfalls. Warum also nicht? Und, egal wie sie es sieht, für mich ist das bisher die tollste Zeit meines Lebens."

„Stimmt, für mich auch. Komm, lass uns auch noch etwas rausgehen und frische Luft schnappen. Ich glaube, es wird ein spannender Tag heute."

#

Luzia soll Recht behalten. Punkt zwölf Uhr beginnt Elea ihre Sendung. Nach der üblichen Einleitung kommt sie direkt auf die Medienattacke des Papstes zu sprechen.

„Da hat die Kirche also die Frage in den Raum gestellt, was für eine Frau ich überhaupt sei. Und sie hat die Frage auch gleich beantwortet. Sie hat einen Filmbeitrag geendet, der mich als brutal und rachsüchtig zeigt.

Natürlich ist das nicht wahr. Der Film war zum größten Teil manipuliert. Allerdings nicht die Szene im Schuhgeschäft, die schönen Schuhe habe ich heute noch.“

Sie hält sie hoch in die Kamera.

„In den letzten Wochen und den vielen Gesprächen, die ich hier geführt habe, haben Sie sicherlich einen Eindruck von mir bekommen. Ich würde nie eine Person, die am Boden liegt treten, das ist klar.

Trotzdem zeigt Ihnen die Kirche dieses Fake. Warum?

Wer bin ich wirklich?

Würden Sie es glauben, wenn ich sage, ich bin die Tochter Gottes, geschickt von meinem Vater, um Jesus Werk fortzuführen?“

„Uiuiui!“, entfährt es Luzia hinter der Regiescheibe. „Das wird schwierig.“

„Würden Sie es glauben, wenn ich sagen würde, der Vesuv bricht in einer Stunde aus, aber die Aschewolke fällt in sich zusammen und die Lava erkaltet, noch bevor sie die erste menschliche Besiedlung erreicht? Und eine Stunde später wächst auf der Lava bereits ein Feld von Sonnenblumen?

Würden Sie das glauben?

Wäre das ein Wunder?“

Sie drückt auf einen Knopf an ihrem Tisch und der Abspann wird spontan eingespielt. Danach verlässt sie den Senderaum. Draußen wartet Peter schon, Yves und Luzia kommen dazu.

„Ist das dein Ernst? Ein Vulkanausbruch? Ist dir da nichts Besseres eingefallen?" Peter äußert unverholen seine Kritik. „Irgendein Wunder, ohne vorherige Katastrophe?"

„Lass uns mal sehen, was daraus wird, ich bin gespannt." Elea ist selbstsicher.

Da kommt der Tontechniker auf sie zu, er nimmt mit einer Hand den Kopfhörer hoch, den er auf den Ohren trägt. „Das sollten Sie sehen! Der Papst! Unten im Fernsehen."

Alle gehen zusammen nach unten, es sitzen bereits drei Mitarbeiter vor dem Gerät und schütteln den Kopf. Einer winkt die kleine Gruppe herbei und ruft: „Der Papst, er hat eine neue Ansprache angekündigt. Es geht gleich los."

Sessel werden zurechtgerückt, zwei weitere Mitarbeiter setzen sich dazu. Nach einer langen Vorrede eines Kardinals erscheint nun den Papst auf dem Schirm.

„Offenbar musste er erst noch deine Sendung verarbeiten", sagt Luzia.

Der Papst scheint aufgeregt zu sein, sein Gesicht leuchtet rot. Er zupft den Kragen zurecht, rückt auf dem Stuhl herum, dann wird er bewegungslos und setzt sein offizielles Gesicht auf.

„Liebe Gläubige, liebe Menschen! Ich segne Sie alle im Namen Gottes. Die Ereignisse überschlagen sich in dieser Zeit, das kann man nicht anders sagen. Gott scheint besondere Pläne mit mir und mit Ihnen zu haben.

Eben noch sah ich die Übertragung dieser Frau, Sie wissen schon, die Ihnen jetzt sogar mit einem Vulkanausbruch droht! Unglaublich! Wirklich un-glaublich!

Doch was kümmern mich ein paar versprengte Schafe oder fehlgeleitete Schäfer, wenn ich Ihnen heute doch viel Wichtigeres berichten kann.

Meine Gebete haben Erfolg gehabt."

Der Papst hebt theatralisch die Arme in die Luft, die ersten Takte von „Jesus, wir suchen dich" werden eingespielt.

„Die Suche hat ein Ende! Die Jahrhunderte langen Bemühungen der
Kirche haben Erfolg gehabt. Meine Bemühungen haben Erfolg gehabt.

Wir haben Jesus gefunden!"

Ein vielstimmiges Staunen ist im Salon zu hören. Elea und Peter schauen
sich fragend an.

„Ja, wir haben Jesus gefunden!"

Der Papst gibt mit der Hand ein Zeichen, dann wird ein Film eingespielt.
Man sieht Jesus, wie er am 24. Dezember über das Wasser kam, auf
seinem Esel reitend. Der Film scheint mit einer Handykamera gemacht zu
sein. Er ist etwas verwackelt und teilweise unscharf. Die Kamera verfolgt
Jesus, der im Schein des goldenen Lichtes langsam auf das Ufer zureitet,
dann schwenkt sie nach links."

„Schau mal, das bin ich!", ruft Yves überrascht.

Tatsächlich sieht man den Engel auf der Veranda stehen. Aber ein Detail
stimmt nicht.
„Man kann meine Flügel sehen! Das geht doch gar nicht! Ich bin ganz
sicher, dass sie nicht zu sehen waren." Yves schaut in die Runde, erntet
aber nur Kopfnicken und ein „psst".

„Ja, meine Bemühungen haben sich gelohnt, wir haben Jesus gefunden.
Ein Engel hat mich zu ihm geführt. Wo genau er sich aufhält, ist noch
geheim. Ich werde in den nächsten Tagen ein langes Gespräch mit ihm
führen. Dann werde ich mich wieder an Sie wenden!

Bleiben Sie gesund, bleiben Sie voller Hoffnung und Glauben. Sie sehen,
es hat sich gelohnt."

Er wendet sich von der Kamera ab, die Aufnahme läuft jedoch weiter.
Man hört ihn noch verächtlich sagen: „Vulkanausbruch! Das können wir
besser!" Dann wechselt das Bild, man sieht einen Knabenchor „Jesus, wir
suchen dich" intonieren.

Peter steht auf und schaltet den Apparat aus. Er schüttelt den Kopf und
sagt:

„Ich bin gespannt, wie er aus der Nummer wieder rauskommt.“

Elea nickt, sie weiß nicht, ob sie lächeln soll oder zornig sein.

„Tu was!“ Luzia wendet sich an Elea. „Du musst doch was tun!“

Elea schüttelt den Kopf. „Nein, das werde ich nicht. Ich bin hier, um euch zu informieren, nicht, um euch zu bekehren oder zu willenlosen Wesen zu machen. Es ist wie mit dem Esel und der Möhre. Alle Esel der Welt haben die Möglichkeit, der Karotte zu folgen oder einen anderen Weg zu gehen. Und es wird immer ein paar Esel geben, die der Möhre bedenkenlos folgen und losstürmen. Ich werde sie nicht daran hindern. Sie werden die Folgen tragen.

Wir werden abwarten, was geschieht. Und wie sich die Menschheit entscheidet. Und ich muss mit meinem Bruder reden.“

Kaum hat sie den Satz beendet, ist sie auch schon verschwunden.

Hilft ein Wunder?

Als sie nach einer knappen Stunde wieder zurückkehrt, ist die kleine Gruppe im Salon auf gut 20 Personen angewachsen. Es wird viel diskutiert, bis Jean-Jacques den Ton des Fernsehers lauter dreht.

„Seht doch mal!", ruft er.

Die aktuellen Nachrichten bringen die ersten Bilder des Ausbruchs des Vesuvs. Lavamassen wälzen sich rotglühend auf der südwestlichen Seite den Hang hinab Richtung Meer, direkt auf die Stadt Torre del Greco zu. Die Aufnahmen stammen aus einem Hubschrauber, der nördlich über dem Vesuv kreist. Der Reporter berichtet aufgeregt:

„Vor etwa einer halben Stunde stiegen aus dem Krater gewaltige Rauchsäulen auf und trieben auf Neapel zu."

Ein Film wird eingeblendet, der schwere gelbgraue Wolken über dem Vulkan zeigt.

„Nach zehn Minuten geschah jedoch etwas äußerst Ungewöhnliches. Die Wolken wurden wieder in den Berg hineingesaugt. Nach Angaben von Experter ist dies auf den Einbruch einer Magmakammer zurückzuführen. Durch den entstandenen Hohlraum wurden die giftigen Wolken wie mit einem Staubsauger zurück in den Berg gesaugt. Ein einmaliges Naturwunder!"

„Autsch!", entfährt es Peter.

Der Reporter ist wieder live zu sehen.

„Ich erfahre gerade, dass die Lavamasse zum Stehen gekommen ist. Sie hat die Stadt am Ufer nicht erreicht. Torre del Greco wurde verschont. Dies ist offenbar auf die Luftabkühlung zurückzuführen, die durch den Sog der Wolken entstanden ist. Ein einmaliges Naturschauspiel!"

Peter schaut Elea an. Sie wirkt nachdenklich. „Alles in Ordnung?", fragt er.

Elea steht auf, sie nickt. „Ich hatte euch ja gesagt, dass es zum Jahresende etwas unruhig werden würde. Der Papst hat seine Entscheidung also getroffen. Morgen frage ich bei den Kreuzrittern nach. Peter, ich möchte, dass du mitkommst.“

„Aber sicher doch. Ich freue mich, den einen oder anderen wiederzusehen.“

Alle Augen sind auf Elea gerichtet. Sie schaut sich in der großen Runde um. „Ihr habt in dem letzten halben Jahr wirklich viel geleistet, all das hier mit mir aufgebaut, eingerichtet, recherchiert und Fakten zusammengestellt und in die Welt hinausgesendet. Ihr wart mir eine große Hilfe.

Am Mittwoch feiert die Kirche den Geburtstag meines Bruders. Ich denke, gerade jetzt sollten wir das besonders feiern. Wer von euch hier nicht unbedingt benötigt wird, kann jetzt einen bezahlten Urlaub nehmen. Luzia wird sich um alles kümmern.

Ich werde später noch eine kurze Einspielung vorbereiten und dann lassen wir den Sendebetrieb vorerst ruhen. Ich muss nachdenken.“

Einer nach dem anderen stehen die Mitarbeiter von ‚Antenna Dei' auf und folgen Luzia ins Büro oder gehen wieder an ihre Arbeit. Luzia schaut Peter fragend an.

„Kann es sein, dass ich einen Fehler gemacht habe? Ich?“

Sie schaut zu Yves, der regungslos hinter ihr steht und den Kopf schüttelt. „Nein, wirklich nicht! Meine Flügel waren nicht zu sehen.“

Elea geht auf ihn zu und streckt ihre Hand aus. „Ich weiß, das Video ist bearbeitet. Ich bin mir nicht mal sicher, ob der Papst wirklich überzeugt ist, dass es euch Engel gibt. Bis zu meinem ersten Besuch hielt er euch nur für ein Gerücht.“

„Aber warum macht er so etwas? Erst behauptet er, du wärest nicht die Tochter Gottes, dann manipuliert er das Video von deinem ersten Tag in Paris. Jahrzehnte lang behauptet er, Jesus sei verschwunden, nun zaubert er ihn wie ein Kaninchen aus dem Hut. Und zieht mich da auch noch mit herein. Mit falschen Flügeln!“

„Macht! Macht macht etwas mit denen, die sie innehaben. Anstatt dass sie etwas mit ihrer Macht machen.

248

Erinnerst du dich, es gab mal eine Möhre, die hatte so viel Macht, dass viele Esel ihr folgten und alles niedertrampelten und dabei den gesunden Boden, auf dem sie lebten, zerstörten."

Der Engel schaut sie fragend an, dann leuchtet sein Gesicht auf. „Ach der. Der orange Mann in Amerika. Aber der war krank. Das hier, das ist der Papst. Der gewählte Vertreter Gottes auf Erden."

„Von wem gewählt? Mein Vater wurde nicht gefragt." Die Tochter Gottes lächelt milde. „Er hatte die Wahl, er hat sich jetzt für diesen Weg entschieden. Lass uns jetzt an die nächste Zukunft denken. Ich möchte mit meinem Bruder und seinen Kindern feiern. Was schenkt man denn so zur Geburt?"

Peter mischt sich ein. „Im Ernst? Die Tochter Gottes will Gottes Sohn etwas schenken? Hat der nicht schon alles? Oder kann sich alles machen? So wie du!"

Elea zögert, dann sagt sie leise: „Alles ist manchmal auch zu viel."

„Das verstehe ich nicht." Peter schaut sie fragend an.

„Musst du auch nicht. Kannst du auch nicht." Sie schaut die beiden Männer an.

„Kurzum! Ich brauche frische Luft. Wer kommt mit?"

Yves Hand zuckt für den Bruchteil einer Sekunde, doch dann sagt er ruhig: „Ich schaue mal, was Luzi so treibt. Vielleicht gehen wir ins Kino. Ich habe Lust auf Popcorn."

„Und du?" Die Tochter Gottes schaut Peter an.

„Frische Luft. Unbedingt! Leichter Salzgeruch. Blaues Wasser. Sand. Kokosmilch." Er zwinkert.

Eine Sekunde später liegt er mit Elea am Strand einer kleinen Insel in der Südsee, beide halten eine gefüllte halbe Kokosnuss in der Hand. Auf dieser Seite der Erdkugel ist es Nacht, aber in den Boden gesteckte Fackeln tauchen den weißen Sand in ein Szenario aus roter Glut unter schwarzem Himmel. Viele Millionen weiße Nadelstiche im Firmament zeugen von der Unendlichkeit des Weltraums.

Das Wasser leckt leise an dem warmen Sand, ein paar aufgeschreckte Vögel fliegen zeternd auf, dann kehrt wieder Ruhe ein in das kleine Paradies.
Peter saugt an seinem Getränk. „Genauso hatte ich mir das gedacht. So könnte es bleiben. Immer!"

Elea verzeiht leicht den Mund. „Du weißt gar nicht, was ‚immer‘ bedeutet." Sie nimmt einen großen Schluck, genießt es, wie der Rum langsam die Kehle hinuntergleitet, leicht brennend, und sich im Magen verteilt. Während erst jetzt die Süße des Zuckers im Mund spürbar wird, merkt sie bereits die erste Wirkung des Alkohols in ihrem Körper. Ihr wird warm, ihre Wangen glühen leicht auf.

„Jetzt möchte ich dieses schöne warme Gefühl auch auf meiner Haut spüren." Sie streckt ihre Hand aus und zieht Peter zu sich heran. Peter streift sein T-Shirt ab und umfasst zärtlich Eleas Kopf, streicht mit seinen Fingern durch ihr kurzes Haar. Dann drückt er sanft ihren Kopf nach hinten und küsst sie auf den Hals. Elea gibt sich seinem Verlangen hin, streicht und kratzt mit ihren Fingern über seinen Rücken.

#

Erst als die Sterne am Himmel verblassen und die Sonne die Regie am Himmel übernimmt kehrt Ruhe in die kleine Kalaoa-Bucht ein. Während Peter sein T-Shit überzieht und auf das stille, schwarze Meer hinausblickt erschafft die Tochter Gottes ein leise knisterndes Lagerfeuer und einen langen Holztisch mit köstlichen Appetithäppchen.

„Es ist angerichtet!", ruft sie Peter zu. Der blickt zu ihr zurück, dann geht er langsam über den noch warmen Sand zum Feuer. Es riecht nach Rauch und frischen Früchten, eine ungewöhnliche Mischung.

Elea zieht ihn zum Tisch, sie wirkt sehr stolz auf die üppige Auswahl, die sie bereitgestellt hat. „Für jeden Geschmack etwas. Süß, sauer, bitter, salzig, umami und noch ein paar andere, die ihr bisher noch nicht herausgefunden habt. Bediene dich!"

Peter greift nach einer Banane. „Also wirklich, an das Leben mit dir könnte ich mich gewöhnen. Es wird nie langweilig."

„Das ganz bestimmt nicht. Aber meine Aufgabe hier scheint früher erfüllt zu sein als gedacht. Du erinnerst dich bestimmt noch an meinen 4-Jahres-Plan? Die Entwicklung hat sich etwas beschleunigt, sicherlich auch durch die Rückkehr meines Bruders."

Peter beißt noch ein Stück von der Banane ab, plötzlich hat er keinen Hunger mehr. Ihm wird bewusst, mit wem er sich da eingelassen hat. Elea ist die Tochter Gottes, sie ist keine gewöhnliche Frau. Im Grunde genommen wahrscheinlich nicht mal eine Frau. Er bereut es, seine frühere Distanz aufgegeben zu haben. Er hat tatsächlich Gefühle für sie entwickelt, entgegen allen Vorsätzen und Regeln der Kreuzritter. Allerdings scheint das wohl sehr einseitig zu sein.

„Und …" er muss schlucken „… wann reist du ab? Und wie? Auch so eine imposante Himmelfahrt wie dein Bruder oder eine Sintflut? Oder reitest du auf einem Vulkan gen Himmel?"

Elea hält erschreckt die Hand vor den Mund. „Die Sonnenblumen! Die habe ich total vergessen!" Kurz schließt sie die Augen. „So, das wäre erledigt. Die Tochter Gottes hält ihre Zusagen."

Sie schaut Peter tief in die Augen. „Was ist los mit dir?"

„Nichts." Peter wechselt das Thema. „Ich glaube, wir sollten zurück nach Tantallon Castle. Die werden auf uns warten."

„Wie du es willst. Morgen fliegen wir nach Bern und dann direkt zu meinem Bruder. Wir können dort in seinen Geburtstag hineinfeiern. Und im nächsten Jahr überlege ich, wie es weitergeht. Ich bin müde. Ein angenehmes Gefühl, wenn auch nicht zu vergleichen mit dem, was wir eben erlebet haben."

Peter nickt, sagt nichts. Und schon befindet er sich im Schloss North Berwick im Salon. Luzia schreckt kurz zusammen, als die beiden neben ihr auftauchen, dann redet sie weiter mit Yves, als wäre nichts geschehen.

Peter geht an das große Fenster und gießt sich gedankenabwesend einen Maltwhisky ein, Elea geht hinauf ins Sendestudio.

Nach einer Stunde, Peter schaut immer noch auf das Meer, in dem langsam die Sonne untergeht, kommt Elea wieder in den Salon.
„So, es ist alles vorbereitet. ‚Antenna Dei' hat Sendepause. Ich habe die Sequenz in den Computer eingespeist. Die Welt muss ein paar Tage ohne mich auskommen." Sie greift nach ihrem Vat-iPhone. „Luzia, sieh hier!"

Luzia schaut sich die kurze Einspielung an, nickt bestätigend und fragt in die Runde: „Wer kommt morgen mit, wann fahren wir los?"

Jean-Jacques hebt zögerlich die Hand. „Wenn ich darf? Ich gehöre ja nicht zur Familie, aber ich habe sonst nichts Anderes vor."

Elea nickt. „Ich habe für euch einen Flug direkt nach dem Frühstück gebucht, ganz old-school. Von Edinburgh nach Nantes. Den Rest fahrt ihr mit dem Leihwagen. Ich werde direkt mit Peter nach Bern fliegen, dann treffen wir euch Samstag bei Jesus. Wir sind in Bern zum Abendessen angemeldet, können uns also hier und hinterher noch etwas Zeit lassen."

„Gut. Ich mache noch einen kleinen Spaziergang am Meer. Gute Nacht, Elea."
Die Tochter Gottes setzt an, Peter zu folgen, stoppt abrupt in ihrer Vorwärtsbewegung. Yves zieht fragend die Augenbraue hoch, dann sagt Elea: „Gute Nacht, Peter!", und geht zur Kaffeemaschine.

Leise schließt Peter die Tür hinter sich, der Geruch des frisch gemahlenen Kaffees mischt sich in die leicht beklemmend wirkende Atmosphäre im Salon.

Schneeregen peitscht gegen die Fensterscheiben, als die kleine Gruppe am nächsten Morgen im Salon sitzt. Jean-Jacques winkt vom Tisch der Techniker zum ‚Cheftisch‘ hinüber.

„Der freut sich ja wirklich, hier mal herauszukommen.“ Peter winkt freundlich zurück. „Und ich freue mich, nachher ein paar meiner alten Kollegen wieder zu sehen. Sie werden überrascht sein, wenn ich ihnen dieses Mal meine Kündigung übergebe.“

„Du willst wirklich aufhören?“ Elea scheint überrascht.

„Ja klar. Da hast gestern selbst gesagt, dein Auftrag hier ist früher als gedacht, beendet. Ich muss nicht länger als stiller Vermittler zwischen dir und den Kreuzrittern stehen, und ich habe auch keine Lust mehr dazu.“

„Verstehe ich nicht.“ Eleas Stirn kräuselt sich.
„Und außerdem, Jesus ist wieder da. Meine Mission als Kreuzritter ist erfüllt. Aus! Ende! Basta!“

Yves und Luzia schauen erst sich fragend an, dann abwechselnd zu Elea und Peter. Kopfschüttelnd stehen sie auf. Jean-Jacques rückt ebenfalls seinen Stuhl zurück und ruft: „Bin gleich da!“ Dann verschwindet er aus dem Salon, um seinen Koffer zu holen.

Elea verabschiedet die drei an der Garderobe, dann kehrt sie zu Peter zurück.
„Alles in Ordnung mit dir? Irgendwie bist du so anders als sonst.“

„Mach dir keine Sorgen um mich, Elea. Versuch lieber, die Menschheit zu retten. Viel Zeit bleibt dir ja nicht mehr.“

„Wieso bist du so kompliziert? Wieso seid ihr so kompliziert? Sag doch einfach, was los ist!“

„Wieso? Das musst du doch wissen. Wir sind deine Kreation!“ Peter dreht sich um und geht zur Tür. „Ich packe jetzt meine Sachen. Sag mir Bescheid, wenn es losgeht!“

Irritiert bleibt Elea allein im Salon stehen. Gut, die Menschen haben ihren freien Willen. Aber ob das wirklich so eine gute Entscheidung war? Sind sie wirklich glücklich damit?

Neue Pläne der Kreuzritter

Am Abend treffen Elea und Peter in Bern ein. Die Stimmung zwischen ihnen ist wieder so freundlich wie zuvor, Peter vermeidet allerdings das Thema um die mögliche frühere Abreise der Tochter Gottes. Der Elea bereits bekannte Chauffeur holt die beiden vom Bahnhof ab und erweist sich dieses Mal als außergewöhnlich redefreudig und gut gelaunt.

Kurz nach 18 Uhr hält der Wagen mit einem knirschenden Geräusch auf dem Kies vor dem Schloss Thorberg. Der Oberste Kreuzritter wartet bereits und öffnet Elea die Wagentür, noch bevor der Chauffeur den Wagen verlassen kann. Dieser öffnet dann Peters Tür.

Ein Lächeln huscht über Gerstmanns Gesicht, als er Peter erkennt. Dann wendet er sich an Elea: „Sie hatten gar nicht gesagt, dass Sie in Begleitung kommen!" Es klingt nicht vorwurfsvoll.

„Doch, hatte ich." Elea schaut ihr Gegenüber fest an. Der setzt ein leichtes Grübeln auf, dann lächelt er. „Stimmt! Das war mir total entfallen. Bitte entschuldigen Sie!"

Er winkt zu einer Bediensteten, die oben auf der Treppe steht. „Lassen Sie noch ein Gedeck mehr eindecken!" Dann wendet er sich an seine Gäste. „Herzlich Willkommen auf Schloss Thorberg. Ich hoffe, dass Sie den Abend und das Essen genießen werden. Peter, ich freue mich, Sie wieder zu sehen.

Mit einer ausladenden Handbewegung lädt er die beiden ein, voranzugehen und folgt ihnen die Treppe hinauf. Ein livrierter Diener geleitet alle in den Konferenzsaal, wo an einem großen, runden Tisch bereits ein gutes Dutzend Menschen Platz genommen hat. Zur Begrüßung erfolgt das obligatorische Dolchklopfen, dann nehmen Elea, Peter und der Oberste Kreuzritter Platz. Der ergreift auch sofort das Wort.

„Verehrte Elea, liebe anwesende Kreuzritter und Kreuzritterinnen, ich freue mich, sie zu diesem außergewöhnlichen Treffen begrüßen zu dürfen. Ich freue mich auch, dass ich Peter Hausmann, einige von Ihnen werden ihn bereits kennen, an der Seite der Tochter Gottes wieder unter uns begrüßen darf."

Peter nickt, Elea lächelt, die Dolche klopfen auf den Tisch.

„Unser letztes Treffen, verehrte Elea, hat ja schon einigen Staub aufgewirbelt und für große Unruhe gesorgt. Ich kann nicht sagen, dass es in der Zwischenzeit ruhiger geworden wäre. Im Gegenteil, aus dem Staub sind Sturmwolken entstanden, die auch die Reihen der Kreuzritter mächtig geschüttelt haben.“

Allgemeine Raunen setzt ein, ein einzelner leiser Dolchklopfer ist zu hören.

„Ich will es kurz machen, insbesondere, weil einige hier am Tisch bereits etwas länger auf ihr Essen warten.“

Gelächter.

„Elea, Sie haben uns damals ein Ultimatum gestellt. Wir haben damals nach längerer Beratung zugestimmt, Ihre Bedingungen zu erfüllen. Aber, die Bedingungen haben sich in der letzten Zeit geändert.

Wie Sie, sehr verehrte Elea, selbst wissen, ist jemand erschienen, den der Papst ohne Zögern als Sohn Gottes identifiziert hat. Als den Jesus, den unsere Vereinigung seit fast zweitausend Jahren sucht.“

Elea runzelt die Stirn, einige Kreuzritter beugen sich vor.

„Natürlich hat der Papst in unserem Orden keinerlei Autorität, aber als Vorsteher der Kirche hat er schon eine gewisse Relevanz. Wir wissen nicht, woher er seine Informationen bezieht und ob sie zutreffend sind, aber wir werden ausführlich prüfen, ob diese Person, die dort an der französischen Küste auf so spektakuläre Weise erschienen ist, wirklich Jesus, der Sohn Gottes, ist.“

„Die Mühe kann ich Ihnen gerne abnehmen, er ist es.“ Elea lächelt zynisch.

Der Oberste Kreuzritter reagiert nicht auf die Unterbrechung.

„Und da ist dann noch etwas. Unsere Satzung wird bald zweitausend Jahre alt sein. Sie wurde in einer Zeit aufgesetzt, na ja, Sie wissen selbst, da ritt man noch auf Eseln und führte Krieg mit dem Schwert. Die Mehrzahl der Kreuzritter hat für eine Aktualisierung der Satzung gestimmt. Wir wollen modern werden. Unser Handeln und unsere Ziele der heutigen Zeit anpassen.“

Kurze Pause, er holt tief Luft.

„Jerusalem ist nicht mehr das, was es im Jahre 33 war, als unser Orden gegründet wurde. Jerusalem ist eine blühende Handelsstadt im GDN, im Großen Demokratischen Nordafrika.

Selbst wenn, und ich stelle dies wirklich erst einmal in Frage, selbst wenn sich diese Person als Sohn Gottes herausstellen sollte, wir könnten sie gar nicht zum König von Jerusalem krönen.

Absolut unmöglich.

Wir haben beschlossen, mit dem Reichtum unseres Ordens neue Wege zu gehen. Zeitgemäße Wege. Unterstützung der Armen und Bedürftigen.

Übermorgen, am 1. Januar 2025, werden wir über unsere neue Satzung abstimmen.“

Nicht enden wollenden Dolchklopfen erfüllt den Saal.

„Jesus, der Sohn Gottes, benötigt sicherlich nicht die Krone über Jerusalem, um sein Werk fortzusetzen. Und auch nicht die Hilfe von ein paar Kreuzrittern, die ihn zweitausend Jahre vergeblich gesucht haben. Schließlich ist er Gottes Sohn.“

Es ist totenstill. Elea schluckt, Peter läuft rot an. Das war starker Tobak. Dann wendet sich Elea an den Obersten Kreuzritter.
„Eine wirklich gut durchdachte Strategie. Genau zur richtigen Zeit. Passt zu Ihnen.“

Sie wendet sich an Peter. „Und?!“

Der greift in seine Jackentasche, holt das Couvert mit seiner Kündigung heraus und legt es vor Jakob Gerstmann auf den Tisch. „Lesen Sie es später!“

Der Oberste Kreuzritter schaut verwundert zwischen Elea und Peter hin und her, auch die Kreuzritter an dem runden Tisch wirken ratlos.

Die Tochter Gottes schaut dem Obersten Kreuzritter tief in die Augen. „Sie erinnern sich an die heiligen Schriften? ‚Die Rache ist mein!' sprach der Herr. Nun, da mein Vater nicht da ist, ist es wohl an mir.

Aber natürlich ist Rache nicht mein Ding. Sie haben sich aus freiem Willen für diesen neuen Weg entschieden und ich wünsche Ihnen Glück!"

Die Anwesenden murmeln, schauen sich fragend an. War das schon alles? Und die Tochter Gottes wünscht ihnen noch Glück?

„Ich möchte natürlich auch, dass Sie alle ein ruhiges und zufriedenes Leben führen. Deshalb nehme ich Ihnen, das heißt, ich habe es Ihnen schon abgenommen, die Verteilung des Geldes auf die Armen und Bedürftigen ab. Die Geldmengen, die in vielen Tresoren schlummerten, sind soeben an ‚Antenna Dei' übertragen worden. Wir werden uns um eine gerechte Verteilung kümmern."

Sie schaut in die Runde.

„Viel Erfolg noch bei Ihrer Satzungsänderung und willkommen im 21. Jahrhundert. Sie werden verstehen, dass wir unter diesen Umständen nicht an Ihrem Abendessen teilnehmen wollen."

Sie schaut zu Peter, der nickt. „Irish Stew", flüstert er.

Vor den Augen der verblüfften Kreuzritter lösen sich die beiden einfach auf, die Luft strömt mit einem leisen „Plopp" in den leeren Raum. Der Oberste Kreuzritter schüttelt den Kopf, dann greift er nach dem Umschlag vor ihm.

Eine Nacht in Dublin

Einen Sekundenbruchteil später sitzen Peter und Elea in einem kleinen Pub vor den Toren Dublins. Das Lokal ist nur zur Hälfte gefüllt, niemand nimmt von dem Paar Notiz, dass wie aus dem Nichts aufgetaucht ist. Peter schaut zunächst etwas erschrocken, dann aber lächelt er und deutet auf den dampfenden Teller.

„Danke!" sagt er. „Wir verstehen uns mit einem Augenzwinkern."

„Mehr ist auch nicht nötig!" Elea schaut auf den Teller mit gegarten Gemüsen und frischen Kräutern vor sich und reibt sich die Hände. „Genau das brauche ich jetzt. Und nicht diese endlosen Menütafeln mit schwafelnden heuchlerischen Kreuzritter."

Sie schaut sich im Pub um. „Nette Menschen, so einfach, und so zufrieden." Ihr Blick bleibt an dem schiefen Bücherregal hängen. „Und eine außergewöhnliche Dekoration."

Peter schaut von seinem Teller auf und deutet auf die vielen Uhren an den Wänden. „Hier scheint die Zeit stehen geblieben zu sein."

„Hast du dort die Wände gesehen, voll geklebt mit Zeitungsartikeln. Wirklich ungewöhnlich, aber sehr heimelig." Elea versucht, auf die Entfernung ein paar Worte aus den Schlagzeilen zu lesen.

Peter kaut und nickt, greift nach seinem Bier. „Können wir uns hier ein Zimmer nehmen? Einfach so, hier und jetzt. Ohne Komplikationen. Du und ich?"

Elea lächelt. Trotz des Fiaskos eben bei den Kreuzrittern wirkt sie zufrieden, ausgeglichen. „Gerne. Es ist merkwürdig, ich habe eben genau das Gleiche gedacht."

Da kommt auch schon der Wirt, legt die Zimmerschlüssel auf den Tisch und entfernt sich mit den Worten: „Wünsche weiterhin einen guten Appetit."

„Das geht wirklich reibungslos. Wird dir denn nie langweilig?" Peter leert sein Glas und hält es hoch. Der Wirt nickt bestätigend.

„Ich muss sagen, hier gibt es immer etwas Neues, Überraschendes. Ich bin glücklich, das hier so geschaffen zu haben. Mal etwas Anderes."

Peter nimmt dankend das Bier an, das der Wirt ihm bringt. „Ich frage jetzt nicht weiter. Ich möchte den Abend hier genießen. Unseren Abend. Und die Kreuzritter und die Kirche außen vor lassen. Einfach nur hier sein. Irish Stew, Ale, du und ich. Okay?"

Elea nickt. Nach einer guten Stunde hat sie sich kreuz und quer durch die irische Küche gegessen, zumindest deren vegetarische Köstlichkeiten.

„Einen Spaziergang vor dem Schlafen? Ganz normal." Peter schaut Elea fragend an.

„Gerne!" Elea streckt ihre Hand aus und lässt sich von Peter den Stuhl zurückziehen, dann hilft er ihr in den Mantel.

„Woher wusstest du, dass das meiner ist? Ich bin ohne Mantel gekommen."

„Ich auch. Und ich denke, dieses wird meiner sein. Langsam kenne ich dich und die Art, wie du bestimmte Situationen kontrollierst." Peter lächelt.

„Stimmt! Ich überlasse wenig dem Zufall. Obwohl der manchmal ganz angenehm ist." Elea nickt dankend, als Peter ihr die schwere Wirtshaustür öffnet, dann tritt sie heraus.

Ein Schwall Regen prasselt ihr ins Gesicht. Sie weicht erschrocken einen Moment zurück, dann krempelt sie den Kragen hoch und geht hinaus. Peter folgt ihr, zieht seine Mütze tief ins Gesicht.

„Das hatte ich mir anders vorgestellt," sagen beide gleichzeitig und lachen laut los. Dann schlendern sie, trotz des nasskalten Unwetters, langsam Hand in Hand durch die Straßen des kleinen Ortes. Durch und durch nass geregnet kehren sie zwei Stunden später in ‚Robinsons Pub' zurück.

Beim Öffnen der Tür schlägt ihnen sofort die warme Luft aus dem Pub entgegen, es riecht nach Gebratenem. Die Frau an der Bar schaut zunächst etwas erschrocken, als die beiden eintreten und ihre nassen Sachen ausschütteln, dann ruft sie laut: „So ist unser Wetter in Irland. Aber: ‚it never rains in a pub'. Es regnet nie in einem Pub, wie wir Iren sagen. Setzen Sie sich, ich gebe Ihnen einen Drink aus, sie scheinen ihn nötig zu haben."

Elea und Peter hängen ihre nassen Mäntel in den Eingang und setzen sich in zwei große, bequeme Ohrensessel. Die Barfrau serviert ihnen zwei Gläser ‚Irish Coffee', dann geht sie hinter ihre Theke und läutet die Glocke. „Last orders please!", ruft sie laut, es ist der Beginn der irischen Sperrstunde. Das so überhaupt nicht auffällige aber doch sehr ungewöhnliche Paar genießt die Hitze der Gläser in ihren Händen und den süßen, klebrigen Whisky, der heiß durch die kalte Sahne fließt und im Magen die Wärme hervorruft, die das Pub nach außen ausstrahlt. Danach gehen sie hoch zu ihrem Zimmer.

Elea betrachtet den Schlüssel mit dem klobigen Holzanhänger, bevor sie die Zimmertür aufschließt. „Nummer 8. Wenn ich die Zahl auf die Seite lege, zeigt sie das Symbol von ‚unendlich'. Ein schönes Symbol."

„Für dich vielleicht. Für mich ist alles endlich. Und ein Teil meines Lebens nun schon früher als gedacht."

„Ach deshalb bist du in der letzten Zeit so anders. Weil ich gesagt habe, dass ich meine Aufgabe hier früher als gedacht beenden kann. Ich habe aber auch gesagt, dass ich noch darüber nachdenken werde. Das hast du nicht gehört?"

„Doch. Es ist nur wieder da, dieses Gefühl von früher. Meine Endlichkeit, meine Beschränktheit und dann du. Das ist nicht für Dauer gemacht. Und dann … meine Gefühle für dich."

„Peter, nichts ist für die Ewigkeit gemacht. Alles ist immer nur für den Moment. Und der ist das, was du daraus machst."

„Dann lass uns diese Nacht besonders machen. Du und ich, Kreuzritter und Gottestochter, in einem kleinen Zimmer in einem kleinen Pub in einer kleinen Stadt am Rande Irlands." Langsam zieht er Elea in das Zimmer.

Als Erstes bemerkt Elea den in das große Bett aus dunklem Holz geschnitzten Fisch, das Zeichen Jesus und der Kirche. „Sogar hierher verfolgt mich mein Bruder." Sie zwinkert mit einem Auge, dann verschwindet sie im Badezimmer.

Nach einer langen Nacht, in der Ewigkeit und Endlichkeit, Frau und Mann, Geben und Nehmen auf wunderbare Weise verschmolzen waren, sitzen Peter und Elea wieder unten im Pub und genießen ein untypisches irisches Frühstück. Der Tisch biegt sich fast unter der Last der frischen Früchte, die Elea sich zum Frühstück ausgesucht hat. Peter begnügt sich mit Toast, Bacon und Tee.

„Wie geht es mit uns weiter?", fragt er zwischen zwei Bissen.

„Ach, das habe ich schon geregelt. Eine Maschine des Königshauses holt uns nachher in Dublin ab und bringt uns direkt nach Nantes. Dann sind wir heute Abend noch bei Jesus und den Kleinen. Ich freue mich riesig darauf."

„Das meinte ich zwar nicht, aber gut! Gut geplant! Die Entwicklung immer im Griff. Das liebe ich an dir!"

Elea lächelt, dann schlürft sie genussvoll an einer reifen Aprikose. Der Saft tropft aus ihrem Mund, der rote Lippenstift hält. In diesem Moment wirkt sie auf Peter wie ein kleines Kind, das die Freuden des Lebens kennenlernt.

Auf dem Weg mit dem Taxi zum Flughafen sitzen beide gedankenverloren nebeneinander und beobachten schweigend, wie die Silhouetten der Großstadt an ihnen vorbeiziehen.

Bruder und Schwester

Die Maschine wartet bereits auf dem Rollfeld, ohne Formalitäten heben sie ab und verlassen das irische Königreich. Kurz nach 17 Uhr, die Sonne ist bereits untergegangen, setzen sie in Nantes auf. Elea wirkt im Gegensatz zu sonst sehr unruhig, aufgeregt.

Peter besorgt beiden einen Mietwagen, dieses Mal keinen roten Spitfire, eher etwas Unauffälliges.

Nach einer guten Stunde Fahrt kommen sie in Saint-Brevin-Les-Pins an. Noch bevor der Motor ausgeschaltet ist rennt Elea zum Haus. Als sie das Gartentor aufreißt sieht sie Jesus, wie er Nikolas streichelt. Sie rennt auf ihn zu und fällt ihm um den Hals.

„Brüderchen, ich habe dich wirklich vermisst. Ich kann das kaum glauben. Ich fürchte, ich werde wirklich zu menschlich. Das Da-sein hier färbt irgendwie ab auf mich."

Sie nimmt ihn an der Schulter und hält ihn auf Armlänge von sich. „Wie hast du das nur zweitausend Jahre ausgehalten?"

Jesus zuckt die Schultern und streicht durch seinen Bart. „Irgendwie war es immer gut so, wie es war." Er deutet auf das Haus. „Kommt herein, wir warten schon auf euch. Jakob und Magdalene sind auch da. Und Pélé hat etwas Leckeres vorbereitet." Er winkt Peter, der gerade durch das Tor kommt, ihnen beiden zu folgen.

Im Haus umfängt die drei der Geruch von italienischer Küche, das Geschrei von hungrigen Babys und ein Anflug von gespannter Erwartung.

„Ah, holla, da seid ihr ja endlich! Ich habe gewartet, alle sein hungrig." Pélé putzt reflexartig seine Hände in seiner Schürze ab. „Es gibt Antipasti, Lasagne, natürlich auch ohne Fleisch, und Gelato. Gelato speciale, nach Rezept von meine Mutter. Exquisite! Ihr werdet sehen. Cinque minute, dann geht es los!" Er verlässt das Zimmer Richtung Küche.

Während alle sich herzlich begrüßen, Anna zwischendurch immer wieder nach den Babys schaut, kommt Pélé mit einem Tablett Espresso ins Wohnzimmer. „Für die Zeit zum Warten. Lasst es euch schmecken!"

Elea nimmt sich eine der vorbeihuschenden Tassen, zieht das wundervolle Aroma durch die Nase und genießt den ersten Schluck. Plötzlich wird ihr übel.

Peter schaut sie fragend an. „Ist alles gut mit dir? Du bist so … blass."

Elea nickt, unsicher. Dann geht sie hinaus auf die Terrasse. Jesus folgt ihr.

„Wie geht es dir, meine Schwester? Du siehst etwas mitgenommen aus."

„Schon besser. Die frische Luft tut gut. Wie hast du das Leben hier nur all die Jahre ausgehalten?"

„Was gefällt dir denn nicht?"

„Das Leben von Tag zu Tag, ohne zu wissen, wie es weitergeht. Die vielen Unsicherheiten, mit denen die Menschen leben. Die begrenzte Macht, die sie über ihr Leben haben."

„Und was gefällt dir?"

„Das Leben von Tag zu Tag, ohne zu wissen, wie es weitergeht. Die vielen Unsicherheiten, mit denen die Menschen leben. Und das Essen! Die vielen verschiedenen Geschmäcker. Fühlen! Tanzen! Schlafen und wieder aufwachen!"

„Und Peter!"

„Ja, und Peter! Stopp, das hast du gesagt."

„Du magst ihn nicht?"

„Doch!"

„Na also! Mehr als … essen … oder tanzen?"

„Wieso fragst du das?"

„Weil du mich gefragt hast, wie ich es hier aushalten konnte. Vielleicht kommst du ja selbst drauf."

Die Terrassentür öffnet, Peter fragt: „Wenn alles gut ist, könnt ihr dann einkommen? Pélé möchte gerne das Essen servieren.“

„Essen? Na klar!“ sagen die Geschwister unisono und gehen hinein. Elea küsst Peter im Vorbeigehen.

#

Das Jahr 2024 endet mit einem unbeschwerten kulinarischen Abendmahl. Alle sind in Feierlaune, und die Zwillinge schlafen leise und glücklich vor sich hin.

„Was habt ihr im nächsten Jahr geplant?“ fragt Jakob Anna und Jesus. „Wollt ihr hier wohnen bleiben?“

Anna schüttelt den Kopf. „Nein! Der Rummel, den der Papst mit Jesus Ankunft hier losgetreten hat, der wird uns schnell zu viel werden. Wir wollen zurück nach Italien, in die Gegend, wo Papa herkommt, am Vesuv. Man sagt, dass da seit ein paar Tagen gigantische Sonnenblumenfelder entstanden sind. Das ist ein Zeichen.“

Elea muss lachen, Peter grinst in sich hinein.

„Hey, lacht nicht so heimlichtuerisch. Ich habe deine Sendung gesehen, Elea. Ich weiß, woher das kommt. Aber das ist dort wirklich Papas Heimat. Und da wird man uns und die Zwillinge in Ruhe lassen. Da kennt uns niemand.“

Die Uhr schlägt Mitternacht, alle stehen auf und erheben ihre Sektgläser. Mit leicht verwaschener Sprache intonieren alle ein „Happy Birthday, Dear Jesus“ und prosten sich gegenseitig zu.

„Und du?“, fragt Jesus Elea, als er ihr mit seinem Glas zuprostet.

Im Bruchteil einer Sekunde sind beide aus dem Wohnzimmer verschwunden und finden sich am Rande der Welt wieder. Sie stehen auf einem rauen, grauen Felsen, das Meer wogt unter ihnen und die Sonne am Horizont scheint Licht und Wasser in spiralförmigen Wellen in sich aufzusaugen.

Jesus schaut Elea verwundert an. „Was wollen wir hier?“

„Du warst nicht lange abstinent, Brüderchen. Im Mai hast du die Erde verlassen, nun bist du schon wieder hier. Warum?“

„Weißt du, wenn ich hier bin, muss ich nicht der Sohn Gottes sein. Hier bin ich allmächtig, muss es aber nicht sein.

Wie kommst du hier zurecht?“

„Ich wollte, ich wäre, wie du, hier als Baby geboren worden, nicht mitten im Leben hier abgesetzt worden. Dann hätte ich meine Aufgabe besser erledigen könne.“

„Wärst du lieber dort?“ Jesus deutet auf die Spirale aus Licht.

„Ach, kreieren ist das Eine. Aber mit allen Sinnen genießen, das ist das Andere.“

„Willst du zurück?“

Elea lässt die letzten Monate Revue passieren. Paris, Papst, Kreuzritter, Peter.

„Nein!“, antwortet sie sicher und schaut ihrem Bruder tief in die Augen.

„Ich auch nicht." Jesus greift ihre Hand, lächelt in die Ferne. „Das wird ein schwerer Weg."

Elea nickt, fröhlich. Jesus nickt zurück, bestätigend, dann nimmt sie ihr Vat-iPhone aus der Rocktasche und tippt:

VATER, WIR HABEN EIN PROBLEM.

Die Schöpfungsgeschichte

am ersten Tag
schuf Gott den Himmel und die Erde
am zweiten Tag
schuf er das Firmament
am dritten Tag
schuf er das Meer und das Land
am vierten Tag
schuf er Sonne, Mond und Sterne
am fünften Tag
schuf er die Vögel und die Fische
am sechsten Tag
schuf er die Tiere an Land und die Menschen
am siebenten Tag
ruhte er…

das stimmt so nicht ganz…

am siebenten Tage machten sich seine Kinder an die ‚Feinarbeiten‘,

so erschuf Jesus:

- Sandalen, die nur durch einen Ledersteg

  zwischen zwei Zehen am Fuß halten

- das Schnabeltier

- Hunger und Durst

- die Genügsamkeit

und Elea bescherte uns:

- die sieben Geschmackssinne

- das Spiel von Ebbe und Flut und das Geräusch

  der Brandung

- die drei Lebensstadien eines Schmetterlings

- ein immenses Unterbewusstsein, das alles

  speichert, was wir im Alltag erleben

- und den freien Willen

wundervoll, nicht wahr?

Personen:

Anna Gramm, Tochter des Eisdielenbesitzers Pélé, Jesus Freundin

Céline, Küchenhilfe in einem Pariser Café

Gérard, Kellner in einem Café in Paris

Claudio Parra, Zugbegleiter, langes schwarzes Haar, Zopf, muskulös, 176cm, Mitte 30, braune Augen, braungebrannt, Enkel von Violeta Parra

Elea, die Tochter Gottes, gutaussehend, 36 Jahre, 168 cm, blaue Augen, kommt einen Tag nach Jesus Himmelfahrt auf die Erde. Anfangs kalt und reserviert lernt sie die menschlichen Genüsse zu schätzen und zu lieben.

Jakob Gerstmann, der Oberste Kreuzritter, kurzes, glattes schwarzes Haar, stattliche Figur, teurer Anzug, Krawattennadel, Porsche, ein Mann mit Ausdruck

Pfarrer **Jakob**, begleitete Jesus bereits in Münster, vor seiner Himmelfahrt (Band 1), legt sein Kirchenamt nieder

Jesus, Gottes Sohn, ihm war der erste Band „Jesus, Friedensreiter zu Münster" gewidmet

Luzia Martinez, jung, langes, schwarzes Haar, Spanierin, Kellnerin in einem Hotel in Rom, Informatikerin, Eleas erste Geliebte

Lord David Christopher Douglas-Holmes, 42, schlank, hager, groß, englischer Adel, junger Politiker, liberal, wohnt in North Berwick in Tantallon Castle

Magdalena, Messdienerin und Geliebte des Pfarrers Jakob

Nikolas, der Esel, mit dem Jesus vor 2000 Jahren aus Jerusalem floh

Nino, Neffe von Anna, 10 Jahre, traf Jesus in Münster

Papst Pontifex der 63. klein, hager, Hakennase, Halbglatze, mit allen Wasser gewaschen

Paul, schwarzer Bart, Kreuzritter,

Pélé Gramm, Besitzer einer Eisdiele in Münster, Annas Vater

Peter Hausmann, 45 Jahre, blond, hellblauäugig, 180 cm, Vaterfigur für Elea, Teeliebhaber

Sylvia, 17, blond, Azubi Hotelfachfrau in Münster

Vincenzo, Koch in einem Luxushotel in Rom

Yves, Kellner, 24 Jahre, 176 groß, dunkles Haar nach hinten gekämmt, typischer französischer Student, dynamisch, lebenslustig, ein Engel

Was vorher geschah lesen Sie hier: